O ASSASSINATO DE CRISTO

Wilhelm Reich

O ASSASSINATO DE CRISTO

Volume Um de
A PESTE EMOCIONAL DA HUMANIDADE

Tradução
CARLOS RALPH LEMOS VIANA

Revisão da tradução
ANTONIA MARIA BRANDÃO CIPOLLA

Tradução da Introdução e do Apêndice
CID KNIPEL MOREIRA

martins fontes
selo martins

Título original: *THE MURDER OF CHRIST.*
Copyright © 1953 by Mary Boyd Higgins
as Trustee of the Wilhelm Reich Infant Trust Fund.
Wilhelm Reich – Biographical Material.
History of the Discovery of Life Energy.
Written June-August, 1951 (Orgonon, Maine, U.S.A.)
Copyright © Livraria Martins Fontes Editora Ltda.,
São Paulo, 1982, para a presente edição.

Publisher	Evandro Mendonça Martins Fontes
Coordenação editorial	Vanessa Faleck
Produção gráfica	Carlos Alexandre Miranda
Revisão	Julio de Mattos
Revisão gráfica	Ivete Batista dos Santos
	Ana Luiza França
Diagramação	Studio 3 Desenvolvimento Editorial

Dados Internacionais de Catalogação na Publicação (CIP)
(Câmara Brasileira do Livro, SP, Brasil)

Reich, Wilhelm, 1897-1957.
  O assassinato de Cristo : volume um de A peste emocional da humanidade / Wilhelm Reich ; tradução Carlos Ralph Lemos Viana ; revisão Antonia Maria Brandão Cipolla ; tradução da introdução e do apêndice Cid Knipel Moreira. – 5ª ed. – São Paulo : Martins Fontes – selo Martins, 1999.

  Título original: The murder of Christ.
  Bibliografia.
  ISBN 978-85-336-1019-4

  1. Civilização 2. Jesus Cristo – Paixão 3. Psicanálise I. Título.
II. Título: A peste emocional da humanidade.

99-0760   CDD-909
                                                                  -150.195

Índices para catálogo sistemático:
1. Civilização e Paixão de Cristo 909
2. Reich, Wilhelm : Teoria psicanalítica 150.195

Todos os direitos desta edição reservados à
Martins Editora Livraria Ltda.
Av. Dr. Arnaldo, 2076
01255-000 São Paulo SP Brasil
Tel.: (11) 3116 0000
info@emartinsfontes.com.br
www.emartinsfontes.com.br

PARA AS CRIANÇAS DO FUTURO

Amor, trabalho e conhecimento são as fontes de nossa vida. Deveriam também governá-la.

Índice

I. A armadilha.. 1
Onde está a saída? A grande tragédia. O grande perigo. O "corpo" e a "carne". O enigma do pecado original. A árvore proibida. Mascates da liberdade.

II. O reino dos céus na terra........................... 23
Cristo como curador. O sonho do paraíso. O modo de vida de Cristo. As dez virgens.

III. O abraço genital... 37
Como a vida ama. Fusão de dois seres vivos. "Fazer" amor.

IV. A sedução para a liderança 47
O "Filho de Deus". Cristo como professor. É proibido conhecer Deus.

V. A mistificação de Cristo.............................. 59
A realidade de Deus. O desamparo do povo. A técnica de Stalin. O sugador. O perigo de conhecer Deus. Universalidade da miséria genital.

VI. O grande abismo – O imobilismo do Homem 77
Instalar-se imóvel no lugar. A mobilidade da Vida viva. A imobilidade da vida encouraçada. Eles não compreendem. O caminho para o desastre social. Moscou Modju. O grande ódio. Cristo predestinado ao fracasso.

VII. A marcha sobre Jerusalém 103
A ideologia do mártir. "Perdoai vossos inimigos". "Hosana nas alturas". O oceano da vida humana. A ondulação. Conhecendo Deus.

VIII. Judas Iscariotes 123

IX. Paulo de Tarso – Corpo *versus* carne 127
O amor de Cristo pelas mulheres. Restrições morais são necessárias. Impulsos "primários" e "secundários".

X. Protegendo os assassinos de Cristo 139
Esforços desperdiçados. O assassino revelado.

XI. Mocenigo – O assassinato de Cristo em Giordano Bruno 147
O verdadeiro assassino. O Método de Mocenigo. Acusação da vítima.

XII. Em direção ao Gólgota 155
Cristo – Fora de lugar. A tragédia da verdade. "Nonsense" racional. Vítima do anseio das pessoas. O conflito de Cristo.

XIII. Os discípulos dormem 171
Estejam alertas. Deixa que os homens salvem a si mesmos.

XIV. Getsêmani 179
A verdadeira justiça. O significado de Cristo.

XV. A flagelação 187
A Vida pode odiar. A verdade está solitária.

XVI. "Tu o dizes" 195
Silêncio eloquente. Rezemos.

XVII. A chama silenciosa – O povo quer Barrabás 201
Todos os amigos se foram. Mistificação da chama da Vida. A força Vital universal.

XVIII. Crucificação e ressurreição 211
As mulheres estão presentes. Nunca toques nisso. A fonte da vida. Eles inventam o milagre. O significado racional da ressurreição.

Sobre as leis necessárias à proteção da *vida nos recém--nascidos* e da *verdade* 227

Apêndice – A arma da verdade 231
O significado bioenergético da verdade. Verdade e contraverdade. O paralelo do zé-ninguém. Quem é o inimigo? Distorções chocantes da verdade orgonômica. A raiz racional da "Ressurreição". O significado da contraverdade. O novo líder.

Bibliografia 309

Introdução

A crise social que estamos vivendo se deve basicamente à inabilidade das pessoas em geral para governar suas próprias vidas. A partir dessa incapacidade, ditaduras cruéis se desenvolveram nos últimos trinta anos, sem quaisquer objetivos racionais ou sociais.

Por toda parte, homens e mulheres conscientes estão profundamente envolvidos com o descaminho que ameaça extinguir nossas vidas, nossa felicidade, e causar desgraça a nossas crianças. Esses homens e mulheres desejam a verdade crua. Querem a verdade crua sobre o real significado dos modos de ser, de agir e de reagir emocionalmente das pessoas. Contar para todas as pessoas toda a verdade sobre elas mesmas significa respeitar suas responsabilidades sociais. Os problemas apresentados em *O assassinato de Cristo* são problemas agudos da sociedade contemporânea. Contudo, as soluções para estes problemas, apontadas em *O assassinato de Cristo*, são imaturas, emocionalmente obscuras, insuficientes e inacabadas. Portanto, *O assassinato de Cristo* está sendo publicado somente como fonte de história extraída dos Arquivos do Instituto Orgone.

A Experiência Oranur, começando em 1974, inesperadamente forneceu algumas soluções básicas para os problemas emocionais e sociais da humanidade, soluções que têm sido, até agora, inteiramente inacessíveis. Uma publicação extensa das implicações emocionais da Experiência Oranur está em preparação. *O assassinato de Cristo* pode servir como uma introdução de material biográfico antecedente a Oranur.

"Deus" é Natureza, e Cristo é a realização da Lei Natural. Deus (Natureza) criou os órgãos genitais em todos os seres vivos. Assim fez para que eles funcionem de acordo com a lei natural, divina. Portanto, atribuir uma vida de amor natural e divino ao mensageiro de Deus na terra não é nenhum sacrilégio, nenhuma blasfêmia. É, ao contrário, o estabelecimento de Deus na profundeza mais limpa do homem. Esta profundeza está presente desde o mais prematuro começo da vida. A procriação só é acrescentada à genitalidade na puberdade. O amor genital divino está presente bem antes da função de procriação; portanto, o abraço genital não foi criado pela Natureza e por Deus apenas com o objetivo de procriação.

Orgonon, 3 de novembro de 1952

Depois veio, achou-os dormindo. E disse a Pedro: "Simão, dormes? Não pudeste vigiar uma hora? Vigiai e orai, para que não entreis em tentação. O espírito na verdade está pronto, mas a carne é fraca". E foi novamente orar, dizendo as mesmas palavras. E, tornando a vir, achou-os outra vez a dormir (porque tinham os olhos pesados), e não sabiam que responder-lhe. E voltou a terceira vez, e disse-lhes: "Dormis ainda e descansais*? Basta; é chegada a hora; eis que o Filho do homem vai ser entregue nas mãos dos pecadores. Levantai-vos, vamos; eis que aquele que me há de entregar está próximo".

(Marcos, *14:37-42*)

Então os soldados do governador, tomando Jesus para o levarem ao pretório, fizeram formar à roda dele toda a corte. E despindo-lhe, vestiram-lhe um manto carmesim. E tecendo uma coroa de espinhos, lhe puseram sobre a cabeça, e na sua mão direita uma cana. E ajoelhando diante dele, o escarneciam, dizendo: "Deus te salva, Rei dos Judeus!". E cuspindo nele, tomaram a cana, e lhe davam com ela na cabeça. E depois que o escarneceram, despiram-no do manto, e vestiram-lhe os seus hábitos, e assim o levaram para crucificarem-no.

(Mateus, *27:27-31*)

---

* Na tradução portuguesa da *Vulgata*, a forma adotada foi: "Dormi agora e descansai". No entanto, dada a utilização que Reich faz dessa citação mais adiante, foi necessário introduzir a alteração para que se mantivesse o sentido do inglês. (N. E.)

Wilhelm Reich (1952)

Capítulo I
A armadilha

"O homem nasce livre e por todo lado ele está acorrentado. Mesmo quem se crê senhor dos outros; esse ainda é mais escravo do que eles. Como se fez esta transformação? Eu não sei."

Jean-Jacques Rousseau fez esta pergunta há duzentos anos, no começo do seu *Contrato social*. A menos que a resposta para esta questão básica seja encontrada, não é muito útil elaborar novos contratos sociais. *Há muito tempo, há alguma coisa que acontece no interior da sociedade humana que torna impotente qualquer tentativa que vise esclarecer este grande enigma*, bem conhecido de todos os grandes líderes da humanidade ao longo de milênios: *o homem nasce livre, mas é como escravo que ele passa sua vida*.

Nenhuma resposta foi encontrada até hoje. Deve haver, no interior da sociedade humana, alguma coisa que atua impedindo que se coloque a questão correta de maneira a se chegar à resposta correta. Toda a filosofia humana é permeada pelo horrível pesadelo de que toda procura é vã.

Alguma coisa, bem escondida, está atuando de forma a não permitir que se coloque a questão correta. Portanto, há algo que atua, contínua e eficazmente, *desviando a atenção* das vias, cuidadosamente camufladas, que levam até onde a atenção deveria se focalizar. O instrumento usado por esse algo bem camuflado, para desviar a atenção do enigma fundamental é a EVASIVA de todo ser humano em relação à Vida viva. O elemento escondido é a PESTE EMOCIONAL DO HOMEM.

É da formulação adequada do problema que dependerá a focalização apropriada da atenção, e disto dependerá chegar à descoberta da resposta correta à questão de como é possível que o homem, nascido livre, se encontre sempre e por todo lado reduzido ao estado de escravo.

É evidente que os contratos sociais, quando visam honestamente salvaguardar a vida na sociedade humana, têm uma função crucial. Mas nenhum contrato social jamais resolverá o problema da angústia humana. Na melhor das hipóteses, o contrato social poderá ser um paliativo para manter a vida. Até aqui, ele nunca foi capaz de pôr um fim na angústia da vida.

Vejamos então os termos deste grande enigma:

Os homens são iguais ao nascer; mas não crescem iguais.

O homem elaborou grandes doutrinas, mas cada uma delas foi o instrumento de sua escravidão.

O homem é o "Filho de Deus" criado à Sua imagem; mas o homem é "pecador", exposto aos ataques do "Demônio". Como pode haver Demônio e Pecado, se Deus é o único criador dos seres?

A humanidade nunca conseguiu responder à pergunta de como pode haver o MAL, se um DEUS perfeito criou e governa o mundo e os homens.

A humanidade tem sido incapaz de estabelecer uma vida moral que esteja de acordo com o seu criador.

A humanidade foi devastada por guerras e assassinatos de todo tipo, desde o início da história escrita. Todos os esforços feitos para suprimir essa peste fracassaram.

A humanidade desenvolveu muitos tipos de religiões. Todas as religiões se revelaram, sem exceção, instrumentos de opressão e miséria.

A humanidade imaginou muitos sistemas de pensamento para enfrentar a Natureza. Mas a natureza, funcional e não mecânica, como ela de fato é, sempre lhe escapou por entre os dedos.

A humanidade sempre correu atrás de cada ínfima parcela de esperança e de conhecimento. Mas depois de três milênios de pesquisas, de tormentos, de sofrimentos, de assassinatos punindo heresias, e perseguições por faltas aparentes, ela não conseguiu mais do que algum conforto para uma minoria, sob a forma de automóveis, aviões, refrigeradores e aparelhos de rádio.

Depois de ter meditado durante milênios sobre os mistérios da natureza humana, a humanidade se encontra exatamente no ponto de partida: tem que admitir sua ignorância total. A mãe ainda fica sem saber o que fazer diante de um pesadelo que apavora seu filho. O médico ainda não sabe o que fazer diante de algo tão simples como um nariz escorrendo.

Geralmente, admite-se que a ciência não revela nenhuma verdade permanente. O universo mecânico de Newton não se coaduna com o verdadeiro universo, que não é mecânico, mas sim funcional. A representação que Copérnico faz do mundo, constituído de círculos "perfeitos", é errada. As órbitas planetárias e elípticas de Kepler não existem. A matemática não conseguiu ser aquilo que, com tanta certeza, prometia ser. O espaço não é vazio; ninguém jamais viu os átomos ou os germes aéreos das amebas. *Não* é verdade que a química pode interpretar os fatos da matéria viva, e os hormônios também não cumpriram suas promessas. O inconsciente reprimido, supostamente a última palavra em psicologia, revelou-se uma criação artificial de um breve período da civilização, de tipo mecânico-místico. O espírito e o corpo, funcionando em um único e mesmo organismo, estão ainda dissociados no pensamento humano. Uma física perfeitamente exata não é tão exata assim, do mesmo modo que os homens santos não são tão santos assim. De nada adianta a descoberta de novas estrelas, cometas ou galáxias. Novas fórmulas matemáticas também de nada adiantarão. É inútil filosofar sobre o sentido da Vida, se ignoramos *o que é Vida*. E, como *"Deus" é Vida*, o que todo homem sabe, de nada serve procurar ou servir a Deus, já que ignoramos a quem servimos.

Tudo parece então convergir para um único fato: *Há algo basicamente e essencialmente errado em todo o processo pelo qual o homem aprende a conhecer a si mesmo.* A visão mecânico-racionalista do mundo faliu completamente.

Locke, Hume, Kant, Hegel, Marx, Spencer, Spengler, Freud e todos os outros foram, sem dúvida, grandes pensadores, mas de certa forma não preencheram o vazio, e a imensa maioria dos homens não foi tocada pela pesquisa filosófica. Enunciar a verdade com modéstia não altera o problema. Frequentemente isso nada mais é do que um subterfúgio para esquivar-se da questão essencial. Aristóteles, cujas ideias foram lei durante séculos, estava errado; a sabedoria de um Platão, ou a de um Sócrates, não servem para muita coisa. Epicuro também não teve sucesso, e também nenhum santo.

É grande a tentação a aderir ao ponto de vista católico, após os resultados desastrosos da última grande tentativa da humanidade, feita na Rússia, de tomar nas mãos seu próprio destino. Os efeitos catastróficos de todas as iniciativas desse tipo explodiram aos olhos de todos. Por onde lançamos nossos olhares, vemos o homem correndo em círculos, como se, preso numa armadilha, tentasse em vão escapar de sua prisão e de seu desespero.

Escapar de uma armadilha é possível. Mas, para alguém sair de uma prisão, primeiro precisa reconhecer que *está numa prisão. A armadilha é a estrutura emocional do homem, sua estrutura de caráter.* Pouco adianta elaborar sistemas de pensamento sobre a natureza da armadilha, quando a única coisa para sair da armadilha é conhecê-la e encontrar a saída. Todo o resto é inútil: é inútil cantar hinos sobre o sofrimento na prisão* como fazem os escravos negros; é inútil compor poemas sobre a beleza da liberdade *fora* da prisão, tal como sonhamos com ela de *dentro* da prisão; é inútil prometer uma vida fora da prisão, após a morte, como faz o Catolicismo às suas congregações; é inútil

---

* No original, *in the trap*, isto é, na armadilha. Traduzimos *trap* por prisão sempre que isso se tornou necessário para a clareza da frase, pois o termo prisão, em português, não supõe necessariamente a ideia de instituição, condenação, local físico, que Reich certamente quis evitar. (N. E.)

confessar, como os filósofos da resignação, um *semper ignorabimus*; é inútil elaborar um sistema filosófico em torno do desespero de viver na prisão como fez Schopenhauer; é inútil sonhar com um super-homem totalmente diferente do homem cativo, como fez Nietzsche, que, ao acabar preso num asilo de loucos, finalmente escreveu – muito tarde – a verdade sobre si mesmo...

A primeira coisa a fazer é procurar a saída da prisão.

A natureza da armadilha só apresenta interesse na medida em que ajuda a responder a esta única questão crucial: ONDE ESTÁ A SAÍDA?

Pode-se enfeitar a prisão para torná-la mais habitável. Isto é feito pelos Michelangelos, os Shakespeares, os Goethes. Podem-se inventar artifícios para prolongar a vida na prisão. Isto é feito pelos grandes cientistas e médicos, os Meyers, os Pasteurs e os Flemings. Alguém pode mostrar-se muito hábil em tornar a soldar os ossos quebrados dos que caem na armadilha.

Mas o essencial ainda é: encontrar a saída da prisão. ONDE ESTÁ A SAÍDA QUE CONDUZ AO INFINITO ESPAÇO ABERTO?

A saída continua escondida. Este é o maior enigma. Mas vejamos a situação mais ridícula e, ao mesmo tempo, mais trágica:

A SAÍDA É CLARAMENTE VISÍVEL PARA TODOS OS QUE ESTÃO PRESOS NA ARMADILHA*. MAS NINGUÉM PARECE VÊ-LA. TODOS SABEM ONDE ESTÁ A SAÍDA. MAS NINGUÉM SE MOVE EM DIREÇÃO A ELA, PIOR AINDA, QUEM QUER QUE FAÇA QUALQUER MOVIMENTO EM DIREÇÃO À SAÍDA, QUEM QUER QUE A INDIQUE, É DECLARADO LOUCO, CRIMINOSO, PECADOR DIGNO DE QUEIMAR NO INFERNO.

No fim das contas o problema não está na armadilha, nem mesmo em descobrir a saída. O problema está NOS PRISIONEIROS.

Visto de fora da prisão, tudo parece incompreensível para uma mente simples. Há mesmo qualquer coisa de insano. *Por que os prisioneiros não veem a saída nitidamente visível, por que não se dirigem para ela?* Logo que chegam perto começam a gri-

---

* No original, *trapped in the hole*. Ver nota na página anterior. (N. E.)

tar e a fugir dela. Se algum deles tenta sair, os outros o matam. Muito poucos conseguem se esgueirar para fora da prisão durante a noite, quando todos dormem.

É a situação na qual se encontrava Jesus Cristo. E foi também o comportamento dos prisioneiros que pensavam em matá-lo.

A função da Vida viva está em volta de nós, está em nós, em nossos sentidos, diante de nossos narizes, nitidamente visíveis em cada animal, em cada árvore, em cada flor. Nós a sentimos em nosso corpo e em nosso sangue. Mas para os prisioneiros ela continua o maior, o mais impenetrável dos enigmas.

E, no entanto, a Vida não era o enigma. O enigma é como isto pôde permanecer insolúvel durante tanto tempo. O grande problema da biogênese e da bioenergia é facilmente acessível pela observação direta. O grande problema da Vida e da origem da Vida é um problema *psiquiátrico*; é um problema da estrutura do caráter do Homem, que durante tanto tempo conseguiu evitar sua solução. O flagelo do câncer não é o grande problema que parece ser. O grande problema é a estrutura do caráter dos cancerologistas, que o ofuscaram tão eficazmente.

O verdadeiro problema do homem é a A EVASÃO BÁSICA DO ESSENCIAL. Essa evasão e fuga fazem parte da estrutura profunda do homem. Fugir à saída da prisão é resultado dessa estrutura do homem. O homem teme e detesta a saída da prisão. Ele se resguarda acirradamente contra qualquer tentativa de encontrar essa saída. Este é o grande enigma.

Tudo isso certamente parece louco aos seres vivos encerrados na prisão. Um homem que, dentro da prisão junto com eles, falasse dessas coisas loucas estaria destinado à morte; estaria destinado à morte se fosse membro de uma academia de ciências que consagrasse muito tempo e dinheiro ao estudo detalhado dos muros da prisão. Ou se fosse de uma dessas congregações religiosas que oram, resignadas ou cheias de esperança, para sair da prisão. Ou se fosse um desses pais de família preocupados em não deixar os seus morrerem de fome na prisão. Ou se fosse empregado de uma dessas indústrias que se esforçam para tornar a vida na prisão o mais confortável possível. De uma forma ou de outra, ele estaria destinado à morte: pelo ostracismo, pelo aprisionamento por ter transgredido alguma lei, ou, em certos casos, pela cadeira elétrica. Um criminoso é um personagem que achou a saída e por ali se precipita, violentando seus companheiros de prisão. Os loucos que apodrecem nos asilos e que se contorcem, como as feiticeiras da Idade Média, sob o efeito de eletrochoque, também são prisioneiros que viram a saída da prisão e não conseguiram superar o pavor comum de se aproximar dela.

Fora da prisão, muito perto, descortina-se a Vida viva, em tudo o que se alcança com a visão, a audição, o olfato. Para os prisioneiros é uma agonia eterna, um suplício de Tântalo. Você a vê, sente, toca nela, você a deseja sem cessar, mas sair tornou-se uma impossibilidade. Só é possível consegui-lo em sonhos, em poemas, na música, na pintura, mas já não está em seus movimentos. As chaves para sair da prisão estão cimentadas na armadura do nosso caráter e na rigidez mecânica do corpo e da alma.

Essa é a grande tragédia. E acontece que Cristo a conhecia.

Se você viver durante muito tempo no fundo de uma cava escura, você detestará a luz do sol. É mesmo possível que seus olhos acabem por perder a capacidade de tolerar a luz. Eis por que acaba-se por odiar a luz do sol.

Para habituar seus descendentes à vida na prisão, os detentos desenvolvem técnicas elaboradas, destinadas a manter a vida num nível limitado e baixo. Na prisão não há espaço suficiente para grandes lances de pensamento e de ação. Cada movimento é restringido por todo lado. Isso teve como efeito, no decorrer do tempo, a atrofia dos próprios órgãos da Vida viva; as criaturas encerradas no fundo da prisão perderam o sentido da plenitude da Vida.

Restou uma nostalgia intensa de uma vida de felicidade e a lembrança de uma vida feliz, de há muito tempo, antes do aprisionamento. Mas a nostalgia e a lembrança não podem ser vividas na vida real. A consequência dessa opressão é então o *ódio à Vida*.

Sob o título de *O assassinato de Cristo*, reuniremos todas as manifestações desse ódio ao Vivo. Com efeito, Cristo foi vítima do *Ódio ao Vivo*, por parte de seus contemporâneos. Seu destino trágico oferece uma lição sobre o que as gerações futuras enfrentarão quando quiserem restabelecer as leis da Vida. Sua tarefa principal consistirá em resistir à maldade dos homens ("Pecado"). Explorando o futuro e as possibilidades – boas ou más – que ele nos oferece, veremos a história de Cristo em toda sua trágica significação.

O segredo do porquê da morte de Jesus Cristo permanece não desvendado. A tragédia que se desenrolou há dois mil anos, e cujo impacto sobre a humanidade foi imenso, aparece-nos como um *requisito* lógico intrínseco ao homem encouraçado. A verdadeira questão do assassinato de Cristo permaneceu intocada ao longo de dois mil anos, apesar dos inúmeros livros, estudos, pesquisas e investigações sobre esse assassinato. O enigma do assassinato de Cristo ficou num domínio inacessível ao olhar e ao pensamento de muitos homens e mulheres estudiosos; e esse próprio fato faz parte do segredo. O assassinato de Cristo é um enigma que atormentou a existência humana, durante pelo menos todo o período da história escrita. É o problema da estrutura do caráter humano *encouraçado*, e não somente de Cristo. Cristo foi vítima dessa estrutura do caráter humano, porque ele mostrou qualidades e maneiras de comportamento que têm, sobre um caráter encouraçado, o mesmo efeito que um objeto vermelho sobre o sistema emocional de um touro selvagem. Nesse sentido, podemos dizer que *Cristo apresenta o princípio da Vida* em si. A forma foi determinada pela época da cultura judaica sob domínio romano. Pouco importa que o assassinato de Cristo tenha ocorrido no ano 3000 a.C. ou no ano 2000 d.C. Cristo certamente teria sido assassinado em qualquer época e em qualquer cultura em que as condições do conflito entre o *princípio da vida* (OR) e a *peste emocional* (EP) fossem, no plano social, as mesmas que eram na Palestina no tempo de Cristo.

Uma das características básicas do *assassinato do Vivo pelo animal humano encouraçado* é a de ser camuflado de várias maneiras e sob várias formas. A superestrutura da existência social do homem, tal como o sistema econômico, ações guerreiras, movimentos políticos irracionais e organizações sociais a serviço da supressão da Vida, abafa a tragédia básica que assedia o animal humano numa torrente do que chamaríamos de racionalizações, de disfarces, e de evasões da questão essencial; além disso, ela pode se referir a uma racionalidade perfeitamente lógica e coerente, que só é válida *dentro* de um sistema que opõe a lei ao crime, o Estado ao povo, a moral ao sexo, a civilização à natureza, a política ao criminoso, e assim por diante, percorrendo todo o rol de misérias humanas. Não há nenhuma chance, seja ela qual for, de conseguir transpor esse lodaçal, a não ser que a pessoa se coloque fora do holocausto, e não se deixe atingir pelo escândalo. Apressamo-nos em assegurar ao leitor que não consideramos esse escândalo e essa agitação vazia como sendo meramente irracionais, como simples atividade desprovida de finalidade e significação. Uma característica crucial da tragédia é o fato de que esse *nonsense* é válido, *significativo* e *necessário* se o considerarmos no domínio que lhe é próprio e sob determinadas condições do comportamento humano. Mas aqui a irracionalidade da peste se apoia em rochedo sólido. Mesmo o silêncio que, há milênios, envolvia a função do orgasmo, a função da vida, o assassinato de Cristo e outras questões cruciais da existência humana, parece ser perfeitamente sensato aos olhos do estudioso cauteloso do comportamento humano.

A raça humana enfrentaria o pior, o mais devastador dos desastres se, de repente, chegasse, de uma só vez, a ter pleno conhecimento da função da Vida, da função do orgasmo, e dos segredos do assassinato de Cristo. Há boas e justas razões para que a raça humana tenha-se recusado a conhecer a profundidade e a verdadeira dinâmica de sua miséria crônica. Uma tal erupção repentina de conhecimentos paralisaria e destruiria tudo o que, de certa forma, mantém a sociedade caminhando, a despeito das guerras, da fome, dos massacres emocionais, da miséria das crianças etc.

Seria quase loucura iniciar grandes projetos, tais como *"Crianças do Futuro"* ou *"Cidadania do Mundo"*, sem ter compreendido como foi possível que toda essa desgraça se mantivesse, durante milênios, inexoravelmente, sem ser reconhecida e combatida; que nenhuma das muitas tentativas brilhantes de esclarecimento e libertação tenha sido bem-sucedida; que cada passo para a realização do grande sonho tenha sido acompanhado por mais abjeção e miséria; que nenhuma religião, apesar das suas boas intenções, tenha conseguido realizar seus objetivos; que cada grande feito se tenha transformado em ameaça para a humanidade, como, por exemplo, o socialismo e a fraternidade, que se tornaram estatismo e opressão da pior espécie. Enfim, seria criminoso pensar em projetos tão importantes, sem antes olhar em volta e elucidar o que matou a humanidade durante séculos. Isso só acrescentaria mais desgraça àquela que já existe. No ponto em que estão as coisas, é bem mais importante esclarecer o assassinato de Cristo do que educar as mais lindas crianças. Toda a esperança de acabar com a decadência da educação atual estaria perdida para sempre, irremediavelmente, se esta nova e promissora tentativa de chegar a um novo tipo de educação de crianças malograsse e se transformasse no seu oposto, como sempre foi o caso de todas as iniciativas tomadas pela alma humana. Não nos enganemos: *a reestruturação do caráter humano por uma transformação radical, sob todos os aspectos, da nossa maneira de educar as crianças, tem a ver com a própria Vida.* As emoções mais profundas a que o animal humano pode chegar ultrapassam de longe todas as funções da existência, pela sua envergadura, sua profundidade, sua fatalidade. Assim, os males que o fracasso ou o desvio dessa tentativa decisiva trariam, seriam bem mais profundos e maiores. Não há nada mais destrutivo do que a Vida anulada e contrariada por esperanças frustradas. Jamais nos esqueçamos disto.

Não nos é possível lidar com esse problema de uma maneira perfeita, acadêmica, detalhada. Tudo o que podemos fazer é sondar o território para ver onde estão escondidos tesouros que futuramente poderão nos servir, onde há animais selvagens percorrendo montes e vales, onde estão escondidas armadilhas para matar o invasor, e como tudo isso funciona. Não nos queremos atolar na nossa própria impaciência, na nossa rotina diária, ou mesmo em certos interesses que nada têm a ver com o problema da educação. Numa reunião de educadores orgonômicos que houve há alguns anos, foi dito que a educação continuará sendo um problema por alguns séculos ainda. É mais do que provável que as próximas gerações das Crianças do Futuro não serão capazes de resistir aos múltiplos impactos da peste emocional. Elas certamente teriam que se submeter; não sabemos exatamente como. Mas há esperança de que pouco a pouco uma consciência geral da Vida se desenvolva nesse novo tipo de crianças, difundindo-se por toda a comunidade humana. O educador que considera a educação como um negócio rendoso nunca se interessaria pela educação se acreditasse nisso. Devemos ter cuidado com essa espécie de educadores.

O educador do futuro fará sistematicamente (e não mecanicamente) o que todo educador bom e autêntico já faz hoje: *sentirá* as qualidades da Vida viva em cada criança, *reconhecerá* suas qualidades específicas e *fará tudo* para que elas possam desenvolver-se plenamente. Enquanto se conservar, com a mesma tenacidade, a tendência social atual, isto é, enquanto estiver dirigida *contra* essas qualidades inatas de expressão emocional viva, o educador autêntico deverá assumir uma dupla tarefa: a de conhecer as expressões emocionais naturais que variam de uma criança para outra, e a de aprender a lidar com o meio social, restrito e amplo, na medida em que este se opõe a essas qualidades vivas. Só num futuro distante, quando uma educação consciente tiver eliminado a forte contradição entre civilização e natureza, quando a vida bioenergética e a vida social do homem não mais se opuserem uma à outra, mas, ao contrário, apoiarem-se uma à outra e se complementarem, esta tarefa deixará de ser perigosa. Devemos estar preparados, pois esse processo será lento, penoso e exigirá muito sacrifício. Muitas serão as vítimas da peste emocional.

Nossa tarefa seguinte será esboçar as características básicas do conflito entre as expressões emocionais inatas e intensamente variáveis da criança, e as características próprias à estrutura mecanizada e encouraçada do homem, a qual irá odiar e combater de maneira geral e específica aquelas qualidades.

A despeito das inumeráveis variações do comportamento humano, a análise do caráter conseguiu, até aqui, esboçar os padrões gerais e as leis das sequências das reações humanas. Ela o fez amplamente no que diz respeito às neuroses e psicoses. Não tentaremos fazer o mesmo com respeito à dinâmica típica da *peste emocional*. Descrições específicas das reações individuais da peste deverão ser feitas amplamente para fornecer aos educadores e aos médicos o conhecimento detalhado necessário.

No mundo Cristão e nas culturas que são direta ou indiretamente influenciadas pelo Cristianismo, existe um antagonismo pronunciado entre "o homem pecador" e seu "Deus". O homem nasceu à "imagem de Deus"! Ele é encorajado a "se tornar semelhante a Deus". Mas ele é "pecador". Como é possível que o "pecado" tenha surgido neste mundo se este foi criado por "Deus"? No seu comportamento real, o homem é, ao mesmo tempo, semelhante a Deus e pecador. No princípio, o homem "se assemelhava a Deus"; depois, o "pecado" irrompeu em sua vida. O conflito entre o ideal de Deus e a realidade do pecado é a consequência de uma catástrofe que transformou o divino em demoníaco. Isto é verdade, tanto para a história da sociedade quanto para o desenvolvimento de cada criança, desde que uma civilização mecânico-mística começou a sufocar os atributos "divinos" do homem. O homem tem sua origem no paraíso, e continua ansiando ardentemente pelo paraíso. O homem, de certa forma, emergiu do universo e anseia por retornar a ele. Essas são realidades incontestáveis para quem aprende a interpretar a linguagem das expressões emocionais do homem. O homem é basicamente bom, mas é também um bruto. A transformação da bondade em "brutalidade" se opera em cada criança. Deus está, então, DENTRO do homem, e não deve ser procurado só fora. O Reino dos Céus é o Reino da graça e da bondade interiores, e não o místico "além" povoado de anjos e demônios, no qual o bruto que há no animal humano transformou o seu paraíso perdido.

O cruel perseguidor e assassino de Cristo, Saulo de Tarso, distinguira claramente, mas em vão, o "CORPO", dádiva divina e boa, e a "CARNE", possuída pelo demônio e má, a ser queimada mil anos mais tarde, na fogueira, quando ele tornou-se Paulo, o edificador da igreja. A distinção estabelecida pelo Cristianismo primitivo entre o "*corpo*" e a "*carne*" prenunciou a atual distinção orgonômica entre os impulsos "primários" inatos, dados pela natureza ("Deus"), e os impulsos "secundários", pervertidos e maus ("Demônio", "Pecado"). Assim, a humanidade sempre teve consciência, de algum modo, de sua desafortunada condição biológica, de seus atributos naturais e de sua degeneração biológica. Na ideologia cristã, a oposição marcada entre "DEUS" (o corpo espiritualizado) e o "DEMÔNIO" (o corpo degenerado transformado em carne) é um fato trágico perfeitamente conhecido e formulado. Para o homem atual, o abraço genital, "dom de Deus", deu lugar à noção pornográfica de foda, para designar a relação sexual entre o homem e a mulher.

O pecado original – um mistério

A vida é plástica; ela se adapta – com ou sem protestos, com ou sem deformações, com ou sem revoltas – a todas as condições da existência. Essa plasticidade da Vida viva, que é um dos seus maiores trunfos, será também um dos seus grilhões quando a Peste Emocional usá-la para chegar a seus fins. A mesma Vida se apresentará diferentemente se ela se manifestar no fundo dos oceanos ou no cume de uma alta montanha. Ela é uma, numa sombria caverna, e outra, num vaso sanguíneo. Ela não era, no Jardim do Éden, a mesma que é na armadilha que colheu a humanidade. No Jardim do Éden, a Vida não conhece armadilhas; ela simplesmente vive o paraíso inocentemente, alegremente, sem noção de outro tipo de vida. Ela se recusaria a ouvir aquilo que se pudesse dizer de uma vida na prisão; e se alguma vez tivesse ouvido, tê-lo-ia compreendido com o "cérebro" e não com o coração. A Vida no paraíso é perfeitamente adaptada às condições do paraíso.

Dentro da prisão, a Vida vive a vida de almas prisioneiras. Ela se adapta rapidamente e completamente à Vida na prisão. Essa adaptação vai tão longe, que só fica na memória uma ligeira lembrança da Vida no paraíso, uma vez que a Vida foi encerrada na prisão. Ela se acostumará com a agitação, com a pressa, com o nervosismo, ao lado de uma vaga ansiedade, como um sonho desvanecido há muito tempo – mas sempre presente, de uma maneira ou de outra. A tranquilidade da alma dos cativos não será perturbada pela ideia de que esses sentimentos sejam sinais de uma vaga lembrança da Vida passada outrora no paraíso. A adaptação é completa. Ela atinge um grau que vai além dos limites da razão.

A Vida na prisão logo se tornará autoabsorvente, como se supõe que aconteça na prisão. Assistiremos à formação de certos tipos de caracteres peculiares à Vida na prisão, caracteres que não teriam sentido onde a Vida circulasse livremente pelo mundo. Esses caracteres moldados pela Vida contida na prisão diferirão grandemente entre si. Opor-se-ão e combaterão um ao outro. Cada um proclamará a seu modo a verdade absoluta. Terão em comum apenas UM traço: *unir-se-ão para matar quem ousar colocar a questão fundamental*: "COMO, EM NOME DE UM DEUS MISERICORDIOSO, PUDEMOS CHEGAR A ESTA SITUAÇÃO TERRÍVEL, A ESTE PESADELO DE UMA PRISÃO???".

"POR QUE O HOMEM PERDEU O PARAÍSO?" e

"O QUE NA VERDADE ELE PERDEU, QUANDO CAIU VÍTIMA DO PECADO?"

O homem aprisionado produziu, ao longo de milênios, um grande livro, a BÍBLIA. É a história de suas lutas e angústias, das glórias e esperanças, de seus anseios, sofrimentos e pecados quando no cativeiro. Esses temas foram pensados e escritos em muitas línguas, por muitos e diferentes povos. Alguns de seus aspectos fundamentais se encontram em fontes muito distantes umas das outras, na memória escrita ou não escrita do homem. Todos os relatos de um passado distante contam que as coisas foram bem diferentes, que em outros tempos o homem, de certa forma, cedeu ao demônio, ao pecado e à torpeza.

As bíblias do mundo contam a história da luta do homem contra o pecado do homem.

A Bíblia fala muito da vida na prisão, mas pouco da *maneira pela qual o homem caiu na armadilha*. É evidente que a porta de saída da prisão é exatamente a mesma por onde o homem entrou, quando foi expulso do paraíso. Por que ninguém diz nada sobre isso, exceto em alguns parágrafos que representam um milionésimo da Bíblia, e numa linguagem velada, utilizada para esconder a significação das palavras?

A queda de Adão e Eva foi sem dúvida devida a alguma transgressão das Leis de Deus na esfera *genital*:

> *Ora, Adão e sua mulher estavam nus e não se envergonhavam.*
> (*Gênesis*, 2:25)

Este texto mostra que o homem e a mulher não tinham consciência nem vergonha de sua nudez, e que esta era a vontade de *Deus* e a maneira de Viver. E o que aconteceu? A Bíblia nos explica:

> *Mas a serpente era o mais astuto de todos os animais da terra, que o Senhor Deus tinha feito. E ela disse à mulher: "Por que vos mandou Deus que não comêsseis do fruto de todas as árvores do paraíso?" Respondeu-lhe a mulher: "Nós comemos do fruto das árvores que há no paraíso. Mas do fruto da árvore que está no meio do paraíso, Deus mandou que não comêssemos, nem a tocássemos, sob pena de morrermos". Mas a serpente disse à mulher: "Bem podeis estar seguros que não haveis de morrer. Mas Deus sabe que, em qualquer dia que comerdes desse fruto, se abrirão vossos olhos, e vós sereis como deuses, conhecendo o bem e o mal".*

A mulher, pois, vendo que o fruto daquela árvore era bom para comer, e formoso aos olhos e de aspecto agradável, tomou dele, e comeu; e deu a seu marido, que comeu do mesmo fruto. E se lhes abriram os olhos; e, tendo conhecido que estavam nus, coseram folhas de figueira, fizeram delas cinturas.

Adão e sua mulher, como tivessem ouvido a voz do Senhor Deus, que andava pelo paraíso, ao tempo que se levantava a viração depois do meio-dia, se esconderam da face do Senhor Deus entre as árvores do paraíso. E o Senhor Deus chamou por Adão, e lhe disse: "Onde estás?". Respondeu-lhe Adão: "Como ouvi a tua voz no paraíso, e tive medo pois estava nu e escondi-me". Disse-lhe Deus: "Donde soubeste que estavas nu, senão porque comeste do fruto da árvore, de que eu tinha ordenado que não comesses?". Respondeu Adão: "A mulher que tu me deste como companheira deu-me desse fruto, e comi". E o Senhor Deus disse para a mulher: "Por que fizeste isto?". Respondeu ela: "A serpente enganou-me e comi".

E o Senhor Deus disse à serpente: "Pois que tu assim o fizeste, és maldita entre todos os animais e bestas da terra; tu andarás de rastos sobre o teu ventre e comerás terra todos os dias da tua vida. Porei inimizades entre ti e a mulher; entre a tua posteridade e a dela. Ela te pisará a cabeça e tu procurarás mordê-la no calcanhar".

Disse também à mulher: "Multiplicarei os trabalhos do teu parto. Tu parirás teus filhos em dor, e estarás debaixo do poder de teu marido, e ele te dominará". A Adão disse: "Pois que tu deste ouvidos à voz de tua mulher, e comeste do fruto da árvore, de que eu te tinha ordenado que não comesses, a terra será maldita por causa da tua obra; tirarás dela o teu sustento à força de trabalhos penosos. Ela te produzirá espinhos e abrolhos e tu comerás as ervas da terra. Tu comerás o pão com o suor do teu rosto, até que tornes à terra, de que foste formado; porque tu és pó, e em pó hás de tornar". E Adão pôs à sua mulher o nome de Eva, porque ela havia de ser mãe de todos os viventes.

Fez também o Senhor Deus a Adão, e a sua mulher, túnicas de peles, e os vestiu. E disse: "Eis aqui Adão como um de nós, conhecendo o bem e o mal". Agora, para que não suceda que ele lance a mão, e tome do fruto da árvore da vida, e coma dele, e viva eternamente, o Senhor Deus o pôs fora do paraíso de delícias para que cultivasse a terra, de que tinha sido formado. E depois que o deitou fora do paraíso pôs diante deste lugar de delícias um querubim com uma espada cintilante, para guardar o caminho da árvore da vida.

(*Gênesis*, 3:1-24)

Havia então no paraíso uma serpente "que era o mais astuto de todos os animais do campo que Deus havia criado". O comentador cristão não vê na serpente, na sua forma paradisíaca, um réptil que desliza pelo chão. No começo a serpente era "a mais sutil e a mais bela de todas as criaturas". E, apesar da maldição, conservou traços de beleza. Cada movimento da serpente é gracioso, muitas espécies se destacam por lindas cores. Na serpente, Satã apareceu primeiro como um anjo de luz. A serpente é então o símbolo da Vida, o falo masculino.

E de repente, sem que se saiba por onde, a catástrofe aparece. Ninguém sabe, nem soube e jamais saberá, como o acontecimento se deu: a mais bela serpente, o "Anjo da Luz", a "mais sutil das criaturas", "inferior ao homem", é maldita e se torna "a demonstração feita por Deus na natureza dos efeitos do pecado": transforma-se de "a mais bela e mais sutil das criaturas em um réptil repugnante".

E, como se um conselho tivesse se reunido especialmente para esconder o acontecimento mais dramático, mais diabólico, mais desastroso de toda a história da raça humana, para subtraí-lo para sempre da compreensão da inteligência ou do coração – a catástrofe torna-se misteriosa e intocável; ela é parte integrante do grande mistério do cativeiro do homem; ela detém sem dúvida a solução deste enigma: por que o homem se recusa a deixar sua prisão simplesmente saindo pela porta por onde entrou? O exegeta da Bíblia observa a este respeito: "O mistério mais profundo da redenção está inserido aqui", quer dizer, na transformação da serpente de "mais bela e mais sutil das criaturas em um réptil repugnante".

E por que tudo isso? Escutemos.

Havia no Jardim do Éden uma árvore peculiar, e Deus disse ao homem no paraíso: "Não comerás de todas as árvores do jardim".

A mulher respondeu à serpente: Nós comemos do fruto das árvores que há no paraíso. Mas do fruto da árvore que está no meio do paraíso, Deus mandou que não comêssemos, nem a tocássemos, sob pena de morrermos.

(*Gênesis*, 3:2,3)

Alguém pôde, ao longo desses seis milênios, elucidar o mistério desta árvore? Não. E por quê? Esse mistério é parte do mistério do cativeiro do homem. A solução do mistério da árvore proibida forneceria, sem dúvida, uma indicação da entrada da prisão, que, usada em caminho inverso, poderia também servir de *saída*. Ora, ninguém nunca tentou esclarecer o enigma da árvore proibida; durante milênios, todos os prisioneiros se ocuparam em escolaticizar, talmudizar, exorcizar, servindo-se de milhões de livros e de miríades de palavras com o único fim de *impedir a solução do enigma da árvore proibida*.

A serpente, ainda bela e sutil, conhecia melhor as coisas: "Mas a serpente disse à mulher: 'bem podeis estar seguros que não haveis de morrer. Mas Deus sabe que, em qualquer dia que comerdes desse fruto, se abrirão vossos olhos, e vós sereis como deuses, conhecendo o bem e o mal'".

Então foi esta bela serpente que provocou a queda do homem; mas que significa tudo isto à luz do bom senso?

Se o homem, vivendo feliz no paraíso segundo a vontade de Deus, come de uma certa árvore, ele será como Deus, seus olhos se abrirão e "ele conhecerá o bem e o mal". *Como é possível que uma árvore tão diabólica pudesse ocupar o primeiro lugar no jardim de Deus?*

Por que então, comendo o fruto do *conhecimento* que faz de você um ser igual a Deus, você deve *perder* o paraíso? A Bíblia, que eu saiba, não o diz. E pode-se duvidar de que alguém já tenha colocado a questão. O relato parece desprovido de sentido:

se a árvore em questão é a árvore do conhecimento, permitindo ver a diferença entre o bem e o mal, o que há de mal em comer seus frutos? Se alguém comer seus frutos estará *mais* e não menos apto a seguir os caminhos de Deus. Ainda uma vez, não se vê o sentido disso tudo.

Ou, é proibido conhecer Deus e assemelhar-se a Deus, o que quer dizer *viver* segundo sua vontade, mesmo no paraíso?

Ou então, tudo isto é produto da imaginação do homem cativo, lembrando-se vagamente de uma vida passada, fora da prisão? Isto não tem sentido. O homem, através dos séculos, nunca deixou de ser atormentado pelo desejo de conhecer Deus, de trilhar os caminhos de Deus, de viver o amor e a vida de Deus; e quando ele começa a fazer isso seriamente, comendo da árvore do conhecimento, é punido, expulso do paraíso e condenado ao sofrimento eterno. Tudo isto não tem sentido e lamentamos que nenhum representante de Deus na terra tenha levantado a questão ou ousado levar seu pensamento nessa direção.

> *A mulher, pois, vendo que o fruto daquela árvore era bom para comer, e formoso aos olhos e de aspecto agradável, tomou dele, e comeu; e deu a seu marido, que comeu do mesmo fruto. E se lhes abriram os olhos; e, tendo conhecido que estavam nus, coseram folhas de figueira, fizeram delas cinturas.*
>
> (*Gênesis*, 3:6,7)

Quando o homem se viu assim preso pela primeira vez, a confusão tomou conta de seu espírito. Não compreendeu por que estava cativo. Teve a impressão de ter feito algo errado, mas não sabia *que* erro havia cometido. Não tinha vergonha de sua nudez e de repente teve vergonha de seus órgãos genitais. Havia comido da árvore do "conhecimento" proibido, o que quer dizer, em linguagem bíblica, que ele havia "conhecido" Eva, que *a tinha abraçado genitalmente*. Eis por que Deus o havia expulsado do Jardim do Éden. A mais bela serpente de Deus, que pertencia a Ele próprio, os havia seduzido; o símbolo da Vida vibrante e viva e do órgão sexual masculino os havia seduzido.

Um grande abismo de pensamento separa esta vida da vida cativa. Para se adaptar à vida na prisão, a Vida foi obrigada a desenvolver novas formas e novos meios de existência; formas e meios desnecessários no Jardim do Éden, mas indispensáveis na prisão.

A massa humana, silenciosa, dolorosa, perdida em seus sonhos e seus trabalhos penosos, afastada da Vida de Deus, oferecia um terreno propício para os padres e os profetas que lutam contra os padres; para os reis e os rebeldes que lutam contra os reis; para os curandeiros da miséria humana dentro da prisão, para toda a corte de charlatães e de "sumidades" médicas, de taumaturgos e de oculistas. Com os imperadores, vieram os mascates da liberdade; com os organizadores da humanidade cativa nasceram os prostitutos da política, os Barrabases, a canalha dissimulada de oportunistas; Pecado e Crime contra a lei, e os juízes do Pecado e do Crime e seus carrascos; a supressão das liberdades incompatíveis com a vida na prisão e as Associações para as Liberdades Civis na prisão. Além disso, desse pântano se formaram grandes corporações políticas chamadas "partidos", alguns dos quais defendem o que chamaram *status quo* na prisão, os ditos "conservadores" (pois que eles se esforçaram em manter as leis e os regulamentos que tornaram possível a vida na prisão) e, opondo-se a eles, os ditos "progressistas", que combateram, sofreram e morreram nas galeras por terem preconizado mais liberdade na prisão. Aqui e ali, os progressistas conseguiram destituir os conservadores e começaram a estabelecer "Liberdade na Prisão" ou "PÃO E LIBERDADE na Prisão". Mas como ninguém podia "*dar*" ao imenso rebanho humano o pão e a liberdade, pois era preciso *trabalhar duro para obtê-lo*, os progressistas rapidamente se transformaram em conservadores para manter a ordem e a legalidade, como os conservadores haviam feito antes deles. Mais tarde, um novo partido se propôs a permitir que as *massas* humanas sofredoras dirigissem suas próprias Vidas em lugar de obedecer aos reis, aos padres e aos duques. Esse novo partido fez grandes esforços para agitar as massas e encorajá-las a agir, mas, excetuando alguns assassinatos e a destruição de algumas mansões de ricos, as mudanças foram mínimas. As massas humanas repetiam o que lhes tinha sido ensinado durante milênios, e tudo ficou como antes; a miséria se agravou quando um partido particularmente esperto prometeu a todos a *"LIBERDADE DO POVO NA PRISÃO"*, e se espalhou por todo canto, recorrendo a todos os *slogans* velhos e ultrapassados, utilizados outrora pelos reis, pelos duques e pelos tiranos. O partido da liberdade *do povo* teve, no início, um franco sucesso, até que suas verdadeiras intenções fossem conhecidas. Seu *slogan* da liberdade "DO POVO", na prisão, liberdade considerada como sendo diferente das outras liberdades na prisão, o emprego dos velhos métodos dos antigos reis, não deixaram de impressionar as pessoas, pois os chefes desse partido, eles mesmos saídos do rebanho dos cativos, se fizeram mascates da liberdade e assim que puderam estabelecer seu poder sobre um pequeno território, espantaram-se ao descobrir o quanto era fácil apertar alguns botões e ver a polícia, os exércitos, diplomatas, juízes, cientistas acadêmicos, representantes das potências estrangeiras, agirem de acordo com as ordens de simples botões. Os pequenos mascates da liberdade gostaram tanto desse jogo de exercer poder apertando botões, que esqueceram a "LIBERDADE DO POVO NA PRISÃO" e passaram a se divertir apertando botões sempre que podiam, nos palácios dos antigos dirigentes que eles haviam massacrado. A embriaguez do poder tomou conta deles enquanto apertavam os botões do vasto painel de comando. Mas não ficaram muito tempo e foram substituídos por homens experientes no comando dos botões, bravos conservadores que guardavam, no fundo de suas almas, um pouco de decência e retidão, reminiscência longínqua do paraíso.

Todos se combatiam e brigavam uns com os outros e se empurravam, matando seus adversários de maneira legal ou ilegal; enfim, davam uma ideia precisa do Pecado da humanidade e do cumprimento da maldição do Jardim do Éden. A massa humana prisioneira não tomou parte ativa no massacre da Vida pestilenta na Prisão. Somente alguns milhares dentre os bilhões de almas humanas tomaram parte no tumulto. Os outros se contentavam em sofrer, em sonhar, em esperar... O QUÊ? O redentor ou um acontecimento inédito capaz de libertá-los; a libertação de suas almas da prisão chamada corpo; a reunião com a grande alma cósmica ou o inferno. Sonhar, sofrer, esperar foram as ocupações principais do vasto rebanho humano que evoluía longe de toda agitação política. Muitos morreram nas grandes guerras da prisão, os inimigos mudando de ano para ano, como os caixas de banco. Pouco importava, mas o sofrimento era o mesmo. A massa humana sofredora esperava durante esse tempo sua libertação desta vida de pecado e os poucos agitadores de nada valiam, do ponto de vista da Vida ou de "Deus" no Universo.

E a Vida de Deus surgia em milhões de crianças nascidas na prisão, mas era logo extinta pelos prisioneiros que não reconheciam a Vida de Deus em seus filhos, ou ficavam mortalmente apavorados percebendo a Vida simples, viva, decente, ingênua. E assim o homem perpetuou seu cativeiro. As crianças, se tivessem sido abandonadas à própria sorte tal como Deus as criou, teriam, sem dúvida, encontrado a saída da prisão. Mas não se permitiu que isso acontecesse. Isso era mesmo estritamente proibido durante o período da liberdade "DO POVO" na prisão. Era preciso se mostrar leal para com a *prisão* e não para com os bebês, sob pena de ser punido de morte pelo "Grande Chefe e Amigo de Todos os Aprisionados".

Capítulo II

O reino dos céus na terra

O mito de Jesus Cristo mostra as qualidades de "Deus", ou melhor, da Energia Vital inata e dada pela natureza de uma maneira quase perfeita. O que *não* se sabe ou não se reconhece é que o Mal, *o Diabo, é um Deus pervertido, resultado da* SUPRESSÃO *de tudo o que é divino.* Esta falta de conhecimento é uma das causas profundas da tragédia humana.

No *Orgonomic Infant Research Center*, vimos essas características "divinas" naturais em crianças pequenas, características essas que têm sido consideradas, até agora, como o objetivo idealizado e inacessível de toda religião e de toda moral. Da mesma maneira, todas as religiões que nasceram nas grandes sociedades asiáticas descreveram sempre o animal Humano como essencialmente mau, pecador, ruim; todos os filósofos de inspiração religiosa visaram a um único objetivo através de toda a história da humanidade: todos procuram o meio de penetrar nas trevas, de descobrir a origem do Mal e um remédio contra a Maldade do homem. Os esforços e os pensamentos filosóficos sempre tenderam, basicamente, a esclarecer o enigma do Mal e aboli-lo.

Como o Mal pode originar-se da criação de Deus? Em toda criança recém-nascida, Deus está presente para sentir, ver, amar, proteger, desenvolver. E, até hoje, em cada criança recém-nascida, Deus é reprimido, contido, abolido, sufocado, odiado. Este é apenas um dos aspectos do Assassinato permanente de Cristo. *O Pecado (o Mal) é uma criação do homem.* Isto sempre ficou escondido.

O Reino de Deus está *dentro* de você. Ele nasceu com você. Mas você está em falta com Deus, é o que explicam todas as religiões. Você não o reconhece, você o trai, você é desleal para com ele, você é pecador enquanto não retornar para Deus. Durante esse tempo você está exposto às tentações do Diabo e você deve rezar para resistir à tentação. Como é possível que o homem não veja Deus à sua frente?

As características do sistema vital orgonótico funcionando livremente e a observação de crianças que crescem livres nos seus direitos naturais confirmam a suspeita de que uma verdade básica foi revestida de religiosidade mistificada. Sublinhamos que nosso propósito não é explicar a crença religiosa ou preconizar uma vida religiosa. O que nos interessa mais é saber até que ponto o Homem teve conhecimento, ao longo dos séculos, da verdade biológica, e até onde ia sua audácia de levá-la em conta, dado seu medo e seu ódio da vida. Cristo representa esse conhecimento do homem. Por isso ele deve *morrer.*

Do passado emergirão as Crianças do Futuro. A rapidez e a eficácia da mudança dependerão, em larga escala, de quanto pode ter sido salvo da antecipação de um futuro melhor nos sonhos da humanidade e de quanto foi distorcido durante o conflito entre o Diabo e as morais. Se esta orientação fundamental não for seguida, todo esforço pedagógico está destinado ao fracasso. Se queremos descobrir o homem, é preciso tomar consciência da tendência de todo homem encouraçado: *o ódio ao Vivo.*

Jesus sabia que as crianças possuíam "ALGO". Amava as crianças e ele mesmo se assemelhava a uma criança. Era sábio, porém ingênuo; confiante, porém prudente; transbordante de amor e gentileza, mas sabia ser duro; era forte e, ainda assim, doce, como será a criança do futuro. Não se trata de uma visão idealizada. Temos plena consciência de que a menor idealização dessas crianças equivaleria a ver a realidade num espelho onde ela não poderia ser apreendida.

Ser semelhante a Deus não é ser simplesmente vingativo e severo, nem ser simplesmente bom e indulgente, dando sempre a outra face ao inimigo. Ser semelhante a Deus é conhecer *todas* as expressões da vida. As emoções orgonóticas são benevolentes e doces quando a benevolência e a doçura se impõem. São duras e rudes, quando a Vida é traída ou ofendida. A Vida é capaz de acessos de cólera, como Cristo demonstrou expulsando os mercadores do templo de Deus. *Ela não condena o corpo*, ela compreende até a prostituta e a mulher que é infiel a seu marido. Ela não persegue nem condena a prostituta e a mulher adúltera. Quando ela fala de "adultério", a palavra não tem o mesmo significado que na boca dos animais humanos, sedentos de sexualidade, maus, endurecidos, estereotipados, que encontramos em algumas cidades superpovoadas.

Deus é Vida. Seu símbolo na religião Cristã, Jesus Cristo, é uma criatura de intensa irradiação. Ele atrai as pessoas, que se agrupam em torno dele e o amam. Este amor é, na realidade, sede de amor; ele se transforma rapidamente em ódio quando não é gratificado.

Criaturas que irradiam vida nasceram para liderar os povos. São líderes sem esforço, sem se proclamarem líderes do povo, como o fazem os líderes da peste emocional.

As crianças irradiantes de felicidade são também líderes natos para as outras crianças. Estas se agrupam em torno daquelas, amam-nas, admiram-nas, buscam seus elogios e conselhos. Esta relação entre líder e seguidores desenvolve-se espontaneamente durante as conversas e as brincadeiras. A criança do futuro é gentil, amável, natural e alegremente generosa. Seus movimentos são harmoniosos, sua voz melodiosa. Seus olhos brilham com uma luz doce e lançam um olhar profundo e calmo sobre o mundo. Seu toque é suave. Quem é tocado passa a irradiar sua própria energia vital. Este é o "poder curativo" de Jesus Cristo, tão mal interpretado. Muitas pessoas, incluindo criancinhas encouraçadas, são frias e têm a pele úmida, seu campo energético é pequeno, elas não irradiam, não comunicam nenhuma força aos outros. Elas próprias têm necessidade de energia e a sugam onde encontram. Elas bebem a energia e a beleza irradiante de Cristo como um homem morrendo de sede vai ao poço.

Cristo dá livremente. Ele pode dar de mãos abertas, pois seu poder de absorver a energia vital do universo é ilimitado. Cristo não sente que esteja fazendo nada de mais quando dá sua força aos outros. Ele o faz com satisfação. Mais ainda, ele tem necessidade de se dar assim; ele transborda energia. Nada perde ao dar generosamente aos outros. Ao contrário, é dando aos outros que ele aumenta sua força e sua riqueza. Não dá apenas pelo prazer de dar; ele floresce com suas doações, pois sua generosidade acelera o metabolismo de suas energias; quanto mais ele esbanja sua força e seu amor, mais força ele obtém do universo; quanto mais intenso seu contato com a natureza que o cerca, mais aguda é sua percepção de Deus e da Natureza, dos pássaros e das flores, do ar e dos animais, dos quais está próximo, apreendendo-os com seu Primeiro Sentido orgonótico; seguro em suas reações, harmônico em sua autorregulação e independente de todos os "deves" e "não deves" ultrapassados. Ele não se apercebe de que outros "deves" e "não deves" surgirão mais tarde, da maneira mais trágica, e assassinarão Cristo em cada criança.

O "poder curativo" de Cristo, que os homens encouraçados mais tarde deformaram, transformando-o em mediocridade interesseira, é, na realidade, um atributo *perfeitamente compreensível e facilmente observável* em todos os homens e mulheres naturalmente dotados das qualidades de líder. Seus poderosos campos orgono-energéticos são capazes de estimular os sistemas energéticos inertes e "mortos" dos miseráveis e dos "infelizes". Esse estímulo do sistema vital exaurido é sentido como um relaxamento da tensão e da angústia, relaxamento esse devido à dilatação do sistema nervoso, que se traduz por uma faísca de amor verdadeiro num organismo cheio de ódio. A excitação da bioenergia no ser fraco é capaz de dilatar seus vasos sanguíneos, de irrigar melhor os tecidos, de acelerar a cura das chagas, de contrariar os efeitos paralisantes e degeneradores da energia vital estagnada.

O próprio Cristo não se preocupava com seus dons de curador. Nenhum grande médico se vangloria de saber curar. Nenhuma criança saudável tem consciência do seu poder de redenção. É a função da vida que age neles. Ela faz parte da expressão vital de Cristo nas crianças, no médico autêntico, no próprio Deus. Cristo vai ao extremo de proibir a seus místicos adeptos e pasmados admiradores de revelarem aos outros seu poder de curar. Alguns historiadores do Cristianismo, mal informados, interpretarão essa atitude de Cristo como uma "retirada diante dos inimigos" ou "medo de ser acusado de bruxaria". Na realidade, a questão aqui nada tem a ver com inimigos ou bruxaria, embora Cristo mais tarde seja atacado pela peste também, por essas razões. A verdade é que ele não dá muita atenção a seus poderes curativos. Eles fazem parte integrante de seu ser a ponto de não suscitar seu interesse ou seu orgulho, do mesmo modo que sua maneira de andar, de amar, de comer, de pensar ou de dar. Isto é uma das características básicas do CARÁTER GENITAL.

Cristo disse a seus companheiros: O Reino dos Céus está em vós. Está também além de vós, em toda a eternidade. Se tomardes consciência disto, se viverdes conforme suas leis e seus objetivos, sentireis Deus e O *conhecerei*. ESTA é a vossa redenção, *este* é o vosso salvador.

Mas eles não compreendem Cristo. O que ele fala? Onde estão os "sinais"? Por que não lhes diz se é ou não o Messias? Ele *é* o Messias? Deve prová-lo fazendo milagres. Ele não fala. Ele próprio é um mistério. É preciso que se faça a luz sobre ele, que o véu de seu segredo se levante.

Cristo não é um mistério. Se ele nada disse, foi porque nada tinha a dizer que pudesse satisfazer-lhes as aspirações místicas. Cristo *é*. Ele vive sua vida. Ele não tem consciência de que é tão diferente de todos os outros.

Para Cristo, que é natureza, a Natureza e Deus são uma só coisa. As crianças sabem disso, ele o disse a seus amigos. E ele crê que todos são Crianças em Deus. Para ele, Deus *é* Crescimento e Crescimento *é* Deus.

Nem assim eles sabem do que Cristo lhes fala. Para eles, Deus é um pai barbudo, colérico, vingativo. Por isso Cristo parece falar-lhes por parábolas veladas. Para eles, Deus *faz* o crescimento. Para eles, eles não são crianças em Deus, mas os servos de um Deus raivoso. Para eles, a Natureza foi criada em sete dias a partir do nada. Como, então, Deus pode ser Natureza?

Cristo não ignora a moral inata e a sociabilidade natural da vida. Em seus sermões, ele evoca a bondade inerente aos pobres e aos infelizes. Os pobres se assemelham às crianças. A fé é força. A fé pode mover montanhas. A fé dá energia. A fé é o sentimento de Deus ou da Vida em nós. Ela é confiança em si, energia, dinamismo.

Eles não sabem do que Cristo lhes fala. Eles estão tristemente privados de sua própria natureza. É preciso ameaçá-los para que observem as leis da moralidade e da sociabilidade. Eles perderam o Reino de Deus e guardam com eles a nostalgia do paraíso. Imaginam o paraíso como uma terra em que não haverá obrigação de trabalho para criar abelhas que dão mel. O mel ali corre em grandes rios, sem que ninguém precise mover um dedo. O leite é obtido também, é claro, sem o mínimo esforço. Ele igualmente corre nos rios.

Se é verdade que Deus se preocupa com cada criatura do universo, como não tomaria conta delas também no paraíso? Então nada de trabalho, nada de esforço, nada de preocupação: leite e mel correndo nos rios. E também o maná cairia do céu direto sobre a terra. Bastaria se abaixar, apanhar e pôr na boca. Mas o fato é que o maná não cai do céu, que é preciso trabalhar muito para obter leite e mel. É porque Deus ainda não enviou seu Messias para redimi-los. Já Moisés havia prometido aos seus uma terra em que teriam leite e mel em abundância. Mas era um sonho que acabou por se transformar em pesadelo com a ocupação romana, as taxas, a escravidão, as perseguições. Então, o Messias está vindo. Cristo é tão diferente deles. Ele tem uma linguagem e vive uma vida que eles não compreendem. Isso os firma na opinião de que ele é o Messias vindo para salvá-los. As pessoas temem e admiram o que não compreendem. Sentem-se felizes quando estão perto dele. As crianças o amam e o cercam como se ele fosse Deus em pessoa. Naquela época, ignorava-se ainda o costume de enviar crianças para entregar flores aos homens de Estado. Esse costume foi implantado dois mil anos mais tarde.

Cristo não percebe muito bem o que lhe acontece. Ele não se revela, porque nada tem a revelar. Ele apenas vive à sua maneira. E como vê e sente o quanto eles são infelizes e diferentes dele, tenta ajudá-los. Ele tenta inculcar-lhes seus próprios sentimentos de simplicidade, de franqueza, de intimidade com a natureza. *Ele ama as mulheres*; ele se cerca de mulheres, como se cerca de homens, ele vive seu corpo "no corpo", como Deus o criou. Não vive sua carne, mas seu corpo. O sentimento vivo que ele tem de Deus é bem diferente do que têm os escribas e os talmudistas. Estes perderam Deus dentro de si e procuram Deus com sofreguidão, interrogam Deus nas suas preces, implorando Àquele-que-nunca-conheceram que Se revele a eles. São obrigados a *pregar* a fé porque não têm fé. São obrigados a *pregar* a obediência às leis de Deus, porque os homens não mais se assemelham a Deus. Deus é para eles um estranho colérico e duro. Outrora Ele os castigou, expulsando-os do paraíso. Depois colocou na entrada um anjo, com uma espada de fogo. Eles tornaram-se vítimas do demônio.

O Demônio é a doença, a luxúria da carne, a avidez, o assassinato, a deslealdade para com os semelhantes, a farsa, a mentira, a caça ao dinheiro. Eles perderam Deus e não o conhecem mais. Durante séculos, muitos profetas os exortaram a voltar a Deus, mas ninguém ousou reconhecer Deus tal como vive e age no homem. A carne suplantou completamente o corpo. Mesmo os recém-nascidos não mais se assemelhavam a Deus, mas saíam pálidos, doentes e infelizes do ventre materno contraído, frio e murcho.

Evidentemente, Deus continuava neles; mas se achava oculto e deformado, a ponto de ninguém reconhecê-lo mais. O sentimento de Deus habitando neles estava intimamente ligado a um sentimento de angústia. De algum modo impunha-se a convicção de que não se devia conhecer Deus, apesar da Lei que ordena reconhecê-lo e viver segundo Sua vontade. Como se pode viver segundo a vontade de alguém que não se conhece e não se conhecerá jamais? Ninguém lhes diz. Ninguém lhes *pode* dizer. Tudo o que se relaciona com Deus é transportado para um futuro longínquo, para uma grande e terrível esperança, para uma miragem em direção à qual os homens estendem desesperadamente os braços. E, entretanto, Deus se acha no fundo deles, inacessível, protegido de seu contato pelo medo e pela angústia. Um anjo assustador protege os anjos contra eles mesmos.

Cristo sabe que os homens são infelizes, mas não sabe exatamente como eles são, pois é diferente deles e não conhece a infelicidade. Ele acredita que os homens são feitos como ele. Não é irmão deles? Não cresceu no meio deles? Não brincou com eles, em criança, partilhando as alegrias e as tristezas? Sendo assim, como ele podia saber que era tão diferente deles? Se tivesse tido consciência disso, ele se isolaria, se separaria dos outros, teria procurado solidão, não teria partilhado com as outras crianças suas alegrias e tristezas infantis.

No entanto, Cristo era tão diferente de todos os outros que só a ausência flagrante neles das coisas que ele possuía em abundância poderia revelar a diferença.

Cristo não se julgava santo. Ele simplesmente vivia o que seus companheiros pensavam ser a vida de um santo. Uma flor vive "como se" fosse uma flor? Um cervo, "como se" fosse um cervo? Uma flor ou um cervo andam por aí dizendo "sou uma flor" ou "sou um cervo"? Eles são como são. Vivem a vida. Preenchem uma função. Existem, sendo de maneira ininterrupta a realidade que representam, sem pensar nela ou fazer perguntas. Se alguém resolvesse dizer a uma flor ou a um cervo: "Escuta, você é maravilhosa, você é uma flor (ou um cervo)", eles olhariam seu interlocutor com surpresa. "O que está dizendo? Não compreendo. *Evidentemente*, eu sou uma flor (ou um cervo). O que você queria que eu fosse?"

E os admiradores místicos não compreenderiam o que o cervo e a flor haviam tentado dizer-lhes. Ficariam mudos de admiração diante do milagre. *Gostariam de ser* como a flor ou o cervo. E, no final, eles colheriam a flor e matariam o cervo. Este é o desenlace inevitável, sendo as coisas como são.

Eles amam Jesus porque ele é o que *eles não* são e nunca poderão ser. Eles tentam se imbuir de sua força, de sua simplicidade, de sua beleza espontânea. Mas não conseguem. Não podem assemelhar-se a ele, nem absorvê-lo. Para se sentirem melhor, mais fortes, mais sábios, diferentes do que são, bastaria que olhassem para ele, escutassem o que ele diz, que dessem ouvidos à simples e estranha verdade que sai de sua boca e vai diretamente, sem nunca errar, ao alvo. Cristo não erra o alvo porque mantém perfeito contato com o que se passa à sua volta. Ele pode ver o que eles não veem porque está aberto para ver. Ele contempla uma paisagem e se dá conta da unidade que ali reina. Ele não vê, como eles, árvores isoladas, montanhas isoladas, lagos isolados. Ele vê árvores, lagos e montanhas como são na realidade: elementos integrados de um fluxo total e unitário de ocorrências cósmicas. Ele vê, ouve e toca todas as coisas com a totalidade de seu ser, nelas derramando suas energias vitais, e recebendo das árvores, flores e montanhas, cem vezes mais dessa energia. Ele não retém sua força e nem se apega a ela. Ele dá generosamente, sem nunca perguntar se agindo assim se empobrece. Ele não se empobrece, mas se enriquece ao dar. A Vida devolve em metabolismos ricamente transbordantes o que recebe. Receber e dar nunca são atos de sentido único. É sempre uma troca, um vai *e* vem.

Uma vez mais, eles não sabem do que Cristo lhes fala. Para eles, dar é empobrecer-se. Tomar é juntar forças, encher o vazio, preencher um abismo no mais profundo do ser. Eles só podem tomar, não podem dar. Quem dá é, aos olhos deles, um louco ou um bom fruto a ser espremido, a ser explorado. Assim desencorajam muitos seres generosos, entregam à solidão muitas almas bondosas. E o mundo se acha uma vez mais empobrecido.

Cristo, que ama o povo, vive sozinho. Os que se detestam, como detestam todos os outros, vivem solitários e abandonados no meio da multidão. Eles têm medo uns dos outros. Dão tapinhas nas costas uns dos outros e sorrisos grotescos que lhes parecem amáveis. São obrigados a representar uma comédia, com medo de se degolarem uns aos outros. E cada um sabe que cada um dos outros está blefando. Reúnem-se em congressos, como há dois mil anos, com vistas à "paz definitiva", mas sabem muito bem que estão enganando um ao outro e só procuram subterfúgios e escapatórias. Ninguém diz o que realmente pensa. Cristo, ele sim, diz o que pensa. Ele não é programado, não finge, e não faz esforço para não fingir. Simplesmente não finge. Às vezes cala-se, mas ignora a mentira deliberada e maldosa. Quanto aos outros, não dizem a verdade pela simples razão de que a verdade não pode ser dita; neles, o órgão que faz dizer a verdade foi dissecado, quando perderam a corrente da Vida e do viver sincero.

Assim, honram a verdade e vivem na mentira. A verdade está indissoluvelmente ligada às correntes da Vida no organismo e em sua percepção. A vida não é verdadeira porque deve ser ou porque foi feita para ser verdadeira; apenas, em cada um dos seus movimentos, está expressa a verdade. A expressão do corpo é incapaz de mentira. Poderemos ler a verdade se soubermos ler a linguagem expressiva do movimento da face ou do modo de andar de cada homem. O corpo diz a verdade mesmo se tiver que dizer que mente habitualmente e que esconde suas mentiras sob um verniz de atitudes dúbias. Assim, a Vida "interpreta os sinais" como os Homens julgaram que Cristo era incapaz de interpretar. Também acontece, em certos contextos, quando a própria existência da raça está em jogo, de a verdade não ser expressa, permanecendo escondida.

O macaco no homem se manifesta raramente. Isso também se aplica às origens do homem, do funcionamento da segmentação vermicular dos seres vivos. Embora a história de um acontecimento esteja sempre presente, de uma forma ou de outra, no instante em que o consideramos, é necessário ter conhecimentos em matéria de anatomia e fisiologia para compreender bem certas verdades que ultrapassem as perspectivas comuns dos homens. O significado cósmico de Cristo, que os homens lhe atribuíram, numa ótica mística, residia em uma expressão verídica da Vida, em sua completa coordenação do corpo e emoções, no imediatismo de seu contato com as coisas. Assim, ele se colocava além do campo visual do homem que, por sua couraça, se acha confinado num domínio estritamente "humano". É essa couraça que envolve o homem no mundo dos problemas estritamente humanos que o impede de chegar ao universo, de compreender a vida em volta dele e nos seus recém-nascidos, de moldar a sua sociedade de acordo com um saber que ultrapasse sua própria biologia. Encerrado, assim, num estreito espaço, ele é obrigado a desenvolver sonhos e utopias que nunca entrarão no domínio do possível.

Ora, todas as experiências humanas se fazem a partir *de dentro* do espaço estreito em que o homem está confinado, e ele será incapaz de julgar sua existência a não ser opondo sua realidade miserável a alguma realidade transcendente de ordem mística. Ele então será incapaz de mudar a primeira e discernir a verdadeira natureza da segunda. A vida que se desenrola fora de seu espaço estreito lhe parecerá inevitavelmente incompreensível e inacessível.

A exploração das estruturas profundas do homem pela análise do caráter mostrou que são seus problemas genitais, que é sua impotência orgástica, que o atiram na sua estreita prisão. Então é perfeitamente lógico que não haja nada que ele persiga e reprove com mais ardor, que ele mais deteste, do que os aspectos bons da potência orgástica, quer dizer, a Vida ou o Cristo, ou seja, suas próprias origens cósmicas e suas potencialidades atuais. Com uma coerência inexorável, a primeira, ele interpreta, erradamente, como uma simples foda desprovida de amor, a segunda é transferida para sempre ao domínio do sonho, como sendo irrealizável.

Desta confusão sem remédio, deriva o Assassinato de Cristo. O caminho que leva a isso é longo; as formas que esse assassinato toma são muitas; e, no entanto, até esse século vinte, o assassinato nunca deixou de ocorrer no final. Uma de suas características fundamentais é o fato de ter permanecido tão secreto e tão inacessível.

O núcleo bioenergético da vida e seu sentido cósmico se exprimem na função do orgasmo, isto é, na convulsão involuntária de todo organismo vivo durante o abraço do macho e da fêmea, com o fim de comunicar reciprocamente suas cargas bioenergéticas. Se não houvesse outros meios de identificar a função da Vida com a função do orgasmo, isto se deduziria da identidade de seus destinos ao longo da história escrita da espécie humana. E dentre as características mais típicas e menos aceitáveis do homem encouraçado estão a incompreensão, a perseguição, e a desaprovação de suas manifestações, a transformação mística da consciência que tem da sua importância, o terror que inspira a perspectiva de um estreito contato com a Vida e o orgasmo.

A comparação sistemática do comportamento da Vida com o da Vida encouraçada, durante o abraço genital, permitirá a melhor compreensão do ódio e do assassinato de Cristo ao qual se chegou. Cristo descreveu o Reino dos Céus numa parábola, cuja profunda significação biológica não poderia escapar a quem se interessa pela profundidade da bioenergia humana:

> *Então será semelhante o reino dos céus a dez virgens que, tomando suas lâmpadas, saíram a receber o esposo e a esposa. Mas cinco de entre elas eram loucas, e cinco prudentes. As cinco, porém, que eram loucas, tomando as lâmpadas, não levaram azeite consigo; as prudentes, porém, levaram azeite nos seus vasos juntamente com as lâmpadas. E, tardando o esposo, começaram a cochilar todas, e assim vieram a dormir. E à meia-noite ouviu-se um grito: "Eis aí o esposo, saí a recebê-lo". Então levantaram-se todas aquelas virgens, e prepararam as suas lâmpadas. E disseram as loucas às prudentes: "Dai-nos do vosso azeite, porque as*

nossas lâmpadas apagam-se". Responderam as prudentes, dizendo: "Para que não suceda talvez faltar-nos ele a nós, e a vós, ide antes aos que vendem, e comprai para vós". Mas, enquanto elas foram a comprá-lo, veio o esposo; e as que estavam preparadas entravam com ele a celebrar as bodas, e fechou-se a porta. E por fim vieram também as outras virgens, dizendo: "Senhor, Senhor, abre-nos!". Mas ele respondendo, disse: "Na verdade vos digo, que vos não conheço". Vigiais, pois, porque não sabeis o dia nem a hora.

(*Mateus*, 25:1-13)

Capítulo III

O abraço genital

O desejo de se fundir com outro organismo no abraço genital é tão forte no organismo encouraçado como no não encouraçado. No organismo encouraçado ele será até mais violento porque a satisfação total está bloqueada. Enquanto a Vida simplesmente ama, a vida encouraçada "fode". Onde a Vida se desenvolve livremente em suas relações de amor como o faz em todas as outras coisas, ela permite que suas funções progridam lentamente, desde os primeiros estímulos até a plenitude do clímax alegre, tanto em se tratando de uma planta que passa da minúscula semente a árvore em flor, e depois a árvore frutífera, como da fé em uma ideologia libertadora; da mesma maneira, a Vida deixa amadurecer lentamente suas relações de amor, do primeiro olhar até o abandono completo durante o abraço palpitante. A Vida não se precipita para o abraço. Ela não tem pressa, a não ser que um longo período de continência total torne necessária uma descarga instantânea de energia vital. O homem encouraçado, trancado na prisão de seu organismo, vai direto à foda. Sua linguagem horrível trai suas disposições emocionais: ele quer "pegar uma mulher", pela força ou pela sedução. Parece absurdo ao homem encouraçado ficar a sós, durante certo tempo, com uma pessoa do sexo oposto, sem "tentar pegá-la" contra sua vontade ou sem que ela tenha medo de ser objeto de uma agressão. Assim se explica o hábito do *chaperon**, que é uma afronta à dignidade humana. Atualmente esse hábito tende a desaparecer pois a genitalidade natural começa a ocupar o espírito das pessoas.

A Vida pode partilhar o leito com uma companheira sem pensar no abraço se faltarem as condições espontâneas para isso. A Vida não começa pela realização, ela se encaminha para a realização. Ela o faz pelo amor e para o amor, assim como em todos os campos nos quais funciona. A Vida não escreve um livro com o fim de ter "também" escrito um livro; ela não realiza sua tarefa para encontrar eco nos jornais; ela não escreve "para as pessoas", mas *sobre processos e fatos*. A Vida constrói seguramente uma ponte para atravessar o rio e não para obter um prêmio no congresso anual da Sociedade de Engenheiros.

Do mesmo modo, a Vida não pensa logo no abraço quando encontra companhia. A Vida encontra porque encontra. Ela pode deixar seu parceiro, pode caminhar um pouco com ele antes de deixá-lo, ou então o encontro pode chegar a uma fusão completa. A Vida não tem ideia precisa do que o futuro lhe reserva. A Vida aceita o curso natural das coisas. O futuro emerge da corrente contínua do presente, assim como o presente emerge do passado. Claro que pode haver pensamentos, sonhos, esperanças relativas ao futuro; mas o futuro não governa o presente como ocorre no domínio da vida encouraçada. A Vida, quando flui livremente, se interessa por suas funções e desenvolve certas habilidades que lhe permitem funcionar bem. O biólogo e o médico aprendem sua arte a partir de uma habilidade que resulta naturalmente da realização de certas funções. A vida encouraçada sonha ser um grande médico, um cirurgião célebre e admirado pelas multidões, que fará tudo para obter artigos elogiosos sobre sua grande clínica nos grandes jornais de um grande país, e, para

---

* *Chaperon*: hábito, ainda comum, de acompanhar e vigiar o namoro de jovens não casados; na gíria, seria o "segura-vela". (N. T.)

terminar, põe em caixa gordos honorários. Assim o homem encouraçado imagina o "sucesso". Este exemplo pode-se aplicar *ad libitum*, ao grande *führer* da nação, ao grande tribuno do povo, ao grande pai dos grandes russos da grande Rússia, ao maior país do globo. É sempre a mesma música, a mesma antecipação do que deveria se desenvolver de maneira orgânica, o mesmo hábito de começar pelo fim. A antiga patologia do câncer pretendia começar por elucidar o enigma das células cancerosas e atolou-se na teoria dos germes aéreos. O enigma foi resolvido onde menos se esperava: observando um simples broto de planta num pouco de água pura e simples. A Vida, ao escrever um livro, não começa pelo título e pelo prefácio. O prefácio e o título são os últimos a serem escritos, pois devem englobar o todo; ora, ninguém pode ter uma visão do conjunto antes de haver terminado o todo. Não se constrói uma casa começando pelos móveis, mas pelos alicerces. Mas o plano dos alicerces deve ser precedido pela ideia geral que se faz do interior da casa quando terminada.

Todos os sonhos do casamento romântico começam pela defloração na noite de núpcias e terminam no esgoto dos conflitos conjugais. Uma vez mais, é o homem encouraçado que impede as pessoas de compreenderem que o casamento cresce lentamente, como a planta que se torna árvore frutífera. Ora, é preciso muito tempo para que uma árvore dê frutos. O *amor* conjugal nada tem a ver com a *certidão* de casamento. O amor conjugal desenvolve-se com simplicidade. Não exige esforço. O crescimento progressivo, o acesso a um novo estágio, a descoberta de uma nova maneira de olhar, a revelação de um novo detalhe de sua maneira de ser, agradável ou não, são experiências deliciosas. Elas nos mantêm em movimento. Elas nos incitam a nos modificarmos dentro das tendências naturais de nosso desenvolvimento. Elas contribuem muito mais para o embelezamento físico do que todos os sabonetes cantados pela publicidade; elas resguardam a capacidade de enrubescer no momento certo. É preciso meses, às vezes anos, para conhecer o corpo do parceiro amoroso. A descoberta do corpo do bem-amado proporcionará uma grande satisfação. Experimentaremos isso ao ultrapassarmos as primeiras dificuldades no ajustamento de dois organismos vivos. Ao homem pode faltar delicadeza nos seus momentos de grande excitação; a mulher pode temer a doçura do abandono involuntário. O homem pode ser muito "rápido" no início e a mulher muito "lenta" ou vice-versa. A busca da experiência comum do gozo supremo pela fusão completa de dois sistemas de energia vibrantes – que chamamos macho e fêmea – esta busca, assim como a procura mútua e silenciosa do caminho até as sensações e vibrações cósmicas do ser amado, são prazeres supremos, límpidos como a água do riacho, deliciosos como o perfume de uma flor na manhã de primavera. Esta experiência calorosa e durável do amor, do contato e do abandono recíproco, do prazer dos corpos, é uma servidão perfeitamente digna que acompanha todo casamento que cresce naturalmente. O abraço genital coroa esta alegria ininterrupta, ele é como o cume que se atinge depois de uma longa escalada, e de onde se desce na noite e na tempestade. Mas você vai ao encontro de novos cumes, que estão muito acima dos vales sombrios. E cada cume se apresenta com um aspecto diferente dos precedentes, pois a vida nunca se repete totalmente, mesmo num intervalo de poucos segundos durante a mesma operação. Sua ambição não é estar "no alto", não é olhar os vales e contar aos outros quantos cumes você escalou em uma quinzena. Sua atitude fundamental é o silêncio. Você prossegue a caminhada e fica feliz por ter atingido uma nova altura após uma ascensão contínua. A preparação para a ascensão é tão delicada quanto a própria ascensão. O repouso no topo da montanha é tão belo quanto a chegada palpitante, quando seus olhos e todo seu corpo descobrem a paisagem. Durante os preparativos e a ascensão você não fica se perguntando se conseguirá chegar ao topo. Você não inventa um motor de bolso especialmente concebido para lhe fazer galgar os últimos cem metros. Você não sufoca o grito de alegria que chega à sua garganta quando atinge o cume, não é tomado de convulsões à primeira impressão de prazer. Você vive plenamente as diferentes fases da experiência. No fundo, você sabe que não é difícil atingir o cume, se você cuidou de todos os passos nessa direção. Você está certo de si mesmo, pois já escalou outras montanhas e sabe qual a impressão que elas lhe dão. Você não permite que ninguém o conduza para o topo e nem imagina o que o seu maldoso vizinho possa pensar ou dizer, se souber o que você está fazendo. Você deixa todos para trás, fazendo a mesma coisa ou sonhando em fazer.

O abraço natural pleno assemelha-se a essa escalada; ele não se distingue essencialmente de qualquer atividade vital, importante ou não. Viver na plenitude é se abandonar ao que se faz. Pouco importa que se trabalhe, que se fale com amigos, que se eduque uma criança, que se escute uma conversa, que se pinte um quadro, que se faça isso ou aquilo.

O abraço genital emerge naturalmente da necessidade – que se processa progressivamente – de fundir um corpo com o corpo do outro. É fácil perceber este traço fundamental observando os pássaros, os sapos, as borboletas, os cervos no cio e outros animais que vivem em liberdade. O prazer final da descarga total de energia no orgasmo é o resultado espontâneo do acúmulo contínuo de prazeres menores. Esses pequenos prazeres podem proporcionar a felicidade ainda que excitando a necessidade de outros prazeres. Nem sempre esses prazeres menores terminam no prazer supremo. Duas borboletas, macho e fêmea, podem brincar juntas durante horas sem chegar ao abraço. Podem ir mais longe e se sobrepor, sem haver penetração. Mas uma vez que os sistemas energéticos de seus corpos se encontrem, vão até o fim. Elas não se frustram uma à outra, a menos que sejam interrompidas por um colecionador de borboletas ou por um passarinho esfomeado. A excitação do organismo inteiro precede a excitação genital propriamente dita. A potência orgástica é a realização do prazer total dos corpos e não somente do genital. Os órgãos genitais são apenas os instrumentos da penetração física que acontece *depois* da fusão dos dois campos de orgono-energia, fusão esta que se opera muito antes da realização final. Os contatos são suaves. Não se agarra nem se prende, não se segura nem se aperta, não se puxa nem empurra ou belisca o outro. O contato não vai além do que a situação particular exige. Um homem pode amar ternamente uma mulher durante meses, desejá-la com todo o seu ser, encontrá-la todos os dias, sem fazer outra coisa senão apertar calorosamente suas mãos ou beijá-la nos lábios. Assim que os dois sentirem a necessidade do abraço, este se produzirá inevitavelmente, e ambos escolherão o melhor momento, assim que estejam prontos, sem trocar uma só palavra sobre esse assunto. Mas então a natureza desenvolverá seus melhores poderes para unificar dois seres vivos.

Como esses organismos permitiram a seu amor atingir orgânica e progressivamente o ponto exato que ELE desejava atingir, e como eles souberam esboçar no momento certo o gesto certo, seus corpos sabem exatamente como se encontrar no abraço. Cada um buscará as sensações do outro e nelas encontrará seu próprio prazer. Cada um descobrirá as inflexões do corpo do outro, terão consciência do grau de abandono mútuo a cada instante e escolherão o caminho perfeitamente certo. Assim, constatarão talvez que seus corpos estarão dispostos, num primeiro encontro, a ir até certo ponto, e não mais além. Se a fusão genital não emergir naturalmente desta fase, eles não se unirão e se separarão, para sempre ou apenas por algum tempo. Eles "estruturarão" sua experiência recíproca e se habituarão um ao outro, preparando-se para uma realização mais plena. O prazer não será toldado pela pretensão de possuir o parceiro ou de provar a própria potência. Não é o caso de "provar", de "conseguir" ou de "obter" o que quer que seja.

A doce fusão realiza-se ou não. Ela pode acontecer durante alguns instantes e desaparecer em seguida. Ela não pode ser obtida ou mantida pela força. Se ela não for mantida e não crescer, o abraço não terminará na união genital. Se a união genital finalmente se produz sem que seja desenvolvida a doce sensação de fusão, os parceiros a lamentarão em seguida; seu prazer será turvado e poderá ser anulado para sempre. Assim, o cuidado com um comportamento autorregulador durante a superposição orgonótica do macho e da fêmea é a melhor garantia de um prazer completo.

O orgasmo acontece quando tem que acontecer e não quando ele ou ela o desejam. Você não pode "querer" um orgasmo e "obtê-lo" como quem obtém uma cerveja num botequim.

O orgasmo, na sua verdadeira acepção biológica, é o resultado de um crescimento progressivo de ondas de excitação e não um produto acabado que se pode conseguir com trabalho árduo. Ele é uma convulsão unitária de uma só unidade energética que, antes da fusão, eram duas unidades, e que, terminada a fusão, separar-se-á novamente em duas existências individuais. Do ponto de vista da bioenergética, o orgasmo se apresenta como a perda total da própria individualidade em benefício de um estado de ser absolutamente diferente: não se trata de obter o orgasmo dele para ela ou dela para ele, como o imaginam os homens mentalmente doentes do século um ou do século XX. A prova é o fato de que um tratamento médico pode fazer desaparecer essa maneira de "obter" o orgasmo, enquanto a autêntica fusão bioenergética não desaparece mas, ao contrário, se reforça. Esses fatos são de importância fundamental.

O orgasmo é algo que *acontece* a dois organismos vivos e não alguma coisa que pode "ser produzida". Ele é como a brusca projeção de protoplasma numa ameba que se desloca. Não se pode "ter" um orgasmo com qualquer um. É possível foder com qualquer um, pois, para provocar uma descarga de líquido seminal ou um prurido vigoroso, basta friccionar suficientemente os órgãos genitais. Mas o orgasmo é mais do que um forte prurido, do qual se distingue essencialmente. Não se pode "obter" o orgasmo à força de arranhar ou morder. O macho e a fêmea que se arranham ou se mordem procuram, por todos os meios, o contato bioenergético. O contato orgástico *acontece* ao organismo. Não há necessidade de "fazê-lo". Ele ocorre espontaneamente ao contato com certos organismos e não ocorre ao contato com os outros em geral. Deste modo, ele é a base da autêntica moral sexual.

O organismo que fode deve "avançar" rapidamente, para não deixar de "conseguir". Ele acaba "aliviando-se" ou "fazendo amor". O organismo amante deixa-se submergir na maré das sensações e levar pelo fluxo, como senhor de cada movimento, como o canoeiro experimentado tem o controle de sua embarcação quando desce um rio encachoeirado. Do mesmo modo, um cavaleiro que sabe montar um puro-sangue deixa-se levar por sua montaria, e, ainda assim, a domina. O organismo esclerosado precisa de grandes esforços, como um corredor cujos pés estivessem amarrados a um peso. Tudo o que ele pode fazer é avançar capengando. Após uma marcha penosa, ele se enfraquece, exausto. O organismo que fode mantém a cabeça fria durante o "ato" (esta palavra, por si só, já é reveladora). Ele pode "conseguir", "fazer", "acabar", sempre e em todas as ocasiões, como um touro ou um garanhão fogoso e frustrado, privado de fêmea durante anos. Existem mesmo técnicas particulares e trabalhosas para atrair e seduzir a fêmea. Tal exercício tem tanto valor vital quanto o reboque de um automóvel quebrado por um guincho – as duas rodas dianteiras suspensas no ar.

As disposições internas para a função amorosa determinam os diferentes aspectos de todas as atividades do indivíduo. O fodedor sempre conseguirá, metendo, esfregando; terá técnicas especiais para chegar tranquilamente a seus fins; o tipo passivo é vítima daquilo que o ativo lhe impõe. O caráter genital, ao contrário, deixa sempre que as coisas funcionem e aconteçam; ele mergulha ativamente em tudo o que faz, seja amar uma mulher ou um homem, seja montar uma organização ou executar um trabalho.

O fodedor, ativo ou passivo, ficará em volta do caráter genital para tentar imitá-lo. Deste primeiro impulso do organismo encouraçado para imitar Cristo decorre a tragédia, com uma lógica implacável. Tanto para Cristo quanto para o libertino ela necessariamente ocorre, em qualquer época, em qualquer país, em qualquer camada social, sempre que esses dois modos de vida se defrontarem. É na Terra de Ninguém, entre os dois campos, que as Crianças do Futuro necessariamente crescerão. Se queremos instaurar um sistema de educação racional, é indispensável refletir sobre os meios de proteger a criança da peste emocional, consequência dessa tragédia. Não há problema de educação, precoce ou tardia, que não decorra, em sua estrutura e em sua realização, das condições que conduzem ao Assassinato de Cristo.

Para o orgonomista analista de caráter do século XX, Cristo possui todas as marcas do caráter genital. Ele nunca poderia ter amado as crianças, as pessoas, a natureza, nunca poderia ter sentido a vida e agido com a graça suprema com que agiu, se houvesse sofrido frustração genital; pensamentos obscenos, lascívia, crueldade direta ou disfarçada em exigências morais, falsa doçura – enfim, todos os sinais de frustração genital –, não se enquadram na imagem de Cristo tal como nos foi transmitida, e espontaneamente nos ocorre a pergunta: por que ninguém compreendeu isto? Isso está de acordo com o fato de que nenhum biólogo jamais tenha mencionado as pulsações orgonóticas ondulatórias dos seres vivos ou que nenhum especialista em higiene mental tenha mostrado as devastações da frustração genital durante a puberdade.

Cristo nunca poderia ter sido puro como a água de um riacho e alerta como um cervo se seu espírito estivesse cheio das imundícies de uma sexualidade pervertida pela frustração do abraço natural. Não pode haver dúvida: *Cristo conheceu o amor físico e as mulheres, como conheceu tantas outras coisas naturais*. A bondade de Cristo, sua capacidade para o contato, sua atitude compreensiva em face da fragilidade do homem, das mulheres adúlteras, dos pecadores, das prostitutas, dos pobres de espírito, não se enquadrariam em nenhuma outra imagem biológica de Cristo. Sabemos que houve mulheres que amaram Cristo – mulheres respeitáveis, belas, generosas. Este é um ponto importante se quisermos compreender seu assassinato final. Qualquer outra concepção é completamente aberrante. Autores independentes, como Renan, exprimiram claramente este pensamento e todos os que estudaram sem espírito prevenido a vida de Cristo conhecem o segredo.

O mais incompreensível do enigma é que esta vida tenha dado origem a uma religião que, em flagrante contradição com seu fundador, baniu de sua esfera o princípio do funcionamento natural da vida e perseguiu, mais do que tudo, o amor físico. Mas até isso encontrará uma explicação racional.

Capítulo IV
A sedução para a liderança

Cristo possui, como consequência de sua harmonia organísmica, o poder da FÉ. Ele mantém contato com o que se passa a sua volta; tem a plena sensação de seu corpo e não carrega com ele, em segredo, uma carne frustrada e perniciosa. Ele não "tenta" as coisas, ele as FAZ. Detém toda a potência da força Vital dada por Deus. Compreende os pássaros e sabe distinguir um grão de centeio de um grão de trigo.

Cristo conhece o Reino de Deus, que é o Reino da Vida e do Amor sobre a terra. Ele está bem perto, em cada flor, em cada passarinho, em cada árvore, em cada ramo de oliveira. Seus companheiros não têm consciência da presença de Deus. Não sentem a Vida. Eles trocam riquezas, entregam-se à luxúria sem conhecer o amor. Pagam pesados impostos e obedecem a imperadores estúpidos, vaidosos, vorazes, horrendos. São pessoas exploradas e dependentes no plano emocional, que se deixam enganar pelo primeiro escroque que apareça, ou que limitam a Vida à ambição egoísta de se tornarem, eles próprios, imperadores. Cristo vê e conhece tudo isso e sofre por isso. Ele vem do meio dos pobres que se assemelham às crianças, que vivem ainda na proximidade de Deus, que ainda não estão pervertidos e desnaturados, que ainda conhecem o amor. Os pobres se assemelham às crianças, e sua maneira de conhecer e sentir é como a das crianças. Eles vivem afastados do tumulto, não se envolvem nele, ainda que o tumulto só possa existir porque eles não reagem ou não podem reagir.

Existem os Barrabases e os Macabeus, males necessários. Sem eles, nada andaria. São eles que, a golpes de espada, lutam contra os imperadores estrangeiros. Quem, senão eles, poderia lutar e morrer nos campos de batalha? Cristo não combate os imperadores. Ele dá a César o que é de César, e a Deus o que é de Deus. Cristo não deseja combater César. Ele sabe que não se pode tornar senhor de César. Mas sabe também que César será esquecido com o tempo, enquanto aquilo que Cristo sente em seu corpo, o que vibra em todos os seus sentidos em uníssono com o universo, governará o mundo para o bem de todos os habitantes da terra. O Reino de Deus sobre a terra, que é esse sentimento e essa vibração da Vida viva em Cristo como em todos os habitantes da terra, certamente virá. Ele já existiu, certa vez. Não deixará de retornar. Isto é tão evidente, que se pode esperar de um momento para o outro. Pode-se considerar um pesadelo o fato de este Reino dos Céus na Terra ainda não ter começado. Este atraso deve ter uma razão, pois sua chegada abriria, com certeza, uma era fácil e encantadora.

Assim, Cristo não se considera, no início, um ser extraordinário. Ele é como é. Por que os outros não são assim? Isso está em você mesmo: basta descer ao fundo de você mesmo para encontrá-lo. Por que você o perdeu? Como isso aconteceu? Deus não abandonou seus filhos. Então, o homem deve tê-lo abandonado. Mas por quê? Como? Quando e onde isso aconteceu? Até hoje, nós o ignoramos. Mas Jesus sabe exatamente *o que* eles perderam, embora *eles* ignorem o que ainda têm no fundo de si mesmos. Cristo não sabe, mas aprenderá a duras penas que eles perderam o sentimento de Deus porque insistem em matá-lo a cada segundo de cada minuto, a cada hora de cada dia do ano, através dos milênios. Este é um fato tão absurdo, que se poderia duvidar de sua realidade. Por que o homem mataria a Vida em si mesmo? É absoluta monstruosidade pensar que isso seja possível.

Mas é exatamente essa monstruosidade que constitui o domínio do adversário de Deus-Vida, do paganismo e do pecado diabólico. O homem perdeu sua liberdade há muito tempo, e não pára de apertar os nós que o mantêm prisioneiro, enquanto lamenta sua triste sina e sonha com a vinda do Messias.

Os homens que haviam perdido o sentimento de Deus começaram a juntar-se em volta de personagens que irradiavam Vida, mas que não a possuíam no mesmo grau que Cristo. Eles cercavam os Cristos *frustrados*, os políticos de todas as épocas, para conseguir um pouco de força deles. Os Cristos frustrados eram elevados ao pedestal, e gostavam de ser adulados pelas pessoas. Apreciavam a admiração que lhes testemunhavam, os elogios, os cantos, as danças em sua honra; os apelos que lhes dirigiam para que se fizessem tribunos dos fracos enchiam seus corações de conforto. Assim é que se instalaram os primeiros chefes de tribo, os reis, os duques, os *führers*, os generais, os sargentos, os Stalins, os Hitlers, os Mussolinis; e, por incrível que pareça, levados ao poder pelo próprio povo, por razões perfeitamente racionais: *os homens sentiam necessidade de uma fonte exterior de energia para substituir a força interior, a fé e o sentimento de segurança que haviam perdido.* Tendo perdido a espontaneidade interior de suas funções vitais, eles eram obrigados a recorrer a muletas, e esta situação não mudou até hoje. Por que ela teve que se manter durante milênios? Por que os homens não descobriram logo a causa de sua desgraça? Por que lhes era estritamente proibido atacar o mal pela raiz? Não se deve conhecer Deus e não se deve conhecer a Vida. Esta se tornou a lei mais sagrada e mais implacável da humanidade prisioneira. É inacreditável, é ridículo, mas é verdade...

Os pequenos líderes perderam o sentido da Vida, a ponto de se deixarem seduzir pela pressão do povo. Eles não vivem suficientemente perto da terra, como Cristo, nem sentem, como Cristo, o apodrecimento da ordem estabelecida, para recusar um posto de liderança. Assumem a liderança, que é imediatamente *necessária* e *crucial*. É preciso lutar contra os impostos muito elevados, é preciso manter e proteger os velhos costumes religiosos, é preciso concluir um acordo com o imperador pagão para assegurar os ofícios sagrados nos templos, mesmo se esses ofícios forem a sombra cadavérica de uma religião outrora viva e brilhante. Essa religião é absolutamente necessária para a existência deles. É ela que leva a suas almas infelizes um pouco de equilíbrio, de orientação, de esperança, de consolo. Caso contrário, o Diabo, cuja ação se acha assim entravada pela lei moral, reinaria sem restrições.

Tudo isso, Cristo mais sente do que sabe. O povo o designou como um líder, um salvador, encarregado de lutar pela sua felicidade. Mas o trágico está em que os desejos e a vida de Cristo diferem tanto dos desejos e da vida de seus contemporâneos, que nunca poderá haver um acordo entre os dois modos de vida.

Quando Cristo fala do Reino dos Céus na Terra, ele pensa na liberdade interior do animal humano, que faz parte legítima de toda criação. Quando Cristo lhes diz que é o Filho do Homem, ou – o que dá exatamente no mesmo – o Filho de Deus, ele exprime uma realidade autêntica, verdadeira, essencial: ele é o descendente da Vida, da força cósmica que ele conhece tão bem e que sente tão nitidamente em si mesmo. Mas eles não o compreendem. Forçam-no a revelar-lhes sua identidade e a fazer-lhes uma demonstração de seu poder divino. Reclamam sinais que provem sua divinização. Aí está a origem da futura mistificação de Cristo.

Para a inteligência desses homens, roídos pela peste, o Filho de Deus deveria ser diferente do que Jesus parece ser. Na realidade, o Filho de Deus se assemelharia a Jesus: ele seria doce, amável, compreensivo, sempre generoso, sempre seguro, acolhedor para com os pobres, amando as crianças e amado por elas. Teria o andar suave de Cristo, seus olhos profundos e graves. Nunca pronunciaria palavras grosseiras, não em virtude de algum princípio, mas porque nunca lhe viria ao espírito dizer coisas grosseiras. Seu rosto seria radioso como o de Jesus, animado por um raio doce e invisível que se transformaria, mais tarde, nos Ícones, num horrendo círculo amarelo e brilhante em forma de auréola, de acordo com a ideia que os homens tomados pela peste, embebidos de um misticismo de má-fé, fazem do campo orgono--energético do corpo. Somente os melhores artistas iriam ser capazes, ao longo dos séculos futuros, de sentir a sutileza vibrante e fina desta radiação orgonótica, e tentariam, aliás sem grande êxito, exprimi-la em seus quadros.

A fisionomia de Cristo evoca uma pradaria inundada de sol, numa bela manhã de primavera. É impossível fixá-la com o olhar, mas você a sente se não estiver tomado pela peste. Você se toma de afeição por ele, ele o inunda com sua radiação, você não o despreza como o faria um cérebro seco, astuto, insensível de um fascista vermelho ou de um pequeno-burguês sentimental. Você pode imaginar um Molotov e um Malenkov num prado primaveril, olhando os cervos pastando sob a luz da manhã? Impossível. Cristo é como uma flor radiosa e brilhante, ele o sabe, isso lhe agrada, ele tenta, a princípio, ingenuamente transmitir seus sentimentos a seus companheiros, aos quais isso, evidentemente, falta. Ele sabe que eles sofrem por serem privados desses sentimentos, que eles os mataram, mas Cristo ignora que eles detestam esses sentimentos tanto quanto os desejam, mais que tudo na Vida. Ele ignora também que eles matam esses sentimentos em cada recém-nascido, logo depois do nascimento, mutilando seus órgãos genitais, colocando gotas de ácido em seus olhos, administrando-lhe um tapa no traseiro como primeiro sinal de boas-vindas a este mundo. Serão necessários milênios de miséria, pilhas de santos queimados vivos, montanhas de cadáveres de todo jeito espalhados pelos campos de batalha, para que eles se dêem conta disso. Não saber disto é a fatalidade que cai sobre Cristo. Ele acredita que seus companheiros são simplesmente ignorantes, que a fome e o trabalho duro embruteceram-nos. Ele pensa que eles se sentem atraídos por sua sabedoria, como um sedento por uma fonte. No fim, eles o matarão, eles *precisarão* matá-lo.

Seus companheiros precipitam-se sobre sua Força Vital como um sedento se precipita sobre a fonte. Todos eles bebem grandes goles, os olhos arregalados, as faces queimando. Eles sentem-se reviver, irradiando uma doce luminosidade; de vez em quando têm até rasgos de pensamentos brilhantes, podem fazer perguntas inteligentes, o que permite ao Senhor fazê-los participar de sua plenitude. Todos bebem e continuam bebendo. E o Senhor não se cansa de dispensar, a todos os que o cercam e vêm a ele, as palavras límpidas de sua boca, a força irradiante de seu corpo, seu consolo, seus conselhos, sua grande sabedoria. A notícia de sua generosidade se espalha por todos os lugares. E não para de crescer o número de homens e mulheres sedentos que vêm encher seus vasos secos com esta seiva de Vida, que aspiram à graça radiosa de sua simplicidade e de sua plenitude de vida.

Eles o acompanham em seus passeios matinais através dos campos e recolhem suas belas palavras sobre a criação de Deus. Ele parece compreender o canto dos pássaros e os animais não têm medo dele. Não há em sua alma o mínimo desejo assassino. Sua voz é melodiosa e expressiva. Ela emerge diretamente de seu corpo e não, como neles, de uma garganta crispada ou de um peito rígido. Ele sabe rir e gritar de alegria. Ele não impõe nenhuma repressão à expressão de seu amor; abandonando-se a seus companheiros, ele não sacrifica nada de sua dignidade natural. Quando anda, seus pés se apoiam firmemente no solo, como se aí quisessem criar raízes, para tirá-las a cada passo e de novo enraizar um pouco mais longe. Seu andar não se parece em nada com o de um profeta, de um sábio ou de um professor de matemática. Ele anda simplesmente. Quando você o vê caminhando, pergunta-se: O que é ele? Quem é ele? Ele é tão diferente de todos os outros. O andar de cada um de seus companheiros exprime alguma coisa, alguma coisa que nada tem a ver com o ato de andar. Um anda com humildade, outro anda mergulhado em profundos pensamentos. O terceiro anda como se, tomado de horror, empreendesse uma fuga. O quarto anda como um rei, o quinto como um servidor devotado a seu Mestre. O sexto como um cervo. O sétimo anda como uma raposa. O mestre anda, simplesmente. Nem mesmo como um cervo. Ele anda.

Sua marcha solitária é um desafio a todas as doutrinas, seja o Sofisma, o Solipsismo, o Talmudismo ou o Existencialismo. Seu comportamento está tão em desacordo com qualquer espécie de ismos que mesmo um especialista em "catalogar" pessoas não poderia dizer onde ele se encaixa. Isto inquieta os homens vulgares, pois cada um se encaixa sempre em alguma coisa, *tem* que se encaixar em alguma coisa, sob pena de ser suspeito de atividades subversivas. Deve ser membro de uma corporação, ou do Sinédrio, ou de uma liga de sacerdotes, da legião de salvadores da pátria, da liga dos heróis da terra natal. Cristo é bem conhecido como conferencista e professor. Mas mesmo como tal, é difícil classificá-lo. De início, ele faz perguntas diretas demais. Isso é desagradável. Ele dá respostas muito simples às questões mais complicadas, mesmo às que, durante milênios, foram o nó górdio de milhares de sábios e que ficaram sem resposta. Ele é então um líder popular nato. O povo sente isso. Continua a lhe fazer sempre a mesma pergunta: Quem é você? O que é você? Você é o enviado de Deus? Para salvar-nos? Você é o Messias? Se é, diga. Nós o cercaremos de honrarias, nós o seguiremos. Nós o colocaremos no poder para que você possa dispor de nossos inimigos. Revele-nos sua verdadeira natureza. Dê-nos um sinal, faça um milagre para mostrar-nos quem você é.

O mestre guarda silêncio sobre sua procedência e seu destino. Passeia com eles através dos campos, visita com eles muitos povoados. Continua a dar respostas simples a questões complicadas, a dar-lhes a força do saber sem nunca tocar em um livro erudito.

Ele *deve* ser o enviado do céu, pensam eles. Ele não é só diferente dos outros, ele guarda também um silêncio misterioso sobre sua verdadeira natureza e sua missão. Ele deve ter uma missão. Ele veio resgatar seu povo, os pobres, arrancar a nação da escravidão. Assim, eles elaboram a imagem *deles*, a falsa imagem do Filho de Deus, que é, na realidade, o Filho de uma Força Vital Cósmica não corrompida. Ele guarda silêncio, porque não tem o que responder a perguntas sobre natureza, missão, visão, sinais, poderes. Evidentemente ele tem consciência de que é diferente, senão eles não se comportariam como se comportam. Mas ele não compreende por que lhe pedem sinais sobrenaturais, por que lhe imploram que revele o mistério de seu ser, que para ele nada tem de misterioso. Ele sente que é filho do céu, mas não se sente investido de nenhuma missão divina. Pelo menos, não fala nisso. Ele não sente que está em missão. Essa ideia lhe é sugerida pouco a pouco pelos que o cercam, seus admiradores, seus adeptos, seus discípulos. No início, ele não pensa em missão. Executa trabalhos de carpintaria, microscopia, cuida dos ferimentos das pessoas ou cultiva seus campos. São eles, os ávidos de salvação, os famintos de amor, que lhe injetam os germes do mito, do qual ele acabará por morrer, e depois dele muitos homens, mulheres e crianças. Tudo o que ele faz é trabalhar, viver, falar e andar de modo diferente deles. Isso é tudo. E ELE AMA AS PESSOAS. Conhece os seus males. E a cada dia que passa, ele aprende a conhecê-los melhor. Não pensa em curá-los. Mas, pouco a pouco, ele se dá conta de que efetivamente os alivia, de que tem o poder de reconfortá-los, de consolá-los. Essa convicção se transforma pouco a pouco em obrigação moral. Se as pessoas sofrem, é preciso ajudá-las, fazer o máximo por elas, dar-lhes o que se tem em abundância, viver pobremente, contentando-se com o estritamente necessário. O que você sente ser em você a graça divina é tão fácil de sentir e viver, enriquece tanto a você e a tudo o que você toca, que seria intolerável NÃO beneficiar seus irmãos e irmãs. É desta maneira que a graça divina e a necessidade humana de consolo se encontram. Um dá, os outros pegam, sugam, aspiram e acumulam.

A ideia fundamental do portador da graça divina e natural, isto é, da Vida não corrompida, é simples: toda alma tem a graça divina dentro de si. Basta que, esfomeadas, elas bebam do que eu tenho em abundância, para que se tornem fortes e comecem a dar sua própria força aos outros; e esses outros, libertados de sua fome emocional, darão a outros ainda. Aqui, nosso Senhor comete seu primeiro erro fatal. Ele acredita, logicamente, apoiado na perspectiva de sua própria Vida, que o homem recuperado só pensará em dar aos outros. O doador supremo esquece que os longos anos de fome fizeram-nos incapazes de dar. Transformaram-se em canais que só deixam passar a água em um sentido. São como sanguessugas. E é isto precisamente que conduzirá ao assassinato do doador.

Terra adubada produz bom grão. Ela recebe a semente e lhe permite crescer e produzir outro grão, dando alimento, sal, água e energia vital a cada uma de suas fibras, a cada instante de cada dia. O solo se enriquece retendo um pouco da palha quando o grão amadurecido for levado pelo vento ou colhido pelo homem ou por um animal. O solo assim enriquecido dá nova vida a novo grão. E o novo grão transmite sua vida a outra Vida.

O animal recolhe a semente na união, desejada por Deus, do macho e da fêmea, gerando assim seu descendente à sua imagem e, entretanto, diferente dele. Ele despeja suas energias Vitais na cria até que esta possa fazê-lo por sua própria conta. Crescida, a cria viverá e agirá da mesma forma.

O universo inteiro é regido por esse ciclo de dar e tomar, absorver e refletir, crescer e morrer, concentrar energia cósmica e dissipá-la em seguida no imenso oceano cósmico.

Se um poço seca numa longa estiagem, só se pode esperar água dele após outras chuvas. Quando estiver de novo transbordando, começará a dar sua água à terra em volta e aos riachos distantes que, por sua vez, darão seiva da Vida a outras vidas.

Desta maneira, a Vida se reproduz, se mantém e se multiplica sem cessar. Não acontece o mesmo com o homem encouraçado. Ele se transformou em canal de sentido único, quando matou Deus dentro de si e perdeu o paraíso. Quase sempre, é precisamente o representante de Deus na terra que bloqueia a entrada do domínio onde se esconde a resposta ao enigma da perda do paraíso pelo homem. Esta *interdição* faz parte da peste que há tantos anos devasta cruelmente a humanidade. Você não tem o direito de conhecer Deus ou a Vida como doçura em seu corpo. Pois, senão, logo saberia por que perdeu Deus. É preciso então que você jamais conheça Deus. Este absurdo é ensinado em milhares de lugares por mestres versados na arte da evasão, em milhares de universidades em todo o mundo. Mais uma vez: você deve procurar Deus e a Vida, obedecer a Deus e à Vida, adorar Deus e a Vida, oferecer sacrifícios a Deus e à Vida, construir templos e palácios em nome de Deus e da Vida, escrever poemas e compor músicas pela glória de Deus e da Vida, mas nunca, sob pena de morte, você deve *conhecer* Deus como Amor. Esta regra não admitiu exceções ao longo dos últimos milênios. E mais: *Nenhum homem, nenhuma mulher, nunca fizeram perguntas a respeito disso.*

Conhecer Deus como Amor é confirmar a existência de Deus, é torná-LO acessível, é tornar o homem capaz de viver efetivamente o que ele é incapaz de viver agora: este conhecimento preencheria cada exigência de todas as religiões, constituições, leis, códigos de moral e ética, valores ideais e sonhos. Mas NÃO! É proibido conhecer Deus ou a Vida como amor físico.

Tudo isso se deve ao fato de que só existe um caminho que leva ao conhecimento de Deus e da Vida viva: O ABRAÇO GENITAL; um caminho interditado para sempre. NUNCA TOQUE NISSO! Toda criança passou por isso. *Não toque nisso* – ou seja, nos órgãos genitais.

E é assim que o homem sofre sempre a nostalgia de Deus e da Vida, que ele bebe Deus e a Vida, exaure Deus e a Vida, mata Deus e a Vida dentro e fora dele. Mas o homem nunca poderá distribuir Deus e a Vida. Ele não sabe o que é sentir Deus ou a Vida de uma maneira ativa. Só pode experimentá-los passivamente, pode recebê-los, embeber-se deles, desfrutar deles, utilizá-los para os mais diversos fins; para sentir-se melhor, para curar-se, para tornar-se rico com eles, para tornar-se poderoso, para influenciar os outros, para enganar. Mas nunca um homem congelado poderá irradiar Deus ou a Vida. Isto está inextricavelmente ligado ao DAR AMOR, AMOR NO ABRAÇO GENITAL; aquele que é proibido, amaldiçoado e assassinado já no recém-nascido.

Assim, *o Homem só pode receber o Amor, não pode dá-lo.* A Força Vital da qual ele se alimenta serve a outros fins que não o gostar de dar. Penetrando em seu corpo, ela se torna "carne", pois o corpo ficou rígido e imóvel. O amor divino se transforma em luxúria; o abraço, numa foda hedionda e cínica, feita de ódio, cupidez, dominação, repressão, posse, violência e dilaceramento, fricção e alívio, surras e cobranças de responsabilidades matrimoniais, com advogados, repórteres, difamação pública, filhos despedaçados carentes de amor, vingança, pensões alimentares, amargura.

    O resto vem naturalmente, em virtude de uma lógica cruel e impiedosa, até a crucificação de Cristo.

Capítulo V

A mistificação de Cristo

Leia atentamente, refletindo bem, o sermão da montanha. Substitua "*Pai*", que quer dizer "*Deus*", por "*Força Vital Cósmica*". Entenda por "Mal" a degenerescência trágica dos instintos naturais do homem. Tenha sempre em mente o encadeamento das tendências *primárias* e *naturais* e das tendências *secundárias, pervertidas, cruéis*. Não se esqueça de que aquilo que se chama "natureza humana" encerra o mal "diabólico", quer dizer, a crueldade, consequência da frustração da necessidade primária do amor e da satisfação do amor no abraço de junção. Considere este "mal" como o dragão que defende o acesso ao amor divino no homem. E agora, leia o sermão da montanha:

Pai nosso que estais no céu,	*Nosso Amor-Vida que estais no céu,*
Santificado seja vosso nome.	*Santificado seja vosso nome.*
Venha a nós o vosso reino,	*Venha a nós o vosso reino,*
Seja feita vossa vontade,	*Seja feita vossa vontade,*
* Assim na terra como no céu.*	* Assim na terra como no céu.*
O pão nosso de cada dia,	*O pão nosso de cada dia,*
Nos dai hoje.	*Nos dai hoje.*
E perdoai as nossas ofensas,	*E perdoai as nossas culpas,*
Assim como nós perdoamos	*Assim como nós perdoamos*
* Aos que nos têm ofendido*	* Aos que nos têm ofendido*

E não nos deixeis cair em tentação *E não permitais que nosso amor*
  [seja deturpado
Mas livrai-nos do mal. *Mas livrai-nos de nossas*
  [perversidades.
(*Mateus*, 6:10-13)

Deus Pai é a energia cósmica fundamental, de onde toda a existência deriva e cujo fluxo atravessa nosso corpo, como atravessa tudo o que existe. Mas Deus Pai é também a realidade inatingível do AMOR CORPORAL, mistificado e idolatrado através da noção de Céu.

A mistificação consiste em adorar no espelho a imagem de uma realidade inacessível, tantalizante, impraticável, inabordável e, portanto, insuportável realidade que está no fundo de nós mesmos.

A humanidade
1. *Não* distingue a natureza humana primária da secundária e não as dissocia.
2. *Não* compreende o Mal diabólico ("Peste Emocional" – "Pecado") como a primeira consequência da frustração do BEM-DEUS-VIDA-AMOR (*inclusive* O ABRAÇO GENITAL).

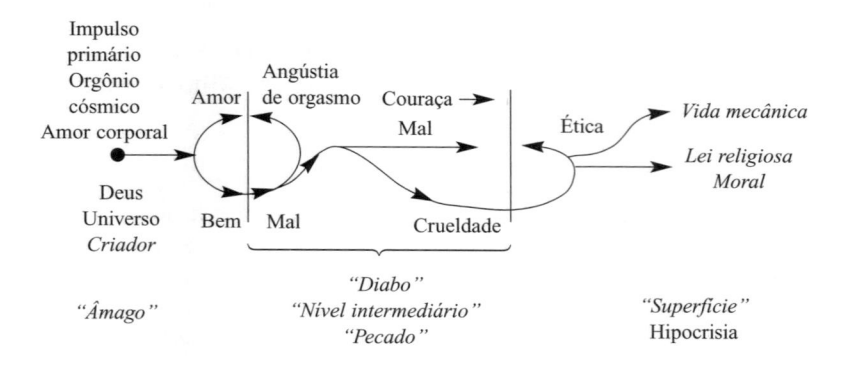

Impulso primário Orgônio cósmico Amor corporal • Deus Universo Criador	Amor Bem	Angústia de orgasmo Mal	Couraça → Mal Crueldade	Ética	→ Vida mecânica Lei religiosa Moral
"*Âmago*"		"*Diabo*" "*Nível intermediário*" "*Pecado*"			"*Superfície*" Hipocrisia

3. *Não* sabe, consequentemente, como o mal *pôde* vir ao mundo se seu criador é bom.

4. *Não* é capaz de libertar-se sozinha do Diabo e da dicotomia mecânico-mística.

5. *Não* sabe chegar a leis (*não* as leis morais, *mas* leis) que protejam o amor primário, divino, corporal, contra a peste emocional chamada "pecado".

6. *Não* chega a Deus, ao Bem, ao Amor fraternal, abrindo os portões da prisão em que os fundamentos biológicos do homem se acham aprisionados.

7. *Não* é capaz de parar de proteger o Mal, a peste emocional.

8. *Não* é capaz de tornar acessível seu próprio âmago para colocar fora de circuito a peste emocional ("pecado") do nível intermediário, de modo que:

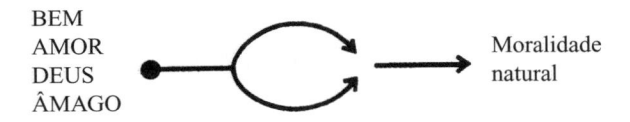

BEM
AMOR ⟶ Moralidade
DEUS natural
ÂMAGO

O amor que provém do âmago, uma vez que inatingível, constitui a essência da mistificação de Deus.

O assassinato de Cristo, que representa o amor Divino no corpo, se desenrola através das épocas com uma lógica implacável.

A partir deste momento, a Vida só pode ser concebida como algo divino e inacessível, transcendente e não passível de ser conhecido. Assim, através das épocas, o homem só verá suas experiências de Vida viva como num espelho, como miragens. E o homem empregará todas as suas energias, todo seu espírito, toda sua habilidade, toda sua criatividade, em manter afastada de si a realidade da vida, em transformar cada simples realidade (exceto as realizações mecânicas, sem vida) numa imagem mística, para *não* ser obrigado a enfrentá-la. Ele sentirá a Vida, mas de muito longe, como se fosse através de uma parede ou do nevoeiro. Saberá que há algo que tem atributos divinos, quer lhe demos o nome de Deus, de Eternidade, de Destino Superior da Humanidade, de Éter, de Absoluto, ou de Espírito do Mundo; mas fechará cuidadosamente todas as entradas que lhe permitam melhor conhecê-lo, familiarizar-se com ele, desenvolvê-lo. Esse afastamento do Cristo autêntico, real e vivo não se produziu apenas uma vez, no início da era Cristã. Aconteceu muito tempo antes da aparição do nome de Cristo na história da humanidade; e prosseguiu depois que Cristo foi morto. Cristo foi apenas uma das vítimas, a mais ilustre, desta tragédia permanente. E mais: Cristo tornou-se o símbolo do sofrimento e da redenção do pecado do Homem, porque ninguém mostrou tão claramente quanto ele as virtudes da Vida viva, e ninguém foi assassinado de uma maneira tão ignóbil, tão vergonhosa. *Na história de Cristo, o homem tentou, em vão, compreender e resolver o enigma de sua existência miserável.* O esforço não teve sucesso, pois o homem não pôde, nem antes nem depois do Assassinato de Cristo, chegar aonde mais queria: *chegar a seu próprio eu.* Ele fez de Cristo o símbolo de seu próprio mistério e de seu próprio sofrimento e, ao mesmo tempo, vedou a si mesmo a possibilidade de compreendê-lo, porque submeteu-o ao processo de MISTIFICAÇÃO. Olhando Cristo por um espelho, fazendo dele uma imagem real mas inacessível, o homem bloqueou o acesso à sua própria natureza. Compreende-se agora porque não se encontra, nos milhares de livros escritos sobre Cristo, uma só referência ao fato de que foi *o próprio homem que matou Cristo*, porque Jesus representava a Vida.

Mas o mesmo homem que assassinou Cristo e depois fez dele o seu Deus mais amado guardou, de uma certa maneira, através dos tempos, a noção de seu erro trágico, mas lógico. Como prova temos as igrejas magníficas, as grandes obras de arte, a música esplêndida, os sistemas de pensamento extremamente elaborados, que ele criou em honra de Cristo, para glorificá-lo. Não podemos deixar de ter a impressão de que toda essa celeuma em torno de Cristo servia para esquecer o assassinato, para apagar, até o último traço, qualquer suspeita de tal crime, e para tornar possível a continuação do massacre, desde os tempos que se seguiram à crucificação e ao fim da Idade Média até a queima de cruzes, a matança de negros de fala suave e corpo suave, no Sul dos EUA, e a matança de seis milhões de judeus e franceses indefesos, e outros, na Alemanha de Hitler.

Desde o real Assassinato de Cristo e tudo o que levou a ele, até o assassinato de negros em Cícero, Estados Unidos, de pacifistas na União Soviética, de judeus na Alemanha hitlerista, muito tempo se passou, marcado por acontecimentos de importância primordial. No entanto, o exame detalhado de todos esses acontecimentos não revelará o mínimo traço da verdadeira natureza do Assassinato de Cristo, pois esconder o assassinato e seus motivos é uma das características da peste. As vítimas do assassinato variam. As razões *post hoc* do assassinato variam. Os métodos de execução variam de um país para outro e de uma época para outra. Pouco importa se Danton foi para a guilhotina, se Lincoln foi morto por uma bala na cabeça; se Gandhi recebeu uma bala no peito, se Wilson ou Lênin, esmagados pelo sofrimento de ver seus sonhos se despedaçarem, morreram de um ataque apoplético; é sempre o mesmo fio vermelho básico que marca o motivo oculto que leva Dreyfus a ficar preso durante cinco anos por um crime que não cometeu; ou um juiz criminoso a condenar a vinte anos de prisão um inocente, que agradece e perdoa como um bom Cristão, enquanto o juiz e o promotor criminoso ficam em liberdade; ou milhares de pessoas boas que CONHECEM a verdade a não terem coragem de falar porque há gente maledicente e caluniadora rondando a cidade. E tudo isso, de fato, começou com a primeira mistificação de Cristo por seus discípulos.

Os discípulos de Cristo não compreendem muito bem o que ele lhes diz. Têm apenas uma vaga ideia da grande promessa que ele lhes traz. Eles a sentem, eles a bebem em grandes goles, mas são incapazes de digeri-la. É mais ou menos como se alguém jogasse água num barril sem fundo. Homens vazios se enchem de água, mas a água desaparece como na areia e eles desejam mais. Suportam o sofrimento de uma frustração contínua. Eis o Cristo, o redentor, que se coloca diante deles, que lhes dá de comer, que os consola, que os intriga, que lhes fala do tempo do reino de Deus sobre a Terra e, ainda, que lhes mostra, aqui e agora, os sinais do reino de Deus... E, entretanto, tudo continua longe, inacessível, frustrante; eles devem contentar-se com a imagem de tudo isso sem nunca tocar na sua essência. Podem devorar o puro fluido, mas não sabem retê-lo. Ele os atravessa rapidamente, como um estremecimento nervoso, mas não permanece e, pior ainda, não FAZ nada. Eles escutam as palavras de Cristo com o ouvido atento; mas essas palavras só fazem intrigá-los. Eles tentam repeti-las, mas não adianta nada. Mesmo quando se reúnem para reproduzir suas palavras, elas soam vazias, são como o eco mecânico que a montanha distante devolve. Quando as PALAVRAS deixam de fluir de seus lábios, o eco silencia nas montanhas. ELES SÃO COMPLETAMENTE VAZIOS. NÃO TÊM NADA EM SI MESMO PARA RECOLHER ESSAS PALAVRAS E RECRIÁ-LAS.

Eles têm a impressão de serem desertos, terras áridas. É alguma coisa que não percebem claramente; ela está escondida em seus seres, como a maioria de suas experiências. Mas a consciência dessa terrível situação está com eles, inegável e dolorosa.

Fazem todos os esforços de que são capazes para aprender as lições de Cristo e para repeti-las. Mas logo se dão conta de que não o compreendem, e não estão em condições de compreendê-lo. Por isso ele parece exprimir-se por parábolas misteriosas. Cristo não é misterioso. Ele apenas lhes conta histórias fáceis de entender, comovedoras. Mas como eles estão fechados como ostras, julgam-no misterioso, quase obscuro, distante, fugidio, estranho, diferente, como se o vissem através da escuridão e do nevoeiro. Na realidade, a escuridão e o nevoeiro são *deles* e não dele. Darem-se conta disso significaria reconhecerem que são mortos-vivos. Por isso é a ele, e não a eles, que o nevoeiro parece envolver.

Quanto mais as observações de Cristo são diretas e agudas, mais eles o sentem distante. E assim se deflagra um fenômeno que se pode observar em todas as reuniões públicas: onde tais reuniões ainda se realizam, quanto mais simples e claro o discurso de um orador, mais vazias são as intervenções dos ouvintes, mais cresce a distância entre o auditório e a tribuna e mais aumenta a admiração mística, ingênua, dos ouvintes pelo orador.

O abismo que assim se abre nunca mais se fecha: *é o grande abismo que se abre entre a impotência efetiva da multidão e sua identificação mística com o orador.* Nesse abismo, os Hitlers, os Stalins, os Mussolinis, os Barrabases, os malfeitores de todos os tempos e de todos os países despejam sua influência sobre a multidão. Esta não sabe, evidentemente, como eles procedem. Aí está, exatamente, a origem da miséria que se abateu sobre o século vinte. Mas ninguém fala sobre isso.

A mistificação de Cristo, que começa quando os discípulos o colocam tão distante deles, não significa que eles não o amem profundamente, que não o admirem ingenuamente, que não estejam dispostos a morrer por ele. A esta altura, ela significa simplesmente que eles têm a impressão de que nunca poderão assemelhar-se a Cristo, enquanto Cristo tem a impressão certa de que eles PODEM ser como ele. Não é Cristo que recua em relação a eles, mas são eles que, lentamente, imperceptivelmente, o colocam à distância. Esse é o primeiro passo para sua instalação definitiva no pedestal, onde ele parecerá intocável, inigualável. Ele está, como costumam dizer, "mil anos adiante de seu tempo", isto é, é ineficaz. Eles *tentam* imitá-lo; e ficam infelizes porque fazem tantos esforços sem sucesso. À medida que renovam suas tentativas, a convicção de sua própria indignidade os atinge. Desta convicção se origina um certo sentimento de *ódio*, de um ódio quase imperceptível, que não suplanta seu amor por Cristo, que nunca se manifesta claramente em suas consciências; mas este ódio não se apagará com o decorrer dos séculos. Cristo desafia a própria existência deles, emocional, social, econômica, sexual, cósmica. Ora, eles são absolutamente incapazes de modificar ou desafiar seus hábitos. Estão rigidamente encouraçados, emocionalmente estéreis, imobilizados, refratários ao desenvolvimento.

Na realidade, não chegam a estabelecer contato com os ensinamentos de Cristo. Apenas sentem o calor de suas palavras. O ensinamento de Cristo é, para eles, um meio de se manterem aquecidos em seu deserto glacial. Isto, em si, não tem nenhum sentido. As palavras e os atos de Cristo lhes oferecem somente uma nova ocasião de escapar à tomada de consciência de sua verdadeira natureza, de sua nulidade, de seu nada. Nenhuma glorificação ulterior desse "bravo pescador", desse "camponês sem malícia", desse cobrador de impostos, encobrirá ou poderá encobrir o vazio dessas pessoas insignificantes e a importância que tinha, para cada um deles, o encontro com um ser vivo como Cristo.

Não encarar a questão crucial do vazio emocional dos homens e da rotina equivale a abandonar qualquer esperança de melhorar a sorte da humanidade. É trágico perceber o que o povo faz com seus líderes em potencial e a resposta dos líderes, que, mais tarde, fazem o mesmo: mistificação, idealização, bajulação, glorificação do sofrimento, falsa admiração da ingenuidade. Por esses métodos os líderes tentam manter no povo o espírito de inércia, em lugar de fazê-lo sair de sua imobilidade; o povo, por seu lado, relegando os líderes ao isolamento, os impede de efetuar reformas fundamentais que são sempre, e não podem deixar de ser, desagradáveis e dolorosas. É esse hábito de bajulação recíproca, essa atmosfera de hipocrisia entre o povo e seus líderes, a causa profunda da feiúra da política, de sua agitação fútil e vazia, das guerras nas quais ela resulta e que não são outra coisa senão o Assassinato de Cristo – em grande escala.

Como os liderados são absolutamente incapazes de assumir alguma coisa, cabe ao líder mostrar-se poderoso e ajudá-los. Como o líder é, em geral, um mortal como os outros, é preciso colocá-lo num pedestal, mesmo que seu poder e seu esplendor sejam falsos. Esse falso poder e esplendor, os retratos imensos, os uniformes, as condecorações e coisas do gênero são acessórios indispensáveis à pouca importância e à nulidade do povo. Os líderes e os liderados se elevam reciprocamente às alturas do falso poder do Estado e da falsa grandeza nacional. Pensemos no reinado "milenar" de Hitler, que só durou dez anos, ou mesmo nos oitenta anos do Reich alemão, que nada são quando comparados com um único evento biológico. O mistério não está no poder dos homens do Kremlin, mas sim no nada e no vazio absoluto no qual se baseia.

A diferença entre um Jesus Cristo e um Hitler ou um Stalin quanto às trágicas relações entre o povo e seus líderes reside nisto: o ditador abusa tanto quanto pode do estado de incapacidade em que se debate o povo. Ele não hesita em dizê-lo abertamente, mas é aclamado por isso. Diz a seus liderados que eles só servem para serem sacrificados pela glória da Pátria, e eles marcham. Não porque o ditador os convide a morrer, mas por causa de sua personalidade, seu magnetismo, que lhes permite participar de sua força e se mostrarem vigorosos. Eles vêm beber e o ditador lhes dá o quanto quiserem. Na realidade, eles não chegam a satisfazer-se, pois são incapazes de reter o que receberam; mas sentem-se animados e intrigados, e sentem a necessidade de marchar, de aclamar, de gritar, de se identificar com a grandeza da nação. Nenhum sociólogo do nosso século ousou ainda explorar o caos profundo do comportamento das massas. É porque a peste fechou e disfarçou a saída da prisão.

Stalin faz a mesma coisa de uma maneira mais sutil, mais sofisticada. Ele fica em segundo plano e puxa os cordões por trás das cortinas. São seus retratos que falam por ele. Sua posição é modesta, ele não ostenta condecorações, mas é exatamente essa modéstia que desfila mentirosamente na praça de Moscou. Seu *background* é diferente daquele de Hitler, e é esse *background* da grande revolução de 1917 que dita seu comportamento. No fundo, ele admira a ação mais rápida e mais eficaz de Hitler, como prova o fato de ter assinado o pacto com Hitler, em 1939. Stalin deve substituir o exibicionismo pela astúcia. E o faz com muito jeito. Mas num ponto ele não é diferente de Hitler: como Hitler, Stalin cria uma imagem com a qual o povo desorientado se identifica, querendo adquirir a força do líder, a qual logo se esvai.

Enquanto eles derem ao povo a oportunidade de contemplar neles os mistérios da liderança, estão garantidos. Não serão assassinados. Mas muitos Cristos são assassinados, o que se entende muito bem.

Com Cristo as coisas são diferentes. Ele não sucumbe aos atrativos da mistificação. Não aceita logo o lugar de chefe que lhe oferecem, e se, no final, se submete a esse papel, ele o faz de tal maneira que o assassinato torna-se inevitável. *Ele aceita ser líder sem renunciar à sua verdadeira natureza, e é por isso que deve morrer.* É aí que reside sua verdadeira grandeza cósmica.

Dois mil anos se passarão antes que o pensamento humano atinja o ponto crucial do problema do Assassinato de Cristo, tão escondido e disfarçado no meio de milhões de páginas, cheias de palavras de admiração, de exasperação, de adulação, de interpretação, de comiseração, de expectativas de salvação e de excitação. Dois mil anos se passarão antes que, nas profundezas da noite, um homem solitário capte, em algum canto nos confins do mundo, o horror do drama. Eis o que ele diz:

O SUGADOR

Sou rico como a Terra negra e farta.
Alimento as coisas que sugam.
O sugador não sabe o que consegue.
Entretanto:
A boa e a velha Terra nunca se rebelou
quando devastaram os campos,
erodiram o solo,
cortaram cada árvore da floresta.
A terra cobriu-se de areia
quando o solo se foi.
Nunca refizeram os campos;
O filhote devolve o que sugou?
Tiraram meu conhecimento
Para curar a alma do doente,
E a ferramenta que construí
para captar a própria essência de Deus.
E tomaram meu nome
e o amarraram ao redor de seus pescoços,
Como proteção contra o frio gelado

que castigava sua carne dolorida.
Não tomaram a graça
de amar e cuidar.
Não tinham olhos para ver,
Nem mãos para tocar;
Nem sentido para viver a graça.
Simplesmente devastaram os campos.
E a Mãe Terra não se rebelou,
Nem os atirou para fora.
Ela apenas cobriu-se de luto
onde a multidão havia habitado.
O solo rico e bom,
que já fora gordo e fértil,
Foi-se,
Porque eles nunca devolveram a graça.
Não tinham almas:
Deram para receber –
Aprenderam para tirar proveito –
E adoraram para ganhar –
Nunca, nunca buscaram o espaço
com os braços, o coração ou o cérebro.
O movimento de anseio
se foi de seus peitos
exceto para TOMAR.
Seus lábios não podiam beijar,
Seu sorriso estava congelado.
Isto é o que eles chamaram seu "pecado",
Para estarem livres dele
Pregaram seu redentor
na cruz do feiticeiro.

É esta a importância universal do Assassinato de Cristo:

Cinquenta anos de tecnologia, depois de duzentos e cinquenta anos de ciência natural experimental, promoveram o homem da carroça puxada a cavalo à espaçonave. Oito mil anos cheios de graves problemas da natureza humana não aproximaram o homem um centímetro sequer da compreensão de si mesmo.

É evidente que o homem nunca compreendeu a si mesmo, porque ele *nunca ousou fazê-lo*; fechou todos os acessos ao conhecimento de si mesmo. Deve haver uma razão para isso. Nós vimos algumas das coisas que o homem esconde de seu próprio pensamento. Mas COMO CONSEGUIU ESCONDÊ-LAS POR TANTO TEMPO E TÃO EFICAZMENTE?

De nada adianta proclamar que é indispensável compreender a natureza humana, criar grandes sociedades para estudá-la, reunir-se em congressos para discutir o problema, sem levar primeiro em conta QUE O HOMEM FAZ TUDO PARA *evitar* A COMPREENSÃO DA NATUREZA HUMANA.

Entre as coisas que o homem faz para escapar do conhecimento de si mesmo estão os congressos enganosos sobre a natureza humana. O futuro social depende do homem: continuar ou não a fugir de si mesmo, continuar ou não a assassinar Cristo.

Perpetuado o Assassinato de Cristo, o homem está serrando o galho bioenergético sobre o qual está apoiado e está se privando das próprias fontes de tudo o que possui. Tudo isso se sabe, desde o estudo da economia sexual que, no final dos anos vinte, refutou um certo número de teorias psicanalíticas e deu ênfase à estrutura do caráter dos indivíduos como fator sociológico decisivo da história. Mas essa descoberta não é mais novidade e ela não impediu o Assassinato de Cristo depois que alguns sociólogos se apropriaram dela e a esvaziaram inteiramente de seu conteúdo essencial, *a biogenitalidade do homem*. Por isso hoje eles são saudados como os grandes sociólogos do nosso tempo.

Sabemos hoje que o motor de toda existência humana é alimentado pela bioenergia (*genital*). Sabemos também que a convulsão total do corpo foi eliminada no homem pela couraça que nossa sociedade aplica em cada criança desde o nascimento, e que o homem fechou assim a única válvula realmente potente de autorregulação social e o único acesso emocional à sua própria natureza. Vimos também fatos de menor importância como a representação do ambiente familiar do bebê e da criança pela ideia de deuses e deusas, que continuam a substituir a noção de pai e mãe.

Mas tudo isso serão apenas utilidades teóricas se não formos à raiz do horrível mal que impede o homem de conhecer a si mesmo e de dominar o seu Eu como aprendeu a dominar tão perfeitamente o meio ambiente mecânico que o envolve. Mas, antes de fazer qualquer coisa para *pôr um fim* no Assassinato de Cristo, é preciso detectar a maneira pela qual o homem mantém esse assassinato escondido. Senão, o Assassinato de Cristo continuará inabalado, apesar de todo o conhecimento acumulado nos livros e apesar de todos os congressos sobre a natureza humana. Seria como se conhecêssemos todos os detalhes de um motor, mas não pudéssemos fazê-lo funcionar. Para compreender as razões que permitiram ao homem cometer durante tanto tempo o Assassinato de Cristo, é absolutamente indispensável conhecer o modo de ação da Energia Vital Cósmica e o que ela pode fazer pelo homem se a deixarem agir livremente, sem a repressão da couraça do caráter.

É de importância capital compreender por que o homem colocou um anjo armado de uma espada flamejante diante da entrada do paraíso. Para entrar no paraíso, não basta saber como ele é; é preciso ainda *ser capaz de penetrar no seu santuário mais profundo*. Ora, de certa maneira é proibido ver esse santuário; ninguém – com exceção do mais graduado dos pastores de Deus – tem o direito de penetrar no templo tripartido. Moisés deve não olhar a face de Deus; Deus é mistificado na crença Católica. Deus é subtraído de todo contato direto com o corpo e o espírito do homem, e é protegido por uma lança flamejante e ameaçadora. Na realidade o guardião não é outro senão o próprio homem: ELE PROTEGE SUA VIDA DO DESASTRE. POIS A HUMANIDADE SUCUMBIRIA AO DESASTRE SE O HOMEM, TAL COMO ELE É HOJE, ENCONTRASSE E CONHECESSE DEUS. Ele faria de Deus o que fez do amor, do conhecimento, dos recém-nascidos, do socialismo e da troca de bens através dos tempos: *uma baderna*, uma abominável baderna do zé-ninguém.

Tudo isso parece bizarro e sem sentido. Por que o conhecimento de Deus e seu contato com os corpos e os espíritos seria um desastre social? Se Deus é a Energia Vital que criou tudo o que Vive, e além e antes de toda matéria viva, criou o universo inteiro, por que tocá-lo e conhecê-lo, que seria a melhor maneira de viver a Sua Vida, seria desastroso e estritamente proibido?

Para entender melhor esse problema, devemos primeiro observar algumas das consequências dos métodos usados pelo homem para matar Cristo.

Os assassinos de Cristo irão impor-se vitoriosamente contra a verdadeira doutrina e as verdadeiras intenções de Cristo. Eles assassinarão o sentido de seu ensinamento, mistificando-o, a começar pelo desaparecimento de seu corpo da sepultura em que havia sido colocado depois da crucificação. Apenas duas mulheres, Maria Madalena e Maria, mãe de Tiago, tinham visto o lugar de seu sepulcro. No dia seguinte, quando voltaram para embalsamar o corpo, ele havia desaparecido.

A religião cristã poderia ter surgido simplesmente a partir da maneira pela qual um líder espiritual como Cristo foi crucificado; da sua radiância e a sabedoria límpida; da sua luta contra os escribas e os fariseus; da sua interpretação nova do Antigo Testamento, tal como ela nos foi transmitida pelos evangelhos; de seu grande amor pelos homens e pelas crianças, da ajuda que ele dava aos doentes. Teria sido desnecessário falar de milagre, pois um homem irradiando força como ele era certamente capaz de curar a alma doente de seus contemporâneos. Todo bom psiquiatra do século XX consegue o "milagre" de aliviar a decadência emocional, e, em certos casos, até o sofrimento físico. Assim, já havia suficientes experiências emocionalmente intensas para que se desenvolvesse uma religião.

Imaginemos por um momento o que poderia ter sido tal fé religiosa, se a transformação mística de Cristo depois de sua morte *não* tivesse acontecido.

Seus elementos essenciais teriam sido ainda os da atual doutrina da fé Cristã: amar ao próximo e perdoar, isto é, *compreender* os motivos do inimigo. Fazer o bem, como o exige a maioria das religiões. Adorar a Deus, que é Vida, e cumprir fielmente a vontade do criador de todos os seres. Reviver os elementos vivos da antiga religião judaica que os pastores corrompidos reduziram a fósseis. Levar uma vida moral e resistir às tentações do mal. Dar aos pobres e ajudar aos doentes.

Os preceitos morais teriam sido os mesmos que encontramos ainda hoje em muitas igrejas Cristãs reformadas e modernizadas. O Cristo poderia ser visto, do mesmo modo que Maomé ou Buda, como um Filho de Deus. Mas o que dá à igreja Cristã seu dinamismo particular não são os elementos que ela partilha com outras religiões e que pouco variam de uma para outra. *A grande força da fé cristã, e mais especialmente do Catolicismo, reside na mistificação de Cristo.*

Quaisquer que sejam as formas desta mistificação, observamos sempre um núcleo de onde derivam os detalhes e que confere a esta religião sua coloração tipicamente cristã:

É A DESENCARNAÇÃO DE JESUS CRISTO E SUA COMPLETA ESPIRITUALIZAÇÃO.

O horror físico da última agonia estava em gritante contradição com a fé ardente de Cristo. A consideração para com o corpo desaparece. O espírito elevou-se muito mais alto ao céu. Os cristãos recusaram-se a admitir que um *homem* tivesse sido cruelmente mutilado. O próprio corpo destroçado foi transformado espiritualmente.

Os herdeiros de Cristo têm consciência da existência do amor cósmico do corpo, mas, tendo-o aprisionado, exortam uma humanidade melancólica a reencontrar seu Deus atrás das grades. Vive teu Deus em teu corpo, mas não penses em tocá-lo – dizem eles à humanidade.

Após a desencarnação e a espiritualização completa de Cristo, o puro amor físico que ele vivera perdeu-se para sempre. Se a igreja Católica quisesse admitir de novo o *puro amor físico* de Cristo, *distinguindo-o do perverso "pecado da carne"*, ela suprimiria de um só golpe a maioria das contradições de seus aspectos cósmicos. Muitos artifícios impossíveis para rejeitar o puro amor físico, tais como o "nascimento virgem", "a condenação do amor físico" etc., perderiam sua razão de ser. O enorme abismo entre o aspecto cósmico do Cristianismo e a exclusão da única via de que o homem dispõe para chegar a suas origens cósmicas é uma discórdia gritante e uma contradição perigosa. Pedir aos herdeiros de Cristo que reabram o caminho do céu é pedir-lhes demais? Se eles recusarem, o "pecado" continuará a existir. O céu ficará fechado. Um grande erro devastará milhões de almas humanas. E a peste continuará ano após ano a flagelar a vida dos homens.

Uma coisa é evidente para todos os que viram de perto a transformação do desejo físico em ideias espirituais de pureza nos doentes mentais e insanos e nos equilibrados que sofrem conseqüências de uma frustração aguda: *a transfiguração mística de Cristo emerge da necessidade imperiosa de desviar a atenção das implicações biofísicas tremendas de seu ser terreno e de seus ensinamentos.* O simples fato de que na mais ortodoxa de todas as igrejas, no credo católico, o pecado do desejo carnal seja o eixo de toda a teologia e de toda a espiritualidade cristã nos mostra claramente por que, e de que maneira, a doutrina de Cristo PRECISOU ser mistificada.

Se tivesse sido instaurada uma religião cristã *conforme* a verdadeira natureza biológica de Cristo, teríamos chegado diretamente ao que, em 1952, no momento em que escrevo este livro, são as tendências dos atuais conhecimentos bioenergéticos orgonômicos.

Esta é uma afirmação tão importante e cheia de consequências que exige que se demonstre sua exatidão através de alguns raciocínios simples.

A existência de Cristo foi – como sublinhamos muitas vezes – a de um homem muito simples, dotado de um grande poder emocional, vivendo no meio de pessoas simples num contexto camponês. Todo trabalhador social, todo médico ou educador que tenha trabalhado com o que costumamos chamar "gente simples" sabe que sua miséria genital se encontra no centro de suas preocupações e de seus anseios. Ela não só é mais frequente do que os anseios econômicos, como também é mais difundida, no mundo ocidental, do que a indigência material, enquanto nas grandes comunidades asiáticas ela é a causa *direta* e a fonte da miséria econômica. Quaisquer que sejam os esforços dispensados para aliviar a grande miséria econômica das massas asiáticas, nada se fará de válido antes de remediar sua miséria emocional e genital (ver *A revolução sexual*). Pois é precisamente essa miséria que impede esses milhões de miseráveis de combater sua miséria econômica ou mesmo de pensar nisso. É uma agonia para esses milhões de pessoas escapar de sua escravidão milenar, acorrentadas pela mistificação de seu amor físico. Ela termina em novos desastres, que os mascates da liberdade nunca deixam de explorar. Mas, colocado diante de uma civilização em declínio, nenhum homem de Estado ousa fazer menção a isso. Não se dar conta disso é, em si, um novo exemplo de uma das características fundamentais do Assassinato de Cristo. Poucos pais e mães, poucos educadores ou adolescentes, afirmariam que *não* é assim.

A assustadora miséria econômica das massas asiáticas nunca poderá ser aliviada se não atacarmos resoluta, e a fundo, sua miséria genital (superpopulação por falta de controle de natalidade eficaz, sistemas de moral rígidos etc.), que é a base de sua grande decadência social. A estrutura patriarcal de suas sociedades constitui somente o quadro no interior do qual essa miséria nasce e se desenvolve. E em parte alguma o Assassinato de Cristo se impõe aos olhos com tanta evidência quanto nas sociedades asiáticas. Nenhuma região do mundo se arriscou tanto a tornar-se presa do Fascismo Vermelho, que é o tipo do Assassinato mecânico de Cristo *per se*, praticado sob o manto de um sistema ideológico ultrapassado e racionalista que ignora tudo da natureza cósmica das emoções humanas.

Capítulo VI
O grande abismo

O IMOBILISMO DO HOMEM

Cristo será finalmente assassinado, no ano 30 d.C. Não porque ele tenha sido bom ou mau, porque tenha traído seu povo, ou desafiado os talmudistas do Sinédrio, nem porque um ciumento governante do imperador tenha interpretado mal suas palavras e visto nele o "Rei dos Judeus"; nem porque tenha se rebelado contra a ocupação romana, nem porque tenha vindo para morrer na cruz e resgatar os Pecados do Homem. Ele não é tampouco um mito que a hierarquia cristã tenha criado para "reinar mais facilmente sobre a alma dos homens". Cristo não é o resultado da evolução econômica numa fase da sociedade; ele poderia viver em todos os países, em qualquer situação e sob quaisquer condições sociais. Ele seria sempre morto da mesma maneira. Ele teria que morrer, qualquer que fosse o tempo ou o lugar. Aí está ainda a significação emocional de Cristo.

O mito de Cristo extrai sua força de realidades cruéis mas bem disfarçadas na existência do *homem encouraçado*. Em Cristo, o homem tem procurado, durante dois mil anos, a chave de sua própria natureza e de seu próprio destino. Em Cristo o homem descobriu a esperança da solução possível da tragédia humana. Cristo vinha sendo assassinado mesmo antes de ter nascido. E ele continua a ser morto todos os dias do ano em todas as horas do dia. O massacre continuará sem parar enquanto não se tiver compreendido de maneira total e concreta o destino de Cristo. O destino de Cristo representa o segredo da tragédia do animal humano.

Cristo devia morrer ao longo dos séculos e continua a morrer porque ele é *Vida*. Existe, no passado como no presente, um ABISMO intransponível entre o *sonho* da Vida e a *capacidade* do homem de viver a VIDA. Cristo devia morrer porque o homem ama a Vida mais do que lhe permite sua própria estrutura. Ele é completamente incapaz de receber a Vida tal como ela é criada por Deus, regida pelas leis da Energia Vital Cósmica.

Uma mulher feia que se vê sempre bonita num espelho, como desejaria ser e como seria se as condições de seu crescimento tivessem sido diferentes, será levada a quebrar a imagem refletida pelo espelho. Ninguém, nenhum ser vivo poderia suportar uma existência feia se tivesse sempre diante dos olhos, andando sobre duas graciosas pernas, a personificação das suas potencialidades plenamente desenvolvidas.

Pode-se continuar tendo esperança de salvação enquanto a salvação consiste em uma interpretação estéril do Talmude, enquanto ela é apenas uma simples ideia expressa num cântico ou numa prece. Nesse caso, a esperança é até apreciada, a espera vibrante de um dia futuro em que tudo será como nos seus sonhos. A esperança dá forças, ela faz irradiar um doce fogo interior; é como uma bebida alcoólica tomada durante uma subida difícil, num atalho escarpado.

Esperançoso num futuro longínquo, desligado de toda obrigação de realizar essa esperança passo a passo, em todas as horas de sua vida, *de transformar essa esperança em Vida*, você pode se instalar no imobilismo em que você permanece há vinte, trinta, ou cinco mil anos.

INSTALAR-SE é a consequência lógica da imobilização humana. Cada um se prepara desde cedo, na vida, para se instalar tão confortavelmente quanto possível. A mocinha atravessa rapidamente o período em que sonha com um herói louro num cavalo branco que a arrancará de sua servidão, ou que a acordará de seu sono milenar para desposá-la e torná-la feliz para sempre. Cada filme lhe mostra a maneira de chegar a uma situação repousante. Ninguém jamais explica o que acontece *depois* que o rapaz tiver casado com a moça. Jamais. Isso mobilizaria uma intensa *emoção* e, com ela, a *ação*.

Você se instala como empregado, como médico do interior, como fiscal, como tintureiro chinês, mesmo se você veio da China para os Estados Unidos, como *restaurateur* judeu, vendendo a seus clientes de Nova York o mesmo *gefilte fish** que em Minsk. O imobilismo favorece a qualificação profissional e o trabalho, que, por sua vez, lhe garantem maior segurança. Tudo isto não é repreensível; é até absolutamente necessário. Sem tal imobilidade o homem não poderia, dadas as condições de vida atuais, assegurar sua subsistência e a de sua família. Sem se instalar no imobilismo, o homem não poderia ser um bom engenheiro de pontes ou um bom desenhista. Ele não poderia, se não se habituasse a um gênero de vida imóvel, exercer a função de mineiro, de coveiro, de pedreiro, de montador de chapas de metal. A necessidade absoluta de acomodar-se aparece claramente tanto na existência de um lavador de janelas nova-iorquino como na de um chinês que puxa seu riquixá.

Então é perfeitamente coerente que toda evolução social tenha sido feita até aqui sob a pressão de acontecimentos exteriores, de guerras ou de revoluções, que tiraram as pessoas da posição em que se haviam instalado. Até hoje, nenhum evento ocorreu a partir de um movimento interno dos homens. Todos os movimentos sociais sempre foram de ordem política, quer dizer, artificiais, impostos pelo exterior, e não produtos de dentro do homem. Para que o homem seja capaz de um movimento de sua própria decisão, ele deverá primeiro *despertar internamente*, sem ser levado por

---

* Corruptela do alemão *gefüllte fisch*, peixe recheado. (N. E.)

estímulos exteriores. O impulso para se mover, para modificar o que o cerca, para acabar com seu eterno imobilismo, deveria ser inculcado na estrutura do homem desde o início e deveria ser habilidosamente desenvolvido como uma característica básica de seu ser, como aconteceu, por necessidade, no caso dos pioneiros americanos ou dos antigos povos nômades.

Nenhum cervo, nenhum urso, nenhum elefante, nenhuma baleia, nenhum pássaro poderia se instalar no imobilismo como o fazem os homens. Eles secariam e morreriam, simplesmente. Uma visita ao zoológico lhe mostrará os efeitos da imobilidade sobre os animais selvagens.

A imobilização provocada pela couraça física e emocional não só torna o homem capaz de se instalar; suscita nele o *desejo* de se instalar. Quando a alma e o corpo se tornam rígidos, todo movimento é penoso. Você pode observar seus vizinhos durante dez anos, vendo que as mesmas pessoas fazem as mesmas coisas, nas mesmas horas do dia, ano após ano. O imobilismo enfraquece o metabolismo energético, impede toda excitação viva. Ele facilita as relações de "boa vizinhança" com as pessoas, predispõe à amabilidade, à aceitação da rotina de todos os dias, a uma filosofia que não se perturba com os grandes ou pequenos problemas da vida. O imobilismo é, para o homem encouraçado, civilizado, um "dom de Deus". Permanecer instalado no lugar é uma das aquisições, um dos hábitos mais preciosos da humanidade.

O imobilismo do homem encouraçado resulta no imobilismo das nações e das culturas. A China se manteve imóvel durante milênios, meditando com calma, como um oceano levemente ondulado e com tempestades ocasionais, que provocam ondas de cinquenta a cem pés de altura. Mas o que são essas ondas comparadas a quatro milhas de profundidade? Nada. Nada poderia atrapalhar a meditação de um oceano, e nada poderia perturbar ou confundir as culturas milenares do homem encouraçado. É verdade que as culturas nascem e morrem, que as civilizações se criam e desaparecem. Mas isto não tem grande importância à luz da tragédia fundamental da humanidade, que culmina no Assassinato permanente de Cristo. Evidentemente as civilizações se acabariam se seus filhos se cansassem de suportar o imobilismo. Eles organizam então pequenas ou grandes revoluções, guerreiam com outras nações mas, no fim das contas, tudo volta à ordem; depois de ter destruído com grande clamor alguma cultura milenar, a nova nação ou nova cultura, ao fim de alguns decênios, volta a se assemelhar àquela que suplantou, agindo exatamente da mesma forma. Basta pensar nas poucas mudanças que se produziram entre a primeira e a terceira guerra mundial.

Tudo depende do ponto de vista em que nos colocamos para julgar tais acontecimentos. Afinal, um pássaro se assemelha, em suas linhas gerais, a uma baleia. Se você observa o pássaro em relação à árvore em que ele fez seu ninho, tudo o que ele empreende está de acordo com as proporções das folhas e do verme que ele traz para seus filhotes. Mas isso perde sua grandeza de detalhes se for observado do ponto de vista da baleia.

As discussões filosóficas sobre a ciência e a moral que se ouvem em certas reuniões universitárias são complicadas e não lhes falta grandeza na precisão minuciosa da linguagem e do pensamento. Mas, comparadas à importância do problema da existência humana, o qual elas EVITAM, não representam grande coisa. A distância entre o que É e o que DEVERIA SER é importante. Aí entram as soluções pelo esmagamento e matança das massas. Mas o mistério da história de Cristo, que detém a chave da existência cósmica do homem, é infinitamente mais sério. De seu ponto de vista, o É e o DEVERIA SER não são um problema. O É e o DEVERIA SER estão ligados à solução da questão cósmica.

Todas essas discussões não se distinguem muito dos diálogos de Platão ou das discussões de Sócrates com seus discípulos. Evidentemente, há diferenças, uma vez que tantas coisas mudaram em dois mil e quinhentos anos. Mas basicamente são a mesma coisa, e descobre-se com surpresa que desde o início da história escrita da humanidade tudo permaneceu imóvel, no mesmo lugar.

Evidentemente, é sensível a diferença entre um automóvel que circula em 1950 nos Estados Unidos e um camelo atravessando a Palestina no ano 30 d.C. As pessoas viviam e pensavam de outra maneira, tinham outros problemas, outros costumes e outras habitações. Mas a época não nos é tão estranha como é a superfície da lua. E mesmo a superfície da lua deve se parecer um pouco com os Dolomitas italianos.

O problema de Cristo é muito mais abrangente. *Ele diz respeito ao conflito entre o movimento e as estruturas congeladas.* Só o movimento é infinito. A estrutura é finita e estreita. No fundo, há identidade entre o que o homem faz e o destino que ele enfrenta. A história, de certa forma, permaneceu imóvel porque o homem que a escreve está imóvel. O Assassinato de Cristo poderia acontecer e acontece em nossos dias como antigamente. Os atuais conflitos econômicos e sociais refletem exatamente os conflitos daquele tempo: imperadores e governadores estrangeiros, uma nação dominada, impostos fiscais esmagadores, ódio nacional, zelo religioso, a colaboração dos líderes do povo oprimido com o opressor etc. Para compreender a história de Cristo, é preciso começar a pensar em dimensões cósmicas.

De alguma forma, Cristo não se enquadra nisso. Ele não se enquadrava já na sua época; não se enquadraria há seis mil anos, como não se enquadraria hoje. Você pode imaginar Cristo vivo, andando, falando como falou, comendo e vivendo com pecadores e prostitutas como ele fez, na Catedral de St. Stephan ou de St. Peter? Isto é impossível. Ainda assim, essas catedrais foram construídas em sua honra. Por que então ele não poderia andar nessas catedrais? Não é porque, como se diz, o homem tenha se degenerado ou esquecido Cristo, ou porque os pastores tenham se corrompido. Temos boas razões para acreditar que o povo e os pastores e suas emoções, esperanças e temores não mudaram muito desde o tempo em que adoravam Cristo em pessoa, até hoje, quando adoram seu espírito. Também isso permaneceu *imóvel*.

Não, não é a posterior degeneração da igreja que fez o homem esquecer Cristo, mas é, hoje como há milhares de anos, O GRANDE

ABISMO entre a grande esperança e o Eu verdadeiro e real; entre a fantasia do Eu e a realidade do Eu; entre a energia móvel e produtiva e a energia congelada.

Quando Cristo começou sua missão, aos trinta anos, ele não perturbava nada nem ninguém. Ele apenas andava, cheio de graça, por entre eles e eles gostavam de olhar suas esperanças nesse espelho. O assassinato começou a se desenvolver quando a esperança começou a provocar movimento. Cristo era móvel demais. Não tão móvel no sentido de Vida viva. Ao contrário, nesse ponto às vezes tem-se a impressão, a partir do que nos conta o evangelho, de que ele era um tanto exigente, fixando-se um pouco demais em princípios. Ele tinha que ser, é claro, e logo veremos por que a Vida viva desenvolve – e por que tem que desenvolver – no homem, princípios rígidos e seriedade exagerada, se ela pretende se colocar contra a natureza imóvel do homem.

Mas Cristo, em toda sua ingenuidade, pretendia ação. Ele se levava tão a sério quanto um cervo o faz. "Eu sou a Vida, *é claro*! Que mais eu poderia ser?" Assim o ouvimos falar.

Cristo se recusava a ficar em casa com seus irmãos e irmãs e com sua mãe, embora os amasse ternamente. Preferia passear pelo campo, saudar o sol que se levantava no horizonte com seu clarão róseo. Gostava de ver pessoas aqui e ali, em diferentes lugares, se bem que nunca tenha deixado a Palestina. Nada nos permite supor que Cristo, no início de suas peregrinações, sentisse que era um salvador da humanidade. Mas a história de sua vida e de tudo o que sabemos da atividade humana em geral nos mostra que a princípio ele era diferente dos outros, e que ele se sentia diferente dos outros, no sentido de que não conseguia ficar parado. Não tinha a intenção de passar o resto da vida numa bancada de carpinteiro. Amava o povo. Sentia-se benevolente para com eles. Sua família era um campo muito restrito para sua atividade transbordante e – temos que assumir – para a sua visão de vida. Sabemos que sua mãe o reprovava por não se restringir mais ao âmbito da família. Não tinha muito boas relações com seus irmãos e irmãs. Mais tarde, quando se deixou seduzir pelo papel de líder messiânico, convidava seus discípulos a deixarem seus irmãos e irmãs, seus pais e mães para o seguirem. Ele sabia que a vida familiar compulsória impede qualquer movimento que ultrapasse seus limites.

Isto também se compreende quando se leva em conta a contradição entre a Vida em marcha e a Vida imóvel. Se a Vida é verdadeiramente Vida, ela se lança ao desconhecido, mas não gosta de caminhar sozinha. Ela não tem necessidade de discípulos, de adeptos, de submissos, de admiradores, de aduladores. O que lhe é necessário, o que não lhe pode faltar, é o companheirismo, a camaradagem, a amizade, a familiaridade, a intimidade, o encorajamento de uma alma compreensiva, a possibilidade de se comunicar com alguém e de abrir o coração. Não há, em tudo isso, nada de sobrenatural e extraordinário. É simplesmente a expressão da vida autêntica, da natureza social dos homens. Ninguém gosta ou pode viver no isolamento, sem se arriscar à loucura.

Mas esse anseio profundo pelo companheirismo tende a tornar-se amargo, quer dizer, transformar-se em uma exigência incompatível com a Vida viva, se os amigos e os companheiros ficarem ligados a suas famílias, a suas mulheres, a seus filhos, a seu trabalho. Todas essas ligações têm o efeito de freio sobre eles. Elas os retêm no momento em que um grande salto é necessário. Todos os grandes líderes conheceram essa dificuldade. Pedem a seus fiéis que abandonem tudo e os sigam, e só a eles. Foi assim, e será sempre assim, tanto na igreja Católica como no Fascismo Vermelho. A mesma regra se aplica a todo capitão e a sua tripulação. Ela se aplica a todo chefe militar, a todo chefe de equipe encarregado de um trabalho que exija movimento e uma grande liberdade de ação.

A diferença entre o apelo de Cristo e as exigências dos outros acima mencionados reside em que estes dispõem de unidades constituídas e organizadas segundo um esquema rígido, implicando a renúncia a toda forma de imobilismo, enquanto Cristo não tinha, no início, a intenção de fundar uma igreja ou um movimento político. Ele quer apenas cercar-se de amigos em suas peregrinações, e descobre que eles são insignificantes, incômodos, que eles o freiam e impedem sua alegria de viver. Isto não teria muita importância se seus amigos não o tivessem cativado para ser um futuro Messias. Pouco a pouco, são eles, seus amigos, que se transformam em admiradores e adeptos. São os adeptos que determinam as regras que os líderes lhes impõem, e nunca o inverso, a princípio. Não há nada em nosso mundo social, e nada pode haver, que não seja fundamentalmente e principalmente determinado pelo caráter e comportamento do povo. Não há exceção para esta regra, não importa para onde se olhe.

Para começar, são os amigos de Cristo, agora seus admiradores, que o induzem a exigir que eles abandonem seus familiares e suas atividades profissionais. Não tanto porque Cristo seja excepcional em seu comportamento, mas porque a Vida viva agirá sempre, em todas as épocas, não importa em que contexto social, se ela tiver o desejo de avançar resolutamente para o desconhecido sem isolar-se na solidão.

Desta maneira, a vida se transforma em dominação, regra, exigência, ordem, restrição, sacrifício, assim que ela enfrenta o imobilismo da multidão, da "cultura", da "civilização", das opiniões estabelecidas na ciência, na tecnologia, na educação, na medicina. Se todas as pessoas se movessem, não haveria razão para tudo isso. Elas gostariam de fazer seus próprios movimentos. E seriam elas e não alguns líderes ou grupos que carregariam o fardo do progresso.

A grande maioria dos homens, em qualquer época e em qualquer fase da história, nunca saiu de sua cidade natal. Alguns não viajam porque são pobres. Mas a maioria fica no mesmo lugar porque mover-se lhes é penoso. Sua energia Vital só dá para alimentar a eles e a suas famílias. Apenas alguns comerciantes e alguns boêmios viajam. Somente a partir da metade do século vinte é que as viagens se tornaram um produto de consumo de massa e as pessoas começaram a ir "ao estrangeiro". Mas a imensa maioria passa seus verões em Nova York, Chicago ou outras cidades como essas. Não é certo falar de *povo* que viaja, se apenas uma minoria o faz, porque é a maioria que determina tudo que acontece. E mesmo que todo mundo viajasse, isto não modificaria em nada a estrutura fundamental da humanidade.

Não é porque viajar é salutar e proveitoso que se viaja hoje em dia, mas sim porque "está na moda", porque o vizinho olharia de lado se você não tivesse visto os mesmos países que os Jones. Também se viaja porque "na Europa pode-se comprar tanto com dólares". Ainda é imobilismo.

Se Cristo vai à Europa, não é porque lá o dólar compra mais coisas do que nos Estados Unidos. Ele vai para conhecer os povos europeus. Visita os museus como todo o mundo. Mas não os visita "por visitar", ou "porque se deve ver" este ou aquele quadro. Vai simplesmente para ver a pintura. E não é isso o que geralmente se tem em mente, da mesma forma como não se abraça um homem ou uma mulher pelo simples prazer do abraço, mas para fazer filhos. Essa atitude é estranha a Cristo. Por isso ele será e terá que ser assassinado no final.

O imobilismo acompanha o viajante onde quer que vá. Por isso, eles admiram e veneram os que se movem realmente. Em suas viagens, Cristo evita relacionar-se com outras pessoas, apesar de encontrar muitas pessoas. Ele viaja só, com alguns raros companheiros. E mesmo quando está com seus companheiros, ele se distancia um pouco deles, precedendo-os de cem ou duzentos passos, ou isolando-se na floresta para meditar. Seus discípulos meditam muito raramente. A maior parte do tempo, eles falam do Mestre, perguntam-se o que ele faz e por que pode fazer isto ou aquilo. Assim, eles seguem sua própria imagem num espelho, a imagem do que eles gostariam de ser mas não conseguem.

Em seus sonhos, eles veem nele o líder que, por seu poder e sua cólera divina, expulsará um dia os romanos da cidade santa. Por enquanto, ele espera e prepara o golpe. Mas o dia da vingança certamente virá. Ele não é um líder? Ele não é o líder deles? Eles estão dispostos a passar pela prova de fogo; desde já, o pensamento de passar com ele a prova de fogo os anima. Mas no fim, eles o abandonarão.

Tentam persuadi-lo a fazer milagres, a fazer demonstrações de seu poder divino. Para eles, o poder divino é o raio e o trovão, é o estrondo de milhares de fanfarras e de canhões, é o céu que estremece e a cortina do templo que se rasga. Os mortos sairão de suas tumbas e o maior dos milagres se produzirá: as almas juntar-se-ão aos corpos e andarão de novo, como fizeram há mil anos. Esse é o mínimo que Cristo pode fazer por eles.

Na futura religião deles não haverá mais lugar para o Cristo autêntico, mas unicamente para os raios e o trovão no céu e o tremor de terra juntamente com o retorno do morto.

Cristo não sabe nada disso; ele nunca falou, nunca prometeu enviar trovões, raios, tremores de terra ou rasgar cortinas. Ele vive e viaja em outro mundo. A ideia de uma revolta nunca germinou em seu espírito. O Reino que ele sente em si mesmo não é deste mundo: é o que ele lhes explicará pouco antes de sua morte. Mas ninguém compreende o que ele diz. Eles o tomam ao pé da letra. Um Reino é um Reino, não é verdade? E quem diz reino, diz Rei, marchas, trombetas, cercos e conquistas de cidades. Um líder dispõe de poderes e os exerce sobre os outros.

Eis o que eles esperam de Jesus Cristo. Por enquanto, ele ainda se esconde. Não quis ainda revelar sua verdadeira natureza. E constantemente eles o instigam a se revelar, a lhes dar um sinal.

Cristo lhes pede para não falar aos outros de sua influência benéfica sobre as pessoas e os doentes. Ele nunca fala de milagres. Mas no fim, cem anos depois de sua morte, os milagres ocuparão o primeiro plano, não se falará mais de sua recusa em fazer o papel de taumaturgo.

Cristo é *contra* a revolta armada. Recusa-se a dirigir tal revolta. Prega a revolução espiritual, a revelação das profundezas da alma. Cristo sabe que se as profundezas da alma não forem libertadas e tornadas úteis, sua geração logo verá o dia do Juízo Final. Cristo sente, mais do que sabe, que o homem deve encontrar e amar o ÂMAGO de seu ser se quiser sobreviver e instaurar o Reino dos Céus.

Pouco a pouco, Cristo se dá conta do abismo que separa sua maneira de ser da dos outros. Dolorosamente começa a perceber que deverá morrer, mais cedo ou mais tarde, e prepara seus amigos para essa eventualidade. Sabe que deverá morrer, porque não há lugar no mundo em que o Filho de Deus possa descansar seu corpo, embora cada pássaro tenha seu ninho.

Se ele pegasse a espada, como seus discípulos lhe pediam, não seria morto ou seria morto honrosamente, combatendo, e não ignominiosamente, na cruz entre dois ladrões. Cristo sabe que deve morrer, porque não há lugar para ele no coração ou no espírito dos homens. Eles não sabem absolutamente do que ele fala. Ele não se exprime em parábolas misteriosas. Seus propósitos são claros como as coisas que ele evoca. Mas eles não têm ouvidos para escutá-lo, ou pior, eles se enganarão sobre o sentido de suas palavras: por isso ele deverá morrer.

Ele cita Isaías, que diz:

> *Este povo honra-me com os lábios,*
> *mas seu coração está longe de mim;*
> *em vão, pois, me honram,*
> *ensinando doutrinas e mandamentos que vêm dos homens.*
> (*Mateus*, 14:8,9)

Ele sabe que a catástrofe logo se abaterá sobre ele, que ela é *inevitável*. E ninguém virá em seu socorro, porque, como disse Isaías:

> *Vós ouvireis com os ouvidos, e não entendereis; e vereis com os olhos, e não vereis. Porque o coração deste povo tornou-se insensível, e os seus ouvidos se fizeram surdos, e eles fecharam seus olhos, para não suceder que vejam com os olhos, e ouçam com os ouvidos, e entendam com o coração, e se convertam, e eu os sare.*
> (*Mateus*, 13:14,15)

Esta é a COURAÇA: eles não ouvem, nem veem, nem sentem com o coração o que vêem, escutam e percebem. Não compreenderão jamais, e as palavras de todos os profetas, de todos os tempos, ecoaram neles em vão. Os mártires foram mortos em vão, os santos foram queimados em vão, o Assassinato de Cristo continua vitorioso.

Tudo o que o coração do homem concebeu, e o pensamento humano abordou, tudo o que o sofrimento humano revelou do segredo trágico do homem foi pura perda. Os livros foram empilhados num canto ou castrados por uma vã admiração. Os homens só querem preencher onde eles sentem vazio. *Nada pode preenchê-los.* Deus foi irremediavelmente sepultado neles. Ele só será reencontrado nas suas crianças recém-nascidas se evitarmos que sejam injuriadas pelas mãos dos encouraçados. Ora, Cristo tem que morrer, porque ele viu de muito perto o segredo deles, porque recusou-se a aceitar a interpretação errada que *eles* faziam do Reino dos Céus, porque permaneceu fiel ao que sentia.

E eis como eles acabaram por entregá-lo a seus inimigos:

Ele resistiu às tentações do mal e do demônio. Resistiu à atração do poder. Mas estava colocado diante de uma dura escolha, diante de um dilema doloroso: como ser líder do povo sem sucumbir aos vícios dos líderes do povo? Sabia que o poder não resolveria o problema, não *podia* resolvê-lo.

O poder é, em última análise, o resultado do desamparo do povo. Ou os líderes tomam o poder pela força, ou então é o próprio povo que os leva a reinar sobre ele. Um Calígula, um Hitler, um Djugashvilli, mostraram um desprezo evidente pelo povo ao tomar o poder, porque tinham compreendido o que os homens são e o que fazem. Todo poder deste gênero pode instalar-se graças à inércia, à cumplicidade ou mesmo à admiração do povo.

O outro tipo de poder, *a sedução dos líderes para posições de poder, é um trabalho dos homens vazios e incapazes. Os homens transformam as novas verdades libertadoras em novo poder do homem sobre os homens.* Isto parece inacreditável. Entretanto, fica evidente quando nos livramos da atitude de comiseração e idolatria do povo e dos homens em geral. Essa comiseração e essa idolatria estão entre os meios mais eficazes dos quais nos servimos para proteger a peste generalizada. Enquanto você se condoer das pessoas, elogiá-las, recusar-se a vê-las como são, nunca descobrirá o atalho escondido que conduz à compreensão de uma montanha de misérias velhas. A história de Cristo descobre este segredo só porque Cristo não sucumbiu à sedução do poder.

Eis os métodos que o povo usa para seduzir seus grandes líderes a exercer poderes perniciosos:

Para começar, as pessoas reverenciam as ideias daquilo que chamamos "progresso", saudando os promotores de tais ideias, mas permanecendo, elas mesmas, instaladas no imobilismo. Se não mataram imediatamente a nova ideia, resta-lhes caluniar ou, senão, torturar o pioneiro até a morte. O abismo entre a capacidade de *ter esperança* e a capacidade de *agir* levará, de qualquer forma, a sentirem a ideia nova como um fardo, como uma lembrança constante de sua inércia, de seu imobilismo. Essa sensação de estar sempre freiado, dará origem a um sentimento de ódio a tudo o que é novo, mutável, excitante. Visto por esse ângulo, o ódio a tudo o que vive é uma manifestação *racional* da parte do homem arruinado. A ideia nova, dinâmica, faz tremer os hábitos de segurança e conforto emocional. *Neste caso, a atitude conservadora torna-se uma atitude racional.* Esta segurança, mesmo amortecendo o homem, é indispensável à sua existência. Sem ela, ele pereceria. O alarde dos bufões e mascates da liberdade não deveria desviar a atenção deste fato. O bufão da liberdade que, por simples ignorância ou falta de espírito de responsabilidade, reclama a liberdade porque quer fazer o que bem entende – com a intenção de fazer *o mal* – seria, após ter matado o conservador que defende o *status quo*, absolutamente incapaz de assegurar o funcionamento das estruturas sociais e utilizará, para salvar a pele, procedimentos ainda mais cruéis e violentos, para suprimir a Vida viva, do que os imaginados pelos piores conservadores. Os imperialistas russos do século XX, que vieram das camadas populares, nos fornecem um exemplo histórico que custou muitas vidas humanas.

Dadas as condições em que vivem, os homens são e precisam ser conservadores. De nada serve abandonar sua cidade e enfrentar o desconhecido se você não tem agasalho para se garantir contra o frio, nem pão para comer. Mais vale, nessas condições, ficar instalado onde você está, com uma pequena horta atrás da casa. Por esta mesma razão, as pessoas odeiam e devem odiar os que perturbam sua segurança emocional. Fazendo esta constatação, eu me faço de advogado do diabo, mas é pouco útil combater o diabo, a não ser que se saiba, primeiro, por que o mundo está povoado de diabos.

O perturbador dos hábitos seguros do imobilismo pode se tornar vítima da aclamação de sua grandeza e instalar-se também no imobilismo. Isso acontece muito frequentemente. Nenhum avanço real terá então sido realizado. Alguns homens e algumas mulheres terão sentido uma pequena comoção, um pequeno estremecimento em seus órgãos genitais adormecidos, mas nada aconteceu que pudesse perturbar a paz da comunidade. Observe um pouco os orientais "instalados", que você saberá e *verá* o que está dito aqui.

Pode também acontecer que o perturbador da segurança emocional não sucumba à pressão do imobilismo do homem. Neste caso, ele será perseguido, *terá* que ser caçado como um animal selvagem. Ou ele morre, e então não impedirá mais o arrastar-se da rotina. Uma vez mais, a situação da comunidade não sofrerá muitas mudanças; um pouco de poeira será levantada na estrada, ou durante uma briga sem importância em alguma taberna.

A existência do homem estará seriamente ameaçada se o inovador ou profeta não aceitar instalar-se com os outros, nem ficar em silêncio. O perigo real decorre do *sucesso* do profeta. Eis as etapas que resultam no desastre social geral:

1. *A massa de homens inertes se agarra, por intermédio de alguns pequenos grandes homens, a uma grande esperança transmitida por uma nova mensagem.*

2. *Esses pequenos grandes homens são um pouco menos inertes do que o resto do rebanho humano. Eles são vivos, empreendedores, ávidos de sucesso e de poder; não de poder sobre as pessoas, como até então.*

3. *Os profetas, que condenaram a vida em pecado e que viram terras novas, mantêm suas promessas sem se dar conta de que criam assim os fundamentos de um novo poder maléfico que eles teriam sido os primeiros a condenar.* A menos que eles tenham atingido um alto grau de abnegação e de sagacidade que permita que eles vejam com toda clareza o abismo que separa, no homem, a esperança do ato, a catástrofe social será inevitável.

4. *Os pequenos grandes homens se agarrarão à nova ideia.* Ficarão embriagados com as potencialidades da nova visão. Não terão a experiência, nem a paciência necessária para perceber o perigo, e nem para saber o que é preciso para manejar a nova visão. A grande visão os tornará inevitavelmente embriagados com sonhos de poder, eles conhecerão a *embriaguez do poder*. Esses pequenos grandes homens não vão querer o poder de imediato. A embriaguez do poder é o resultado involuntário, mas certo, da mistura de grandes visões e pouco conhecimento. Desta forma, um mal novo e pior é criado a partir da esplêndida visão de redenção. Essa transformação da visão em embriaguez de poder ganhou importância ao longo dos séculos, à medida que o número de profetas aumentava e que mais indivíduos que abandonavam o rebanho apareciam no cenário social. O *imobilismo do homem*, a *visão do profeta*, e a *transformação da visão em embriaguez de poder* nos pequenos apóstolos dos grandes profetas é a tríade de onde procede toda a miséria humana.

Essa passagem da visão ao poder sobre os homens é inevitável; ela se produzirá enquanto durar o abismo entre o grande sonho e a impotência efetiva do homem. João e Caifás, o Cristo e o Inquisidor, surgem desse abismo na natureza do homem.

É o dinamismo desse círculo vicioso que fez de cada líder *socialista* da primeira metade do século XX um burocrata do poder estatal sobre os homens. A sequência desses acontecimentos é inevitável enquanto o abismo não for fechado. A embriaguez de poder não é culpa de ninguém, mas é responsabilidade de todos. *Não há maior perigo para os povos futuros do que a comiseração e a piedade.* Piedade não removerá no homem o abismo que separa o sonho da ação. Ela só fará perpetuá-lo. *No sentido da perpetuação da miséria do homem, os socialistas são inimigos dos homens.* O conservador não tem a pretensão de melhorar a sorte do homem. Ele proclama abertamente que é a favor do *status quo*. O socialista se apresenta como o "líder progressista" que aspira à "liberdade". Na realidade, ele é o artesão da escravidão: não que esta fosse a intenção, mas porque ele sucumbe à atração do poder; ele é vítima das massas humanas misticamente esperançosas, mas, de fato, impotentes.

Os sentimentos socialistas conduzem necessariamente à estatização. Assim *aconteceu*, onde a ideia socialista foi levada a sério. Nos lugares onde o socialismo foi somente um ideal humanitário, como nos países escandinavos no século XX, não houve a estatização como consequência. Mas na Inglaterra, o socialismo naufragou; foi uma catástrofe na Rússia, na mesma medida em que o ideal socialista foi levado a sério.

Ninguém culparia um líder socialista por não ver o abismo ou por tomar a esperança do povo de chegar à liberdade pela sua capacidade de construir esta liberdade. Mas podemos culpá-los de oprimir, de maltratar e de matar todos os que apontaram o abismo e propuseram medidas – boas ou más – para fechá-lo. Isto se aplica em primeiro lugar aos imperialistas russos. Para eles, o imobilismo patológico do povo significa uma "sabotagem" consciente dos interesses do Estado. A abominável crueldade dos imperialistas russos em relação ao homem só pode ser explicada pelo choque que lhes causou a descoberta da inércia humana, no momento em que eles tinham partido para construir "o céu sobre a terra". Não são as esperanças da humanidade que diferenciam o credo dos católicos romanos daquele dos imperialistas russos, nem a degradação de uma doutrina nobre a um mísero engano. O que distingue os dois sistemas é sua atitude diferente em face da fraqueza humana. Mas, durante a Idade Média, o Catolicismo apresentou as mesmas características que o fascismo do século XX.

É evidente que tudo isto é trágico. O fato de ser mais agradável para o homem NÃO levar a sério seus ideais, do que levá-los a sério, é apenas mais um dos muitos paradoxos criados pela grande contradição na estrutura humana, entre os desejos do homem e sua inércia.

Cristo não sucumbe à solicitação do rebanho que lhe propõe levá-lo ao poder. Ele não cria, durante sua vida, nenhum movimento grande; e nem mesmo abandona o Judaísmo. Não transforma sua profecia em embriaguez de poder. Este será o papel de Paulo de Tarso. Na época moderna, Stalin está para Marx, assim como Paulo está para Cristo. Lenin está fora disso. Não suportou a dor de ver abortar o sonho russo que ele vivera no início. Teve um ataque apoplético, assim como Franklin D. Roosevelt em 1945, quando compreendeu o que o Modju* de Moscou fizera com suas atitudes amigáveis. *O verdadeiro Paulo do Fascismo Vermelho é Stalin, o astuto Modju da Géorgia, Rússia, até nos detalhes de linguagem, doutrinação, crueldade, e da conversão de Saulo em Paulo.* Para Stalin, sucumbir à embriaguez de poder foi mais fácil do que para Paulo, porque não havia, no tempo de Paulo, milhões de homens implicados no desastre. Mas eles mostraram, um e outro, cada um a seu modo, a mesma crueldade.

Cristo nunca organizou facções nos diferentes países. Não pretende converter os pagãos ao Cristianismo; apenas inclui os pagãos entre os filhos de Deus, e nunca teve a menor intenção de converter as pessoas contra a vontade delas. Ele não leva o Cristianismo às pessoas. Espera que as pessoas venham a ele. Então diz simplesmente que o Reino dos Céus NA TERRA é possível e está próximo. Ele crê – como o farão os liberais e socialistas, dois mil anos mais tarde – que o homem é bom, que simplesmente ele é esmagado e impedido por forças *exteriores* de deixar que sua bondade se desenvolva. Ele crê – como muitos farão depois dele – que o Reino virá se o homem se obstinar em rezar séria e verdadeiramente. Comete – como muitos antes e depois dele – o erro de pensar que a massa humana pode ser subjugada pelos pou-

---

* Ver nota p. 252. (N. E.)

cos imperadores e escribas talmudistas, contra sua vontade. Ignora completamente o fato de que *são os próprios homens que procedem à supressão da vida*. Séculos de crueldade, de morte, de desespero, de erros e de crimes hediondos se passarão antes que uma ínfima minoria comece a se dar conta de que o homem é emocionalmente doente. E, mesmo então, os poucos que sabem irão aderir ao erro e recusar-se a ver a verdade clara, face a face. Acreditarão que os mentalmente doentes o são por hereditariedade, como seus predecessores acreditaram que eles eram possuídos pelo demônio e como tal, deveriam ser queimados vivos.

A grande evasiva de Cristo, que é Vida, trará bilhões de crimes através dos tempos. Converterão nações estrangeiras ao cristianismo pela força, ignorando o que Cristo quis dizer quando falou do Reino dos Céus em nós. Em nome do Cristianismo, com o fim de evitar Cristo, o sangue se derramará, enforcados penderão das árvores, gritos ecoarão pelos muros espessos das prisões, e os insanos, que conservam o contato com Cristo, serão encarcerados para sempre, tudo em nome de Cristo.

E o pesadelo continuará sob outro nome, desta vez sob o disfarce do Anti-Cristo que pretenderá exterminar a fé cristã por sua crueldade e ignorância, ao mesmo tempo que ultrapassará, quanto ao método e ao número, qualquer coisa que qualquer inquisidor possa jamais ter imaginado fazer. Oito anos foram necessários para levar Giordano Bruno à fogueira; hoje, algumas horas são suficientes para fuzilar centenas de homens e mulheres inocentes.

O ódio reinará no mundo, ao mesmo tempo que palavras de amor e paz sairão de lábios frios. Cristo nada sabe do ódio estrutural, consequência do sentimento de frustração do homem. Serão necessários centenas de anos, e centenas de santos e de sábios para *esconder* o fato de que alguém poderia pôr um fim no pesadelo, fazendo parar o Assassinato de Cristo no ventre de bilhões de mulheres sedentas de amor que geram crianças.

A catástrofe é *grande demais, estúpida demais e odiosa demais* em sua monstruosidade, para que mesmo Cristo tenha tido consciência de suas dimensões. Ele ama demais as pessoas. Acredita demais nelas. Com um amor tão profundo e sincero no coração, não é possível conhecer o homem como um ser rancoroso, abominador. O homem não mostra abertamente seu ódio. Ele o dissimula e vive o ódio clandestinamente de maneira magistral. Seu ódio aparece sob a forma de ódio ao inimigo eterno, ao imperador, ao inimigo estrangeiro, de maneira que nenhuma alma cheia de amor e confiança queira ou possa acreditar que este inimigo possa fazer parte da fileira dos bons. Não é menos verdade que o amor possessivo da mãe por seu filho é apenas ódio; que a fidelidade rígida da mulher a seu marido é apenas ódio; na realidade, ela está cheia de desejo por outros homens. O cuidado solícito dos homens por suas famílias é apenas ódio. A admiração das multidões por seus líderes bem-amados é autêntico ódio, é um assassinato em potencial. Deixe o redentor virar as costas a seu rebanho, deixe o pastor abandonar suas ovelhas por um só dia, e elas se transformarão em lobos famintos e despedaçarão o pastor.

Tudo é por demais inacreditável para ser concebido e manejado. Mas é real. É tão real que suspeitamos, com boas razões, que isto seja o clímax de uma grande evasiva de toda e qualquer verdade, grande ou pequena. Para chegar à verdade, esta grande mentira tem que ser descoberta. E descobrir esta grande mentira significa desastre para todas as almas envolvidas.

O grande ódio está muito bem escondido e controlado na superfície, para que não possa fazer mal de imediato. A criança emocionalmente mutilada por sua mãe na primeira infância só a acusará das consequências quando, já homem, se encontrar colocado diante da tarefa de amar uma mulher, ou, sendo mulher, enfrentar os problemas da educação de seu filho.

Uma menina, cuja graça natural foi distorcida pela mãe frígida e horrível, não se desvendará até que seja mãe e tenha feito seu homem e seus filhos infelizes para sempre. O último pensamento de tal mãe, até em seu leito de morte, será a preocupação pela virgindade da filha.

Isso é apenas uma pequena amostra dos bastidores da miséria humana. O grande ódio só será visível para o homem ou mulher que lutar pela sobrevivência decente de seu amor e sua vida. Isto será acessível somente ao cirurgião de emoções, que sabe como abrir a alma humana sem matar o corpo com uma onda de ódio. O ódio se apresentará sob diversas formas e múltiplas aparências, mas sempre escondido. Na verdade, todas as regras de boa conduta e cortesia na sociedade derivam da necessidade de esconder esse imenso ódio. Certa camada social desenvolverá através dos tempos uma etiqueta especial para enganar a todos, levando-os a esquecer da existência desse ódio estrutural. Os diplomatas do fim da era pós-cristã irão a uma conferência de paz sabendo que estão enfrentando um ódio implacável, prontos a enganar, pois sabem que é a única maneira de controlar o grande ódio. Ninguém terá confiança em ninguém, e todos saberão o que se passa no espírito do outro. Mas ninguém o mencionará. Nas grandes convenções dos grandes conselhos de higiene mental, cada homem e cada mulher saberá da miséria da puberdade por sua própria experiência e através da massa miserável que encontram em seus consultórios e centros médicos. Cada educador conhece muito bem as causas da delinquência juvenil e sua profunda significação: A PRIVAÇÃO SEXUAL NO APOGEU DO DESENVOLVIMENTO GENITAL. Mas ninguém o menciona. O grande ódio está entre a miséria da juventude e seus saneadores em potencial. E todo o mundo pretende não ver esse ódio no imenso engano da polidez e das convenções sociais, porque todo o mundo tem medo de todo o mundo. Um continua a bajular o outro, para torná-lo inofensivo, e, como faria com um animal, o acaricia para que fique manso.

Tudo isso é consequência inevitável do Assassinato permanente de Cristo.

O Assassinato de Cristo é inevitável não porque eles o odeiam demais, mas porque eles o *amam* demais, de uma tal maneira, que *ele não pode satisfazer.*

Cristo não quer reconhecer o quanto é diferente deles. Seu amor ao próximo lhe impossibilita tomar consciência de que se distingue deles, de que possui o que eles não têm, de que resolve facilmente as coisas que eles tentam em vão resolver. A razão é que ele sente e vive a Vida naturalmente, em seu curso, enquanto eles primeiro matam a vida dentro de si mesmos para depois tentar trazê-la de volta pela força. A Vida não pode ser forçada. Não se pode forçar uma árvore a crescer, esta é a grande esperança contra os ditadores do mal.

Cristo continua muito perto de seus companheiros. Ele continua a fazer o bem aos outros. Os homens e as mulheres que o acompanham continuam a aceitar suas dádivas e se habituam tanto, que o fato de estar perto dele se torna uma espécie de segunda natureza.

Sua contínua presença e sua intimidade farão com que eles o matem. Se ele fosse remoto, distante por altivez ou falsa dignidade, estaria salvo. Mas ele estava sempre ali, humilde e simples, facilmente acessível a todos, dia e noite a qualquer hora, um homem como os outros no meio da multidão. Secretamente eles se perguntavam: por que o Mestre permite a nós, que tão pouco sabemos e fazemos de sua mensagem, que fiquemos sempre em volta dele? Ele é esplêndido, mas um pouco pesado para suportar. Ser solene todo o tempo e viver a vida de Deus todo o tempo é nobre mas incômodo. É verdade que o Mestre brinca de vez em quando, faz gracejos, quando caminhamos por montes e vales, e vemos muitas pessoas e crianças juntarem-se a nós, e ficam curiosos a nosso respeito, mas nós não somos o que parecemos ser. Nós não somos santos, nem suficientemente perfeitos; não somos discípulos verdadeiramente dignos dele. Você já o ouviu contar uma piada suja? Nunca. E, no entanto, ele se dá com as prostitutas e os cobradores de impostos. Ele é tão amável com todos; um pouco de dignidade, de reserva não faria mal. O homem mais reservado certamente será seu sucessor e o representará após sua morte.

Nada sabemos de sua vida amorosa. Ele nunca fala sobre isso, e é impossível saber com quem anda. As mulheres o amam, ele é muito atraente e viril. Você alguma vez o viu beijar ou cortejar uma mulher? Nunca. Ele *certamente* veio do céu. *Não pode* ser um simples mortal. Os mortais brincam, bebem, e às vezes ficam bêbados, e contam histórias picantes sobre seus casos amorosos; fodem a torto e a direito e têm seus pequenos segredos dos quais todo o mundo sabe e fala. De vez em quando eles vão a alguma outra paragem e se divertem a valer, para voltarem a ser, depois, inteiramente virtuosos. Só vivem para suas mulheres e seus filhos. Ora, sabemos que muitos detestam esse tipo de vida, mas aí ficam, cultivando seus jardins, fazendo a colheita, e durante a estação das chuvas, não fazem grande coisa, conversam um pouco, sonham ou fazem a sesta. Eles desconfiam uns dos outros e se desprezam, mas são sempre amáveis. De vez em quando apedrejam uma mulher que ousou amar um homem que não era o seu, mas, no todo, sua vida é calma e ordenada.

Por que o Mestre não tem uma mulher? Ele deixou sua família e pediu aos outros que deixassem as suas e que o seguissem. Ele sempre nos desvia desta nossa vida. É penoso deixar nosso mundo familiar e habitual para entrar no seu. Gostamos das emoções fortes que ele nos traz, mas quando ele se revelará, quando será nosso líder, quando dará um sinal, quando esmagará nossos inimigos? Ele sempre mantém silêncio sobre isso. Ele devia começar a fazer alguma coisa. Alguma coisa grande. Mostrar ao mundo sua grandeza. Então, ser seu discípulo seria muito mais fácil e próximo da nossa maneira de viver. Não podemos continuar para sempre andando pelos campos, confortando os pobres e levando um pouco de felicidade aos doentes aqui e ali. Somos vistos como um grupo esquisito, estranho. Precisamos de alguma coisa grande, barulhenta, alguma coisa como fanfarras, marchas, bandeiras e gritos, e mostraremos aos romanos que somos seus inimigos.

O fato de ele amá-los, de doar-se a eles, de preencher seus egos vazios, de nada ajudou. Eles querem viver à maneira *deles*. E Cristo não se deu conta disso. Conseguiram convencê-lo de que devia fazer alguma coisa grande, estrondosa, impressionante, para ser reconhecido como o Filho de Deus. E ele, que resistiu à tentação do pecado e do poder, se deixa levar a uma "Marcha sobre Jerusalém". E como Cristo é muito diferente de Mussolini, que marchará dois mil anos mais tarde sobre Roma, e como esta marcha está em completa contradição com sua verdadeira natureza, morrerá miseravelmente na cruz.

Por causa de seu grande amor pelos homens, Cristo não compreende inteiramente o homem. Ele se sente um líder que nunca deveria abandonar seu rebanho. Pressente uma catástrofe iminente. Sente sua vida como incompatível com o curso normal das coisas. Nada sabe sobre a peste no homem, e por dois mil anos ninguém perceberá a peste que ameaça o homem. E então ele cedeu. Seus inimigos só esperavam uma oportunidade para matá-lo. Estava a salvo enquanto viveu a vida da Vida. Perdeu-se no momento em que começou a misturar sua vida com a vida deles.

Modestamente, ele monta num asno e marcha na frente de um punhado de discípulos para a cidade grande, com o grande templo dominado por poderosos sacerdotes, e para a fortaleza do governador. Ele sabe que vai morrer. "Eis que aqui vamos para Jerusalém; e o Filho do Homem será entregue aos príncipes dos sacerdotes, e aos escribas, que o condenarão à morte. E entregá-lo-ão aos gentios para ser escarnecido, e crucificado, mas no terceiro dia ressurgirá." (*Mateus*, 20:18,19.) Ele o sabe, mas vai, mesmo assim. Ele lhes diz que vai ser capturado e morto, mas eles não sabem do que está falando. Para eles, é apenas mais uma emoção. Um desses misteriosos ditos que os enchem de uma alegria ansiosa por um dia ou dois, até que ele lhes dê outra emoção. Ninguém lhe diz para não ir. Ninguém o retém. Ele já está abandonado, embora ninguém ainda tenha percebido. Ele não tem sequer um amigo com quem possa contar. Amigos teriam compreendido a situação, não teriam desejado isso. Amigos teriam compreendido que suas vias não são as desse mundo de talmudismo e conquista, e que uma cidade imensa não poderia ser tomada de assalto pela Vida, montada num burro. Amigos lhe teriam dito que tal iniciativa era ridícula e que assim devia parecer aos olhos de todos; que a multidão viria vê-lo passar, levada por uma curiosidade mórbida, como se assistisse a um espetáculo circense. Alguns gritariam "Hosana nas Alturas", mas isso não alteraria muito.

Dois mil anos mais tarde, políticos organizarão marchas da fome com os pobres das grandes cidades, durante o inverno gelado, para exibir os futuros proletários que regularão a sociedade. Alguns cantarão hinos à liberdade, outros gritarão "Abaixo a burguesia", enquanto alguns espectadores indiferentes se juntarão nas calçadas para ver desfilar essa procissão de fracasso, de pobreza e de misérias. Alguns dos participantes da Marcha da Fome tentarão em vão imitar a marcha de uma grande parada militar. Terão até mesmo batedores à sua frente, e alguns tambores marcarão o ritmo da marcha miserável. Soldados bem armados, em fila, dos dois lados da coluna, protegerão os miseráveis do ódio da maioria. Um dia a nação inteira se tomará de piedade pelos infelizes... e o fim disto tudo será isto:

e isto continuará

Assim como Cristo, que sabia que marchava para a morte, também esses "libertadores" da humanidade saberão (e dirão isto em alta voz) que marcham ao encontro do nada, que estão caminhando para estabelecer um outro governo ainda mais cruel, mais infernal que o precedente. Organizarão marchas da miséria, mesmo sabendo o quanto são fúteis. Marcharão porque não há mais nada a fazer, dadas as regras que, atualmente, governam a conduta humana.

Serão *contra* a revolta, como Cristo o fora há dois mil anos. Saberão muito bem que "aquilo" está "dentro deles", para ser liberado de suas vidas oprimidas, e não será obtido com marchas. Mas seus líderes não conhecerão nenhum caminho melhor. Será feito da maneira *usual*. Para fora, ao invés de para dentro.

Capítulo VII

A marcha sobre Jerusalém

A marcha sobre Jerusalém serve para apagar a lembrança constante de que o modo de vida de Cristo continua martelando fortemente os corações. Dois mil anos mais tarde o fluxo de amor e de vida no corpo será enfim conhecido e compreendido. As pessoas se reunirão em torno daquele que conhece esta vida e tentarão obter dele a potência orgástica, tentarão fazer com que ela se derrame sobre eles, absorvê-la de sua presença, obtê-la através do que é chamado "terapia". Mas ninguém sabe do que ele fala, já que ninguém jamais sentiu a excitação da vida, e *se* a sentiu, foi com horror. Portanto, desejarão senti-la, mas não a deixarão crescer e desenvolver-se em sua vida total. Trabalharão arduamente na cama para "*consegui-la*"; estudarão em livros para descobri-la; procurarão em muitos abraços de ódio e desgosto; matarão a si próprios por não serem capazes de obtê-la, mas sufocarão o amor autêntico no momento em que ele tocar seus sentidos ou o esmagarão quando o virem nos bebês recém-nascidos. As mães estremecerão de horror vendo seus bebês: "Ele se mexe! Ele se mexe de verdade! Que horror!".

Tudo isso, de alguma forma, é conhecido dos que marcharam para Jerusalém, como o será para cada indivíduo, dois mil anos depois, nas grandes cidades da Europa, porque não há lacuna que os torne mais infelizes do que esta: não há mais nada que eles chamem de Deus, Vida, Cristo. Mas eles continuam a matá-lo, a temê-lo, a bani-lo, a fuzilá-lo, a enforcá-lo. É uma constante lembrança de sua verdadeira miséria, e por isso deve morrer. A "American Medical Association" ainda não reconheceu isto, e o Sinédrio ainda procura as palavras do profeta para encontrar o significado da vida, em 1950. Mas eles matarão, *terão que* matar a vida que neste momento marcha, montada num burro, para Jerusalém, seduzidos pelo modo de vida aceito, o modo assassino de vida. O homem apoderou-se dos caminhos de Deus e daqui por diante os manterá prisioneiros e fora do alcance do corpo ou da mente, salvaguardados em litanias mecânicas, transformados em cruzes mortas e imponentes catedrais.

A ridícula marcha no dorso do burro deve ser apagada para sempre.

Eles seduzem Cristo a marchar sobre Jerusalém não porque o vejam como ele é na realidade, nem porque entendam o significado de sua existência. Eles o seduzem por causa DA IDEIA QUE TINHAM DE COMO UM PROFETA DEVE SER E AGIR. Os livros dos profetas não anunciam o que deve ser feito?

> *Dizei à filha de Sião: Eis aí o teu rei, que vem a ti cheio de doçura, montado sobre uma jumenta, e sobre um jumentinho, filho da que leva a jugo.*
>
> (*Mateus*, 21:5)

Este não é o caminho de Cristo. É o caminho *deles*. E então eles anunciam ao mundo que este *era* o caminho DELE, o que não é verdade. E mesmo os sonhos deles lhes eram muito pesados. Alguém mais teria que sonhar por eles para livrá-los de toda responsabilidade. Cristo nunca sonhou em conquistar Jerusalém. Nunca foi seu propósito. Muitas vezes ele reprovou os métodos dos Barrabases e dos imperadores, em vão. Mas não havia saída para ele.

Dois mil anos depois a energia vital cósmica será enfim descoberta e posta a serviço do homem. Ela transformará pensamentos milenares. Preencherá abismos que foram deixados no conhecimento humano, cheio de erros. Revelará o significado de Deus que se tornou inacessível por um misterioso processo de mudança e pelo fanatismo. Preencherá o espaço cósmico que foi declarado vazio. Estabelecerá a legítima harmonia do universo. Abrirá às almas humanas suas próprias fontes de fé e conforto. Terá um grande poder terapêutico, que exercerá de maneira simples. Trará novas maneiras de pensar, que não serão místicas nem mecanicistas, mas maneiras vivas, de acordo com o lugar do homem no esquema geral das coisas. Esse será o caminho da Energia Vital.

Mas eles não permitirão que isso aconteça. Arrastarão o descobridor a um inútil departamento bacteriológico e exigirão a confirmação de suas descobertas. Correrão para os físicos que passaram suas vidas a apagar qualquer traço da existência de tal energia cósmica, e pedirão que "controlem" a descoberta da Vida. Desejarão artigos elogiosos nos jornais nos quais os matadores da vida mantêm o público na ignorância da Vida.

Os "libertadores da classe operária" explicarão ao público que o descobridor não é membro das associações psiquiátricas que eles difamam na terra natal dos proletários. Perguntarão por que o nome do descobridor da Vida não está no "Who's Who" e por que o fabricante de geladeiras nunca ouviu falar dele. Pedirão a ele que dê uma grande conferência na Academia de Medicina onde geralmente só se ouve falar sobre "Dolson", o remédio que, segundo a propaganda do rádio, cura tudo.

Em suma, eles só querem a *imagem* da mudança e desejarão reter o que detestam. Eles sepultarão sua grande esperança antes que ela nasça, exatamente como matam a vida dos recém-nascidos antes do nascimento para terem bebês tranquilos, bonzinhos e fáceis de manejar.

Aspirarão à redenção sem se dar ao trabalho de mudar e sem o incômodo de conhecer primeiro a si próprios. Cada palavra se transformará em um chavão oco, cada movimento do corpo em uma soma de movimentos mecânicos. Suas palavras serão cadáveres de pensamentos. Zero é igual a zero, nos livros de contabilidade como no universo do espaço vazio, e nada será dito sobre os verdadeiros problemas humanos.

Como o amor só vai para dentro deles e nunca para fora, acabam por odiar o doador e o redentor. Perder sua fonte de energia significa perder a vida. Depois do contato com o Mestre, é intolerável sentir o próprio vazio e a existência árida. A partir disso, muitas ideias perniciosas espalhadas entre os homens se desenvolveram e persistiram através dos tempos.

Acalenta-se a ideia de que o homem tem o direito de andar livremente, escolher seu lugar de trabalho, escolher sua profissão, ir e vir como bem lhe aprouver. Esse homem comum não confere o mesmo direito ao povo quando se torna ditador; ele recusará esse direito a seu líder. O líder, quer seja funcionário do Estado, dirigente comercial ou chefe militar, não deve, em hipótese alguma, deixar seu rebanho ou abandoná-lo à própria sorte. Ele tem que estar sempre ali, para servir ao povo; um capitão nunca deve abandonar o navio que naufraga. Qualquer outra pessoa, principalmente o herói das ruas, pode, evidentemente, abandonar qualquer coisa.

Desta mentalidade de sugadores deriva a ideologia do MÁRTIR. A necessidade de mártires cresceu através dos séculos. O descobridor *tem* que sofrer pelo bem que traz ao povo. "Sempre foi assim", o que quer dizer, é claro, que deve permanecer assim: "O POVO" não precisa de alguém que ele possa admirar, venerar, imitar? O sofrimento do mártir deve ser visível e perceptível em tudo; se este sofrimento se passar em silêncio, ninguém se incomodará. Para se tornar um herói, uma criança deve cair num poço bem estreito, ficar presa ali por muitos dias, e ser socorrida por uma equipe de técnicos. A nação inteira seguirá de perto o acontecimento. Mas quando milhares de crianças sofrem pela frustração de seus desejos nascentes, isto não interessa a ninguém; e até se proíbe que isso seja mencionado nas escolas e universidades onde futuros pais e professores são formados aos milhares.

O grande homem deve sofrer. Ninguém culpará o canalha emocional que faz sofrer os grandes realizadores. O homem generoso deve sofrer sem jamais fugir da triste situação em que se encontra, senão o público o condenará severamente. O público tem necessidade do herói para provocar nas almas vazias uma faísca de admiração. Podemos imaginar o General Americano, o vencedor da segunda guerra mundial, recusando-se a ir pacificar, com o suor de seu rosto, as discussões dos europeus que preparam a terceira guerra mundial? Impossível. O general não tem o direito de repousar, de aposentar-se, ele deve servir ao povo. Se ele recusar, será caluniado e cairá em desgraça.

Outro ideal que deriva disso tudo é o "Ama teu Inimigo". Isso é extremamente prático e útil – *para o inimigo*. Cristo não ama seus inimigos. Ele condena os escribas e os Fariseus em termos que não deixam dúvidas. Ataca os mercadores e vira suas mesas espalhando seu dinheiro pelo chão.

Mas ai de vós, escribas e fariseus hipócritas! Porque fechais o reino dos céus diante dos homens, pois nem vós entrais, nem aos que entrariam deixais entrar. Ai de vós, escribas e fariseus hipócritas! Porque devorais as casas das viúvas, a pretexto de longas orações. Por isto mereceis um juízo mais rigoroso. Ai de vós, escribas e fariseus hipócritas! Porque rodeais o mar e a terra por fazerdes um prosélito; e depois de o terdes feito, o fazeis em dobro mais digno do inferno do que vós.

Ai de vós, condutores cegos! que dizeis: "Todo o que jura pelo templo, isso não é nada; mas o que jurar pelo ouro do templo, fica obrigado ao que jurou". Estultos e cegos! Pois qual é mais: o ouro ou o templo que santifica o ouro? E todo o que jurar pelo altar, isso não é nada; mas quem jurar pela oferenda, que está sobre ele, está obrigado ao que jurou. Cegos! Qual é mais, a oferenda ou o altar que santifica a oferenda? Aquele, pois, que jura pelo altar, jura por ele, e por tudo quanto está sobre ele; e todo que jurar pelo templo, jura por ele, e pelo que habita nele; e o que jura pelo céu, jura pelo trono de Deus e por aquele que está sentado nele.

Ai de vós, escribas e fariseus hipócritas! Que pagais o dízimo da hortelã e do endro e do cominho, e haveis deixado as coisas que são mais importantes da lei, a justiça e a misericórdia e a fé. Estas coisas eram as que vós devíeis praticar sem que entre-

tanto omitísseis aquelas outras. Condutores cegos, que coais um mosquito e engolis um camelo!

Ai de vós, escribas e fariseus hipócritas! Porque limpais o que está por fora do copo e do prato, e por dentro estais cheios de rapinas e imundície. Fariseu cego, purifica primeiro o interior do copo e do prato, para que também o exterior fique limpo.

Ai de vós, escribas e fariseus hipócritas! Porque sois semelhantes aos sepulcros caiados, que por fora parecem formosos aos homens, e por dentro estão cheios de ossos de mortos, e de toda a podridão. Assim também vós por fora pareceis justos aos homens, mas por dentro, estais cheios de hipocrisia e iniquidade.

Ai de vós, escribas e fariseus hipócritas! Que edificais os sepulcros dos profetas e adornais os monumentos dos justos e dizeis: "Se nós houvéssemos vivido nos dias de nossos pais, não teríamos sido seus cúmplices no sangue dos profetas". E assim dais testemunho contra vós mesmos, de que sois filhos daqueles que mataram os profetas. Acabai vós, pois, de encher a medida de vossos pais. Serpentes, raça de víboras! Como escapareis de serdes condenados ao inferno? Por isso eis que eu vos envio profetas e sábios e escribas, e deles matareis e crucificareis a uns, e açoitareis a outros nas vossas sinagogas, e os perseguireis de cidade em cidade. Para que caia sobre vós todo o sangue dos justos que se tem derramado sobre a terra, desde o sangue do justo Abel, até o sangue de Zacarias, filho de Baraquias, a quem vós matastes entre o templo e o altar. Em verdade vos digo que todas estas coisas virão a cair sobre esta geração.

Jerusalém, Jerusalém que matas os profetas e apedrejas os que te são enviados, quantas vezes quis eu juntar teus filhos como a galinha recolhe debaixo das asas os seus pintos, e tu não o quiseste? Eis que ficará deserta a vossa casa. Porque eu vos declaro que desde agora não me tornareis a ver até que digais: "Bendito seja o que vem em nome do Senhor".

(*Mateus*, 23:13-39)

A proposta de Cristo "perdoai vossos inimigos", que quer dizer, na verdade, "compreendei vossos inimigos", foi distorcida assim como tem sido distorcido e descaracterizado tudo o que cai nas mãos de almas vazias. A peste jamais perdoará seus inimigos; o mais seguro e melhor meio de chutar de novo quem já está no chão é a vítima amar seu inimigo. Um procurador distrital tomado pela peste aprisionará um homem inocente sabendo exatamente o que está fazendo; ele isolará um pai ou um marido durante vinte anos, encerrado numa fortaleza de janelas gradeadas. Alguém descobre o erro depois de vinte anos e, às vezes, pode ser que o inocente seja libertado. Depois de solto, deve dizer publicamente – é o que se espera dele, sob pena de algumas perseguições da lei – que não guarda rancor de ninguém. O caráter pestilento estará livre para cometer outro crime contra outro inocente que novamente deverá amar seu inimigo e não guardar rancor.

Desta forma, uma grande ideia nascida de uma grande alma foi transformada em arma mortífera. A partir da proposta de que o líder nunca deve abandonar seu rebanho de homens desamparados, encontrar-se-á, depois de o líder ter sido pregado na cruz, uma outra ideia, muito mais monstruosa, de que o líder *teve* que morrer para levar todos os pecados da humanidade nos ombros. Está claro por quê, e é exatamente por isso que ninguém menciona, nunca se toca nesta pequena joia de verdade; *eles podem continuar pecando, que o crucificado será sempre misericordioso e tomará sobre ele, em sua grande graça, todos os pecados.*

Que pesadelo essa conjunção moral! *Crucificar um inocente para se libertar dos próprios pecados.*

Cristo sente tudo isso quando entra em Jerusalém. Mas seu amor pelas pessoas o amarra. Ele está prisioneiro, fazem com ele o que querem; um líder deveria morrer por eles. Não é a maneira de Cristo. Isto não tem nada a ver com Cristo ou sua missão ou sua maneira de viver. É a maneira *deles*. E isto vai matá-lo.

Mesmo que soubesse toda a história da peste, como ela age e como captura suas vítimas, ele não poderia fazer nada. Logo perceberia que a peste soube proteger-se de qualquer ataque; que ela fechou por dentro todas as entradas de seu domínio maléfico.

A PESTE É PROTEGIDA POR SUAS PRÓPRIAS VÍTIMAS.

Durante milênios, ninguém soube nada sobre a peste que infesta as almas vivas, matando, caluniando, assassinando às claras e clandestinamente, causando guerras, difamando, mutilando crianças, distorcendo as grandes crenças religiosas, fodendo, roubando, enganando, apropriando-se dos frutos do trabalho dos outros, mentindo, esfaqueando pelas costas, sujando tudo o que é puro e translúcido, confundindo todos os pensamentos claros, deformando e aniquilando qualquer tentativa de melhorar a sorte do homem, saqueando a terra, escravizando povos livres, trancando-os para que não possam falar ou queixar-se, fazendo leis para se proteger e proteger seus atos sujos, vangloriando-se, criando uniformes, medalhas, usando a diplomacia, condecorando, sempre visível para todos os olhos e, no entanto, não sendo vista por ninguém.

Almas vazias nunca bebem grandes pensamentos para mudar o mundo para melhor. Só bebem esses pensamentos para encherem suas almas vazias. Nada se fará contra a miséria. Elas honram, quando não matam, seus grandes sábios e profetas, não porque melhorem sua sorte, mas pela ESPERANÇA com que aquecem suas almas frias e estéreis. Nunca apontarão o dedo para a peste que devasta a terra e suas próprias vidas. Acusam o tirano, mas não o povo que torna o tirano poderoso. Acusam os legisladores, mas não o povo que, instalado em seu eterno imobilismo, torna possíveis as más leis. Condenarão a usura mas nada farão para acabar com ela. Por que se aborrecer? Aplaudirão Cristo por atacar os mercadores, mas eles mesmos passaram por suas portas e nunca disseram uma palavra.

A multidão espalhou seus mantos na rua, alguns cortaram ramos e os puseram no caminho de Cristo para Jerusalém. E a multidão gritava: "Hosana ao Filho de David! Bendito seja o que vem em nome do Senhor! Hosana nas Alturas!". E quando Cristo tomar a estrada do Gólgota, nenhum virá cantar Hosana nas Alturas. POR QUÊ? POR QUÊ, em nome dos céus, é assim e por quê, em nome do Demônio, ninguém nunca mencionou ou apontou esta discrepância? Porque o povo gritará Hosana nas Alturas e simplesmente virará as costas quando a vítima dos gritos de

Hosana estiver no chão de joelhos. Isso não faz sentido e só quem defende a peste achará isso natural. Racional e emocionalmente, deveria ser o inverso:

Quando um líder está a caminho de uma possível vitória, ele deve ser seguido em silêncio. As pessoas deveriam esperar e ver o que ele é e como ele age em situações difíceis. Se o mesmo líder se mostrou digno de confiança não deveria "O POVO", se houvesse problemas, correr em seu socorro cantando HOSANA NAS ALTURAS e então libertá-lo e apoiá-lo? NÃO! POR QUÊ? Eles sempre estarão ausentes quando o líder, louvado quando tudo vai bem, tiver problemas. Isso é a *peste entre os homens do povo*. Esta maneira de agir é desvantajosa para eles mesmos. Ela prejudica suas próprias vidas, não somente a do líder.

Desta forma, a peste está protegida contra qualquer espécie de ataque. E desde que a peste habita e age no meio do povo, segue-se logicamente que o povo não deve ser criticado. Você já ouviu alguém criticar o povo? É claro que você pode ridicularizá-lo em peças e filmes; você pode dizer genericamente que o povo é mau, assim como você pode discursar sobre o pecado de maneira geral. Mas comece a ser concreto, diga ao povo como ele é *na realidade*, e veja o que acontece. O povo não deve ser criticado nesta época de enaltecimento do "Povo". O povo mesmo não quer isto e os políticos são suficientemente poderosos para punir os críticos do povo.

Além disso, não há nada mais importante, nada mais crucial para a vida do povo, do que saber em que má situação se encontra. Ele, e ninguém mais, é o responsável pelo que lhe acontece.

Cristo recusou-se a reconhecer suas diferenças e falar aos homens o que eles realmente eram, e por isso ele teve que morrer. Não escolheu nenhuma das maneiras que um líder seduzido deve seguir. As maneiras seriam essas:

Desprezar o povo, não ter tido nenhuma esperança nele no início, e exercer poderes realmente maquiavélicos sobre ele, como fizeram Gêngis Khan, Hitler, Nero, Stalin.

Aceitar os caminhos e favores do povo depois de um início independente.

Abster-se de qualquer tentativa de melhorar a situação e exercer somente as funções de administrador do povo.

Cristo, ao contrário, ficou preso a seus fundamentos básicos, sem atacar os métodos do povo, e morreu por causa de sua piedade. Morreu e teve que morrer porque se recusou a reconhecer o terrível fato de que não apenas Judas, que ele desmascarou na última ceia, mas todos os seus seguidores queriam vê-lo morto; esse fato se concretizou, mais tarde, no isolamento total a que ele foi reduzido. A multidão que, alguns dias antes, gritava "Hosana nas Alturas" ficou apenas observando quando ele carregava a cruz para o Calvário, sem mexer um dedo para socorrê-lo. Recusaram a ele o que deram a Barrabás, isto é, sua ajuda efetiva.

Até agora, a história não mostrou outro meio de escapar ao efeito do imobilismo do povo. Mas, também, ninguém até hoje tentou dizer ao povo da terra toda a verdade sobre ele, recusando-se, ao mesmo tempo, a aceitar o papel de líder do povo, em outras palavras, o papel de vítima da mistificação compulsiva, que é sempre o Assassinato de Cristo. Os resultados de tal procedimento sem dúvida se manifestarão claramente e contarão sua própria história no devido tempo.

A massa de animais humanos não mata seus líderes ou os puxa para trás por malícia consciente ou por prazer de matar. As pessoas geralmente, com raras exceções, não são sádicas. Elas são inertes e morosas, mas não sádicas. Mas elas têm exercido influência decisiva no desenvolvimento humano, impedindo qualquer ataque contra sua maneira de viver. Para começar, foi o homem que criou suas religiões.

O imobilismo, o absorver forças e esperanças, o conhecimento silencioso de sua própria profundidade, absolutamente não são artifícios. Isso é *estrutural*. Isso é automático. Isso é conseqüência de uma natureza animal e, ao mesmo tempo, imobilizada pela couraça. O povo age, o povo não filosofa sobre como age. Faz o mínimo necessário à sua sobrevivência. O povo é, por toda parte e sempre, a origem de todo conservantismo. O líder conservador pode confiar em seus homens mais do que o líder que visa edificar um futuro melhor. O czar, o imperador, estão mais perto dos verdadeiros pensamentos do povo do que o profeta; mais perto de seu imobilismo. Os profetas só refletem os sonhos e esperanças silenciosos do povo. Está claro por que é o profeta e não o imperador que é morto.

Compreender isso e abandonar a adulação e o embelezamento do povo é a primeira exigência para qualquer abordagem válida de assuntos sociais. É muito característico de escritores sociais que eles vejam ou apenas a realidade do comportamento do povo, ou apenas seus sonhos. Raramente falam dos dois ao mesmo tempo. Para o escritor social, em geral, o povo ou é idealista, bom, honesto, mas oprimido por forças externas: é o socialismo. Ou então o povo é uma massa passiva que pode ser moldada à vontade: é o fascismo. Quanto ao liberalismo, não tem grande conhecimento das realidades populares, mas guarda bem vivo o grande sonho.

O povo é o fator determinante de qualquer acontecimento no processo social. Por isso, jamais acontecerá nada importante – e não poderia acontecer – que não tenha origem basicamente no processo do povo. Neste contexto, não importa muito se o povo determina o curso dos acontecimentos sociais por uma espera morosa, quer dizer, pelo sofrimento passivo ou por intervenções ativas, como revoluções. Tudo o que é social emerge do grande rebanho humano e a ele retornará. Os povos são como oceanos em cuja superfície os duques, os políticos prostituídos, os czares, os ricos, os alienados sociais e os mascates da liberdade provocam algumas ondas. Estas ondas podem ter vinte metros de altura, podem fazer soçobrar pequenos barcos, mas nada são quando comparadas à imensidão do oceano. As ondas emergem do oceano e a ele retornam. Elas não poderiam formar-se ou existir sem ele. As profundezas do oceano não tomam parte na formação das ondas da superfície. No entanto, sem o oceano não haveria ondas, e as profundezas do oceano se agitam mesmo quando nada aparece na superfície.

O oceano da vida humana só começou a se mexer há mais ou menos cem anos. A sua calma foi erroneamente considerada, pelas ondulações, como sinal de que não havia oceano nenhum. As ondulações pareciam moscas nas costas de um elefante. A mosca ignora a existência do elefante, sobretudo se ele estiver dormindo. As revoluções sociais da primeira metade do século XX são só os primeiros estremecimentos da pele de um filhote de elefante. Sua pele espessa não permite que ele se dê conta da presença das moscas. Ele simplesmente não as percebe. Um só estremecimento pode causar um tumulto entre as moscas instaladas nas costas de um filhote de elefante. E o filhote crescerá e será um animal selvagem enorme. Esse elefante viverá no meio de uma grande manada de elefantes. E as grandes manadas de elefantes passearão pelo campo, à procura de comida, de divertimentos, de água ou de figos, ou então pelo simples prazer de passear. Há pouco a fazer para mudar isto. Ninguém saberia dizer o destino dos elefantes. Talvez eles não queiram ter nenhum destino; talvez queiram andar pelos campos, sem respeitar as pequenas cabanas de alguns bizarros filósofos humanos. Os elefantes continuarão pastando, aspirando água pelas trombas, gritando, se acasalando, criando seus filhotes, matando tigres, esmagando e desenraizando árvores fortes como mastros, pisoteando as cabanas de mais de um filósofo. E, no entanto, nenhum filósofo e nenhum sociólogo poderá mudar o que quer que seja nesta sequência. Já é tempo de reconhecer o fato: o oceano humano começou a se agitar; ninguém poderá impedi-lo, nem orientar seu movimento, nem reprimi-lo. E ninguém poderá, sensatamente, queixar-se de que o oceano começou a se agitar. Não são os comunistas que estão na origem da mudança. Ao contrário, a mudança é que suscitou os comunistas, os fascistas e toda a corja. Os fascistas foram banidos por esse movimento e os comunistas, que imaginam ser as verdadeiras matrizes do mundo, se encontrarão, eles próprios, um dia, reduzidos a pó sob as patas de um único elefante. Há muito mais, infinitamente mais para um elefante ou um oceano do que possa sonhar um escritor vulgar num pequeno escritório em Moscou ou Chicago. Eles são ridículos e só impressionarão, como movimentadores do oceano ou dos elefantes, aos que se enganam de perspectiva, tomando as ondulações da superfície como efeitos dos movimentos da mosca. A diferença entre as pequenas moscas no Kremlin, ou qualquer outro lugar, e a massa de milhões de pessoas, não é maior do que entre um navio flutuando no oceano e o próprio oceano. As forças que operam no oceano e em volta dele são tais, que a seu lado o navio e a mosca são absolutamente desprezíveis. É isto que o astuto advogado à frente do Comitê de Atividades Antiamericanas não compreende. Ele promove o poder da corja proclamando-o como sendo o próprio oceano. Ora, não é; e o presidente do comitê, acima de tudo, não era a pessoa indicada para desfazer o erro com respeito à corja.

A igreja Católica se desenvolveu sobre um elefante adormecido e um oceano imóvel, e aí permaneceu. Os padres imaginavam comandar o oceano adormecido e o elefante em repouso, sem se dar conta de que o oceano e o elefante nem mesmo tinham consciência de que eles estavam instalados em suas costas. A religião católica tinha, graças à sua origem em Cristo, uma vaga ideia da profundidade do oceano e da potência de uma manada de elefantes. Mas tudo terminava em litanias mecânicas, obra do zé-ninguém. E a litania assassina Cristo em cada uma de suas invocações.

O movimento comunista teve sua origem numa pequena ondulação em alguma pequena parte do oceano. Propagou-se através de uma pequena marola ocasionada por um sonho que, depois, se esvaiu. E os zés-ninguém que na época remavam o barco acreditam ainda que foram eles que causaram a agitação e, o que é pior, alguns filósofos ainda pensam que são eles que ainda agitam com "uma coragem, uma determinação, uma capacidade de conspirar, autenticamente bolchevista". Essa ideia tola é difundida no mundo inteiro por inumeráveis comentaristas de rádio americanos, do mesmo modo como o jornalista americano impressionado parece reverenciar o imperador da Áustria há muito desaparecido. Balelas, grandes descendentes dos rudes pioneiros das florestas da Nova Inglaterra e das planícies do Oeste. Parem de falar sobre os zés-ninguém tolos do Kremlin, mas continuem a informar o povo com precisão sobre aquilo que esses zés-ninguém estão fazendo. Parem de irradiar as pretensões do imperador austríaco ao trono austríaco. Atentem para o gigantesco elefante americano e o incomensurável oceano das potencialidades americanas, ou vocês serão varridos e não restará nenhum traço de vocês; o que não incomodará ninguém, quaisquer que sejam suas atividades ou seus nomes.

Cristo não acreditava que estivesse causando agitação no oceano. Ele se dizia Filho do Homem, o que era rigorosamente verdadeiro. Ele sabia o que o oceano esconde, conhecia a manada de elefantes, sentia seu próprio sangue e seus próprios sentidos e falava em voz alta. Foram as moscas que não o compreendiam que o levaram a combater o imperador em Jerusalém. Cristo não sabia exatamente o que aconteceria porque não era seu propósito lutar contra o imperador. Deixe o imperador ter o que quiser. Não despreze o cobrador de impostos. O reino do imperador e a atividade dos cobradores são de pouca importância. Os imperadores e os impostos serão apenas uma lembrança longínqua, muito antes que o Reino que Cristo conhecia se tenha instalado e passe a regulamentar os destinos da humanidade. Isso acontecerá quando o homem sentir e conhecer Deus, quando a ondulação da superfície do oceano se der conta de que é apenas uma parte ínfima do oceano, vinda dele e a ele retornando, não mais do que um evento que terá vigor, direção e movimento apenas enquanto durar. O significado da existência da ondulação na superfície de um oceano é exatamente o que ela faz: *ser uma onda*, se enrolando, espalhando uma linda cortina de água em volta de si mesma e de novo desaparecendo. Mas o *princípio* deste movimento dura enquanto durar o oceano. Então, vamos tomar consciência do princípio de nossa existência.

Cristo sabe perfeitamente que ele é uma onda vinda do oceano e programada para retornar ao oceano. Tem uma noção tão perfeita disso, que esse simples fato é razão suficiente para matá-lo. As moscas nas costas do elefante não gostam disso. Isso perturba sua filosofia de vida. Se Cristo não tivesse cometido o erro de levar em conta, por um instante, a maneira de viver das moscas nas costas do elefante, teria terminado seus dias em paz.

Cristo é realmente o Filho do Homem e deve ser compreendido como o Filho de Deus. Ele é *ambos*, pois o homem é o Filho de Deus, e Deus é o Oceano de Energia Cósmica do qual o homem é uma parcela minúscula, um movimento, vindo de Deus e indo para Deus, retornando ao seio do Grande Pai. Cristo conhecia o significado profundo de ser uma onda no oceano, isto é, ser Filho de Deus. Vós sois todos filhos de Deus e todos estais em Deus, explicava ele; e eles o mataram porque acreditaram que *eles* governavam a terra, que *eles* poderiam subornar Deus oferecendo-lhe sacrifícios de sangue, matando animais, ou com a circuncisão de bebês recém-nascidos, ou lavando suas mãos sujas sem purificar a alma, ou tentando num esforço mórbido descobrir o sentido de Deus ao pé da letra, como ainda hoje se faz. Ainda forçam crianças de dois ou três anos a sentir Deus ao pé da letra nas escolas, usando castigos cruéis. É um destino desgraçado, realmente. Seus atos nada têm a ver com religião, mas somente com uma sádica compulsão neurótica, nascida de suas pelves inertes. Os zés-ninguém fizeram da religião o que fizeram de tudo: adaptaram-na à sua maneira de ser. Mas um dia haverá um profeta que compreenderá isso e não dará a mínima importância ao fato de acreditarem nele ou não, de atingirem o Reino de Deus ou não, de se deixarem matar aos bilhões ou não, através dos tempos. Este profeta só se preocupará com uma coisa: ver o Reino de Deus neles e aderir a ele. Ele se agarrará ao *princípio* das ondas como evento que se repete, e não a cada onda ou mesmo a um conjunto de ondas. E a onda será para ele apenas uma ligeira agitação em pleno oceano; para ele, o que contará será o oceano e não a ridícula ondinha que passa.

Este profeta sabe que as pequenas ondulações, como grandes ondas, o engoliriam e o afogariam em silêncio se ele se preocupasse demais com elas. Descobriu nelas o oceano e não se interessa em saber se elas sabem disso ou não. É isto que pode salvar sua vida da cólera das moscas.

Eles o interrogarão, como fizeram com Cristo, em Jerusalém:

"Com que autoridade você faz essas coisas, e quem lhe deu autoridade para isso?"

Ele não lhes fará uma contrapergunta impossível de responder. Nem lhes dirá: "Também não vou dizer com que autoridade faço estas coisas".

Ele os repreenderá sem reservas. Ele lhes dirá que isso não é da sua conta, que ele tem autoridade para fazer o que faz, que eles são desagradáveis, que ele não se importa em saber se acreditam nele ou não, se eles o reconhecem ou não, se pregam seus ensinamentos em suas escolas e em seus templos ou não, se eles o "reconhecem" como profeta ou não, se lhe conferem a Medalha de Honra ou não; que ele não está ali para convencer, que para ele é indiferente, a única coisa que lhe interessa é: *permanecer em contato com o oceano, por dentro e por fora dos homens**.

E como cada pequena mosca traz em si o oceano, ela o respeitará e... talvez... o deixe viver até o fim de seus dias.

Ele saberá exatamente, como Cristo sabe, pela experiência, por conhecer a Vida, por ser íntimo de si mesmo, que o cobrador de impostos e as prostitutas vão para o Reino de Deus, mas não os Fariseus. Cristo não despreza as prostitutas. Ele sabe que elas trazem para o homem um pouco do oceano de amor, apesar de distorcido e sujo. Mas os Assassinos de Cristo queimarão vivas as prostitutas como se fossem feiticeiras. Muito pior vai acontecer.

Se você conhece o oceano, quer ele esteja adormecido, agitado ou inteiramente desperto, você conhece Deus e sabe o que todos os Cristos da história do homem falaram. Se você não conhece o oceano, você está simplesmente perdido, não importa quem você seja. Você pode conhecer o oceano apenas como que

---

* No original, *To keep in touch with the ocean within and without men.* (N. E.)

através de um espelho, se você tiver medo de mergulhar nas profundezas; mas você nunca poderá deixar de ser parte do oceano, emergindo de suas profundezas e retornando à sua tranquilidade. E, vindo do oceano e retornando a ele, você traz consigo sua profundeza; não uma pequena parcela, comparada à imensa profundeza do oceano. Não um miligrama de profundeza, comparado aos milhares de toneladas de profundeza. Profundeza é profundeza, não importa se um grama ou uma tonelada. É uma *qualidade*, e não uma quantidade. Ela desenvolve toda sua atividade num vagalume ou num elefante. O minúsculo nervo de uma borboleta faz basicamente a mesma coisa que o grande nervo de uma baleia.

E você CONHECE Deus. Você se recusa a acreditar que seja possível NÃO conhecer Deus, ou não ousar conhecê-lo. Foram homens doentes, solitários, ressecados, que inventaram o conto de fadas de um Deus que proíbe as pessoas de vê-lo, conhecê-lo, senti-lo, vivê-lo. Foram eles que obrigaram os homens infelizes a procurar penosamente – confiando em rumores, crenças, esperanças – o que tão facilmente abandonaram. Mais uma vez, é o povo que leva Moisés a promulgar leis severas proibindo que se adorasse o bezerro de ouro, que se consumisse carne de porco e ordenando que se lavassem as mãos antes das refeições. Tudo isso era necessário, porque tendo perdido Deus no fundo de vocês mesmos, tendo perdido o PRIMEIRO sentido da Vida, vocês começaram a adorar o ouro.

E há algo que os escribas e os fariseus nunca perdoarão a Cristo; isso é o que levará os escribas e os fariseus a matá-lo:

Pois ele contou a seu povo o que era e onde estava o oceano, enquanto eles continuavam a procurá-lo nos livros e construíram pequenas represas que agitavam com lemes para criar um simulacro de oceano.

Cristo ousou mostrar-lhes a profundeza do oceano. E por isso *é preciso* que morra. Os fariseus não são melhores nem piores do que nossos geneticistas ou bacteriologistas, patologistas ou marxologistas, em matéria de vida. Eles se unirão, apesar de todas as divergências, para matar Cristo, o inimigo comum que ousou desafiar suas terríveis táticas de evasão. Ele será morto porque disse ao povo onde a vida poderia ser encontrada: em suas próprias almas, em suas entranhas, em seus recém-nascidos, na doçura sentida em seus corpos durante o abraço sexual, em suas frontes ardentes que queimam quando eles pensam, em seus membros estendidos para o sol vivificante. Eles o matarão por tudo isso porque ele não escondeu isso em livros talmudistas.

Mas não o matarão imediatamente. Não antes de acobertar seu crime com todas as precauções legais ao seu alcance. Não colocarão as mãos nele pessoalmente ou diretamente. Isso abalaria a dignidade que ostentam, como vestidos de seda, diante do povo. Eles farão duas coisas:

Para começar, apanharão Cristo numa armadilha preparada com o auxílio de um de seus seguidores. Em seguida, levarão o ministro do imperador, o pior inimigo e opressor deles mesmos, a crucificá-lo de uma maneira "perfeitamente legal".

Este é o procedimento usado desde então até nossos dias, e que continuará a acontecer por bastante tempo ainda. Não cessarão de matar dessa maneira, a menos que se retire deles o poder de matar a alma de cada ser humano no seio materno, antes que ele veja a luz do dia.

Eles matarão Jesus Cristo por um crime que *eles* lhe imputaram, que *eles* inventaram, que *eles* mesmos cometeram milhares de vezes; um crime que Cristo nunca sonhou cometer, que estava fora de sua maneira de ser, que ele nunca poderia ter premeditado.

Se eles próprios são espiões, matarão Cristo por espionagem. Se são eles os espoliadores dos bens do povo, matarão Cristo por sabotagem à propriedade pública. Se são ladrões de banco, matarão Cristo por roubo a banco. Se são charlatães, matarão Cristo por charlatanismo. Se são porcos imundos no que se refere a sexo, acusarão Cristo de imoralidade e atentado ao pudor. E se, para ganhar dinheiro, fabricam drogas mortíferas aos milhares, acusarão Cristo de promover curas. Se sonham em governar o país como reis, acusarão Cristo de proclamar-se Rei dos Judeus.

Eles são os guardiães da podridão do mundo e continuarão com seus trabalhos sujos. Cospem palavras sobre a verdade, mas não estão do lado da verdade. Eles querem *matar* a verdade onde quer que a encontrem. Falam sobre o ideal do espírito, e matam o espírito assim que o veem nos olhos de um menino ou de uma menina. Organizarão congressos de higiene mental, e não mencionarão nem permitirão que se mencione a essência da sanidade mental – a sensação da doçura de Deus no corpo dos jovens.

Eles são a maldição do mundo do Homem, mas seu poder deriva dos próprios homens que eles destroem.

O homem conhece a verdade, mas o medo o arrasta a um silêncio mortal. Onde estará a multidão que uma vez gritou "Hosana nas Alturas", quando Cristo carregar sua cruz para o Gólgota? Ausente. Mas depois a Igreja mandará pintar quadros enormes mostrando Cristo a caminho do Gólgota, a multidão olhando e admirando. Por que não fazem nada para ajudar seu salvador? Gritaram Hosana nas Alturas? *O salvador deveria salvar a si próprio.* Agora, Filho do Homem, faz teu milagre. E eles lhes cuspirão nas faces, chicotearão suas costas, reduzirão a frangalhos sua honra e o deixarão sofrer agonias para destruir seu amor pelo povo e o amor do povo por ele. Pois eles são feras horríveis, como nenhuma fera da floresta virgem o é, demônios cruéis com a carne cheia de ódio, só esperando a ocasião propícia para matar o que nunca foram capazes de sentir dentro de si. E tudo isso será verdade, com uma lógica inexorável e uma constância inevitável. Não somente no ano 30 d.C., mas através de todos os tempos.

Capítulo VIII

Judas Iscariotes

Isto acontecerá diante dos narizes, dos ouvidos e dos olhos dos grandes juízes e homens sábios de todas as nações, mas eles não o mencionarão, exceto em casos especiais, quando já for coisa do passado e servir apenas a seus fins. O povo guardará silêncio, sabendo muito bem qual é o jogo sujo, e protegerá o maldito traidor de Cristo e não a graça do amor.

Pode-se encontrar Judas Iscariotes em cada país, em cada associação que se reúne em torno de alguém rico e generoso, em qualquer época da história da humanidade. É o seguidor, o discípulo ardente e fervoroso, o que está pronto para morrer por seu senhor à frente de todos. É o zé-ninguém de lábios cerrados e faces pálidas, olhos ardentes e aço no coração. É a criança jogada na lama, a alma despedaçada, que cresce para ser traidor por estrutura. Ele será o que odeia e toma o saco vazio e cheio de fúria, na expectativa do céu. Será aquele que não compreenderá com seu corpo um só movimento, uma só palavra, um só olhar, um só afago de seu mestre. Será o saco vazio que espera ser enchido com uma alegria que nunca jamais poderá criar nos outros. Será o admirador viperino de uma grandeza que nunca jamais alcançará. Não busca os trinta dinheiros do traidor. Ele busca afastar de sua vista a graça de Deus. Ele precisa pôr um fim na tortura do encontro diário com uma grande alma. Ele sofrerá o martírio de mudar sua inveja mordaz em amor hediondo cada vez que se defrontar com Cristo, o Filho da Vida. Será aquele que perdeu sua alma e sua vida, sua alegria e sua infância, o amor pelas mulheres e pelas crianças. Será o oportunista* que quer enriquecer à custa do doador, obter a glória sem a ter merecido, o conhecimento sem esforço, o amor sem a doçura, mas, sobretudo, encher todos os dias sua alma vazia e triste. Agarrar-se-á ao generoso doador como uma sanguessuga. Desesperar-se-á se tiver que passar uma só hora privado das riquezas de seu benfeitor. Sentir-se-á sujo como um rato, mas não terá coragem de suicidar-se. Por isso ele é obrigado a matar quem lhe mostra sem cessar sua própria miséria. Ele deverá destruir até a imagem, a última lembrança da força viva que ele defronta e que o tortura. Não suporta mais olhar um rosto honesto, límpido como um riacho, animado pela expressão de um amor e de uma compreensão calmos e pacientes.

Ele nunca pensaria em matar um carrasco de crianças inocentes. Pelas noites ele alimenta seus pesadelos de uma Vida perdida. Sabe que sua alma nunca, nunca retornará do mundo dos mortos. Ela já está morta e não há nada a que retornar. Para ele não há Reino dos Céus; por que haveria de esperar tanto tempo? Vamos, Mestre! Torna-te célebre, sê logo o Rei dos Judeus para aquecer minha carcaça ressecada, para encher-me de orgulho, nem que seja apenas por uma hora. Deixa que meu coração endurecido se exalte de alegria ao saber de teus triunfos. Por que falas sempre em coisas que não posso compreender, sentir, viver, ou ao menos ter a esperança de atingir? Por que não realizar coisas que eu *possa* compreender: a demonstração de poder, a sublevação do rebanho humano, a revolta dos oprimidos em vista de uma súbita vitória do Céu na Terra? Por que deverei sair à procura de minha

---

* No original, *the one who rides the bandwagon. To get the bandwagon* tem o sentido de apoiar alguém ou algum grupo que já tenha obtido aprovação da maioria. (N. E.)

alma, arrepender-me, mudar meus métodos, sofrer a agonia de pensamentos aflitivos, submeter-me à transformação de meu Eu?

Isso tudo pode ser conseguido tão mais facilmente, muito mais a meu gosto, com trombetas e fanfarras. Se és o Filho de Deus, por que não destróis os inimigos da honra nacional? Por que não enches meu coração de doçura à vista de mil soldados do imperador, despedaçados por seu punho armado de uma lança flamejante? O paraíso para mim está fechado para sempre, e, atravessando minha vida como um errante – sem destino, sem objetivo e sem amor –, a espada, o fogo e a morte são meu único consolo. Meu Deus é um Deus de vingança e cólera fulminante. Se és o Filho de Deus, por que não ages como o Filho do *Meu* Deus? *Teu* Deus é estranho e está fora do meu alcance. O amor não é deste mundo e nunca o será. Se queres instaurar o amor, será preciso forçar o homem a amar. Não posso suportar teu amor. Não posso mais suportar o raio puro da luz celeste. Eu preciso te matar, eu preciso, eu preciso, porque te amo, porque preciso de ti e não posso mais viver sem ti. E eu tenho que viver, por isso *tu* tens que morrer.

Eu não devo passar para o lado do inimigo, mas o farei. Em nome dos céus, não devo trair meu Mestre, mas certamente o trairei. Não posso renunciar à sensação excitante do ódio supremo, ao remorso, à emoção de sentir-me como um rato imundo. Assim, devo trair. Cristo deverá provar e *provará* que é o Filho de Deus. Ele resgatará a si mesmo. No último momento, ele fará o grande milagre que me dará a fé que tanto me falta.

Na realidade, não lhe farei nenhum mal. *Eu o forçarei simplesmente a se revelar como o verdadeiro Filho de Deus.* Ele é meu bem-amado Mestre, não é? Tenho confiança em sua força, em seu poder divino. Não lhe farei nenhum mal. Esta não é, em todo caso, a minha intenção. Mas devo colocá-lo à prova. Ele é humilde demais; ele não é como eu gostaria que fosse, como deveria ser. Ele esconde seu poder. Um dia deverá provar isto, mostrar isto, e então poderei ser redimido e libertado da minha eterna miséria.

Capítulo IX
Paulo de Tarso

CORPO VERSUS *CARNE*

Cristo reconhece tudo isto com um sabor calmo de amargura. Cristo tenta afastar esse conhecimento, mas ele retorna e o instiga. Eles não são bons. Não entendem nada. Eles me odeiam por perturbar suas vidas. Certamente irão fugir quando ocorrerem catástrofes. Eu devo morrer. Não há outro caminho. Meu mundo não é deste mundo. Este mundo teria que mudar ou ao menos estar pronto para mudar logo, de maneira crucial, para poder me aceitar. Isso não pode ser feito pela espada. Deve ser feito pelo amor. Mas o amor de Deus há muito deixou seus corações. Por isso não compreendem. As crianças ainda compreendem; mas logo perdem essa capacidade.

Eu devo morrer, já que não posso vencer *agora*. Eles me crucificarão. Tenho que dizer-lhes, prepará-los para o evento. Eles não devem sofrer muito. Mas eles não compreendem realmente. Eu os encontrarei e lhes falarei na minha última ceia com eles.

Cristo não vê, em seu amor transbordante, uma forma de *viver* para a salvação de seu mundo, de acrescentar alguns anos para acabar sua missão de Vida viva. Para ele, cada alma ainda é muito importante. Ele não conclui pela falta de importância de uma vida, pela importância do próprio princípio da Vida, que preservará bilhões de vidas individuais. Ele deveria abandonar seu rebanho. Esconder-se. Retirar-se até que passe a tempestade. Seu sacrifício de nada valerá. Tudo continuará como sempre. Ele terá dispensado sua graça e seu amor em vão. Eles jamais compreenderão. Uma vez mais, eles *aproveitarão*, enganando-se com o sentido de sua morte, achando que ele morreu para salvar *suas* almas e libertá-los de seus pecados. Eles são e continuarão sendo egoístas em seu âmago, vazios de graça e de amor. Ele deve morrer, morrer para salvá-los de seus pecados. Ele deve morrer "por eles". De outro modo, sua missão não estaria cumprida.

Que intensidade deve ter esse amor pelo homem para que Cristo se entregue a esse sacrifício por homens maus e ingratos? Vale a pena? Esta profunda imoralidade valerá uma vida como a de Cristo?

Esse sacrifício não salvará uma só criança da crueldade de uma vida deformada. Ao contrário, agravará os sofrimentos de almas inocentes. Seu amor, que abrange *todo* o amor, do corpo *e* da alma, se transformará no Assassino do amor de Deus; e só restará um rosto de traços duros mostrando um sorriso falso. A significação cósmica do homem, que ele sentiu intuitivamente e que em vão tentou explicar a seus companheiros, se transformará num reflexo no espelho, e onde quer que a verdade volte a aparecer, ela será cruelmente e impiedosamente exterminada por seus próprios representantes. Cristo deu seu perdão à adúltera porque conhecia a miséria sexual dos homens. Sua igreja matará a adúltera, como faziam os antigos judeus. Não haverá perdão. Ele viveu com pecadores, prostitutas, taberneiros e sabia que a vida perseguida vive suas migalhas de alegria em cavernas escondidas, sombrias, imundas. Seus representantes não saberão disso e serão impiedosos para com os taberneiros, pecadores e prostitutas. Eles farão do verdadeiro amor de Deus um pecado grave, não distinguirão entre o amor de Deus e o amor do Diabo. Dois mil anos se passarão antes que os espíritos humanos ousem se aproximar novamente do amor de Deus. E o que farão? Irão arrepender-se? Mudarão o modo de vida? Descobrirão e admitirão seu erro? Redescobrirão Cristo? Retornarão a seu grande amor? Impossível. Eles continuarão instalados nas catedrais de Paulo, como eles e todos os de sua espécie fizeram através dos tempos.

Proibirão que a doçura do amor de Deus seja sentida, até mesmo no santo matrimônio que abençoam diante do altar. Os maridos nunca na vida verão os corpos de suas esposas. A escuridão engolirá seus sentidos. O amor de Deus será completamente banido de suas igrejas durante séculos depois do Calvário, e o demônio reinará. Nova igrejas serão formadas, na procura do amor de Deus. Os protestantes restaurarão alguns dos caminhos para o doce amor de Deus, mas de novo este amor submergirá no Puritanismo. Eles conhecerão a verdade com maior clareza, mas nunca dirão. Alguns se mostrarão clementes para com o amor de Deus, perdoarão os jovens por amar com o corpo, mas nunca restaurarão plenamente o Amor de Deus.

Eles esconderão as provas do amor de Cristo pelas mulheres – amor esse tal como Deus o criou – no fundo de sombrias catacumbas com pesadas fechaduras nas entradas, e jogarão as chaves no rio. Nenhuma alma humana conhecerá toda a verdade sobre o amor de Cristo pelo corpo.

Os caminhos de Cristo fornecem as sementes para uma religião futura. É, essencialmente, uma religião de amor. O amor abrange *toda* espécie de amor: o amor de seus pais, o amor entre um homem e uma mulher, o amor de seu vizinho e de seu inimigo, da criança e dos cervos, o amor de Deus e o amor do mundo inteiro. Não se pode dissociar o amor dizendo: teu fluxo de amor deve visar este objeto e evitar outro. Quando criança, você pode amar sua mãe de todo coração, mas depois de moço não poderá amar sua namorada plenamente, com todos os seus sentidos. Os sentidos são maus, pecaminosos; mate-os. E o *não* ao sensual prevalecerá na vida dos homens.

Ninguém pode dizer ao amor para se fazer presente num determinado momento, e não em outro. Ninguém pode dizer a um noivo para amar sua futura esposa às dez da noite de uma maneira, e depois das dez, quando a cerimônia do casamento tiver sido celebrada, amá-la de outra. Esta não é a maneira do amor de Deus, que não pode ser dividido em várias partes ou limitado no tempo, de uma forma ou de outra.

Se você é um homem e ama uma mulher, pode começar por amá-la de maneira total, querendo fundir-se com ela, como Deus estabeleceu. Como é possível interromper o fluxo de amor? Cristo, segundo dizem seus apóstolos, é contra o adultério; mas será que ele realmente disse que desejar a mulher do próximo, mesmo em pensamento, é pecado grave? Quantas vezes os narradores da história de Cristo colocaram na boca do Mestre coisas que ele não teve a intenção de dizer?

É perfeitamente possível reunir características relacionadas umas com as outras e separar as que não têm relação entre si. É bem possível que um homem dotado de espírito e amor torne as mulheres felizes mas seja contra o adultério, sobretudo o tipo praticado na vida medíocre por homens e mulheres medíocres. No entanto, é inconcebível que um homem de corpo ardente e mente sã, que sempre fez felizes mulheres jovens e desejáveis, deva pregar o ascetismo ou restringir o amor a um tipo de casamento que não existe na sua época na forma em que aparece mais tarde, na era que leva seu nome. De onde se origina a batalha impiedosa contra o "Pecado da Carne"? E o que quer dizer essa crueldade – a crueldade com que *esse* pecado, especialmente, tem sido punido através dos tempos? De onde vem a lenda do nascimento virgem de Cristo, nunca mencionado por Cristo e nem mesmo por seus apóstolos nos quatro evangelhos?

A condenação da carne, tal como é feita pelo Catolicismo, apareceu mais tarde na história da igreja Cristã. Primeiro apareceu com Paulo, o fundador do império da Cristandade, que levou além dos limites da Palestina o que antes era apenas uma seita judaica. A castidade estrita dos padres só é mencionada quatro séculos depois de Cristo. Cristo nunca falou em ascetismo, e nada do que sabemos dele nos quatro evangelhos nos autoriza a crer que tenha proclamado a abstenção do abraço genital para ele ou para seus discípulos. *Nada indica, com efeito, que ele praticasse a continência com as mulheres que conhecia, e nada em toda sua atitude torna isso plausível.* A ideia que se possa fazer de um asceta se enquadra muito mal na imagem de um homem forte, jovem, atraente, desejável, cercado de mulheres jovens e sadias, que frequentava taberneiros, pecadores, prostitutas e que, como carpinteiro, conhecia muito bem a vida dos pobres. Praticando plenamente o amor, ele não poderia ser o asceta que nos é apresentado. Essa imagem nem lhe assentaria se ele fosse concebido como um Deus num mundo pauliniano, impregnado de religiosidade grega. No mundo da antiga Grécia, os deuses nunca foram apresentados como seres continentes. E se Paulo mais tarde se lança contra a "carne", pensa na sexualidade *obscena*, e *não* na sexualidade natural, isto é, no "corpo". Mas esta distinção desaparecerá completamente na igreja dos Papas.

Por que, então, a condenação do desejo sexual como núcleo dinâmico do mundo católico atual, e com tal severidade?

Devemos, de acordo com o que sabemos sobre as formas de amor nos animais e nos homens, supor que os cristãos, começando por Paulo, atacaram a estrutura pornográfica do povo em geral. Essas estruturas, que só conheciam o amor sob formas imundas, depravadas, impuras, logo se agarraram ao pretexto de uma religião de amor para justificar sua própria baixeza. O mesmo fenômeno se reproduz no século vinte, quando foi descoberta a função da convulsão orgástica do protoplasma vivo. O amor natural e o direito natural de viver esse amor foram tomados a seu modo pelo espírito pervertido, pelos desejos frustrados do homem encouraçado, e postos a serviço de suas vilanias. É impossível delimitar o que é Divino e o que é Diabólico, quando o fluxo divino começa a jorrar. A razão é que o Diabólico é apenas a perversão do Divino. A obra do Diabo é, então, no início, difícil de distinguir da obra de Deus, e frequentemente o amor diabólico se fará passar, durante momentos, pelo verdadeiro amor. No fim, essas duas maneiras serão incompatíveis, exclusivas. Mas no começo, no surgimento do fluxo do amor, a distinção não será nítida.

NADA MAIS FÁCIL DO QUE CRIAR UMA RELIGIÃO DE FODA LIBERTINA A PARTIR DE UMA DOUTRINA DE AMOR QUE INCLUA O ABRAÇO GENITAL NATURAL.

E seria o maior desastre para a humanidade se tal religião de bordel se desenvolvesse a partir de uma mensagem de amor que incluísse o abraço genital. Cada fundador de cada movimento desse tipo se veria na necessidade absoluta de fazer *uma* coisa antes e acima de todas as outras. Seria obrigado a conter, por todos os meios possíveis, a maré pornográfica de uma epidemia de foda libertina. Esta seria uma necessidade em qualquer lugar, em qualquer época da história e em qualquer contexto histórico, uma vez que a ação genital dos animais, incluindo o homem, é uma função bioenergética e a válvula da própria energia vital. Toda excitação do organismo vivo aumentará necessariamente a tensão interna e diminuirá a resistência natural do mecanismo da válvula. Em tempos de crise, como guerras, fomes, inundações e outras catástrofes, em tempos de grandes revoluções ideológicas, como a fundação de uma nova religião, a pressão interna da Vida deve crescer um milhão de vezes.

Em condições naturais, quando a estrutura biológica é capaz de harmonia e satisfação, implicando a redução temporária da necessidade e a tranquilidade interna da pessoa, haveria pouco perigo para o indivíduo ou para a comunidade. Aqui e ali alguém cometeria exageros, mas não causariam grande dano.

A situação é totalmente diferente se os organismos são incapazes de satisfação. A excitação do biossistema e o aumento da pressão interna não levariam à descarga e à satisfação, ou seja, à calma, mas resultariam infalivelmente numa elevação progressiva da pressão interna, sem via de escape. As válvulas que o permitiriam estando fechadas, os diques se romperiam por todos os lados. Não há dúvida de que tal período de foda libertina, como se observa nas guerras, varreria todos os vestígios da existência humana SEM TRAZER QUALQUER FELICIDADE OU GRATIFICAÇÃO.

Quando a fé cristã começou a ir além de sua área de influência restrita e local, quando começou a se espalhar por outros territórios, especialmente quando chegou às terras pagãs, os antigos cultos religiosos da fertilidade e do falo se misturaram à nova religião, ameaçando arruinar os fundamentos da religião do AMOR

DE CRISTO. As antigas civilizações pagãs estavam em declínio, enquanto a nova religião cristã estava em seu princípio, em pleno crescimento. Sem uma ação severa contra o desenvolvimento de uma religião da foda no seio das massas que aderiam à Igreja, a fé Cristã teria sido incapaz de difundir seu evangelho de Amor do Homem pelo Homem. Ela teria sido levada pelo caos da foda, pela relação sem amor, odiosa, imunda, cruel, fricção grosseira de pênis frios em vaginas secas, com seu cortejo de desgostos, remorsos, ódio, desprezo e assassinato do companheiro ou companheira.

Pouco importa se os edificadores do Império Cristão tinham ou não consciência da natureza do perigo. O que é certo é que eles sentiram o perigo, à parte de qualquer aversão pessoal que tivessem pela realização plena do amor natural. Eles devem ter visto ou sentido, durante o período de declínio do domínio romano, a maré de obscenidade e de abraços sem amor que arruinava as vidas humanas. E foram obrigados a refrear tudo isso. Os procedimentos que Paulo utilizou para isso não são evidentes. No século vinte, logo após a Revolução Russa ter aberto as portas do amor, restrições novas e mais cruéis foram impostas, pelas mesmas razões.

Paulo não tinha uma ideia clara da natureza contraditória do que ele chamava "corpo" e "carne". "Vocês não sabem que seus corpos são membros de Cristo?" Isso é plenamente verdadeiro, no sentido de que Cristo é o amor de Deus e o corpo um membro desse amor. "Qualquer outro pecado cometido pelo homem está fora de seu corpo, mas o homem imoral peca contra seu próprio corpo." O orgonomista moderno deve concordar inteiramente com este mandamento se o corpo for entendido como o executor do amor natural completo. Um homem ou uma mulher dotados de capacidade total de amor genital, sentir-se-ão infelizes depois de um ato sem gosto, vazio, desagradável, consistindo em esfregar um pênis frio nas paredes secas de uma vagina. Terão a impressão de ter cometido um ato mau, de ter sujado seus membros puros. Será que Paulo quis dizer *isso*, que é verdadeiro e certo? Temos razão para duvidar.

Cristo não parece ter dado atenção particular ao problema do amor físico e natural no animal humano. Podemos deduzir a partir do que sabemos sobre o homem, que Cristo compreendeu e viveu a maneira limpa e natural de praticar um amor inteiramente satisfatório, que ele abjurava a foda obscena que conduz do nada ao nada.

Em Paulo, esse conhecimento também parece improvável. Ele não estava preocupado com a economia sexual natural das populações. Não sabia que a frustração do amor natural leva à doença mental: provavelmente não tinha a mínima ideia das consequências físicas de uma religião de amor puro. Por "puro" devemos entender aqui o contrário de sujo, pornográfico, frio e vazio, cruel e brutal. Mas a pureza do coração e a pureza do amor não excluem os órgãos genitais dos homens, pelo menos não explicitamente.

A condenação dos órgãos genitais do Homem, mesmo no quadro do santo matrimônio, só aparece bem mais tarde, quando a igreja começou a instaurar seu poder social, ou seja, a igreja englobando milhões de seres humanos. Neste ponto, a repressão Católica dos genitais começa a fazer sentido, se bem que leve fatalmente a um impasse, sem qualquer esperança de solução para este problema capital da existência humana.

É A ESTRUTURA PORNOGRÁFICA DO CARÁTER DO HOMEM ENCOURAÇADO QUE CAUSA O APARECIMENTO DA IDEOLOGIA CATÓLICA DO PECADO DO CORPO E DA REPRESSÃO DO DESEJO DA CARNE.

O amor universal e global de Cristo deve ser contido, refreado; os órgãos genitais devem ser excluídos e mesmo a agradável sensação das entranhas deve ser condenada, por medo de que o primeiro estremecer das entranhas do homem o conduza a uma vida de foda libertina.

Este é, provavelmente, o mais importante ensinamento dado à humanidade desde o começo da história escrita. *O amor natu-*

ral derramado em genitais mortos se transforma em ódio e assassino da vida social. Com isso, começa a grande miséria e o homem fica emaranhado nas complicações de uma vida cheia de tabus. Todos os fundadores de religiões têm enfrentado o mesmo problema, estando mal equipados para lidar com ele. Notamos isso claramente nos ensinamentos do Gautama Buda e na fé de Maomé. O grande erro não consiste em refrear os desejos perversos do homem de foder libertinamente com os órgãos mortos. O grande erro é sepultar as forças naturais do corpo humano, as únicas capazes de colocar fora de circuito a sexualidade pervertida da humanidade. A alternativa para a genitalidade pornográfica dos padres Católicos da Idade Média não era o Puritanismo de origem luterana, mas a pureza da vida amorosa dos primeiros Cristãos.

A distinção nítida entre os desejos e necessidades genitais *primários*, naturais, fecundos, socialmente úteis, e os impulsos *secundários*, estéreis, imundos, cruéis, pouco satisfatórios, pervertidos, só será estabelecida depois de vinte séculos: e será uma tarefa dolorosa desembaraçar-se de milhares de anos de ruínas. A primeira grande e profunda psicologia da história do homem substituirá a grande confusão entre os impulsos primário e secundário, implantando a grande evasiva no espírito de milhares de médicos, educadores, babás e pais. Ninguém ousará tocar no grave problema da função do orgasmo que continuará ligada aos aspectos sujos da sexualidade.

Os sexólogos do início do século XX tratarão a sexualidade pervertida do homem como se ela fosse um dom natural. Dir-se-á apenas que a perversão da sexualidade natural é consequência da repressão do fluxo de amor na criança e no adolescente. Não haverá, no início, órgão capaz de sentir o que é a doçura do fluxo do amor. Falarão dos homossexuais como de um terceiro sexo. Interessar-se-ão, até a exaustão, por falos e camisas de vênus e técnicas indianas de amor. Darão conselhos ao ignorante e ao impotente sobre como conseguir "sucesso" (atenção ao termo "sucesso") no "desempenho" (atenção ao termo "desempenho") do ato sexual. Ensinarão "técnicas" de amor (atenção ao termo "técnicas"), como brincar com os órgãos dos outros, como se excitar reciprocamente, o que fazer e o que não fazer, que posições adotar no ato sexual. Procurarão, acertadamente, reduzir o grande sentimento de culpa que atinge toda atividade sexual, desde a primeira autossatisfação sexual do adolescente até o primeiro abraço depois do casamento. Mas nunca tocarão e nunca permitirão que se toque no fluxo de amor no corpo das crianças, dos adolescentes e no ato natural pleno. A igreja Católica lançará advertências e declarações pontificais contra as tentativas de pôr um fim à maior tragédia que jamais atingiu uma espécie viva inteira, o Homem. A igreja Cristã tentará por todos os meios manter seu território, que se baseia na condenação da carne, que equivale, num sentido profundo, ao Assassinato crônico de Cristo.

Os políticos aproveitarão a ocasião que se oferece para prometer às "massas" a "liberdade do amor". Eles pouco saberão sobre o que é o amor, como funciona, o que aconteceu com ele no passado; banirão de suas tribunas toda investigação sobre as leis do corpo, quando o imenso impacto desse problema ameaçar sufocar o clamor de sua propaganda econômica. Durante a grande Revolução Russa promulgaram leis para libertar sexualmente o homem, mas logo apareceria a foda desvairada epidêmica e eles começariam a suprimir, para manter um pouco de ordem, TODA espécie de amor, proibiriam qualquer ensinamento que falasse do amor e acabariam por ditar leis sobre o casamento muito piores que as do czar.

Tudo isso será horrível, mas necessário e inevitável. E assim será até que o homem permita novamente a suas entranhas sentir o fluxo da Vida; até que os órgãos sexuais femininos cessem de se prestar, ressecados e mortos, à investida e à fricção de órgãos masculinos frios e penetrantes, fonte de toda frustração, objeto de horror para todo verdadeiro amor, ao qual deram o nome de Amor de Cristo.

Tudo isso explica de uma maneira perfeitamente satisfatória a proscrição severa de todos os atos genitais que signifiquem felicidade e satisfação, mesmo no seio do matrimônio abençoado pela Igreja. É impossível sentir o princípio do movimento da vida sem provar a necessidade imperiosa de se fundir com outro corpo. Não se pode esperar que a natureza siga seu curso sem colocar a vida humana em perigo se a excitação se torna medo e o medo se torna foda apressada para "aliviar a tensão". Não há ódio maior do que o que nasce do amor de Cristo frustrado e contrariado. A tentação de matar nunca é maior do que quando ela vem de um sentimento de que a Vida viva é inatingível, de que ela escapa sempre das mãos estendidas. E tudo isto estava implicitamente contido na preparação do Assassinato de Cristo no ano 30 d.C.

Capítulo X

Protegendo os assassinos de Cristo

Eis o fato mais fantástico, mais perverso, mais inacreditável: *o assassinato de Cristo é protegido, através dos tempos, pelas próprias pessoas que mais sofrem com ele.* O que protege o assassinato de Cristo é:

Silêncio da parte das multidões; o povo conhece a verdade... Por que não fala?

Defesa aberta do assassino, se alguém resolve apontá-lo; esta defesa é assegurada principalmente pelos ditos "Liberais";

Calúnia e perseguição de Cristo por parte de pequenos *Führers* pestilentos, que crescem entre o povo;

Todo sistema de procedimentos dos tribunais e a formação da opinião pública: silêncio, através dos tempos, sobre os métodos e a atuação da peste emocional nos livros de estudo de todas as nações.

Ninguém jamais ousou atacar a peste emocional como um princípio integral da organização básica da humanidade. Não há leis que protejam diretamente o amor e a verdade.

Incrivelmente perversa como é a proteção do assassinato de Cristo por suas próprias vítimas, a *réplica do profeta é perfeitamente correta*, seguindo uma lógica cruel:

Se o profeta não se compromete com a opinião pública, se ele se recusa a atender à exigência do povo de que ele se torne seu opressor, se persiste no seu modo de vida e nas suas crenças, se não é capaz de satisfazer a curiosidade das multidões por seus milagres, ele deve necessariamente morrer. A razão válida, porém cruel, é: se as exigências do profeta fossem cumpridas imediatamente, a condição do homem e da sociedade seria muito pior do que o imobilismo e a podridão a que ele se opõe. A impossibilidade de realização dos sonhos do profeta tem sua causa na estrutura de caráter do homem que o impossibilita de viver, de continuar e mesmo de compreender e estar consciente do mundo do profeta sem ser tomado por uma angústia devastadora.

Nessa trágica confusão do homem estão as raízes de tudo o que protege o *status quo*; tudo o que está diretamente contra o sonho do paraíso, o qual, do ponto de vista do profeta, é racional e realizável. Nesse trágico nó górdio, tudo está amarrado em uma intrincada teia, que torna racional o irracional, que instaura e mantém o império do Diabo, que é o amor pervertido de Cristo, a Peste Emocional dos séculos. O soldado da Peste Emocional é, geralmente, a promessa abortada de um grande homem de ação ou de um grande amante.

Toda a situação é tão inacreditável e fantástica que os sábios de todos os tempos não a têm visto. A "lógica do ilógico" começa pelo fato de que *no interior* do império do Diabo tudo é perfeitamente racional e exato. Tudo é como deveria ser e tudo está de acordo com as leis e as instituições. Os homens o defendem e *precisam* protegê-lo, senão, como pessoas ou agentes de certas funções no contexto presente, eles pereceriam.

Somente um líder que, tendo consciência da situação, abandonar a ambição e resistir à tentação de tornar-se um líder de homens, poderá ser o verdadeiro guia. Ficando à distância SEM O DESEJO DE MELHORAR A SORTE DAS GERAÇÕES PRESENTES, tal líder será capaz de preparar os caminhos que conduzirão a humanidade para longe da confusão e da rotina. O pensamento e ação do verdadeiro líder estão além de seu próprio tempo, além da era da história escrita, além da era da sociedade antiga como um todo. Se ele deseja ver o homem do ponto de vista do que ele chama DEUS, ele deve, sem remorsos e sem hesitação, apagar o homem tal como era e tal como é.

Uma vez mais, por mais fantástico que pareça, é o amor cristão do homem no sentido cósmico do termo, é o próprio princípio de Cristo prescrevendo o amor ao próximo como a si mesmo, que é pervertido e, como todo o resto, transformado numa arma potente para matar o próprio Cristo através dos tempos. O princípio divino vem sendo utilizado para proteger o assassino de Cristo. E isto é como deve ser, de novo *dentro* da estrutura do homem, do que ele é e do que deve ser. O destino cósmico e trágico de Cristo reside no fato de que sua morte é uma consequência perfeitamente lógica da estrutura do caráter do homem que, uma vez constituída, não pode mais ser modificada. A partir do momento em que uma árvore foi forçada a crescer torta, nenhuma força do mundo poderá fazê-la endireitar. Como, no homem, o galho torto vem sendo transmitido de geração em geração pela simples adaptação à existência de troncos tortos, o Assassinato de Cristo será necessário enquanto o tronco continuar deformado. O tronco da árvore torta odiará e assassinará necessariamente o tronco reto, até que outros troncos comecem a crescer eretos e não mais inspirem horror aos troncos deformados. É exatamente aqui que começa a tarefa das nossas *Crianças do Futuro*.

Os métodos do assassinato crônico de Cristo são numerosos e variados. Observemos:

É impossível compreender o vergonhoso final, a crucificação de Cristo, se não tiverem sido inteiramente compreendidos os métodos secretos, tortuosos e bem organizados da Peste Emocional. O próprio fato de que o segredo do assassinato de Cristo só tenha sido desvendado depois que a ciência humana conseguiu penetrar além dos domínios do homem encouraçado, atingindo o *âmago* do seu princípio de Vida, é uma maior demonstração e expressão da racionalidade diabólica da Peste. Os protetores do segredo eram:

O princípio de Amor Cristão ao inimigo, ou seja, o assassino de Cristo.
A evasiva da *verdade*, como princípio.
A repressão das experiências infantis através dos tempos.
A couraça que envolve o sistema de Vida do homem, que não lhe permite encontrar a solução da tragédia de Cristo dentro de si mesmo.
A transformação de tudo o que é real na vida e nos ensinamentos de Cristo em algo místico, ou seja, a inacessibilidade da imagem no espelho.
E finalmente, para coroar tudo, bem arraigada em sua lógica interna, a soma total das ideias humanas sobre morais e éticas, lei e Estado, além e destino cósmico, todas elas parcelas da grande evasiva do homem de sua origem e sua raiz nos órgãos genitais, símbolos de fecundidade e criatividade nas antigas religiões pagãs.
Pelo menos a milésima parte dos esforços inúteis, feitos através dos tempos para compreender a tragédia de Cristo, poderiam ter sido utilizados para esclarecer se os sistemas religiosos monoteístas, a começar pela religião judaica, não foram tentativas heroicas para fazer frente a uma estrutura de caráter obscena, indecente, caluniadora, maligna, imóvel, aborrecida, assassina, ciumenta, invejosa, estúpida, desenvolvida nos grandes impérios patriarcais da Ásia e do Mediterrâneo. Para salvar os judeus da perseguição dos egípcios, Moisés se viu obrigado a organizá-los e civilizá-los. Não terá sido isso que o levou a lhes dar os dez mandamentos e outras regras de ordem e higiene? Para consegui-lo, era necessário suprimir completamente a estrutura *secundária* de caráter, essencialmente má. Tratava-se de substituí-la por uma ética que, pela crueldade e rigidez de suas exigências, apenas conservasse, dentre os impulsos pervertidos, aqueles que servissem para combater, com a maior severidade e brutalidade possível, os impulsos indesejáveis. A regra de circuncisão, uma das crenças mais sagradas dos judeus, indica claramente que os órgãos genitais eram considerados a fonte do mal.

Cristo reagiu contra isso, como muitos profetas antes dele. Mas o fato é que ninguém antes dele dispunha de uma estrutura de caráter que não apenas enxergasse o problema central da origem do homem, mas que VIVESSE a VIDA DE DEUS, tal como ela deve ser compreendida aqui, como *Vida da Natureza incluindo órgãos genitais não mutilados* e AMOR ao PRÓPRIO AMOR.

Não se pode imaginar que os judeus da época de Cristo fossem capazes de se converter *em massa* e rapidamente aos ensinamentos de Cristo. Eles poderiam tê-lo admirado e ter-lhe desejado sucesso; poderiam ter acreditado na utilidade e na racionalidade de sua crítica revolucionária ao Judaísmo de seu tempo, mas nunca teriam sido capazes de VIVER a vida de Cristo. Sua sociedade e sua rotina diária ter-se-iam desintegrado na primeira tentativa.

Vista deste prisma, a extrema animosidade que a orgonomia encontrou no século vinte se torna perfeitamente compreensível. Poder-se-ia imaginar que homens do século de Hitler, de Stalin, de Mussolini levassem a vida de acordo com os ensinamentos do inconsciente e da importância da genitalidade orgástica natural? Isto é impossível. A estrutura do caráter do homem do século vinte parece predispô-lo a escutar o novo ensinamento, mas *não a vivê-lo*. Assim a psicanálise degenerou-se em uma filosofia cultural perniciosa três décadas após seu nascimento, e a Economia Sexual teve que lutar por sua sobrevivência por mais de três décadas para defender-se dos assassinatos, calúnias, difamação e perseguições policiais. Ela só pôde implantar-se quando a miséria sexual se impôs aos olhos de todos, quando a medicina militar americana teve que rejeitar um homem em cada quatro ou cinco, por apresentar problemas mentais; quando adolescentes *em massa* se lançaram às drogas, para escapar, no início da revolução sexual, da penosa frustração genital, quando a felicidade conjugal se tornou a preocupação número um dos interessados, quando os tribunais e jornais estavam cheios de crimes passionais. Nessa época ainda se estava longe de discernir a relação entre a miséria "individual" e as grandes guerras, os massacres na Alemanha, na Rússia, na Coréia. Mas *a revolução sexual* teve seu início. Assim, a Economia Sexual pôde escapar, por ora, da sorte do Assassinato de Cristo. Ela encontrou um apoio poderoso na descoberta, em 1936, da Energia Vital, que atraiu a atenção do público para a natureza BIOLÓGICA dos males que a humanidade sofre. A distinção muito clara, feita pela Economia Sexual entre os impulsos PRIMÁRIOS naturais e os impulsos SECUNDÁRIOS pervertidos, encontrava sua expressão formal numa modificação da terminologia sexual, o que contribuiu para manter limpa a atmosfera. O termo "relações sexuais" designa hoje, aos olhos de todos, uma coisa imunda; o termo ABRAÇO GENITAL distinguiu o ato limpo do ato sujo. A palavra SEXO, mal empregada e gasta, designa hoje o pesadelo da fricção de um pênis frio contra uma vagina insensível, e foi completamente abandonada; a descoberta do fluxo de Vida ardente no organismo durante o abraço recebeu o nome de ORGONÓTICO, que ainda não foi maculado pelas mãos destruidoras e cruéis da peste. Mas não há dúvida de que a peste tentará, mais cedo ou mais tarde, insultar essa função tão pura. Mas, nesse dia, estaremos mais bem preparados para lutar contra o mal.

Não é preciso dizer que não veremos tão cedo o fim das calúnias, difamações e intrigas de funcionários de mentalidade pornográfica, de mulheres frustradas e homens espíritos de porco. Mas sua ação tem sido menos eficaz desde que se aprendeu que se pode usar a VERDADE como uma ARMA contra a peste; desde então se tornou possível romper o impasse e a proibição atacando o portador da peste. Os princípios Cristãos do "Ama Teu Próximo como a Ti mesmo" e "Perdoai os Vossos Inimigos", que regem todas as grandes ações, mesmo as que ultrapassam os domínios da igreja Cristã e se identificam aos princípios de vida, de profundidade e de verdade, visam à proteção de Cristo, de Deus e do amor e da genitalidade nos recém-nascidos. Não é mais fácil como antes proteger os que assassinam Cristo em milhões de crianças e adolescentes inocentes que sofrem de frustração genital.

O assassinato de Cristo foi reconhecido; arrancou-se a máscara de jovialidade e honestidade com que cobria sua face hor-

rível. Sua estrutura básica, que consiste em uma mistura assassina de frustração, inveja e intolerância em relação à Vida viva, de impulsos que visam fustigar, matar a Vida, machucar tudo o que é puro e belo, de faces e membros enfurecidos, de mente cheia de sonhos obscenos, foi cuidadosamente estudada e está sendo revelada ao conhecimento de todos.

Isso é apenas o começo. O assassinato pode ainda acontecer, e existem ainda muitos esconderijos inacessíveis, mesmo para as armas da razão e do interesse na felicidade das gerações futuras. Assassinatos de Cristo continuarão certamente ocorrendo, e em abundância. Mas a maldição foi efetivamente quebrada. O FIM do assassinato de Cristo está próximo, não como um Reino de Deus, não como um sonho, mas como a tarefa crucial para gerações de educadores e psiquiatras, médicos e administradores.

Não se trata mais de proclamar verdades, mas de sair à procura dos esconderijos da peste. Será que a peste conseguirá ainda transformar esta tarefa em outro pesadelo de sofrimento humano? É possível, mas não provável.

Vamos aprender mais sobre isso em uma das muitas maneiras que a peste usou para matar Cristo, séculos depois do seu Assassinato: desta vez, na forma de uma grande filosofia natural que ensinava a totalidade, a continuidade e a vitalidade do universo. O criador dessa filosofia natural e, portanto, precursor de alguns pensamentos orgonômicos fundamentais, foi Giordano Bruno.

Capítulo XI
Mocenigo

O ASSASSINATO DE CRISTO EM GIORDANO BRUNO

Existem almas vazias que têm sede de sensações fortes para encher seu deserto interior. Elas se inclinam, por isso, para o mal. Nem todas o farão, mas as que a ele se entregam escolherão, de preferência, vítimas como Giordano Bruno. Porque Giordano Bruno redescobriu Cristo no Universo, isto é, o Amor de Deus em termos astrofísicos.

Bruno antecipou, no século XVI, por simples reflexão, a descoberta da energia do orgone cósmico no século XX. Ele descobriu e encerrou em um sistema de pensamento as inter-relações entre o corpo e o espírito, o organismo individual e seu ambiente, a unidade e a multiplicidade básicas do universo, um universo infinito envolvendo uma infinidade de mundos. Todas as coisas existem por si mesmas e como partes de um todo. Assim, a unidade individual, ou alma, existe por si mesma e como parte de um todo que é infinito, único e múltiplo, simultaneamente. Bruno acreditava em uma alma universal que animava o mundo; essa alma, para ele, identificava-se com Deus. Bruno era essencialmente funcionalista. Ele tinha uma ideia muito clara, embora abstrata, da identidade e da antítese funcionais simultâneas.

Movia-se no interior da corrente universal que levou o pensamento humano à formulação concreta, quatrocentos anos mais tarde, das equações orgonométricas funcionais. Descreveu, de acordo com seu senso orgonótico, vários atributos da energia atmosférica que o descobridor da Energia Vital tornou visível, manejável e utilizável para fins práticos, bioenergéticos, no século vinte. Para Bruno, o universo e todas as suas partes possuíam qualidades que se identificavam com a vida. Em seu sistema, não havia contradição irredutível entre individualismo e universalismo, pois o indivíduo era, para ele, parte integrante de um todo abrangente, não um simples número, parte de uma soma, como em matemática mecânica. A "Alma do Mundo" estava em todas as coisas, agindo como uma alma *individual* e, *ao mesmo tempo*, como parte integrante da alma *universal*. Essas formulações concordam, apesar do emprego de fórmulas astrofísicas, com o funcionamento orgonômico moderno.

Bruno havia descoberto o caminho que conduzia ao conhecimento de Deus e, por isso, devia morrer. E morreu, de fato, numa agonia que durou nove anos, de 1591 a 1600, até que, na manhã de 16 de fevereiro, foi levado à f-ogueira, em meio a preces, pelos herdeiros de Cristo, e lançado às chamas em nome do amor de Deus.

Embora a igreja Católica, graças ao poder que exercia sobre milhões de almas humanas, tenha podido desenvolver as cruéis técnicas dos imperialistas; embora se tenha feito disso uma arte da qual fazia parte a execução na fogueira dos perigosos estudiosos da realidade do mundo de Cristo, seria errado atribuir esses métodos diabólicos apenas à igreja. A igreja não é mais responsável pela utilização e manutenção dos métodos da peste emocional do que Nero, ou Calígula, ou Gêngis Khan ou, na época moderna, os Hitlers ou os Stalins. A peste sempre se mostrou implacável, onde quer que líderes precisem enfrentar a difícil tarefa de manter a unidade e a cooperação entre multidões doentes, moribundas e indiferentes ao sofrimento alheio.

As doutrinas de Bruno, em sua direção correta, continham muita energia, muita força, suficiente para modificar a ordem que mantinha ligada a massa adormecida de animais humanos – essa massa cujos sonhos deviam manifestar-se ao longo dos três séculos seguintes por levantes destinados a estremecer o mundo do homem em suas bases. Permitir que a descoberta de Deus e seu Reino se tornasse uma realidade prática, deixar que os homens tomassem posse, com seus espíritos, seus corações e seu modo de vida, das coisas que a igreja transformou em mistérios e colocou fora dos limites do acessível, teria mergulhado o mundo num desastre. Esse é o destino trágico de todo conhecimento que aparece no momento errado em um mundo mal preparado para recebê-lo. Por isso, Bruno, o Nolano, teve que morrer.

Raramente são os grandes inquisidores, ou os procuradores gerais, ou os soberanos pontífices das crenças estabelecidas que começam o problema. Não é a multidão humana passiva, sofredora, sonhadora, que leva os Brunos, previamente condenados, aos tribunais dos inquisidores, e depois os entrega à fogueira. Nem o inquisidor, nem a massa adormecida da humanidade são ou se sentem responsáveis pela morte de um profeta. A massa adormecida não tem a mínima ideia dos crimes perpetrados em seu nome, enquanto o inquisidor apenas segue certas regras ou leis, de maneira mecânica, rígida, como um robô, desprovido de piedade ou de liberdade para agir de outra forma.

O verdadeiro assassino que inicia o vil espetáculo é, em geral, um cidadão discreto e "direito", que nada tem a ver com o problema do grande rebanho de homens que dorme e sonha, nem com as graves responsabilidades administrativas dos inquisidores e juízes. O verdadeiro assassino é o rastreador que se lança em perseguição do prisioneiro em fuga, não porque o deteste, nem porque queira fazer justiça ou porque conheça algo sobre o assunto. *O verdadeiro assassino é um transtorno acidental*, a falta de sorte que atinge a vítima sem nenhuma razão, como a bala perdida de um caçador que, após ter errado o cervo, mata o guarda florestal que ali passava por acaso.

O verdadeiro assassino não tem a intenção de matar uma determinada pessoa ou qualquer outro indivíduo. A vítima sucumbe ao assassino pestilento por razões que nada têm a ver com sua verdadeira vida, com suas crenças ou suas relações com o assassino. A vítima somente cometeu o erro de cruzar o caminho do assassino num determinado momento, momento importante para a vida do *assassino*, mas não para a vida da vítima. O executor que é pago para matar não tem ódio de sua vítima, não a escolhe nem lhe quer mal. Ele mata porque escolheu a profissão de matar, não importando quem esteja diante de sua arma, ou sob a lâmina da guilhotina, ou sentado na cadeira elétrica. O assassino, por sua vez, mata porque *precisa matar*. A vítima só é vítima porque aconteceu-lhe estar por perto em certo momento oportuno.

O assassino de Giordano Bruno era um nobre de Veneza que atendia pelo insignificante nome de *Giovanni Mocenigo*. Esse nome não tem a mínima significação racional. Ninguém jamais ouviu falar dele antes do assassinato, e ninguém se lembrará dele depois. Ele poderia chamar-se Cocenigo ou Martenigo. Daria no mesmo. Mocenigo é uma não entidade de alguma dimensão. Ele nada sabe, nada faz, nada ama, por nada se interessa, a não ser por sua própria nulidade. Ele está por aí, anda por aí, nem sempre num palácio, geralmente preparando o mal. Produz sonhos perniciosos como a galinha bota ovos, um de cada vez. É esperto demais para fazer o mal apenas como um criminoso simples, ousado, temerário, que assalta um banco para obter dinheiro facilmente, ou que agarra uma moça na rua, à noite, levado por sua fome sexual. O matador pestilento nem mesmo justifica seu crime. Como ele não encontra em si mesmo motivos para o crime, precisa procurá-los nos outros. A esterilidade de sua alma e o vazio de seu espírito também não justificam um assassinato; por que ele mataria alguém, se ele mesmo é vazio como um deserto? Assim, o caráter pestilento procurará com cuidado um motivo para matar, não importa quem. A vítima deve ter apenas uma característica para que haja uma razão para ser morta: deve distinguir-se da multidão adormecida ou imóvel, sua alma deve, de preferência, assemelhar-se à de Cristo, que conhece o cheiro da eternidade.

O matador tomado pela peste distingue-se do matador racional, que procura em seu crime dinheiro ou satisfações sexuais, pelo fato de que nada ganha com a morte. Ele assassina sua vítima pela simples razão de não suportar a existência de almas como a de Bruno, de Cristo, de Ghandi, de Lincoln. Ele pode ocupar um cargo qualquer em uma administração governamental ou comercial, em um instituto universitário bacteriológico, ou em uma sociedade de combate ao câncer. Pode ser jovem ou velho, do sexo masculino ou feminino. Uma só coisa importa: *o que o leva ao mal é o desejo genital cruelmente pervertido e frustrado; ele odeia o Amor de Deus, o qual decidiu matar em nome de Deus, de Cristo ou da honra nacional.*

Assim é que Mocenigo, o nobre vazio e ocioso de Veneza, escreve duas cartas a Bruno, que vivia em Frankfurt por essa época, convidando o mestre a ensinar-lhe a "arte da memória e da invenção". Isso significa que Mocenigo sabe que Bruno é muito rico, de uma riqueza diferente da sua, e planeja sugar sua futura vítima. Bruno acreditava na força de amor que une todas as coisas e leva os homens a fazer o bem. Por isso, Bruno traçou sua morte. Acreditando firmemente no grande amor do universo, que liga todos os homens, assim como Jesus Cristo acreditara na força do Amor na qual ele via a grande força do Reino de Deus, Bruno aceita instalar-se na casa de seu assassino.

Mocenigo espera que Bruno reparta com ele a grande arte do pensamento. Espera que ele não dê esse conhecimento a mais ninguém. Quando Bruno exprime o desejo de retornar a Frankfurt para publicar algumas obras, Mocenigo se opõe e ameaça apelar ao Santo Ofício. Mocenigo, evidentemente, como todos os assassinos de sua espécie, tem relações com a inquisição. Ele vai usá-las se seu generoso amigo recusar-se a ensinar-lhe a grande arte do pensamento e da memória. Mocenigo está firmemente decidido a ter o que quer, mesmo a preço de assassinato. Evidentemente, Mocenigo não liga para o conhecimento. Não saberia o que fazer com o conhecimento, como manejá-lo, como desenvolvê-lo ou como aplicá-lo.

Tudo o que ele sabe fazer, é tirar pensamentos pérfidos de órgãos genitais mortos. Não se interessa pelo conhecimento como tal, nem pensa em aprender, pesquisar, propor ou resolver problemas. Só quer o conhecimento como alguém quer um belo carro, ou um toca-discos para ouvir um som, ou um barco ou uma certa garota, ou simplesmente um prato de peixe para encher a barriga. *O que importa é tomar, tomar alguma coisa* que outro conseguiu com grandes esforços e muito trabalho. Mocenigo quer encher-se de conhecimentos que é incapaz de produzir ou de digerir quando os recebe. Não tolera que haja alguém que possua o conhecimento ou a habilidade para desenvolver a sabedoria. Não pode suportar o pensamento de que haja alguém, mesmo a léguas dele, desfrutando da crença no amor e na alma universal capaz – mesmo num futuro incerto – de estabelecer uma ligação de paz entre os homens. Quer se chamem Mocenigo, Caifás, Judas, Saulo ou Tarso ou Stalin, é e continua sendo a mesma coisa. Eles não podem suportar; ficam verdes de inveja; têm um desejo irrefreável de uma coisa que são incapazes de possuir; por isso eles levam Cristo para a cruz, Bruno para a fogueira e jogam a sociologia científica aos cães. Quanto mais a futura vítima estiver perto do conhecimento do Reino de Deus, mais se arrisca a ser escolhida para a morte pelo caráter pestilento.

E tudo isso se passa sem que ninguém, nem mesmo o assassino, o perceba. Quando Bruno – desconfiado talvez de seu futuro assassino – insiste em partir, Mocenigo manda prendê-lo durante a noite, tirando-o da cama com ajuda do "braço da Lei". A partir desse momento, o mecanismo da peste emocional organizada se deflagra, como um rolo compressor robotizado, e só se desligará quando a vítima estiver reduzida a pó. A inveja e as intrigas baixas de um Mocenigo não têm importância e nem mesmo figuram nas alíneas do processo. O verdadeiro motivo do assassinato não está mencionado em parte alguma, ele não interessa ao tribunal, reunido em 1592 ou em 1952, na Itália, nos Estados Unidos ou na União Soviética. O verdadeiro motivo do covarde assassino nunca é mencionado no inquérito; ele só aparece nos assassinatos de rotina, mas nunca nos Assassinatos de Cristo. As Ordens dos Advogados de todos os países não toleram nem mesmo a discussão do motivo de tal assassinato. Os juízes que pronunciam as condenações e os carrascos que as executam permanecem livres, mesmo que suas vítimas estejam inocentes. Se, como acontece às vezes, o erro é descoberto, a vítima, se ainda viver, deve dizer "Muito obrigado", ou, se estiver morta, alguém reza em seu túmulo. Mas ninguém ousa atacar o verdadeiro assassino.

A partir desse momento, não importa se alguém observa isto ou aquilo no auto de acusação, se é proibido fazer girar a Terra em torno do sol ou acreditar na Alma do Universo ou no Amor Universal, se alguém fez conferências aqui ou ali, se alguém levou uma vida honesta, se alguém só errou ao passar acidentalmente por um caçador atocaiado. Nada importa, pois o verdadeiro motivo é o assassinato de Cristo, que conseguiria instaurar sobre a Terra o tão temido Reino de Deus. Pouco importa se Cristo proclamou-se realmente Rei dos Judeus. É apenas um pretexto e todos têm consciência disso: por isso ninguém fala ou faz o que quer que seja. A lei em vigor foi feita para a *procura* eterna do Reino de Deus, mas não para a *descoberta* do Reino dos Céus, nem para o modo de vida de Cristo, que conhece os caminhos do Reino de Deus. Só as formalidades contam. Todos têm o cuidado de envolver o assassinato jurídico com a aparência de justiça, para que o crime se produza de maneira "limpa e legal". Ninguém deve jamais ser acusado de injustiça. O código de honra deve ser respeitado. Cada um sabe como as coisas se passaram, mas ninguém move um dedo.

Muito depois, quando a vítima estiver morta já há muito tempo, quando seus apelos a Deus estiverem para sempre silenciados, quando o mito da "justiça feita" houver evaporado, os historiadores desenterrarão os fatos, quando tudo estiver a salvo. E pode acontecer de algum Papa ajoelhar-se diante da tumba de alguma das vítimas para reabilitar, postumamente, sua honra. "Obrigado, Senhor!", ouviremos a vítima murmurar. E, mais uma vez, Deus se desvia de sua criatura, o Homem feito à sua imagem, e continua a enviar seus profetas para pregar nos imensos desertos vazios. Mocenigo está esquecido. Ninguém fez pesquisas sobre ele, ninguém o julga culpado, embora alguns o desprezem. E mais, haverá os que dirão que Cristo mereceu ser crucificado, por ter se insurgido como um rebelde comum contra o governo estabelecido, por ter provocado os escribas sem necessidade, que ele teria feito melhor se ficasse quieto e deixasse as almas humanas sozinhas, em paz, instaladas em seu imobilismo para todo o sempre. E livros serão escritos e lidos por multidões, livros explicando como fugir da verdade sobre o Assassinato de Cristo, como encontrar a paz da alma. Não toque nisso, nunca!

Capítulo XII
Em direção ao Gólgota

Cristo deve morrer na cruz, no Gólgota. Não porque ele tenha ameaçado o Império Romano. Outros ameaçaram o Império Romano e não morreram. Cristo vai morrer, não porque tenha atiçado a cólera dos sacerdotes com suas duras palavras de crítica. Outros criticaram o Sinédrio; outros proclamaram a hipocrisia dos judeus talmudistas e não morreram. Cristo não morreu na vergonha por pretender ser Rei dos Judeus. Cristo nunca sonhou ser o Rei dos Judeus. Ele rejeitaria tal ideia, se esta lhe fosse oferecida pelo próprio imperador romano.

Cristo não saberia como ser um "Rei dos Judeus". Você pode imaginá-lo num belo cavalo branco, galopando à frente de uma coluna de Macabeus montados, com a espada desembainhada, gritando ao sol nascente: "Vamos, vamos! Avante! Atacar!"? Uma coisa dessas não pode ser visualizada. É impensável, impossível; seria perfeitamente ridículo. Pior degradação do que esta, da Vida viva em Cristo, não poderia ser imaginada. Você pode imaginar César, Napoleão ou Hitler nessa situação, mas não Cristo. Cristo não cabe num quadro como esse.

Em consequência, Cristo será flagelado e crucificado pelo povo como o *Rei dos Judeus*.

Cristo estaria deslocado e ridículo com qualquer roupa que significasse honras aristocráticas e alta posição num mundo de homens encouraçados. Você não pode imaginar Cristo recitando litanias ou aceitando a dignidade de Doutor *honoris causa* em Direito, da Universidade X. Ele era um estrangeiro em Jerusalém; teria sido um estrangeiro em qualquer outra cidade em qualquer época da história escrita da humanidade. Cristo possui uma dignidade natural, sua linguagem direta tem um encanto e uma precisão extraordinários. Em geral os homens não agem como ele. As pessoas amam suas maneiras e se juntam em volta deste homem tão bem cotado, mas não pensam em fazer como ele. Eles enrubesceriam, sentir-se-iam incomodados em qualquer reunião de homens que se comportassem como Cristo. Cristo é simples e direto, espirituoso mas não vaidoso, irradiante de amor e de contato, mas não possessivo ou pegajoso.

Cristo não tem lugar neste mundo, a não ser no meio de um pequeno grupo de admiradores e adeptos inocentes e ignorantes, passeando com ele pelas colinas e pelos vinhedos da Galileia. Ele destoa, mesmo entre seus admiradores. É incapaz de gostar das ovações como Mussolini, o gênio abortado que se ajustava aos sonhos heroicos do povo como uma luva se ajusta às formas da mão. É mais provável que seus admiradores se sentissem um pouco incomodados em sua presença porque ela não lhes permitia contar piadinhas ou trocar suas confidências picantes.

Cristo está totalmente deslocado em qualquer lugar entre os homens encouraçados, embora ele seja a esperança deles, a própria essência de todos os seus sonhos de um futuro melhor. A grandeza de seu pensamento direto e simples se torna uma desvantagem quando enfrenta a argumentação distorcida e complicada dos escribas. As pessoas não estão habituadas a pensar de forma direta e simples. Para elas, isso pode ser ofensivo. Diga aos escribas que você vê, sem nenhuma dificuldade, a vida em movimento, numa partícula de carvão aquecido. O escriba não olha no microscópio, mas argumenta com você que são moléculas invisíveis que causam o movimento. Diga aos fariseus que você vê, sem nenhum esforço, facilmente, que nos órgãos mortos, bactérias que provocam a decomposição se desenvolvem a partir do próprio tecido. O escriba não olhará jamais no microscópio, mas dirá a todos que você não esterilizou o tecido e que o que você via eram "somente germes aéreos", embora ele mesmo nunca tenha visto ou demonstrado a existência de germes aéreos. A vida está totalmente fora de lugar num mundo que contém fariseus, escribas talmudistas e conselhos médicos de farmacêutica.

Diga aos talmudistas que os meninos sofrem quando se destaca uma parte da pele do pênis, que isto faz muito mal e que os gritos do pequeno são um sinal de dor violenta. O escriba contará ao povo que a criança não sente nada pois as fibras nervosas ainda não estão totalmente formadas, ou outra tolice do gênero; e "as pessoas" perguntarão a você se sua teoria sobre a dor causada pela incisão no prepúcio, sem anestesia, foi reconhecida pelos escribas.

Se você quer livrar os bebês das dores da circuncisão, você é obrigado a combater e aceitar toda sorte de aborrecimentos. O fato de que a incisão no prepúcio faz muito mal não impressiona ninguém. Cristo, que é um adversário de todos os ritos cruéis, deve morrer.

Há no mundo uma série de coisas muito simples, claramente visíveis para todos, cuja compreensão exige apenas um pouco de inteligência, um pouco de bom senso, um pouco de julgamento. O sofrimento que a frustração genital causa no adolescente é uma delas. Todos os homens e todas as mulheres conheceram essa infelicidade. Todos os homens e todas as mulheres travaram essa luta dolorosa e sem esperança. Enquanto você constatar, a título pessoal, que a puberdade é o crescimento da função genital e a preparação para chegar a um abraço total, ninguém o aborrecerá. Mas se você for a um instituto de fisiologia de qualquer universidade do início do século XX e tocar neste assunto, você estará numa enrascada. Primeiro, você se sente deslocado no auditório de uma universidade falando sobre abraço genital na puberdade. É simplesmente inconveniente, cerram-se os cenhos, critica-se a falta de tato. Os professores nunca abordaram o assunto, eles nunca permitiriam que os estudantes tocassem nesse problema capital. Para dissimular o fato de que o homem foi feito pela natureza, isto é, por Deus, para copular na idade da puberdade, criou-se um sistema confuso de teorias *ad hoc* e de argumentos cujos detalhes se contradizem, misturam-se ideias e afirmações de que cada um tem o direito de enganar-se e de ter uma opinião pessoal sobre a questão da excitação sexual durante a puberdade, opinião resultante de esforços desesperados feitos para esconder do pai os hábitos de masturbação, para não ser apanhado em flagrante e para não ser castigado. Após algum tempo, você é forçado a abandonar o debate. Não há esperança de penetrar nesse emaranhado, e você decide que é melhor ficar de fora e continuar sozinho.

Os escribas são os guardiães que defendem o acesso aos templos do saber. Eles não deixam entrar nenhuma verdade referente ao essencial. A verdade tem o direito de sair do templo, apenas sair.

Tudo isso é verdade em todos os tempos. Todos o sabem. Muitos redigiram grossos livros sobre o assunto. Mas nada acontece. Todos os que sabem as coisas simples não estão em seus lugares, e incomodam sensivelmente os escribas. O escriba é, nas ciências, o símbolo do imobilismo das pessoas, do imobilismo geral dos espíritos e dos corpos.

Na Galileia, Cristo pode, de certa forma, ser ele mesmo. Ninguém, a não ser seus parentes mais próximos, coloca em dúvida sua dignidade natural, seu lugar nas montanhas. Alguns podem achar que ele é diferente, que está exagerando ou que "sonha" demais. Mas na Galileia ele pode se misturar com o povo, comer como os outros, aproveitar a presença de alguns amigos.

Em Jerusalém, ele não pode ser totalmente ele mesmo. Ele se sente fora de casa, fora do lugar a que pertence naturalmente. É obrigado a ser um pouco como os outros, se quiser viver com eles. Segundo Renan, um dos apóstolos pensa que Jesus foi atraído a Jerusalém para aí ser morto.

Na Galileia, sobre as colinas, onde ele está sozinho em seu próprio mundo, Cristo pode dizer coisas simples de maneira simples, e elas são válidas ainda que se passem mil anos. Em Jerusalém, cada coisa que ele diz parece ser difícil de compreender. Ele é obrigado a discutir, ele perde a totalidade harmoniosa de seu ser, ele se vê obrigado a decompor sua grande unidade e a começar a conhecer o artigo 23 do parágrafo 5638965 do Talmude para se impor. O modo de vida de Cristo é válido por todos os tempos. Mas no mundo modelado pelo homem ele perde sua realidade; não se manteria diante de nenhum tribunal.

Para compreender o assassinato de Cristo é preciso ver as coisas na perspectiva da vida comum que, deformada como está, tem o poder de transformar a própria verdade eterna em crime social. Isto é tão verdadeiro que todo homem que se encontrasse no lugar de Cristo melhor faria se colocasse o mundo em guarda contra seu próprio ensinamento. Não é só ele, pessoalmente, que não se enquadra. Seus ensinamentos também não. Não são só seus amigos, parentes e discípulos que não entendem o que ele fala; o mundo do homem, em geral, não pode, não ousa compreender.

E esta é a verdadeira tragédia da própria VERDADE: ela só é aceita depois de diluída, deformada, reduzida e privada de sua intensidade. Claro, a pequenina verdade sobre a maneira de melhorar a vinicultura, uma recepção de rádio ou a balística militar, tudo isso é bem-vindo, aceitável e respeitável. Mas não acontece o mesmo com a verdade fundamental formulada por Cristo. Ela não pode resistir a um tribunal. Vista da perspectiva do homem encouraçado, imobilizado, bem estabelecido, ela é criminosa, um perigoso atentado contra a vida. Na realidade, sem essa verdade nada poderá jamais mudar. Nenhum mal poderá ser realmente exterminado. A miséria deve permanecer. Mas a própria verdade *é* um crime, um crime contra a própria vida de cada nação bem estabelecida na realidade reinante.

Isto é válido numa dimensão assustadora; as medidas tomadas para melhorar a situação, preconizadas por políticos vis, são necessárias, apesar de sua total ineficácia; isto é tão real que seria traição NÃO defender o diabo e não ser contra o reino de Deus. O trágico dilema acima delineado parece ser tão grave e não ter solução, se bem que nada tenha mudado no curso de milênios na civilização mecanicista, pelo menos no que se refere ao próprio homem. O assassinato de Cristo é tão real hoje como o foi há dois mil anos.

Faz sentido que os chineses e os japoneses tenham praticado, durante milênios, o imobilismo no que se refere ao aspecto social e ao pessoal. Se eles tivessem se movimentado livremente teria sido a catástrofe, e a catástrofe devastou a China quando os Diabos Vermelhos Chineses assumiram o controle de Sun Yat-sen.

O mal não é arrastar-se na rotina durante séculos; o mal não são as ideias dos reformadores ou mesmo a miséria da multidão; o mal é o desastre que se abaterá sobre o mundo quando os abutres da liberdade alçarem suas asas perniciosas e enviarem aos mais longínquos recantos do mundo seus mascates da liberdade.

Fechar os olhos diante das contradições realmente trágicas que marcam os próprios fundamentos da existência humana significa ajudar o diabo e piorar a miséria. Conforme o que tem sido experimentado e pensado sobre a peste emocional, não haverá esperança para a humanidade enquanto perdurar a política de avestruz em relação à necessidade de Assassinar Cristo. Se a humanidade sempre se recusou a enfrentar esse problema é porque ele é tragicamente racional; o homem sempre o evitou e continuará a evitá-lo enquanto os recém-nascidos forem submetidos ao encouraçamento do caráter. O HOMEM ENCOURAÇADO É OBRIGADO A ASSASSINAR CRISTO PARA PODER EXISTIR.

Eis uma percepção que vai contra a eficácia de qualquer *insight* de qualquer grau. Isto não pode mais ser contornado. O problema atormentará a humanidade ainda por muitos séculos e exigirá muitas vítimas. Ninguém pode esperar que uma espécie arruinada acabe rapidamente com suas misérias, logo que alguém tiver uma boa ideia e se lançar numa campanha de propaganda política. Mais uma vez, estaríamos vendo a realidade num espelho.

O grande alarde criado por filósofos estudiosos da natureza do homem é um dispositivo astucioso destinado a esconder dos sentidos e da compreensão do homem a amplitude da tragédia.

Este é o dilema, em termos práticos:

Se uma verdade é imensa demais torna-se incômoda e perde a utilidade. Se uma verdade, para sobreviver, se mantém insignificante e inócua, ela será enterrada sob argumentos sem fim e será ineficaz.

É como se nos encontrássemos diante de uma criança muito querida, definhando por um mal que poderia ser curado por um remédio que não pode ser obtido e aplicado a tempo. É como o sentimento de uma mãe na Coreia, em 1950, que, tendo perdido seu filho na confusão, sabia que ele ainda vivia em algum lugar, talvez no pomar da velha casa em ruínas, escondendo-se e chorando amargamente, e tinha certeza de que poderia encontrá-lo facilmente em poucos minutos, se não houvesse uma batalha, exatamente no lugar entre a mãe e o filho perdido.

É como se você estivesse desesperadamente bloqueado em uma casa em chamas, sabendo perfeitamente que teria podido salvar você mesmo e sua família se tivesse colocado, a tempo, uma escada encostada na janela.

É um pouco de tudo isso, mas multiplicado por um bilhão. *Se o Assassinato crônico de Cristo pudesse ser suspenso, o que não pode, o reino de Deus se tornaria realidade.*

Cristo não teve sonhos místicos. Suas ideias não eram irreais ou impraticáveis. Elas são reais e práticas. Elas poderiam ter resolvido muitos problemas e dispensado muita miséria. Infelizmente, o uso que se fez da verdade de Cristo exterminaria a humanidade. Isto acontece porque o homem está mal preparado para acolher a verdade capaz de salvá-lo. A couraça do caráter nasceu do sentimento de medo diante da única verdade capaz de impedir a formação da couraça que sufoca a vida já no útero materno. E o Assassinato de Cristo continuará a ocorrer, enquanto continuar escondida a passagem que leva a estrutura doentia do homem à compreensão salvadora da verdade. Proclamar a verdade – isto só nunca adiantará. A verdade será e terá que ser morta.

Desse ponto de vista, e considerados nesse sentido crucial, a flagelação de Cristo e os deboches de que ele foi objeto assumem um sentido terrível. Há uma verdade e uma razão de ser em todo acontecimento irracional, em todo assassinato, em toda violação, em toda guerra, em todo suicídio; e até na flagelação de Cristo.

Cristo *tem que* ser ridicularizado, difamado, flagelado, reduzido a um estado de extrema miséria e desprezo, deve ser mais maltratado do que um ladrão comum, pois sua maneira lúcida, irrefutável, de indicar o caminho da esperança deve ser absolutamente, completamente, irreversivelmente abolida. Ela não pode mais, não deve mais servir de modelo ao povo que já perdeu a capacidade de alcançá-la ou de vivê-la; que infalivelmente estaria arruinado se conseguisse alcançar essa verdade, se conseguisse tirar do espelho a glória de Deus e torná-la palpável e visível.

Isso começa a fazer sentido, se bem que, na verdade, seja um absurdo. Começa-se a compreender como foi possível que éticas e morais tenham sido imagens em um espelho, sem nenhuma implicação na vida prática. A visão no espelho e a imagem de um Deus inacessível conservaram, até certo ponto, o poder de refrear as consciências, de impedi-las de ir muito longe, de fazer vibrar nelas as últimas lembranças de emoções puras quando se escuta, por exemplo, a música de um órgão numa igreja; de exortá-las a um comportamento correto na presença de uma bela mulher, mesmo se o desejo sexual se fizer sentir; a não enganar sempre o vizinho, só de vez em quando; a não matar a esposa importuna se ela dormiu com outro homem, a contentar-se em esbofeteá-la, não sem remorsos posteriores; a não matar um filho, como o exige uma cruel lei religiosa, por brincar com seus órgãos genitais, a dar apenas um tapinha nos dedos; a não assassinar milhares de negros nos Estados Unidos do Sul por eles lembrarem sempre, com seus corpos suaves e lábios sensuais, o prazer sonhado do abraço genital tal como era praticado antigamente no meio das noites, a só matar ou enforcar dois ou três durante o ano; a debater, pelo menos moralmente, a solução do problema do negro na grande democracia dos americanos sulistas e achar que se tenham feito grandes concessões por permitir a um por cento dos estudantes negros que se inscrevam numa universidade de brancos ou que sejam alistados numa unidade de soldados brancos; e a não marginalizá-los totalmente e não falar mal deles. E o negro, não é ele um pouco responsável pelo que lhe acontece? Como *ele* agiria se os brancos estivessem em seu lugar? Ele já detesta os judeus tanto quanto os judeus detestam e desprezam o negro. Tudo isso está profundamente enraizado no homem e ninguém ousa mencioná-lo.

Tudo isso é necessário, se bem que, constatando-o, façamos o papel de advogado do diabo. Num deserto, é melhor ter água suja do que nenhuma. OU NÃO É?

É. Em todo caso não mudaremos nada com nosso desprezo. O mascate da liberdade precisa surgir para fornecer um substituto de Cristo. O mascate da liberdade faz sua entrada quando o homem, tendo percebido que Cristo se transformara num reflexo no espelho, se lança à procura de um Cristo real, acessível, palpável. O mascate da liberdade é um produto bastante tardio dos esforços do homem para escapar de sua prisão emocional; ele só aparece como figura pública depois que os mascates Católicos da paz e da fraternidade fecharam todas as saídas da prisão que se abriam para o domínio de Cristo, para o Reino do Amor e da felicidade eterna. O iluminismo, a renascença, a reforma e as primeiras revoluções políticas já tinham passado quando os mascates socialistas da liberdade começaram a ocupar os espíritos. Foram eles, com efeito, que espalharam a ideia de que mais valia água suja no deserto do que nada. Cerca de trezentos anos se passarão desde a crucificação do profeta do amor total até a transformação da sua mensagem numa política que matará o amor do corpo onde quer que o encontre. Ela reinará durante mais de mil anos até que a Renascença e Reforma comecem outra vez a tatear na procura das verdades proibidas; outros seis séculos se passarão até que as primeiras noções de "liberdade sexual" e de "iguais direitos para as mulheres" venham perturbar os espíritos. Mas quinze anos depois da promulgação das primeiras leis referentes à liberdade sexual, alguns pequenos mascates da liberdade instalados no poder as suprimirão. Logo veremos espalhar-se nos Estados Unidos um novo movimento, visando instaurar, no domínio psiquiátrico, o Reino de Cristo, enquanto as igrejas de Cristo buscarão ansiosamente por todos os meios parar a instauração do Reino do Amor de Cristo sobre a terra. Ao final de vinte séculos depois do Assassinato de Cristo, sua igreja continuará a denunciar como pecado o fluxo de amor nas entranhas e de proclamar, como outrora, o nascimento virginal.

Tudo isso acontecerá com uma lógica cruel.

O mascate da liberdade aparecerá na história do Assassinato crônico de Cristo no momento oportuno e no lugar certo. Mas antes de ser flagelado e crucificado, Cristo sofrerá um martírio espiritual.

Cristo sente que é vítima de uma rotina que já durava milênios, e continuará durante milênios após sua morte. As pessoas às quais ele tentou explicar a visão do Reino dos Céus interpretaram a palavra "reino" à sua maneira; queriam que ele montasse, vestindo uma armadura brilhante, um lindo cavalo branco. Para eles é impossível imaginar um Reino sem rei e sem cavalo, e seu mensageiro sem uma espada. Alguns séculos mais tarde, eles se lançaram efetivamente em Cruzadas sobre a Terra Santa. Não importa por quais meios Cristo tente lhes mostrar os verdadeiros caminhos de Deus; ele são, estruturalmente, incapazes de compreender. E disto, pouco a pouco, Cristo toma consciência. Ele não tinha intenção de ser um profeta ou o Messias. Seus admiradores é que, devorados de impaciência, insinuavam que ele tinha uma mensagem de Deus para lhes transmitir. Nisto Cristo era absolutamente sincero; ele não tinha nada de impostor, de místico epilético, de louco ou de agitador político abusando da confiança do povo. Quando ele sentiu que tinha o poder de consolar os homens, de dar uma nova esperança a seus corações doentes, de aliviar seus sofrimentos, de levar luz a seus olhos apagados, foi levado a crer que, efetivamente, cumpria alguma missão sagrada, no sentido que as pessoas davam a este termo. Aceitou o papel de líder religioso que lhe atribuíam e suportou as consequências desagradáveis. No início, ele não se dava conta do que realmente lhe acontecia. Mas, quando os homens o pressionaram mais e mais a fazer milagres e a manifestar seu poder, quando insistiram mais e mais em saber se ele era realmente o Messias anunciado pelos velhos profetas, quando, sem jamais responder às perguntas deles, Cristo tomou consciência da ascendência que exercia sobre os homens, esquecendo o poder que eles tinham sobre ele, caiu vítima da doença que grassava entre o povo, cujo mecanismo nunca foi explicado ou reconhecido, até o dia que estas linhas caírem sob os olhos do leitor. Sem querer, sem saber, ingenuamente ele assumiu o papel que lhe atribuíam; passou a se exprimir como um profeta ou como o Messias e a adotar as maneiras de um líder religioso. É tão fácil ver isso hoje como era, para ele, naquela época. Nesse sentido, Cristo era vítima do desejo dos homens de dispor de um ídolo pródigo em esperança e força, de que suas almas desoladas tanto necessitavam. Por amor aos homens, Cristo aceitou viver como os homens, pois os homens eram incapazes de adotar o modo de vida de Cristo. Não existe nenhuma possibilidade de meio-termo entre os dois modos de vida. Na ordem dessa evolução, os homens sempre foram os mais fortes e sempre foram os únicos vencedores, por bem ou por mal.

Cristo não teria sido o ser humano que foi, ele não teria amado os homens como amou, se não tivesse gostado do aplauso e da admiração das multidões. Ora, esses aplausos, essa admiração, representavam a isca que um povo desprovido e sedento de amor colocou na armadilha para pegar um bravo carpinteiro, irradiante de amor, para fazer dele um líder que preenchesse suas necessidades.

O tormento interior que ameaça todo líder autêntico que emerge dessa confusão marca sua face bem antes da catástrofe final. Se ele ama verdadeiramente os homens, se ele quer ser amigo deles e lhes dar apoio, logo se dará conta dos embustes que o ameaçam, da falta de realismo, do caráter quimérico de suas esperanças, de seu imobilismo pernicioso; e se ele está solidamente firme no mais profundo do seu ser, irá se despedaçar entre a sua maneira de viver e a maneira dos homens encouraçados. As suas maneiras são, assim como nos assuntos emocionais, irreconciliáveis.

O profeta cuidará da pureza de seus princípios, pois suas emoções são puras. A multidão, por causa do seu imobilismo, quer forçá-lo a abandonar seus princípios, a conciliar seu modo de vida com o dela, isto é, a transformar em *miragens* as realidades contidas em seus princípios.

Você pode imaginar Cristo fazendo um discurso no dia da tomada da Bastilha, 14 de julho, do alto de uma tribuna da sala do congresso? Não é possível.

Você pode imaginar Cristo recebendo uma condecoração, uma medalha, por sua grande contribuição à ideia da paz sobre a terra e da fraternidade entre os homens em Jerusalém, em sua época, ou em qualquer lugar em qualquer tempo? É inimaginável.

Você pode imaginar Cristo, cuja vida e pensamento se movem nos espaços cósmicos conforme as leis da Energia Vital cósmica, aproximar-se do Sinédrio ou dos sacerdotes do templo para pedir-lhes que "aprovem" seu ensinamento? Entretanto, é isto que o povo procura sempre: ele não gosta de ficar separado do grande rebanho, ele está agarrado a seu modo de vida; ele gostaria que seus líderes gozassem da estima de seus inimigos, que fossem honrados pelos poderosos do dia. Espera-se que Cristo faça um discurso no dia da tomada da Bastilha, numa sala do congresso, diante de milhares de delegados do partido pacifista internacional dos libertadores da humanidade e das democracias dos povos pacíficos. Todos gostariam que ele fosse condecorado com a legião da grande glória ou com a estrela amarela.

E, portanto, Cristo nunca encontra os cristãos; seu caminho se afasta mais e mais do deles, pois ele se recusa a se tornar um mascate da liberdade no Primeiro Século da era Cristã.

O que dissemos dos cristãos aplica-se também ao budistas e aos maometanos, aos hitleristas e aos stalinistas, aos freudianos e a todos os outros movimentos populares. E são sempre os homens que saem vitoriosos, que determinam, em última análise, as coisas e os acontecimentos – em detrimento deles próprios, enquanto continuarem instalados no imobilismo e impuserem uma couraça a seus recém-nascidos.

Alguns exegetas são da opinião de que a ressurreição de Lázaro foi "atribuída" a Cristo por seus amigos, desejosos de torná-lo célebre e de ajudá-lo a sacudir a indiferença da multidão de Jerusalém em relação a seus ensinamentos (Renan). Segundo esta interpretação, Lázaro, que passava por morto, saiu do túmulo, cabeça e corpo envoltos em tiras de pano, ao encontro de Cristo. Cristo, que não sabia de nada, vendo seu amigo vivo, foi tomado de tremor. As testemunhas da cena, confundindo efeito e causa, aí viram uma manifestação clara de taumaturgia.

No espírito dos admiradores de Cristo, o poder divino se exprime em convulsões epiléticas. Isso é verdade, na medida em que se refere aos movimentos convulsos involuntários do sistema vital em caso de grande descontrole emocional, função estreitamente ligada à convulsão orgástica, que é a descarga suprema e coordenada do excedente de Energia Vital. Os ataques epiléticos são, na realidade, convulsões orgásticas *extragenitais* e, assim, num sentido profundo, manifestações do divino, isto é, da Vida.

Cristo está dividido entre essas emoções intensamente conflitivas:

Ele dizia a verdade, da forma como a conhecia e sentia, mas sabia que ninguém o compreendia realmente.

Ele amava seu povo, mas se sentia levado por ele a uma forma de vida que não era a sua.

Ele sabia que nunca poderia vencer seus inimigos, e que nada conseguiria pelo uso da espada.

A maneira de viver deles era deste mundo, a dele não era deste mundo.

Ele sabia que iria ser traído, sabia mesmo que iria ser traído por um de seus amigos mais próximos.

Ele ficava preso a seus amigos por uma amizade profunda, apesar de saber muito bem que eles não o compreendiam, que eles o desviavam de seu caminho, que eles estavam instalados no imobilismo, sonhando com um paraíso pré-fabricado sobre a terra.

Cristo não tinha percebido inteiramente que ele se achava às voltas com a doença mais grave da raça humana: A NECESSIDADE DE ENCHER-SE DE ESPERANÇA, NÃO PELA ESPERANÇA MAS PARA ENCHER-SE. Cristo distribui esperança pela *esperança,* e, por isso, eles nunca puderam se encontrar. O hábito de encher-se de esperança por encher-se continua sendo a linha de orientação dos homens até hoje. Pouco importa *o que* esperam. O que importa é o próprio fato de esperar pela excitação da esperança, pelo calor que ela proporciona. Por isso há muitos tipos de esperança neste mundo, e nenhum nunca foi preenchido. Quanto mais numerosas e variadas são as esperanças propostas à excitação dos nervos, pior se torna o caos social.

Cristo sabe que foi apanhado. Não há mais como escapar. Ele foi muito longe, pior ainda, ele foi longe demais na estrada que o separa de seu Reino de Amor, de Deus, da Paz sobre a Terra, da Fraternidade entre os Homens. Ele tem então completa consciência da inutilidade de sua morte. Ele tomou um caminho que não corresponde a suas intenções; ele nunca teria pensado em morrer pelo Pecado da Humanidade. Essa intenção lhe foi atribuída por uma humanidade que quer se desembaraçar dos pecados e que precisa de uma vítima para carregar o pesado fardo.

Se ele fosse um Deus vindo à terra para morrer pelos pecados da humanidade, não sofreria as agonias que sofreu em Betânia: "Jerusalém, Jerusalém, que matas os profetas e apedrejas os que te são enviados! Quantas vezes quis eu juntar teus filhos, do modo que uma galinha recolhe debaixo das asas os seus pintos, e tu não o quiseste!" (*Mateus*, 23:37).

Cristo, a águia, cobriu os ovos das galinhas cegas, pensando que cobria águias capazes de levar sua mensagem através do mundo. O que é vergonhoso é que foram as galinhas cegas que o levaram a cobrir seus ovos e que ele não sabia que tipo de ovos ele estava cobrindo.

Cristo sabe que tudo acabou e acabou por nada, absolutamente nada. Ele sabe que morrerá por algo que nunca pensou, nunca ensinou, nunca viveu, nunca sonhou, nunca proclamou ou nem mesmo evocou. Sabe-o muito antes da falsa acusação. Sabe-o porque acabou por conhecer os métodos dos homens. Sabe-o porque se sente apanhado na armadilha.

A humanidade de Cristo é a sua qualidade divina. Esta é o atributo de todas as criaturas que continuaram criaturas da Vida e Amor, que conhecem a doçura em seus corpos durante o acasalamento, que sabem como deixar essa doçura passar para o corpo de seus filhos, de seus amores, de seus amigos. Seu amor está em seus corpos, e não em um espelho. Ele está ao alcance da mão, da vida, do próprio amor. Ele é irradiado pelos olhos, num olhar ardente ou num olhar triste; ele atravessa sem brutalidade, ele conhece quando olha, ele acaricia em sua graça amável. E esse amor por seus companheiros levou Cristo à armadilha terrível e à cruz.

Capítulo XIII
Os discípulos dormem

A tragédia de Cristo é tão emocionante porque é a tragédia universal; uma tragédia que envolve a tragédia do homem *per se*. O homem está encouraçado. Tudo só entra nele, nada ou quase nada sai dele. O homem está imóvel porque seus movimentos se encontram penosamente entravados. Quando a Vida se move ele se moverá um pouco, junto com ela, e então se imobilizará outra vez. Ele odiará a Vida por mover-se deixando-o para trás. A partir daí, o Assassinato de Cristo desenvolve-se inevitavelmente. O homem imobilizado não gosta de ser deixado para trás. Ele quer ser amado, protegido, cuidado, sentir-se seguro, aquecido. Ele exige de Cristo toda espécie de conforto e quer pagar com toda sua admiração por ele. Se ele perde o conforto, todo ou em parte, a peste emocional começa a se levantar dentro dele. Ele caluniará *uma* única pessoa: o doador. *Ele nunca cortará os laços com o antigo doador de amor para ficar sozinho ou para tomar outra direção.* Nenhum ódio é comparável ao ódio nascido de sua frustração.

Cristo tem consciência de sua dimensão cósmica. "Passarão o céu e a terra, mas minhas palavras não passarão... Ninguém sabe a hora, nem mesmo os anjos do céu, nem mesmo o Filho, mas somente o Pai. Cuidado, vós não sabeis quando chegará o tempo... Cuidado, para que não chegue e vos encontre adormecidos. O que eu vos digo, digo a todos: Cuidado." *Estejam alertas, ajam, mudem, continuem mudando, movendo-se, dando, amando, construindo.*

É completamente inútil. Cristo ainda espera que eles o compreendam. Eles *não* o compreendem. Apenas sugam suas palavras. Mas não compreendem, *não podem compreender.* "Eu golpearei o pastor, e as ovelhas se dispersarão." Cristo diz que eles o deixarão quando chegar a hora fatídica. Eles não compreendem. Cada um pensa que os outros abandonarão o Mestre, não ele. Cristo sabe de outra maneira. Sabe porque está escrito em seus rostos, está inscrito em cada um de seus gestos, em cada uma de suas palavras. O que ele sente, ele *sabe.* E ainda os ama, porque *ele* compreende. Ele faria melhor se os maldissesse, se parasse de vê-los, pois um entre eles já o denunciou a seus amigos.

Assim é a Vida: ela sofre mais pelos males engendrados por seus assassinos do que pela morte dela mesma. Ela sofre mais pelos princípios de traição e perseguição do que por suas conseqüências. Ela sofre porque o assassinato e a traição são, na visão da Vida, desnecessários, e constituem uma nota dissonante e aguda no meio de uma bela sinfonia, como a criança que mama no seio da mãe, e que tem a cabeça esfacelada pela coronha do revólver de um soldado tomado de delírio assassino: é como matar os pais de criancinhas para abandoná-las desoladas, pela estrada, com o pequeno coração gelado pela mágoa.

Mas os discípulos não têm coração. O que eles procuram é a inspiração e o ardor do Mestre. Pouco antes de sua prisão, em Getsêmani, Cristo deseja rezar, e pede a eles que se afastem um pouco e rezem também. Ele fica apenas com três deles; depois os deixa, pedindo-lhes que também rezem. Sua agonia é atroz; ele cai num estado de desespero e desolação completa. Prostra-se e reza, uma criança do grande Reino dos céus, como outras crianças do céu que caem ao chão e rezam, em muitas terras, em todos os tempos, em todas as nações: seus pais e mães foram mortos pela peste emocional que traz guerras e epidemias, e ninguém faz ou pode fazer o que quer que seja. Os corações já estão mortos há muito tempo e a vontade já esmoreceu em muitos. A Vida foi drenada de seu sangue. Não é culpa dele se param ou adormecem. Perdoa-lhes, pois não sabem o que fazem.

Cristo lhes suplica: "Minha alma está triste até a morte; fiquem e velem". Humildemente, ele pede a seu Pai que deixe passar esta hora, e, se possível, que a taça da agonia final fique longe dele. Mas, se isto não puder ser feito, ele está pronto a beber até o fim, segundo a vontade de Deus.

Quando a Vida se volta para seus filhos, depois da grande agonia, encontra-os todos adormecidos. Nem um único admirador ou beneficiário de seu amor está alerta. Isso não lhes interessa; eles não têm coração, eles têm apenas almas vazias que se sustentam aspirando avidamente o néctar da Vida celeste. Isso tudo é muito claro. Não pode ser de outra maneira. E continuará sendo assim ainda por uma longa era de agonia. É assim porque a alma foi morta em cada criança, desde o útero da mãe. Por isso não pode ser de outra forma, por mais honestamente que se tente.

O evangelho repete muitas vezes o tema do sono, da fuga e da traição dos discípulos.

> *E Jesus disse-lhe (a Pedro): "Em verdade te digo que hoje, nesta mesma noite, antes que o galo cante a segunda vez, me negarás três vezes".*
>
> (*Marcos*, 14:30)

> *Depois veio, achou-os dormindo. E disse a Pedro: "Simão, dormes? Não pudeste vigiar uma hora? Vigiai e orai, para que não entreis em tentação. O espírito na verdade está pronto, mas a carne é fraca". E foi novamente orar, dizendo as mesmas palavras. E, tornando a vir, achou-os outra vez a dormir (porque tinham os olhos pesados) e não sabiam o que responder-lhe. E veio a terceira vez, e disse-lhes: "Dormis ainda e descansais*? Basta; é chegada a hora; eis que o Filho do homem vai ser entregue nas mãos*

---

* Ver nota p. xiii. (N. E.)

dos pecadores. Levantai-vos, vamos; eis que aquele que me há de entregar está próximo".

(*Marcos*, 14:37-42)

E Jesus, tomando a palavra, disse-lhes: "Como se eu fora um ladrão, viestes com espadas e varapaus a prender-me? Todos os dias estava eu convosco, ensinando no templo e não me prendestes. Mas isto acontece para que se cumpram as escrituras". Então os seus discípulos, abandonando-o, fugiram todos.

(*Marcos*, 14:48-50)

Em sua maneira primitiva, este relato tenta fazer-nos compreender alguma coisa essencial, terrivelmente importante, que concerne a todos nós em qualquer lugar e em qualquer tempo:
A saber:
Está alerta, homem que guarda os caminhos da Vida viva. Pela traição, te levarão a conduzir homens arruinados para uma liberdade que eles são incapazes de suportar.

Serás levado a cometer o erro de tudo lhes dar e de aceitar em troca sua vã admiração. Por isso, eles serão insaciáveis e é preciso enchê-los sem cessar. Eles não dão nenhum conforto a seu benfeitor, tudo o que ele dá se perde inutilmente na areia.

Acreditarás que eles pensam o que dizem. Na realidade, eles não pensam. Eles só falam para agradecer-te, para conseguir mais do néctar de vida que tu lhes dás.

Durante um certo tempo eles te seguirão; depois, cedo ou tarde, eles sorrirão às escondidas e acharão teu entusiasmo de uma ingenuidade admirável; dirão que tua convicção é irrealizável. Se levarmos em conta a mentalidade deles, é mesmo impossível. Eles sabem disso e estão certos. Para eles, tu és um sonhador, um excêntrico, fantástico como um lunático. Eles estão certos, a partir do que eles são e de onde estão. Mas, *estás certo, a partir da tua visão do mundo*. Assim, o abismo entre tu e eles é profundo e intransponível.

Eles ficarão instalados no mesmo lugar e tentarão fazer-te sentar com eles. Tu os seguirás durante certo tempo, porque amas esses homens e dar-lhe-ás o néctar de vida que eles são incapazes de encontrar em si mesmos. Pensas que após um momento de repouso, eles continuarão a te seguir. Mas não o farão. Continuarão instalados e te odiarão por seguir adiante. O que eles querem é tua força, e não tuas preocupações e tua confiança em coisas obscuras e perigosas, de futuro fatídico. E no fim, depois de terem enchido seus Eus com tudo o que precisavam, confortavelmente instalados, eles te odiarão porque tu os incomodas no gozo de seus bens.

Finalmente, um deles te entregará a teus inimigos, inevitavelmente, obedecendo à lógica impiedosa do mal, enredando-te e sufocando-te.

Se eles não te matam fisicamente, se eles não te remetem a teus inimigos para que te matem, eles sujarão teu nome, matarão tuas ideias nascidas da dor, que eles não compreendem, com a confusão de seus falatórios, ditos sábios.

Se eles não matam tuas ideias, eles as diluirão na mira talmudista. Não os culpes, pois eles não podem fazer de outra forma. Mas não te deixes levar por eles. Não mordas a isca que te estendem com sua admiração. Ela não significa nada. Eles te admiram para obter de ti o néctar da Vida.

Não os lastimes. Isso não lhes servirá de nada, mas fará mal à tua causa e à de inúmeras crianças que ainda não nasceram e que precisarão de ti. Lastimando-os, só trarás mais desgraças e acentuarás sua dependência.

Utiliza-os *bem*, fazendo-os teus auxiliares e dize-lhes que tu os colocas a serviço de uma boa causa. Eles te agradecerão se puderem servir a uma boa causa *com sacrifício*.

Fica só, conte apenas contigo. Teu coração ficará menos pesado. E abandona-os à própria sorte, a seus expedientes, à sua maneira de viver. No fim, eles te agradecerão. Alguns acabarão se juntando a ti e compreendendo.

A solidão, a princípio, te parecerá intolerável, porque amas os homens, amas a amizade, e tu és como eles – apesar do abismo que te separa da maneira de ser deles. Enquanto o homem for vazio, enquanto ele não conhecer o amor em seu CORPO, não haverá outro caminho senão a solidão.

Não salves os homens. Teus admiradores te farão cometer o erro de querer salvar os homens. DEIXA QUE ELES SALVEM A SI MESMOS. É o único caminho da salvação, a única redenção verdadeira, real, saudável. A Vida é bastante forte para salvar a si mesma. Contenta-te em precedê-los vivendo tua vida.

Não escreve *para* os homens. Escreve *sobre* a essência da Vida. Não fala ao povo para ser aclamado, mas fala *sobre* os homens a fim de limpar o ar carregado do sofrimento que a ausência de emoção traz.

Deixa que tuas palavras e pensamentos invadam o mundo para que o mundo faça deles o que quiser. Deixa que eles os agarrem, ou que os larguem. Os maus frutos da distorção serão *deles* como será deles também o conforto que tuas ideias lhes trazem.

E, Cristo de Amor e Vida, mergulha teu olhar no mais profundo de tua alma e testa tuas disposições emocionais. Também não tiveste *medo* da missão que te foi confiada? Já não temias viver só e abandonado por todos, mesmo antes da traição de Judas? Não caminhavas, com teus companheiros, por montes e vales, por temeres a solidão? Tinhas necessidade deles, por mais de uma razão: para falar-lhes, para ver o reflexo de tuas palavras em seus espíritos, para perceber o eco de teus propósitos em suas reações, para ver brilhar nos olhos de teus amigos a esperança que havias acendido, expondo-lhes generosamente tuas esperanças e tuas visões, para testar o solo sobre o qual tua semente acabaria por cair, para constatar que tuas riquezas se multiplicavam e davam frutos.

Teu erro foi tomar o brilho nos olhos de teus amigos por compreensão profunda da natureza do Reino de Alegria e Paz. Erraste em aceitar o papel de redenção como Salvador do gênero humano. É verdade que lhes deste uma esperança com a qual eles se alimentaram durante séculos, mas teu sacrifício supremo foi inútil. Esse sacrifício nada mudou, eles continuaram a dormir.

Ele não os levou à ação, ele não sacudiu suas almas. Eles não têm almas. Eles apenas têm necessidade de consolo. O que eles precisam é regenerar-se. Não no céu, *na terra*. Cada recém-nascido traz à terra tua Vida celeste. Aqui está o reino de tua eternidade. Aqui teu martírio revela seu sentido universal, transcendendo o domínio do homem, dos anjos, e mesmo o do Filho de Deus: *aprender a linguagem da Vida celeste, pôr um fim no Assassinato de Cristo.* Somente o Pai celeste, que é Vida em teus membros, saberá quando teu sacrifício terá sentido.

Capítulo XIV

Getsêmani

Quando a Peste Emocional ataca sua vítima, ela ataca forte e rapidamente. Ataca sem piedade ou interesse pela verdade dos fatos; só interessa uma coisa: *matar a vítima*.

Há promotores públicos que agem como verdadeiros advogados, estabelecendo a verdade, recorrendo a múltiplas fontes. Há outros cujo único objetivo é a morte da vítima, seja essa morte certa ou errada, justa ou injusta.

Aí está o assassinato de Cristo, hoje como dois mil ou quatro mil anos atrás.

Quando a peste emocional ataca, sua vítima está exposta aos olhos e ao julgamento de todos; difundem-se largamente as acusações que existem contra ela. A vítima fica nua diante de seus juízes, como um cervo no meio de uma clareira, prestes a ser morto, enquanto os caçadores se escondem nas moitas. O verdadeiro acusador raramente aparece em cena; geralmente sua identidade permanece secreta até pouco antes do golpe final. Não existe lei que puna o caçador escondido.

Estar isolado numa clareira no meio de uma densa floresta, exposto aos olhares de todos, cercado de assassinos que se escondem nas moitas, eis o cenário que a peste emocional, qualquer que seja sua forma, reserva à sua vítima.

Quando a peste emocional ataca, a justiça recua mansamente, chorando. Não há nada nos livros antigos que se possa evocar para fazê-la prevalecer. A sentença de morte é pronunciada antes mesmo da investigação do crime. O verdadeiro motivo do processo nunca teve ocasião de encontrar a força purificante da divina luz de Deus. A razão do assassinato fica escondida dos olhos de todos, no fundo das moitas.

Se você encontrar um acusado mas não um acusador, o auto de acusação mas não a defesa, o formalismo meticuloso das leis mas nenhum verdadeiro motivo de acusação, você está diante de um assassinato perpetrado pela peste.

Quando a peste mata, seus instrumentos são sempre abjetos. Por isso, para estar certa de conseguir seu intento, ela não permite o confronto entre a acusação e a personalidade inteira e autêntica da vítima. Ela acabará com a honra de sua vítima, deturpará suas intenções e seus atos; evocará detalhes insignificantes com uma entonação dúbia, destinada a sufocar no coração dos próprios amigos mais íntimos da vítima os últimos vestígios de afeição e estima.

Quando você ouvir o representante do ministério público usar entonações pérfidas e venenosas, saberá que um novo Assassinato de Cristo se prepara.

Quem, neste mundo, nunca sonhou em destronar um rei, viver um amor proibido, ou criticar Deus pela injustiça sofrida? Quem nunca tocou seus órgãos genitais ou imaginou um "adultério", ou viu em sonhos desabarem todos os templos do mundo, sepultando todos os imperadores, reis, duques, *führers* e outros enviados de Deus? Não há nenhum homem que já *não* tenha imaginado tudo isso, exceto a imagem de um Babbitt, fabricada com o propósito de fazer da obediência cega e do conformismo mortal os ídolos de uma nação miserável.

A vítima da peste acariciou tais pensamentos, de um jeito ou de outro, cedo ou tarde, com ou sem a intenção de colocar em prática o que ela imaginara em sonhos. Isso, e o desprezo da justiça por toda justiça, paralisa a vítima e lhe tira todos os meios de defesa.

Se você vir na vítima uma face amável e uma expressão de tristeza e impotência no olhar, pode estar certo de que outro Assassinato de Cristo se prepara.

A verdadeira justiça, que atua de acordo com as leis da vida e da verdade, não dilacera a honra de sua vítima. Ela primeiro tenta compreender como um Filho de Deus (e todos os homens são filhos de Deus) pode chegar a um tribunal, como um réu.

A verdadeira justiça levará em conta as circunstâncias particulares da Vida viva que levaram um homem ou uma mulher a violar uma lei existente.

A verdadeira justiça julga a própria lei que está aplicando. Será que ela é adequada a este caso? De quando ela data? Quando e em quais circunstâncias ela foi promulgada e por quem? As condições que deram origem a esta lei ainda são válidas? Esta lei não será devida a condições particulares da época, que não mais existem e que já não são válidas?

Se você vir um tribunal que não julga primeiro a própria lei a ser aplicada a um caso que envolva a sorte de um homem, que não abre inquérito sobre a história, a função, o autor, as razões de aplicação na situação atual da lei, você está diante de um instrumento potencial ou efetivo da peste, decidida a cometer outro Assassinato de Cristo.

Tomemos o caso de uma lei de duzentos anos atrás, de uma época em que se ignorava todo o amor de Deus na criança e no adolescente, uma lei que considera um crime o fato de se amar antes de atingir uma certa idade; e quando duzentos anos mais tarde esses vastos conhecimentos se impuseram ao espírito dos homens e um juiz, em seu julgamento, recusa-se a levar em conta essa evolução, estamos diante de uma lei destinada a facilitar o Assassinato de Cristo. O verdadeiro criminoso não é a vítima mas sim a lei que se recusa a evoluir conforme as mudanças da Vida viva.

Quando você estiver diante de uma lei de seis mil anos atrás, é preciso ser seis mil vezes mais prudente ao aplicá-la. De que outra forma poderia a verdadeira justiça ser feita? Tais leis são, nas mãos de homens mal-intencionados, os instrumentos mais poderosos contra Cristo, que é Amor, Verdade e movimento contínuo para o Reino de Deus. Aqui está a causa profunda da escravidão dos homens, do reino dos ditadores; de fato, as pessoas têm medo de falar e de proclamar bem alto o que sabem, no mais profundo de suas almas, ser verdadeiro e justo.

Se você escutar alguém falando de progresso, de liberdade, de felicidade, de paz e de fraternidade entre os homens, e não indicando ao mesmo tempo quais as leis que devem ser mantidas e quais as que é preciso suprimir, você está diante de um hipócrita que não pensa no que diz. Ele fala para ganhar votos ou riquezas ou poder ou uma cadeira nesta ou naquela assembleia, ou se prepara para continuar o Assassinato de Cristo.

Cristo não se subtrai à lei nem a seus acusadores; são os acusadores que escondem os verdadeiros motivos de suas maquinações assassinas, é a antiga lei que dissimula sua significação real aos olhos de Cristo. Cristo nem mesmo tenta escapar. Onde iria? Por que escapar? Ele carregaria sempre sua maneira de Viver e enfrentaria sempre o mesmo destino.

Por isso ele não se esconde nem foge. Ele não conspira. Não tem nada a esconder. Se aconselha seus discípulos a não divulgarem seus poderes curativos não é porque tenha a intenção de escondê-los, mas é para moderar-lhes um pouco a sede de milagres.

Cristo sabe que os soldados virão prendê-lo. Espera-os e vai a seu encontro. A Vida conhece tão bem os métodos da peste que diz aos que vieram prendê-la:

> *Como se eu fora algum ladrão viestes com espadas e varapaus a prender-me? Todos os dias estava eu convosco ensinando no templo e não me prendestes. Mas isto acontece para que se cumpram as escrituras.*
>
> (*Marcos*, 14:48,49)

Dois mil anos mais tarde, o descobridor da Energia Vital será suspeito de espionagem em proveito deste ou daquele país e submetido a uma investigação policial sobre suas atividades. Poderiam simplesmente interrogá-lo, pois ele nada tinha a esconder e ficaria contente de explicar-lhes o que estava fazendo. Mas eles preferiram agir como ladrões, assediando vizinhos que pouco sabiam, para saber o que ele fazia. Evitaram o ar puro da oficina dele. Nove anos mais tarde, continuavam sem saber nada do que ele fazia, apesar dos milhares de páginas escritas e publicadas por ele. Eles nada sabiam porque eram incapazes de compreender. Não tinham mais órgãos para conhecer a Vida. Por isso, vinham à noite rondar sua casa, como ladrões, para ver o que poderiam ter visto nítida e claramente à luz do dia. Escondiam-se nas moitas, revólver em punho, enquanto ele estava no meio da clareira onde todos poderiam vê-lo.

Isso mostra mais uma vez como funciona, pensa e age a peste.

Cristo é a Vida. Cristo foi maltratado como a Vida foi maltratada muito antes e muito depois dele, e como ela é maltratada até hoje.

Os admiradores de Cristo fugiram e o abandonaram quando ele foi feito prisioneiro, assim como haviam dormido enquanto ele sofria o martírio do inocente em sofrimento supremo.

E mesmo Deus parecia tê-lo abandonado. Mas a Vida não o havia abandonado. A Vida continuava a agir nele como faz a Vida, até o último suspiro. E é assim porque Deus é Vida dentro e fora, Deus não o abandonou, a não ser como imagem de homens perdidos, sem nenhuma relação com a realidade.

A Vida sabia quem ia entregá-la a seus inimigos. Sabia-o há muito tempo. Viu o traidor aproximar-se, beijá-la na face, tratando-a, como antes, de "Mestre!".

E outra vez estamos diante da peste.

A história de Cristo emocionou a humanidade até às lágrimas, ela trouxe muita amargura e grandes obras de arte, pois ela é a história trágica da própria humanidade. Os homens são Cristos e vítimas da peste, sem defesa perante seus próprios tribunais e perante os discípulos que fogem, admiradores que dormem, Judas que traem o Mestre com o beijo da morte, e Marias que dão a Cristo um amor proibido e divino, e corpos mortos que procuram em vão a doçura de Deus em seus membros enregelados, mas que não cessam de sentir a presença de Deus dentro e fora de si mesmos. A despeito das couraças, dos pecados, dos ódios e das perversões, os homens são seres vivos que não podem impedir-se de sentir a Força da Vida, dentro e fora de si mesmos.

Cristo é a Vida, expirando inocentemente ao longo de milênios, por culpa de uma Vida que abandonou os caminhos de Deus e não pode reencontrá-los; por esta razão, ela conserva as leis antigas e espera, olhos brilhantes e mortíferos e a espada na mão, pronta a matar quem vive a vida de Deus.

Cristo é a criança tolhida em seus movimentos, que recebeu calmantes até vomitar e que não sabe por que tudo é tão terrivelmente doloroso, instalando-se pouco a pouco no imobilismo para tornar-se um dia um novo assassino de Cristo.

Cristo é a angústia de um garoto ou garota de quatro anos, deitado na escuridão, desesperado porque Deus se agita em seu pequeno corpo, com medo de que a mãe ou o pai possam entrar e gritar ou bater, porque suas mãos não estão para fora das cobertas.

Cristo é o pesadelo de um Deus reprimido nos órgãos genitais feitos por Ele, dos bebês e das crianças na puberdade, e que emerge dessa repressão sob a forma de fantasmas, de ladrões armados de facas, de sombras escuras nas janelas, de polvos de mil tentáculos, de diabos agitando garfos incandescentes, de um fogo infernal prestes a engolir as pobres almas encurraladas entre Deus, que está presente em seus corpos, e os pais, os representantes de Deus na terra que os punem por terem sentido Deus nos membros. Aqui está a origem de todos os pecados punidos no inferno de Dante, inferno inventado pelo homem, o pesadelo de um louco.

Os Judas são os educadores e os conselheiros de higiene mental, os doutores e os padres que proíbem o acesso ao conhecimento de Deus fazendo ameaças e agitando espadas flamejantes. Vocês alguma vez se perguntaram quantos bilhões de criancinhas sobre a terra conheceram, ao longo de milênios, o pesadelo de

Cristo em Getsêmani e no Calvário? *Nunca*. Vocês preconizam "obras sociais", vocês são "amáveis com o próximo", vocês "amam seus inimigos como a si mesmos", vocês imploram ao céu para que suas almas sejam salvas e perdoadas, vocês se ajoelham diante de qualquer altar para obterem o perdão de seus pecados. Mas vocês não pensam nunca, nunca mesmo, nos bilhões de crianças que trazem a semente da Vida pura de Deus do universo infinito para este mundo miserável; e vocês mutilam, punem, aterrorizam essas crianças porque elas conhecem Deus e vivem a Vida de Cristo. E vocês guardam cada entrada do domínio do conhecimento, para impedir que aí possa penetrar a verdade sobre os Assassinatos de Cristo cometidos por vocês ou perpetrados em nome do Senhor.

E você, defensor da honra de Deus em algum quarto escuro, em algum lugar, em algum país, não estará pensando neste momento como poderia pôr as mãos em cima do autor destas "blasfêmias", acabar com ele, pôr fogo em suas vestes para que ele corra gritando pelas ruas, servindo assim de aviso aos bravos cidadãos? É exatamente o que você está fazendo neste momento. Mas o tempo está contra você. Alguns dos grandes portões de alguns palácios do conhecimento já foram quebrados e começamos a compreender todo o mal que você tem feito em nome de Deus, durante tantos séculos, a um número incalculável de pequenos Cristos inocentes, filhos da Vida e de Deus.

O conhecimento de que Deus é o amor em seu corpo, que você condena, começa a derrubar as defesas da entrada do paraíso, que você mesmo erigiu em seus sonhos, e a varrer suas resistências à Vida viva sobre a terra.

Você tem pensado durante séculos a respeito do enigma do Assassinato de Cristo, e o *seu* fracasso em encontrar respostas denuncia que você é o verdadeiro e único assassino. Isso você escondeu por muito tempo. Mas agora já não será possível esconder.

Capítulo XV
A flagelação

Os Grandes Sacerdotes, conduzidos por Anás e Caifás, são apenas os executivos verdadeiros de uma ordem social que há muito tempo traz a destruição às bases da sociedade. Não são os grandes sacerdotes que carregam a responsabilidade do estado corrompido e "pecaminoso" em que se encontra a humanidade, estado este que explica o apelo aos profetas e aos redentores. Os grandes sacerdotes somente administram o *status quo* instaurado pelo próprio povo. O administrador é sempre o executor da vontade pública, mesmo que afirmemos o contrário e que as aparências pareçam contradizer a verdade. Pois a vontade pública pode exprimir-se pela passividade em face da injustiça reiterada ou pela revolta ativa contra ela ou pelo apoio direto dado à iniquidade. Nada em matéria social poderia prevalecer contra a multidão, passiva ou ativa, boa ou má. Culpar alguém ou uma casta em particular por um mal social é admitir a inércia total das massas.
Não foram Caifás nem Anás que levantaram falso testemunho contra Jesus. Foram homens do povo. Não foram Caifás nem Anás que o açoitaram antes da crucificação. Foram homens do povo. Eles apenas não interferiram e deixaram o povo agir como queria.
O próprio fato de o papel decisivo do povo nos acontecimentos sociais nunca ser mencionado indica claramente a origem de

todo mal: *ninguém ousa tocar nas brasas da miséria humana nos próprios fundamentos da sociedade*. Fechar os olhos, por mais tempo, diante da responsabilidade do grande público nas calamidades sociais e na situação penosa na qual se encontra, é desviar-se do próprio objetivo que estamos perseguindo. O povo é que impôs a Cristo o papel de Messias; o povo é que lhe pediu milagres; o povo é que o conduziu a Jerusalém, que o abandonou no momento em que ele se debatia nas piores dificuldades. Na realidade, tudo isso é obra do homem comum, foi ele que acrescentou o falso testemunho e o flagelo às misérias de Cristo e que continua a agir da mesma forma até hoje.

Não se pode fugir de compreender isso; dissimular por mais tempo equivaleria a prolongar a miséria. Seria o método do político que infesta o povo com a crença de que ele governa quando vota.

O que importa antes de qualquer coisa na época atual – e em qualquer época e em qualquer sociedade – é esclarecer tudo sobre a maneira de viver e de agir dos homens.

Repetindo: a crucificação de Cristo foi o resultado da maneira de agir dos homens em geral e não a proeza de um grande sacerdote ou de um governante. O homem foi o responsável pelo que aconteceu, da primeira proclamação do papel messiânico de Cristo até seu último suspiro.

A crucificação de Cristo também não foi obra específica do povo judeu e de seus sacerdotes. A crucificação se produziu e se produz em muitos países. Ela é um assunto humano, e não especificamente judeu. A morte de Cristo nos apresenta simplesmente, de forma concentrada, aquilo que acontece por aí em pequenas doses, ou que submergiu no turbilhão da história, não tendo jamais chamado a atenção de um escritor ou de um historiador. Os sofrimentos dos recém-nascidos e das crianças pequenas, através dos séculos, são piores, e nunca encontraram quem os ouvisse ou escrevesse sua história. Aqui, ainda, é o grande público que carrega a responsabilidade do silêncio no fundo do qual está sepultada essa miséria.

NUNCA TOQUE NISSO!

Quando o massacre toma proporções de um escândalo público, quando ele é particularmente sangrento, aí, sim, a consciência do público se comove e encarrega um escritor de narrar o acontecimento.

A tentativa por parte dos grandes sacerdotes de evitar o escândalo, mandando prender Cristo em seu "retiro" e não no templo aonde ele ia todos os dias durante sua estada em Jerusalém, fracassou completamente. Embora o assassinato jurídico tenha sido cuidadosamente preparado, o comportamento de Cristo não foi previsto. Seu comportamento é que provocou o escândalo e tudo o que aconteceu depois. Se Cristo tivesse fugido, se tivesse resistido à prisão, se tivesse feito grandes discursos sobre seu Deus e suas convicções, se tivesse gritado e chorado de dor, não haveria o Cristianismo.

O comportamento de Cristo durante as torturas não aparece nitidamente nos relatos dos quatro evangelhos, nem em relatos posteriores. Mas foi objeto de grandes quadros da época da Reforma, representando a Paixão no Calvário; sua expressão na pintura é muito mais comovente do que as palavras; ela mostra bem mais o abismo entre a ação do povo e a pessoa da vítima do que a crueldade das torturas.

Esse abismo enorme entre a mentalidade dos torturadores e a da vítima nos penetra as entranhas e toca a consciência que temos da Vida viva.

O mais curioso é que esta experiência fundamental não se encontra nos relatos da Paixão. Ela é substituída pela piedade por Cristo, pela descrição da baixeza dos torturadores, pela transposição imediata de Cristo para uma esfera distante e celeste, transposição que parece indicar que Cristo não sofria tanto, pois ele era Filho de Deus e somente cumpria sua missão de supremo sacrifício.

Um exame profundo e cuidadoso das últimas horas de Cristo revela um segredo de natureza básica, nos fundamentos da existência humana. Esse exame revela mais uma vez que a força extraordinária da história de Cristo provém muito mais de sua significação universal do que do destino particular do Filho do Homem. A compaixão, a transposição metafísica ou mística de seus sofrimentos parecem visar apenas obscurecer o sentido autêntico de sua agonia. Mesmo Renan, que tão bem compreendeu a verdadeira natureza de Cristo, não deu conta do alcance geral da Paixão.

Trata-se, em poucas palavras, do seguinte:

A Vida dada por Deus ou pela "Natureza", se você prefere chamar assim, encontra a peste ou o "pecado" cada vez que uma nova vida nasce e é obrigada a adaptar-se ao modo de vida do homem encouraçado. Todas as vidas devem passar pelo Gólgota e pelo Getsêmani. Cada homem e cada mulher traz no mais profundo de sua alma as cicatrizes profundas de sua experiência primitiva no Gólgota, a lembrança visível e vibrante de dores e sofrimentos anteriores: é o sofrimento provocado pela destruição da Vida no organismo, por que todo homem e toda mulher passou, que os une a Cristo.

Vamos mostrar as características distintas dessa experiência idêntica da peste, com referência aos acontecimentos anteriores e àquilo que ocorreu no Gólgota. As características distintas da experiência da Paixão de Cristo são:

A atitude de confiança e de amor profundos às pessoas, ao pai, à mãe, a irmãos e irmãs.

A ignorância completa da malícia em sua própria pessoa e na pessoa de seus amigos.

O horror de se ver pela primeira vez cuspido, profanado, *sem a menor razão*, e de sofrer *sem ter cometido nenhum mal*.

A terrível mágoa de ter feito bem a seu próximo e de ser odiado e perseguido pelo próprio bem que lhe fez.

O desamparo total da Vida em face da bestialidade humana.

A incapacidade absoluta, por parte da vítima, de defender-se usando as mesmas armas que a peste: mentiras, calúnias, astúcias, difamação e crueldade.

O sentimento de estar prisioneiro por ter compreendido a ignorância do torturador: "Perdoa-lhes; eles não sabem o que fazem".

A sensação de estar paralisado pela doçura e pelo amor fundamental de seu próprio ser.

Este é um relato incompleto do que a Vida sente quando é açoitada pela peste. O olhar de um cervo moribundo, que eleva seus olhos pela última vez para seu assassino, é o que mais se aproxima da expressão emocional dessa situação.

Não é por uma decisão racional e determinada que a vítima não emprega as mesmas armas que a peste. É a *incapacidade* inerente de agir desta maneira que desarma a vítima diante da peste e a coloca à mercê de seu torturador. É evidente que os torturadores russos do século XX recorreram a esses traços fundamentais da alma humana para arrancar de suas inocentes vítimas as confissões mais extravagantes. O uso de drogas não poderia explicar esse fenômeno. É uma das características da peste encobrir seus venenos e suas intrigas com o manto de Cristo.

Essa impotência da vítima em face do flagelo da peste não é consequência de um plano elaborado de antemão com o objetivo de realizar uma ideia, como é o caso, por exemplo, do traidor fascista ou do espião, afirmando ou proclamando que executa uma missão. A missão autêntica – se podemos empregar este termo – nunca se presta a proclamações. Ela vai adiante, mostrando o caminho aos homens, ou traz resultados visíveis, duradouros. A missão nunca se vangloria, nunca faz propaganda de si mesma.

As pessoas sabem o que dizem quando usam a expressão "comportamento semelhante ao de Cristo" nos casos em que a verdade é punida; frequentemente sentem a semelhança de atitude da vida ameaçada, quando toda luta em contrário é impossível.

O caráter pestilento age de outra forma quando se sente em perigo: ele conspira, convoca reuniões, toma resoluções, incita a multidão à revolta, organiza isto ou aquilo, resiste, organiza espiões para o caso de ir para a prisão. Se necessário, recorre ao assassinato anônimo, como no caso de Trotski, de Liebknecht, de Luxemburgo, de Landauer, de Lincoln ou de Ghandi. O defensor do princípio da Vida, pelo menos até agora, nunca utilizou tais técnicas.

Existem boas razões para isso. Não somente suas armas são incompatíveis com as disposições do espírito fundamental da Vida, como elas não levariam a nada e apenas fariam a Vida perder seu caminho. Empregando a violência, inevitavelmente ela degeneraria. Opor o princípio do Amor ao princípio do ódio e do assassinato não estaria de acordo com as tendências da Vida, pois tal tática resulta infalivelmente no martírio voluntário e na hipocrisia.

Cristo não faz o papel de mártir. Ele torna-se um mártir, contra sua vontade e sua intenção. Ele nunca praticou um Amor "absoluto" por seu próximo e por seus inimigos. Seu comportamento inequívoco no templo de Jerusalém não deixa dúvidas quanto a isso. Cristo é capaz de grande cólera como é capaz de grande amor.

Uma vez mais, os fracos vêm revolucionar uma lenda da mitologia Cristã e revelam as verdadeiras leis da Vida: *a Vida não poderia amar quando o amor é necessário, se não fosse capaz de odiar intensamente, quando o ódio é necessário.*

Na Vida verdadeira, o amor e o ódio se alternam de acordo com a situação. Isto nada tem a ver com o simulacro de amor eterno e invariável que os impostores cristãos gostam de mostrar em suas faces e seus gestos, enquanto seus corações estão cheios de ódio. Neles, um falso amor encobre um ódio brutal e assassino. Não há fera humana mais cruel do que o hipócrita que mostra sempre uma face amável e solícita. Todo torturador fascista, todo assassino sádico, exibe essa face falsamente bondosa, na qual dois pequenos olhos incandescentes e penetrantes se destacam.

Não, a Vida *pode* odiar. Ela odeia com fervor, abertamente, visando o inimigo diretamente, sem importar-se com a própria segurança. Ela nunca cometeria um assassinato pelo simples prazer de matar ou para enriquecer ou para vingar-se. Mas ela é capaz de matar em um combate franco e honesto.

A vida, tal como se apresenta na profundeza da alma humana, é incapaz de apegar-se de maneira vingativa e rancorosa a qualquer injustiça sofrida no passado. Quando o ódio é descarregado, o sol volta a brilhar como depois de uma tempestade, em perfeita harmonia com a Vida no organismo e a energia Vital na atmosfera.

A peste odeia em silêncio, ruminando e atormentada pela contínua pressão do ódio, que se dissimula até o momento em que a ocasião e a vítima se oferecem. Então ela ataca sem piedade, por trás do anteparo ou da moita de uma mesa bem protegida de um departamento de administração social.

Cristo enfrenta seus inimigos abertamente. Ele nada esconde, mas sabe quando eles se colocam em campo para preparar-lhe uma armadilha e é bastante inteligente para percebê-lo, apesar de sua atitude fundamental de confiança. Ele não desconfia sistematicamente mas, como um cervo, desenvolveu um sentido agudo do perigo.

O inimigo de Cristo está bem escondido e ninguém sabe o que ele está preparando. Então a situação muda. Cristo se cala, pois nada tem para opor à raiva assassina da peste; a peste ocupa o primeiro plano e atrai toda a atenção pública. Seus instrumentos para assassinar estão prontos. Cristo é torturado para satisfazer instintos sanguinários do público. E a verdade, tendo perdido sua morada, chora uma vez mais.

SOLITÁRIO

Solitário e só estou –
Mas rico e no meio de todos eles.
O silêncio envolve meus domínios,
Mas, em cada palavra deles, eu estou.
Oh, dai-me um amigo
Que não peça
A infinita segurança do meu nome.
Que ajude a levar até o fim minha luta
Pela criança que virá.
Que não tenha impressa
Em seu rosto, a peste,
Nem desespero no olhar.

*Que venha jogar limpo neste jogo
De Visão através da bruma,
De esperança no desespero
E de coragem no medo.
Dentro, ainda que fora –
Penetrando a máscara do impostor,
Para descobrir a esperança no homem simples.*

Capítulo XVI

"Tu o dizes"

Cristo nada pode fazer senão sofrer a morte cruel do mártir. Sabe que, diga ele o que disser, eles não o compreenderão. Sua linguagem não é a deles, desde a Babilônia.

Por isso ele se cala, ou então diz, se a resposta é indispensável: "Tu o dizes".

Quando a peste pergunta a Cristo pela boca de Judas, que em seu coração já traiu seu ídolo cem vezes – quando a pergunta é feita, na última ceia, com voz inocente e medrosa – "Por ventura sou eu, Mestre?", ele responde: "Tu o disseste".

Não é um *sim* nem um *não*. Isto nos surpreende, se é que ainda nos surpreendemos e não colocamos Cristo numa caixa mística pendurada na parede, para nos confortar. Cristo repetirá essas palavras muitas vezes antes de morrer.

Cristo sabia por que empregava essas palavras? Ninguém pode dizê-lo.

Elas têm sentido somente se as escutamos dizer à peste:

"Nunca pretendi ser o Filho de Deus. *Tu* deformaste o sentido de minhas palavras, *tu* as adaptarás à *tua* mentalidade e à *tua* maneira de pensar. *Tu* dizes que eu sou o Filho de Deus."

"Deus, para mim, não é a mesma coisa que para ti. Para mim, ele é a doçura do fluxo do amor, de todo amor, mesmo o dos pecadores e das prostitutas, no corpo e nas entranhas. Para ti, ele é o filho de um Deus celeste, com uma barba branca, de raio na mão para punir a pobre humanidade por seus pecados. Assim é que tu representarás a ele e a mim em teus quadros, mais cedo ou mais tarde."

"Nos evangelhos haverá confusão entre o que *eu* disse e o que *tu* disseste. E o mundo compreenderá as palavras como TU as disseste e não como eu as disse. Tu te esforças para ser como eu. Mas nunca o serás, a não ser quando me sentires em teu corpo."

Não é o que a Vida diz ou faz que cheira a cadáveres podres. As mesmas palavras que na boca da Vida são puras, sábias e verídicas, transformam-se em veneno quando proferidas pela alma tomada pela peste. Um discurso inocente pode adquirir uma entonação, uma inflexão que traga a morte a quem o enunciou em qualquer lugar, em qualquer tempo, em qualquer país ou nação. A verdade pode trazer infelicidade a gerações, se mal interpretada por espíritos doentes.

Um dia, a Vida encontrará palavras que serão inúteis na boca da peste, palavras novas para coisas e ações antigas, palavras que nunca foram poluídas pela emoção pestilenta do homem.

Cristo disse que o templo de Deus pode ser destruído e reconstruído em três dias. Na boca de Cristo, essas palavras têm uma significação profunda: elas indicam que um templo não é nada comparado à força Vital no universo. Na boca da peste, essas palavras exprimem uma intenção desprezível de um rebelde – proclamando a si próprio Rei dos Judeus – de destruir o templo. Cristo nada tinha a acrescentar, pois sabia que suas palavras seriam mal compreendidas, mal interpretadas ou intencionalmente deformadas. Por isso, ele guardou silêncio.

Quando o sumo sacerdote implorou "por Deus vivo" que ele dissesse se era o Filho de Deus, Cristo respondeu: "TU O DISSESTE". O sumo sacerdote compreendeu essas palavras à sua maneira e não da maneira da Vida viva, e rasgou suas vestes e falou de blasfêmia.

Quando, dois mil anos mais tarde, os charlatães e impostores do jogo do câncer encontrarem o descobridor da origem do flagelo do câncer, que viu as raízes do flagelo muito mais profundas e muito mais difíceis de extirpar do que eles pensavam, eles, que são os promotores das curas do câncer, dirão ao público que *ele* prometeu a cura do câncer. Assim como um asno só pode zurrar, a peste só pode dizer o que pensa que as palavras significam.

E a Vida se cala, pois nada tem a dizer quanto a isso.

O sumo sacerdote perguntara a Cristo se ele era o Filho de Deus. Esse era o esquema mental, sombrio e estreito como uma concha, que não podia ser ultrapassado.

Judas, o traidor, perguntara a Cristo se era ele, Judas, quem iria traí-lo. Esse era o *seu* esquema mental.

Em ambos os casos, Cristo dera a mesma resposta: "TU O DISSESTE".

Agora, diante do governador de Jerusalém, preocupado apenas em saber se os judeus iriam revoltar-se e proclamar um novo rei, Cristo, interrogado, "Você é o Rei dos Judeus?", respondeu: "TU O DISSESTE".

Tu o dizes, e não eu, Filho do Homem. Eu uso as mesmas palavras que tu. Mas não há ligação entre o sentido que tu lhes dás e o sentido que eu lhes dou.

Em teu esquema mental, Judas é um traidor que vendeu seu amado mestre por trinta dinheiros. Isso é o que *tu* farias a qualquer momento. Mas em *meu* esquema mental, Judas é um traidor *de si mesmo*, de suas convicções e de sua alma. Ele amou a mim, sem saber o que amava. Admirou-me, mas admirou em mim a imagem que ele mesmo construiu, a imagem de um poderoso imperador dos pobres, cavalgando um cavalo branco e fogoso à frente de uma coluna de cavaleiros de armaduras cintilantes, dirigindo-se para Jerusalém ao som de trombetas, empunhando as espadas. E tu quiseste me pôr à prova, a mim, o Cristo. *Por isso* tu me vendeste, não para ganhar trinta dinheiros. Tu és muito melhor do que pensa o grande sacerdote a quem entregaste teu grande amigo. Ele chama teu dinheiro de "preço do sangue". Mas isso foi simplesmente a tua máscara.

No quadro de *teu* esquema de pensamento, eu declaro ser o "Filho de Deus", sentado à sua direita, lançando do céu escuro seu raio sobre vós. Em *meu* espírito, eu sou o Filho de Deus porque somos todos filhos e crianças de Deus, que é Vida, que nos formou, que está em nós e fora de nós pois que está em toda parte. Eu sinto Deus em meu corpo e em minhas entranhas. Vós o vedes somente como uma imagem no céu. Por isso as palavras "Filho de Deus" não têm a mesma significação para mim e para vós.

Quanto a ti, governador do poderoso César em Jerusalém, crês ver em mim o perigoso Rei dos Judeus que, conforme os sonhos de um Judas, se lançará ao encontro de teus soldados para matá-los.

Tua concepção de impérios deriva dos sonhos dos Judas, na *minha* opinião, não na tua, e os Judas florescem nos sonhos dos Césares. Assim é que deve ser, e César deve receber o que lhe é devido.

Eu reclamo o que me é devido. Mas estou fora de teu domínio. Fora e tão distante, que minhas palavras chegam aos teus ouvidos apenas como ecos deformados.

Por isso me calo quando estou prisioneiro em teu domínio e te surpreende que, prisioneiro, eu guarde silêncio; eles acusam, defendem, maldizem, ou trazem suas testemunhas. As minhas fugiram todas; também elas não me compreendem.

Eu nada tenho a dizer-te. Tu não apreenderás minha maneira de ver, como não o fizeste outrora e como não o farás no futuro. Não quero aumentar a confusão falando a ti. Eu aprendi minha lição.

Tu me tratas, a mim e a minhas palavras, como tratas tudo o que tocas. Eu o sei, porque tentei mostrar-te onde está Deus, nas almas dos pobres e dos pecadores, nas entranhas dos homens e das mulheres que sabem o que é o amor do corpo, nas mulheres que tu chamas de decaídas e prostitutas e que eu frequentei porque elas sabem dar esse amor que vós, fariseus e escribas de coração seco, nunca deram ou sentiram e do qual ignorais a existência.

Vós o dizeis, não eu. Eu nunca disse que era preciso amarrar ou esbofetear as mãos das crianças por terem tocado o Amor de Deus; eu nunca disse que o prazer deve estar ausente quando o homem e a mulher se unem no Amor de Deus e mesmo no matrimônio sagrado; eu nunca murmurei litanias intermináveis; eu nunca falei de anjos no céu e nunca disse que era preciso queimar as mulheres como feiticeiras por me terem sentido em seus corpos.

Tudo isso e muito mais, VÓS O DISSESTES E FIZESTES, NÃO EU.

Deixai-me calar e retirar-me no grande silêncio do Infinito. Deixai-me esperar que outra criança da Vida ou Filho de Deus tente, uma vez mais, fazer-vos compreender o sentido do meu ser, almas miseráveis; que invente talvez um dispositivo ou encontre um método que vos permita adoçar vossos corações e novamente sentir Deus em vosso sangue. Será então, e não antes, que meu Reino – no meu sentido, e não no vosso – descerá sobre a terra... Até lá, rezemos para guardar bem viva em nós esta esperança:

Bem-aventurados os pobres de espírito, porque deles é o reino dos céus.
   Bem-aventurados os que choram, porque serão consolados.
   Bem-aventurados os mansos, porque possuirão a terra.
   Bem-aventurados os que têm fome e sede de justiça, porque serão saciados.
   Bem-aventurados os misericordiosos, porque alcançarão a misericórdia.
   Bem-aventurados os limpos de coração, porque verão a Deus.
   Bem-aventurados os pacíficos, porque serão chamados de filhos de Deus.
   Bem-aventurados os que padecem perseguição por amor da justiça, porque deles é o reino dos céus.
   Bem-aventurados sois, se vos injuriarem e vos perseguirem, e mentindo disserem todo o mal contra vós, por causa de mim. Alegrai-vos e exultai, porque é grande a vossa recompensa nos céus, pois assim também perseguiram os profetas que existiram antes de vós.

Vós sois o sal da terra. E, se o sal perder a sua força, com que outra coisa se há de salgar? Para nada mais serve, senão para se lançar fora e ser pisado pelos homens.

Vós sois a luz do mundo. Não pode esconder-se uma cidade situada sobre um monte; nem os que têm uma lanterna, a metem debaixo do alqueire, mas põem-na sobre o candeeiro, a fim de que ela dê luz a todos os que estão em casa. Assim brilhe a vossa luz diante dos homens, para que eles vejam as vossas boas obras, e glorifiquem a vosso Pai, que está nos céus.

(*Mateus*, 5:3-16)

Capítulo XVII
A chama silenciosa

O POVO QUER BARRABÁS

Nunca são os governantes que governam o povo, mas é sempre o povo que força os governantes a o governar.

É Pilatos que ordena a crucificação de Cristo, mas é o povo que o força a fazê-lo. Pilatos sabe bem que a peste está enviando à cruz um inocente. A partir do que vê, ele não acredita que Cristo tenha a mínima intenção de insurgir-se contra César. É a peste que o diz, e Pilatos apenas concorda, agindo contra suas próprias convicções.

Pouco importa se os detalhes históricos do relato correspondem à realidade ou não. Ainda seria verdadeiro se uma grande parte da humanidade o tivesse inventado em todos os detalhes. A história de Cristo continua sendo a história autêntica da humanidade inteira, mesmo se nem um único incidente contado houvesse acontecido. Mesmo se Cristo jamais tivesse existido como homem, sua tragédia teria a mesma significação: *a tragédia do Homem sob o reinado da Peste Emocional bem protegida*. Cada passo da tragédia seria verdadeiro, mesmo se fosse apenas o sonho de um único indivíduo, pois ela se repete sempre e em todo lugar.

O sofrimento resultante da frustração da Vida não é menos real e torturante quando ocorre num sonho, do que quando ocorre na vida real.

Por isso, é inútil discutir se Cristo viveu ou não, se sua biografia foi inventada pelos primeiros papas, se ele foi um simples rebelde judeu ou um autêntico Filho de Deus segundo a fórmula "TU O DIZES"; trata-se apenas de detalhes do contínuo Assassinato de Cristo. A discussão visa simplesmente *não* encontrar o Cristo real, *não* encontrar a si próprio, não descobrir as próprias maldades perpetradas todos os dias, ao longo da vida de cada um. É empregar uma vez mais o método dos escribas, o que quer que eles digam ou façam. No mesmo instante em que lerem esta obra sobre o Assassinato de Cristo, eles prepararão sem dúvida um novo Assassinato de Cristo, e o povo que ontem gritava "HOSANA NAS ALTURAS", amanhã pedirá a libertação de Barrabás, e não a de Cristo.

O povo sempre prefere Barrabás, porque tem medo de Cristo e recusa-se a compreendê-lo. Permite sempre que Barrabás o governe. Barrabás sabe como montar um cavalo branco, como empunhar uma espada; ele sabe passar em revista uma guarda de honra, sabe sorrir quando condecorado como herói desta ou daquela batalha. Você já viu Barrabás condecorar a mãe que protege o Amor da Vida em seu filho, contra o bastardo fodedor na Sociedade pela PAZ numa democracia popular? Nunca, e nunca o verá.

O povo precisa dos dois, de Barrabás e de Cristo. De Barrabás quando se trata de montar cavalos brancos para os desfiles mundanos; de Cristo, para adorá-lo no céu depois de tê-lo assassinado. É assim porque a alma tem necessidade de alimento nesta e na outra vida também. Assim, o místico vem completar o mecânico.

Mas ao eternamente vivo Filho do Amor não será permitido governar suas vidas, a menos que ele se ajuste a suas maneiras carnais, às maneiras de uma prostituta que eles chamam pecadora, por cuja redenção Cristo deve morrer.

Pilatos tem alguma esperança de que o povo acabe por reconhecer o verdadeiro assassino merecedor da cruz. Espera que vejam Cristo como ele realmente é: para ele, um homem que sabe o que é a Vida; para eles, talvez, um sonhador que, inocentemente, cometeu algumas imprudências.

Mas os homens encouraçados não se podem impedir de ver tudo vermelho quando percebem Cristo no corpo. Pois Cristo é o que eles perderam e o que eles desejam com um ardor doloroso, durante toda a vida, o que eles deveriam esquecer para sempre. Cristo é o amor perdido, a esperança esquecida há muito tempo. Ele é o frêmito de doçura que apavora suas carnes frias, de onde só saem ódio e raiva, mas nem um só movimento de piedade pela face silenciosa e dolorosa de Cristo. Por isso eles reservam a cruz para Cristo e não para Barrabás.

A história de que os grandes sacerdotes teriam incitado o povo contra Cristo é uma invenção dos mascates da liberdade. Como uma dezena de sacerdotes teria podido incitar a mente da multidão contra o que quer que fosse, se o que *poderia* se voltar contra Cristo já não estivesse dentro do povo?

Parem de uma vez por todas de pedir desculpas pelo povo e seus atos. Antes de poderem ver Cristo de frente, os homens devem aprender a ver *a si mesmos*, tal como são e como agem. Só os desatinados mascates da liberdade fazem do povo um ídolo.

O Amor da Vida foi abandonado. *Onde se encontram, agora, os numerosos amigos e admiradores de Cristo?* Não se vê mais um só amigo, um só admirador. Onde está a multidão que aclamava Cristo gritando "Hosana nas Alturas" para o Filho de Davi ou "Olhem e vejam, o Filho de Davi está chegando"? Os admiradores e os que gritavam Hosana nas Alturas desapareceram. Não se ouve mais nenhum "Hosana" quando a multidão escolhe Barrabás.

De que vale a amizade, de que vale a admiração? Você pode consegui-las com trinta dinheiros, se não estiver na situação penosa em que Cristo está agora. Cristo percebe, pela primeira vez, o abismo que o separa de seus compatriotas e de sua época.

Ele aceita isso tranquilamente. Nem mesmo sofre. Seus amigos nunca foram amigos verdadeiros. Eram seus amigos enquanto puderam esperar alguma coisa dele: vibração, conforto, paz, alegria, inspiração. Mas quando a peste emocional uiva em torno dele, eles se vão. Nem uma única sanguessuga restou. Cristo não os detesta, não os despreza. Ele simplesmente se dá conta da situação e guarda um silêncio solene. Olha para um abismo negro e profundo, em cujo Inferno o espírito doente dos homens precipitará os pecadores durante os séculos futuros.

Cristo é envolvido por uma aura de silêncio exterior e de *luz e paz interior*, que o protege. Nada o toca ou pode tocá-lo. Ele transcende o estúpido espetáculo que se desenrola. Seu silêncio trai sua piedade pelos pobres diabos. Vale a pena salvá-los? Certamente não. E, no entanto, Cristo vive até o fim o que eles lhe infligem.

Algumas testemunhas do terrível tormento percebem claramente o silêncio calmo e luminoso de Cristo. A mulher de Pilatos ama Cristo; ela sonhou com ele e lamenta sua sorte. As mulheres sempre o amaram sinceramente. Elas o amaram como as mulheres felizes amam seus homens. ELAS SABEM. Elas sentem tais homens *em seus corpos*. A mulher de Pilatos tenta salvar Cristo, em vão. Ela sente a chama silenciosa e quente que há em Cristo nesse momento; e desse sentimento da chama silenciosa de confiança, que está muito além da feiúra deplorável dos homens, surgirá mais tarde a força silenciosa dos primeiros Cristãos desejosos de paz. E sente-se ainda agora, quando estas linhas estão sendo escritas: nada do que neste mundo é a expressão pavorosa da peste do homem pode obscurecer esta luz silenciosa, morna, inteira. É a chama da própria Vida.

É essa chama silenciosa e quente que ajuda Cristo a atravessar as horas de agonia. Logo, o mundo o representará com uma auréola em volta da cabeça. Ele guardará silêncio quando a dor contrair seu corpo. Guardará silêncio quando as forças o abandonarem. Guardará silêncio quando o povo o amaldiçoar e humilhar, mas será isso – essa distância – o que mais machucará. No momento final, ele questionará seu Deus.

Da sensação de chama silenciosa, quente, interior, em face do perigo e da feiúra dos acontecimentos e dos atos, nascerá o amor da *espiritualidade* e uma opinião desfavorável do valor relativo do corpo. O espírito é capaz de dominar o corpo se Cristo pode guardar silêncio, se ele pode assumir com calma e dignidade esse sofrimento que lhe inflige a baixeza pestilenta dos homens. Ele continuará a viver no silêncio das grandes catedrais, dos calmos monastérios; ele vibrará de exuberância e de alegria nas manifestações mais puras da Vida, como a música de Bach, a "Ave Maria" ou o "Hino à Alegria" da nona sinfonia de Beethoven.

A receptividade do homem a essa chama silenciosa e quente, no fundo de si mesmo, a despeito dos atos infames e imundos de homens que perderam suas vidas, será a atitude espiritual básica quando a esperança e a fé tomarem conta de seu coração. Ela estará presente quando a mãe lançar o primeiro olhar a seu recém-nascido. Ela estará presente quando o amante esperar calmamente o momento de fundir-se no corpo da mulher amada. Ela estará presente quando Curie perceber pela primeira vez a luz do radium, quando o descobridor da Energia Vital vir pela primeira vez minúsculas partículas de rocha moverem-se em lentas ondulações.

Essa chama silenciosa não grita "Hosana nas Alturas", nem "Heil mein Führer", nem "Red Front", nem nada dessas coisas tolas que a peste faz. Ela se contenta em brilhar no silêncio do conhecimento do sentir a Vida. Pouco importa se a chamam fé, crença, confiança, tolerância ou poder da alma. É essa força natural da Vida viva que dá origem a todas as ideias humanas de virtude. Elas nada têm a ver com o que atualmente se costuma chamar de "éticas".

Você pode imaginar um cervo atirando em seu filhote, ou torturando outro cervo? Bem, compare os sentimentos que inspira um cervo numa pradaria, calmo e majestoso, aos primeiros raios do sol nascente, com a imagem de "o grande pai de todos os povos" carregado no meio da multidão gritando "abaixo" ou "viva", e você terá a essência da serena luz interior da Vida se opondo à peste devastadora. Notemos que no início das grandes revoluções, quando os americanos ou os trabalhadores russos lutavam por sua existência e não por algum *führer*, o mesmo silêncio envolvia suas marchas nas ruas e nas colinas.

Esse mesmo silêncio foi transmitido por Cristo aos homens e mulheres que testemunhavam a hedionda manifestação da peste. Devem ter sentido piedade, em vez de cólera, pelos autores deste crime, que gritavam: "Que seu sangue se derrame sobre nós e nossos filhos".

Ora, o sangue de Cristo tem sido derramado sobre os homens e seus filhos desde muito antes e até muito depois da crucificação.

Não temos nenhuma razão para duvidar da racionalidade dos acontecimentos relatados no Antigo e no Novo Testamentos. Todos esses acontecimentos são verdadeiros porque representam realidades essenciais do comportamento humano. Mas esses relatos foram privados de sua razão de ser pelos acréscimos posteriores feitos pelos escribas talmudistas, tanto no mundo judeu como no Cristão. A essência da luz serena que se expressa no silêncio não se impõe à glorificação mística, que ofusca a maneira pela qual a Vida se comporta no momento da agonia imerecida.

> *Então os soldados do governador, tomando a Jesus para o levarem ao pretório, fizeram formar à roda dele toda a corte. E despindo-lhe, vestiram-lhe um manto carmesim. E tecendo uma coroa de espinhos, lhe puseram sobre a cabeça, e na sua mão direita uma cana. E ajoelhando diante dele, o escarneciam, dizendo: "Deus te salva, Rei dos Judeus!". E cuspindo nele, tomaram a cana, e lhe davam com ela na cabeça. E depois que o escarneceram, despiram-no do manto, e vestiram-lhe os seus hábitos, e assim o levaram para o crucificarem.*
>
> (*Mateus*, 27:27-31)

A Bíblia ainda é lida por milhões de homens, pois ela relata o que se passa em torno de nós, no homem, em todas as épocas e em todo lugar. A ciência mecanicista e o pensamento racionalista não conseguiram detectar essas coisas tipicamente humanas. Por isso, a *ciência do Homem* nunca pôde se desenvolver, já que a igreja reprovou a luz do amor físico, qualificando-a de "pecado", enquanto a ciência rejeitou, como sendo "anticientífico", o sentimento que conduz ao que chamamos fé. Esqueçamos os "anjos" por um instante. Mesmo nossos mecanicistas acabaram por ouvir a música do firmamento. Para eles, trata-se apenas do tique-taque seco do contador Geiger respondendo à energia cósmica, o Criador, Deus.

A chama calma e silenciosa da Vida viva não pode ser destruída por nenhum meio. Ela é a manifestação fundamental da energia propulsora do universo. Essa chama está no céu escuro, à noite. Ela é o frêmito do céu ensolarado, que faz esquecer as brincadeiras de mau gosto. É a chama tranquila dos órgãos de amor dos vagalumes. Paira sobre as árvores na aurora e na bruma; brilha nos olhos de uma criança confiante. Você pode vê-la num tubo vazio, carregando ar da energia vital; você pode vê-la na expressão de gratidão da face de um homem que você consola do sofrimento causado pela peste emocional. É a mesma luz que você percebe à noite na superfície do oceano ou na ponta de mastros altos.

Nada pode destruir essa força luminosa e silenciosa. Ela atravessa cada objeto, regula cada movimento de cada célula do organismo vivo. Ela está em tudo, enche o espaço que os homens vazios esvaziaram. Provoca o brilho e o cintilar das estrelas. Essa chama, que o verdadeiro médico sente na pele de todo ser humano, é para ele um sinal de saúde; sua ausência indica a doença. Em caso de febre, essa luz se intensifica, pois ela combate a infecção mortal.

É a chama da força Vital que continua a se manifestar depois da morte. É a chama da alma, mas *ela não persiste, depois da morte, como uma forma determinada. Ela se dissipa no infinito do oceano cósmico, o "Reino de Deus", de onde ela veio.*

Esse oceano de energia primordial do universo é a fonte de erupções singulares que chegam às vidas individuais; por isso, e com razão, o homem o chama, desde os tempos mais remotos, de seu "DEUS", seu "PAI CELESTIAL", seu "CRIADOR", e de muitos outros nomes. O conhecimento da existência dessa *força Vital* universal e dos espaços celestes infinitos de onde ela vem é indestrutível no homem, desde que ele a *sinta*. Essa é a base de toda a sua noção de virtude celestial, de pureza emocional básica, de paciência angelical, de amor eterno, de sofrimento, de força moral, de assiduidade, e de todas as outras virtudes estabelecidas por todas as religiões como ideais eternos da humanidade, desde que o homem perdeu o contato com a luz interior devido à profanação do amor físico. Essa continua sendo, até hoje, a essência da nostalgia cósmica da humanidade. Age, sob a forma de raiva mortífera, até no destruidor pestilento da *Vida*.

É essa chama que, segundo o sentimento da humanidade, une Cristo, na última agonia, ao grande universo. Esqueçamos os anjos uma vez mais. Eles resultam da maneira pela qual o zé--ninguém compreende a existência do reino de Deus, quando já não sente em si mesmo nenhuma luz, mas ainda sabe que ela existe, em algum lugar em torno dele.

Essa chama é estranha ao usurpador brutal do poder terreno sobre os homens. Os poderosos deste mundo são homens duros, homens sem amor, que não aspiram à doçura de uma grande força. A força de Cristo durante as últimas horas de sua vida se distingue essencialmente da força de um Nero. Estamos diante de duas espécies de força absolutamente diferentes, e até mesmo contraditórias. Esta é uma constatação importante quando os homens tiverem que começar a superar o crônico Assassinato de Cristo.

Durante a flagelação, Cristo está sem defesa, e transmite à posteridade a idéia fundamental da resistência passiva e do martírio. Mas a chama da Vida dentro de Cristo, que faz dessa resistência e desse sofrimento a base de uma grande religião, transcenderá a fase de resistência passiva. Ela fará descer o céu sobre a terra, no sentido de Cristo, conseguindo vencer a maldade que torna possível o exercício da crueldade.

O mundo Cristão nada sabe da ATIVIDADE da chama da Vida. Sobretudo o Cristianismo, que soube preservar essa chama na sua música e na majestade de suas igrejas, fechou o acesso a seu domínio sufocando essa luz em cada criança, desde a mais tenra idade. Fazendo isso, minou seus próprios fundamentos. É esse apagar da chama da *Vida* que torna possível cenas horríveis como a coroação de Cristo com uma coroa de espinhos, emblema do "Rei dos Judeus". É evidente que nada mudará, que nada poderá mudar na existência dos homens, enquanto não desaparecer de seus corações o espírito que comanda a cena da coroação de Cristo com uma coroa de espinhos. É o apagar da chama da *Vida* em cada recém-nascido que cria as condições que conduzem infalivelmente à coroação de Cristo com uma coroa de espinhos e às humilhações de que ele foi objeto. O zé-ninguém continua a cometer tais abjeções em todo lugar, seja num campo na Sibéria ou em qualquer Hospital Psiquiátrico Estadual nos Estados Unidos.

Capítulo XVIII
Crucificação e ressurreição

O líder, o governador, o rei, o *führer* – são uma expressão e instrumento do modo de vida do povo. *Um* Ivan, o Terrível, não pode transformar duzentos milhões de camponeses em sujeitos passivos, mas um número adequado de mães camponesas pode. E esses duzentos milhões de camponeses silenciosos e resistentes PODEM fazer perdurar o reinado de Ivan, o Terrível.

Pilatos nada pode contra o povo que exige a libertação de Barrabás e a crucificação de Cristo. Os homens preferem Barrabás porque ele está de acordo com a maneira de viver e de pensar deles, o que não é o caso de Cristo. Eles fariam de Cristo, em pouco tempo, outro Barrabás, se ele o deixasse. Ou então, eles o matariam. Também matariam Barrabás se ele não satisfizesse sua fome de ver Reis de Jerusalém, montados em cavalos brancos, empunhando suas espadas contra o inimigo eterno; e logo eles escolheriam outro Barrabás, e não Cristo. O homem sempre agiu assim, há mais de seis mil anos, até onde chega nosso conhecimento, e continua até hoje; durante todo esse tempo seu sonho do Reino dos Céus foi transformado num simples reflexo no espelho, inatingível.

Essa dicotomia do ser humano, que já dura há tanto tempo, é tão evidente que podemos esperar vê-la mencionada, cedo ou tarde, em algum congresso internacional de higiene mental ou em alguma publicação europeia de sociologia ou etnologia.

Se os homens não tomarem logo consciência das inclinações profundas que os levam aos Barrabases e lhes inspiram, ao mesmo tempo, o desejo de um redentor, haverá ainda muitos Barrabases e muitos Cristos assassinados. Isso é certo, e ninguém deve enganar-se quanto a isso ou deixar-se enganar pela conversa de qualquer mascate da liberdade. A situação tornou-se muito grave e já é tempo de acabar com o hábito de afirmar que não se sabe o que já é mais do que sabido e que se vê claramente quando se olha em volta.

No Gólgota, a divisão básica que marca a ação dos homens se revela em toda a sua odiosa crueldade, se bem que os acontecimentos de Jerusalém e tudo o que conduziu a eles nos forneçam exemplos suficientes. Quando o povo clama pela crucificação de Cristo (e não temos a menor razão de duvidar da exatidão do relato do evangelho, *pois a mesma coisa tem acontecido há séculos, por toda parte*), Pilatos se espanta e pergunta: "Que mal ele fez?". Pilatos não compreende. E o fato de Cristo *não* ter feito mal algum, de ter feito *só o bem* ao povo, é *exatamente o que faz com que ele seja mais maltratado que um ladrão comum.*

Para aliviar-se de uma sensação de podridão por pregar Cristo na cruz, é OBRIGATÓRIO, *não se pode fazer outra coisa* senão humilhar a vítima ao máximo recorrendo aos métodos mais diabólicos. Para livrar-se da sujeira é preciso sujar a vítima. Esse é o procedimento da peste, procedimento que ela sempre utilizou, desde que começou a devastar a raça humana. Não se dar conta disso é mais uma das características da peste e de seus defensores populares.

Cristo carrega silenciosamente sua cruz para o Calvário. Ele cai em silêncio e nada diz quando Simão o ajuda a carregá-la. Em silêncio, ele chega ao Gólgota, o lugar da execução. Em silêncio, ele sofre toda a imensa crueldade do homem.

Essa crueldade usa todos os recursos para aumentar o sofrimento já intolerável: a cruz não está pronta quando Cristo chega ao suplício. Ela é feita em sua presença. Os pregos são enfiados nas mãos vivas que tanto haviam acariciado e consolado os doentes e os sofredores. Pregos são fincados nos pés que tanto haviam atravessado os campos de Deus, as pradarias e os riachos. O corpo do supliciado é sustentado por um pedaço de madeira fixado entre as pernas.

Cristo tem plena consciência do que lhe acontece. Seu silêncio é a única arma que sustenta sua coragem até o fim. A sede o atormenta e ele pede para beber. Um soldado embebe uma esponja, amarra-a na ponta de um bastão e a leva aos lábios de Cristo, que, segundo o relato, a suga.

Fora de todo seu alcance, Cristo vive ao mesmo tempo o horrível suplício infligido a seu corpo e o atroz sofrimento de ver que os homens são capazes de agir dessa maneira, sem que se dêem conta do que fazem; reduzidos ao estado de simples instrumento da máquina judiciária, seus corações se fecharam a toda piedade; seus sentimentos deram lugar a um frio senso de dever ou a uma insensibilidade implacável. Esses homens não têm absolutamente nada em comum com Cristo, sua fé e seu Reino. São apenas máquinas e nada mais, a essência de um governo mecanizado que esqueceu o homem, em benefício do qual deveria governar. O homem É assim. Se não fosse, tal governo não existiria. É o homem que faz seu governo e o governo faz apenas o que o homem permite que ele faça.

Colocaram um cartaz em três línguas – hebreu, grego e latim – em cima da cruz: "REI DOS JUDEUS". O que resta é aquilo que as pessoas imaginavam que Cristo *deveria* ter sido. O verdadeiro mundo de Cristo está *além* da cruz. "PAI, PERDOA-OS, ELES NÃO SABEM O QUE FAZEM." Eles realmente não sabem o que fazem, nem no Calvário, nem em Belsen, nem nos campos de prisioneiros russos; eles *nunca* sabem. *Esse é seu precioso álibi!* Já é tempo de arrancar essa máscara de inocência:

JÁ É TEMPO DE TER CONSCIÊNCIA DO QUE FAZES, HOMEM DO POVO. Tua inocência já não basta para perdoar os crimes que cometes. Não poderás mais esconder-te atrás de tua inocência. Passarás a saber o que estás fazendo quando assassinas Cristo.

Nenhum dos admiradores ou discípulos de Cristo se encontra perto da cruz. João diz ter estado presente. Isso parece duvidoso para alguns estudiosos do evangelho. Mas parece, em contrapartida, que as mulheres que cercavam Cristo estavam presentes durante o suplício. Segundo Renan, Maria de Cleofas, Maria Madalena, Joana, mulher de Chusa, Salomé e outras se encontravam junto a Cristo até o fim. A mãe de Cristo estava também entre elas.

É natural que tenham sido as mulheres que amaram Cristo *no corpo*, que o tenham acompanhado em sua última agonia e não os admiradores e discípulos, que apenas sugaram Vida de seu corpo. Por essa mesma razão, as mulheres recuarão e darão lugar aos homens, quando se tratar de explorar a tragédia de Cristo com o propósito de deificação, e os discípulos ausentes serão os primeiros a fazê-lo. A luta dos discípulos pelos primeiros lugares nas relações de intimidade com Cristo começou durante as primeiras peregrinações, e se acentuará depois de sua morte. Alguns apóstolos assumirão os papéis de líderes, enquanto outros se contentarão com funções mais modestas. Haverá um Ivan, o Terrível, decidido a assegurar o poder terreno servindo-se do Reino de Cristo; haverá um Francisco de Assis, que tentará desesperadamente retornar ao Reino de Cristo. Os futuros representantes de Cristo serão escolhidos pelo povo como seus sucessores, porque mostrarão uma atitude solene e douta. Outros serão escolhidos por sua habilidade em organizar manifestações espetaculares; outros, porque são excelentes diplomatas e intrigantes. Outros serão escolhidos por sua ciência de governar e sua exatidão na execução meticulosa e impiedosa dos mandamentos de Cristo. Outros se revelarão, uma vez escolhidos, grandes guerreiros, capazes de portar o emblema da cruz nos países pagãos mais longínquos, sem se dar conta de que Cristo nunca aceitaria que os convertessem pela força. O homem, e não Cristo, prevalecerá no final.

Mas não restará um só traço da essência da vida de Cristo, das mulheres que amaram o corpo de Cristo. Dois mil anos depois da morte de Cristo, um autor desconhecido e perseguido, tendo compreendido esse profundo mistério, escreverá um pequeno livro intitulado *O homem que morreu*, que apresentará Cristo sob uma luz mais verídica, mais digna dele. Como seria de esperar, esse livro será bem menos conhecido que a interpretação de Paulo para o Reino dos Céus e o pecado da carne.

As mulheres de Cristo, que conheceram e amaram seu corpo, estavam presentes junto à cruz; serão elas que mais tarde despregarão o cadáver do supliciado. Foi uma mulher que se sentou perto de seu túmulo e encontrou-o vazio, dando origem a toda a mitologia da ascensão de Cristo ao céu.

Cristo disse que o Reino dos Céus é comparável a dez virgens caminhando ao encontro de seus esposos.

> *Então será semelhante o reino dos céus a dez virgens que, tomando suas lâmpadas, saíram a receber o esposo e a esposa. Mas cinco de entre elas eram loucas, e cinco prudentes. As cinco, porém, que eram loucas, tomando as lâmpadas, não levaram azeite consigo; as prudentes, porém, levaram azeite nos seus vasos juntamente com as lâmpadas. E, tardando o esposo, começaram a cochilar todas, e assim vieram a dormir. E à meia-noite ouviu-se um grito: "Eis aí o esposo, saí a recebê-lo". Então levantaram-se todas aquelas virgens, e prepararam as suas lâmpadas. E disseram as loucas às prudentes: "Dai-nos do vosso azeite, porque as nossas lâmpadas apagam-se". Responderam as prudentes, dizendo: "Para que não suceda talvez faltar-nos ele a nós, e a vós, ide antes aos que vendem, e comprai para vós". Mas enquanto elas foram a comprá-lo, veio o esposo; e as que estavam preparadas entraram com ele a celebrar as bodas, e fechou-se a porta.*
>
> *E por fim vieram também as outras virgens, dizendo: "Senhor, Senhor, abre-nos!". Mas ele respondendo, disse: "Na verdade vos digo, que vos não conheço". Vigiai, pois, porque não sabeis o dia nem a hora.*
>
> (*Mateus*, 25:1-13)

Cristo conhecia muito bem a diferença entre as mulheres que no abraço ofereciam sua doçura e as que, tendo perdido essa doçura e também seus órgãos de amor, gritavam: "Senhor, Senhor, abre-nos!".

A presença silenciosa das mulheres que amaram Cristo em seu corpo em algum momento de sua vida terrena, cada uma segundo sua própria maneira de amar e acariciar, explica-nos porque Cristo foi tão vergonhosamente humilhado durante as últimas horas de sua vida terrena.

Só há um crime que o homem tomado pela peste persegue e pune de maneira tão vil, tão pavorosa e tão perniciosa: É O CRIME DO VERDADEIRO AMOR FÍSICO DE DEUS. Essa é a única explicação plausível para o ultraje. Ela está perfeitamente de acordo com o que sabemos hoje da peste emocional, de sua razão de ser, dos motivos ocultos de sua crueldade, de seu zelo em perseguir o amor físico autêntico, tal como é vivido pelas criaturas de Deus. Assim, exceto algumas observações pertinentes em certas biografias de Cristo, como na de Renan ou de Lawrence, não se faz menção a isso em parte alguma. Como se poderia falar disso nos livros da igreja Cristã se não se toca nisso ao falar de nossos adolescentes, nas obras de psiquiatria ou mesmo nos tratados de psicanálise? *Como seria possível?* É por demais evidente para que seja necessário falar sobre isso.

NUNCA TOQUE NISSO! Pois a explicação poderia revelar o significado de Cristo e, com isso, o significado que ele adquiriu para a humanidade. Ela poderia revelar o significado de muitos Cristos que morreram pela Vida viva, através dos tempos, na cruz, na fogueira, nos asilos de alienados, que morreram ontem e morrem hoje nos hospitais, de febre reumática, de paralisia infantil, de leucemia, de câncer no útero ou nos seios, câncer nos órgãos genitais, e a partir daí em todos os órgãos; outros conheceram a esquizofrenia, as fobias, os pesadelos de toda sorte; outros assassinaram e roubaram, ou se entregaram às drogas; outros sofreram com a vida conjugal, o estupro conjugal protegido por uma antiga lei perniciosa, com a chantagem e o divórcio; outros se suicidaram, jogando-se silenciosamente de enormes arranha-céus; outros sofreram em silêncio toda a sorte de males.

NUNCA TOQUE NISSO!!!

Não se pode evocar esse sofrimento em termos acadêmicos. Os escribas não permitem que se discuta. É preciso servir-se das palavras como outrora dos chicotes, a despeito dos escribas. É PRECISO FORÇÁ-LOS A PERMITIR QUE OUTROS TOQUEM NISSO. *Eles não ousam tocar nisso porque jamais ousaram sentir seus corpos e tocar seus órgãos genitais.* Os pais os puniram, as escolas os expulsaram por isso, a igreja declarou que era um pecado, os congressos de higiene mental afastaram completamente esse assunto das discussões públicas.

Mas isso continuará a martelar em seus ouvidos e a esgotar sua alma secreta, pois o homem nasce graças aos órgãos genitais e sempre viverá com eles.

Nada, nenhum poder do mundo será capaz de erradicar esse fato que está em perfeito acordo com o segredo do Assassinato contínuo de Cristo.

Cristo foi morto de uma maneira tão ignóbil, foi desonrado por uma multidão doente e causadora de doença, porque ousou amar com seu corpo sem pecar em sua carne.

Cristo foi torturado porque os homens queriam aniquilar seu modo de viver autenticamente divino, ou seja, orgonótico, que lhes parecia estranho e perigoso.

Eles zombaram e riram dele, eles o insultaram porque não podiam suportar que ele os fizesse pensar na vida divina que havia dentro deles.

Mesmo os dois ladrões crucificados ao lado de Cristo riram dele. Um detalhe, verdadeiro ou não, resume, na lenda cristã, esta verdade atroz: "Um ladrão é preferível a um homem que ama as mulheres segundo a lei de Deus". Nos estados do Sul dos Estados Unidos não se punem os negros por roubo, mas por "violação de mulher branca".

Os frios homens brancos não podem suportar a ideia de que suas mulheres sintam os corpos quentes de negros vigorosos. Essa é a origem primária do ódio racial dos homens brancos.

Jesus Cristo, homem jovem, vivo, belo, atraente, devia morrer porque foi amado pelas mulheres como nunca o foi um escriba;

ele devia morrer porque tinha uma maneira de ser e de viver que um sacerdote talmudista não podia tolerar. E os talmudistas de templos posteriores, sejam templos religiosos ou templos de conhecimento, não toleravam nem mesmo a alusão ao segredo fundamental do assassinato de Cristo. Renan foi excluído da Academia Francesa por ter se aproximado muito desse segredo. O que farão agora com este relato verdadeiro do segredo de Cristo?

Renan escreve, a partir de fontes talmudistas:

*O obstáculo invencível às ideias de Jesus vinha sobretudo do judaísmo ortodoxo, representado pelos fariseus. Jesus se distanciava cada vez mais da antiga lei. Ora, os fariseus eram os verdadeiros judeus; o nervo e a força do judaísmo... Eram, em geral, homens de espírito estreito, importando-se mais com o exterior; sua devoção era desdenhosa, oficial, satisfeita consigo mesma. Suas maneiras eram ridículas e faziam sorrir mesmo aos que os respeitavam. Os apelidos que o povo lhes dava, com uma conotação caricata, são prova disso. Havia o "fariseu perna-torta" (*Nikfi*), que andava nas ruas arrastando os pés e batendo-os contra as pedras; o "fariseu cara-sangrenta" (*Kizai*)*, que caminhava com os olhos fechados para não ver as mulheres e batia o rosto contra as paredes, vivendo sempre com a testa ensanguentada; o "fariseu pilão" (*Medinkia*)*, que andava dobrado em dois como o cabo de um pilão; o "fariseu de ombros fortes" (*Shikmi*)*, que andava com as costas curvadas como se carregasse sobre os ombros todo o fardo da Lei; o "fariseu o-que-há-para-fazer?-Eu-faço", sempre à procura de um preceito a cumprir; e, finalmente, o "fariseu pintado", para o qual o exterior da devoção era somente um verniz de hipocrisia*[1].

---

1. Talmude de Jerusalém, *Berakoth*, ix., sub fin.; *Sota*, v. 7; Talmude de Babilônia, *Sota*, 22b. As duas compilações desta passagem curiosa apresentam diferenças consideráveis. Geralmente, temos seguido a compilação babilônica, que parece mais natural. Cf. Epifânio, *Adv. Harr.* xvi. 1. Além disso, as passagens em Epifânio, e muitas das passagens do Talmude, podem estar relacionadas a uma época posterior a Jesus, época em que "fariseu" tornara-se sinônimo de "devoto". – *Ibid.*, p. 300.

Esse rigor, com efeito, frequentemente era só aparência, e escondia, na realidade, uma grande lassidão moral.
(Ernest Renan, *in The Life of Jesus*, Modern Library Edition, 1927, pp. 299-300.)

Os talmudistas procuram Deus matando-o; eles o matam da mesma forma que o procuram, *submetendo-o a provas de tortura*. Deus é tratado por eles como um príncipe que deve vender toda sorte de provas, colocando em evidência sua resistência e sua força, para ser digno de reinar sobre seu povo. Esta é a ideia que o povo faz dos reis. Se um pequeno judeu de três anos não suporta debruçar-se de seis horas da manhã até as dez da noite sobre seu Talmude para procurar o sentido de Deus, ele não é um bom judeu, não é um Filho de Abraão, pai do povo de Deus. As crianças devem ser bem-comportadas e gentis com seus pais e obedecê-los, não importando o que lhes façam ou o que exijam; os Filhos de Deus não têm o direito de colocar em dúvida as palavras dos ancestrais, não têm o direito, sob pena de morte, de desafiar sua religião. Eles não devem comportar-se mal ou violar os preceitos morais de seus ancestrais, que viam no amor um acasalamento garantido por Lei e imposto às mulheres como uma obrigação.

O ódio nascido do amor garantido por lei, dado por corpos revoltados, violentados pela ausência do fluxo de Deus em seus membros, não conhece limitações quando se trata de matar a Vida viva, que tem necessidade do amor como foi dado a todas as criaturas, sem exceção. Esse ódio saído de um acasalamento não divino, insípido, faz do Amor de Deus uma coisa ilegítima e feia. Ele se arrasta nas ruas durante as noites, maltrapilho, ou se esgueira furtivamente pelos cantos, como um ladrão. O amor de Deus, posto fora da lei, deve estar alerta quando bebe da fonte de seu ser; deve estar atento, sem nunca distrair-se; os cães estão em seu encalço para pegá-lo em flagrante delito. Os cães são atraídos pelo cheiro do sangue quente e saudável, que leva os maus a assassinar Cristo. Os homens que atiçam os cães na pista de suas vítimas têm os lábios gretados e pequenos olhos brilhantes de crueldade; suas faces são tensas como o couro de um tambor, sua pele é enrugada e dura como couro velho. Seus narizes são pontudos, suas bocas proferem palavras venenosas. Na mão, trazem uma corda ou um fuzil carregado para atirar sobre a Vida que beba da fonte do Amor.

Cristo bebeu o suco do Amor na fonte da Vida, obedecendo à sua própria lei. Uma grande cortesã adotou o modo de viver de uma santa, as virgens se desligaram da maneira não divina de amar. Elas também aprenderam a beber da fonte de um Deus de Amor vivo, as primeiras a lutar por um caminho que conduzisse à própria origem do Homem no infinito de Deus, e as primeiras a sentir em seus corpos o que fora o paraíso:

ERA UMA VEZ

Mães sentavam-se perto das fontes,
cantando, dançando,
acariciando docemente seus filhos,
guiando-os pelas correntes da Vida...
Ondas do oceano corriam docemente
para as praias de um mundo cheio de paz...
Homens e mulheres bebiam a alegria de Viver
dos movimentos de seus membros
e suas melodias rumo à eternidade.
O riso das crianças ecoava
em exuberância de vozes
cheias de alegria e delícias.
Olhares felizes nos olhos dos jovens,
refletiam-se em faces sorridentes
das virgens felizes de amor
e embriagadas de juventude
em corpos suaves.
De repente... um grito...
Que horror.!
Antes nunca ouvido e nunca sentido,
não convidado, perpetrado...
Era a peste que chegava:

Faces endurecidas,
Sorrisos hipócritas,
Braços cansados e ancas moribundas,
Faces lacrimosas, olhares embaçados,
Costas duras dobrando-se polidamente;
Corpos privados de amor,
Anseios privados de vontade,
Desejos privados de sensação,
Lutas privadas de vitórias,
O martírio da tortura conjugal...
Queixas, gemidos,
Gritos de crianças, agonias...
Mortes, misérias e pensamentos tortuosos...
Patíbulos de covardes e paradas,
Marchas, medalhas, cadáveres apodrecidos;
Que confusão, que idiotice,
caçadas, perseguições, pesadelos...
Desgraça aos Homens
um milhão de vezes...

Cristo bebeu nas fontes da Vida. Seu mundo, como ele explicou ao governador, não era um mundo de leis e poder. Era um mundo de Deus, que, para o Homem, era há muito passado, mas ao qual ele esperou sempre retornar. Era o mundo do Amor nos membros, que nada poderia substituir.

O Homem sempre soube que esse Amor nos membros, que a doçura deliciosa da fusão, era verdadeiramente Deus, a que se deu muitos nomes, que foi adorado em muitos lugares, em muitos templos, em muitas línguas. Mas o Homem guardava silêncio sobre a verdade que bem conhecia, e ainda guarda silêncio, como Cristo de Betânia ao Gólgota. Não há órgão para ouvir, para perceber, para sentir Deus, neste mundo cheio de barulho das tramas, das guerras, do sugar, do chafurdar, das fodas, do enganar, do talmudizar, que encobre o doce estremecimento do Amor nas entranhas e nos membros.

Por isso, maltrataram Cristo pendurado na cruz.

Imputando a Cristo os próprios pensamentos viciosos deles, que Cristo nunca sonhara conceber ou formular, sujaram sua honra e sua graça, cuja existência não podiam suportar. Lançavam desafios irônicos: "Tu, que querias destruir e reconstruir o templo em três dias, salva-te e desce da cruz", e "Ele, que salvou outros, é incapaz de salvar a si mesmo".

Cristo nunca pretendeu salvar os outros. Seus admiradores é que o inventaram. Ele nunca disse que destruiria o templo. Disse, simplesmente, que o templo seria destruído, o que efetivamente aconteceu anos mais tarde. É como se acusassem um autor de ter provocado a terceira guerra mundial porque a anunciara em seus escritos.

Incitados pelos discípulos, eles esperaram, em segredo, que acontecesse o milagre pelo qual mais tarde o pregariam na cruz; no fundo de suas almas haviam efetivamente desejado que Cristo fosse o que ELES lhe sugeriam ser. Sua decepção foi imensa, pois Cristo nada realizou no gênero. E assim, enquanto ele pendia na cruz, humilhavam-no com seu sarcasmo: "Que Cristo, o Rei dos Judeus, desça da cruz, para que vejamos e acreditemos".

Assim, eles sucumbiram a essa sede de milagres que por tanto tempo os alimentou; perseguiram e acusaram Cristo por aquilo que eles mesmos haviam inventado; colocaram Cristo na cruz, por causa dos próprios sonhos horríveis de poder deles, de força, de taumaturgia, de curas de desenganados, porque esperavam que ele despejasse prazer em suas entranhas e órgãos genitais mortos, sem que houvesse qualquer esforço da parte deles; porque esperavam que Cristo lhes trouxesse, à guisa de divertimento, o céu sobre a terra, que fizesse renascer o paraíso, onde o mel e o leite corressem à solta, onde seriam dispensados de pensar e de se preocupar, de cuidar dos doentes, de amar as crianças com o amor de Deus, de organizar suas vidas, de cultivar seus jardins, de recolher os frutos e de esperar pacientemente... Este é O PECADO.

Pobre alma de Jesus Cristo... Levado por um sentimento de confiança e de amor ele caiu na armadilha que homens maus, vazios, cruéis, sem Deus, armaram para ele. Esses cadáveres vivos, nos quais brilhava uma última lembrança do paraíso perdido por eles mesmos, exploraram a seu modo a agonia de Cristo. Até mesmo viram a escuridão tombar sobre a terra da sexta até a nona hora do sofrimento de Cristo. E não cessaram de mesclar sua sujeira com a esperança em Cristo na cruz, diante de seus olhos; não cessaram um minuto de sugar a alma generosa de Cristo para encher suas carcaças ocas; agarraram-se aos últimos lampejos de esperança de ter pregado na cruz um *verdadeiro* Deus e um *verdadeiro* Messias.

Enfim Cristo se deu conta, quando os últimos sopros de ar penetravam em seus pulmões, do que lhe havia acontecido, do pesadelo e do jogo indigno a que sua vida inteira fora lançada, por uma geração perdida, sem valores e sem Deus, de víboras e canalhas; ele sente que seu próprio Deus o havia deixado e exclama na agonia:

"E'lo-i, E'lo-i, La'ma Sa-bach-tha'ni?": "Meu Deus, Meu Deus, por que me abandonaste?"

Que pesadelo...

Durante milhares de anos, os descendentes dessas mesmas víboras, rodeando ou passando ao lado da cruz, estudarão, examinarão, digerirão, reproduzirão, parafrasearão, exorcizarão, embelezarão, enfeitarão a história de Cristo, mas o essencial passará sem que eles se apercebam, por entre seus dedos e seus cérebros, pois de outra forma eles próprios se enforcariam na árvore mais próxima.

ELES MATAM E DESAFIAM CRISTO PARA VER SE, POR ACASO, NO FINAL, ELE SE REVELARÁ O VERDADEIRO MESSIAS ENVIADO POR DEUS, CAPAZ DE SALVAR A SI MESMO.

Ouvindo as últimas palavras, eles entenderam: "Vejam, ele chama Elias", o profeta. Ele *não pode* falhar, ele não ousará falhar, ele não deve fazê-lo, sendo um Filho de Israel, santo e enviado por Deus.

Cristo não pode ousar fazer isto com eles. Eles são muito "sensíveis", muito "delicados" quando se trata de seus próprios sonhos. Não podem ser deixados lá, pendurados no ar, abandonados à própria sorte. Mesmo durante esses últimos minutos de sua agonia, Cristo *tem que* fazer *alguma coisa* por eles, dar-lhes outra dose de esperança na existência de um Messias, de redentores, de homens santos, prontos a morrer pelos pecados *deles*, de mártires dispostos a sangrar até a morte para dar sentido às vidas estéreis *deles*. Cristo não pode fazer isto com eles. Não pode morrer simplesmente como todos os outros Filhos do Homem assassinados antes dele por terem transgredido esta ou aquela lei. Ele não pode fazer isto, ele não ousará, o velhaco!

Eles não têm almas. Adoram para conseguir. O sentimento de amor os deixou para sempre. Por isso, Cristo não pode fazer isso com eles. Tentam prolongar a vida dele para que se realizem sonhos odiosos que eles têm. Um deles, levado pela ausência de piedade ou pelo desejo cruel de prolongar a agonia, embebe uma esponja em vinagre e a estende a Cristo. Outros, mais de acordo com suas maneiras de ser, nem mesmo dão a aparência de piedade e lhe dizem:

"Espere, vamos ver se Elias virá para salvá-lo..."

Mas Jesus Cristo dá um grito profundo e entrega sua alma.

As feras continuam a abusar de Cristo após sua morte. Inventam a história da cortina do templo que se rasga ao meio, de alto a baixo, no momento em que ele expira. É sempre possível que alguém, indignado com a sorte que reservaram a Cristo, tenha rasgado a cortina do templo para protestar assim contra o crime.

"E quando o centurião, que se encontrava diante dele, percebeu que ele dera seu último suspiro, disse: 'Realmente, este homem era filho de Deus'."

Por que tu, filho do Demônio, não viste isto antes, quando ainda era tempo de chamar o governador e salvar Cristo? Por isso, tu e tua espécie morrereis nos campos de batalha, em todo o mundo, em todos os tempos. O massacre não terá fim, nunca cessareis de morrer por vossa covardia diante da Vida moribunda que vós humilhastes.

Por todo o mal que fizestes à Vida viva e doce, vagareis pelo mundo, dando tapinhas nas costas dos vossos vizinhos porque tendes *medo* deles, tu e tua espécie encontrar-vos-eis em "reuniões mundanas", sacudidas por risos ocos, um copo de bebida na mão, para atenuar a dor de vossas almas; ajoelhareis nas igrejas e batereis em vossos peitos nas sinagogas, através dos tempos, e a única esperança que vos animará será o que conseguirdes através de novos Cristos; perseguireis a felicidade como cães, a língua seca e pendurada, babando, correndo na pista da falsa lebre que sempre estará um pouco mais à vossa frente.

Arranjareis outros bodes expiatórios, crucificá-los-eis por vossos pecados, de que nunca vos livrareis, a menos que comeceis a compreender como e por que o assassinato de Cristo continua através dos tempos. Não há outra saída, a não ser esta.

Chegará o dia em que cessareis de assassinar a VIDA. O Assassinato de Cristo terminará e uma noite profunda cairá sobre toda a vossa existência passada.

Cristo vos conquistou de uma maneira que nunca suspeitastes que fosse possível. Ele morreu, não para vos livrar dos pecados, mas para mostrar-vos claramente o que sois na realidade. Pouco importa que tenha sido necessário tanto tempo para compreenderdes a verdadeira significação do Assassinato de Cristo, que tentastes, com tanta tenacidade, esconder do espírito dos Homens.

A agonia de Cristo é vossa agonia, tanto no plano ativo quanto no passivo.

Estais suspensos na cruz, morrendo um milhão de vezes, inutilmente, para nada, roubados em vossa potencialidade e em todos os vossos sonhos de um destino mais nobre, mais puro.

Cedo ou tarde, tomareis consciência desta realidade e gritareis o mesmo grito de Cristo agonizante. Isso acontecerá, cedo ou tarde. E então cessareis de matar, de torturar, de talmudizar, de caluniar, de mentir, de espionar, de fazer política, de fingir que nada sabeis de tudo isto, inocentes filhos e filhas do demônio.

Vós carregais Cristo em vós, *e sabeis disto*. Talvez consigais escondê-lo, matá-lo em vós e em vossos filhos durante algum tempo ainda. Mas acabareis por falar a linguagem de Cristo e estremecereis aprendendo a viver seu modo de Vida.

Vossa crença na *ressurreição* de Cristo é *verdadeira*: a Vida Viva permaneceu *inabalada* andando pela terra, pura, sem pecados, sem que sua alma tenha sofrido a mínima humilhação durante trinta e três anos, até que morreu na cruz. Mas como ela era a Vida, não morreu realmente. A Vida não pode ser morta, nunca. Ela pendeu da cruz, sangrando por muitas chagas, mas é verdadeiramente invencível. Tendo expirado em um corpo, ela reviverá em outro corpo. Verterá muitas vezes seu sangue, através dos tempos, maltratada pela vida contrariada, dura, encouraçada, que não sente a doçura nos membros e que não suporta o olhar de um cervo, numa pradaria ensolarada, sem atirar, sem sangrar, sem arrebentar até a morte a quem a relembrar de seu paraíso perdido. Mas, no final, a Vida ressurgirá e vencerá o demônio pecador e mau, que nada mais é do que a força Vital apodrecida no corpo.

Cristo, que é Vida no sentido verdadeiro, renasce em cada fibra, de cada célula de cada criança, em cada geração, em cada nação da terra, irrevogavelmente, irresistivelmente, devido à luxúria do teu ventre que será de novo, um dia, *o Amor de Deus*. E homens sábios, com palavras inflamadas, ficarão atentos para expulsar o Inferno dos vossos miseráveis zés-ninguém para longe do vosso paraíso.

PRECE

OH, VIDA ETERNA...
COM A ESSÊNCIA DAS ESTRELAS –
RECUSAI VOSSA PIEDADE A VOSSOS ASSASSINOS...
ENVIAI VOSSO AMOR AOS RECÉM-NASCIDOS
DO HOMEM, DOS ANIMAIS E DAS PLANTAS...
LEVAI O HOMEM DE VOLTA A VOSSOS JARDINS TRANQUILOS.
DEIXAI, VIDA, VOSSA GRAÇA MAIS UMA VEZ
CAIR SOBRE AS ALMAS ABANDONADAS...
ESTABELECEI VOSSO REINADO SUPREMO.

Fim

Sobre as leis necessárias à proteção da *vida nos recém-nascidos* e da *verdade*

Um exame cuidadoso no campo da patologia social revela o fato de que não existem leis nos Estados Unidos que possam proteger diretamente a verdade factual contra a mentira e a agressão dissimuladas, motivadas por interesses irracionais. *Atualmente, a verdade encontra-se à mercê do acaso. Ela depende inteiramente de que um agente da lei seja pessoalmente honesto ou desonesto, emocionalmente racional ou irracional, e subjetivamente a favor ou contra funções concretas. Agir como um pioneiro em campos novos do esforço humano é muito difícil, uma vez que, em qualquer setor da sociedade, um indivíduo emocionalmente doente pode, impunemente, destruir o trabalho ou o conhecimento de que ele não goste, e uma vez que a verdade não está em condições de se defender contra o ataque dissimulado. É óbvio que o futuro dos Estados Unidos e do mundo depende, em grande parte, de que a educação racional dos recém-nascidos de cada geração capacite-os a assumirem decisões racionais quando adultos. (Ver Wilhelm Reich:* Children of the Future, OEB, *outubro, 1951.) De fato, até agora não existe nenhuma lei que proteja os recém-nascidos contra danos a eles infligidos por mães emocionalmente doentes e outros indivíduos insanos. Contudo, existem muitas leis antigas que há muito se tornaram obsoletas, devido ao progresso na compreensão da biologia humana, e que ameaçam de extinção os educadores progressistas se eles transgredirem* tecnicamente *tais leis antigas. Esses fatos, ao lado da atuação de indivíduos emocionalmente doentes na cena social, bloqueiam o progresso e a pesquisa de novos recursos na medicina e na educação. Ainda que as leis que visam ao bem-estar do povo em geral não possam nunca realizar mudanças concretas, as leis afirmativas da vida podem* proteger *aqueles que se empenham, na prática, pela melhoria do destino da humanidade. Portanto,* duas leis *deveriam ser estudadas e formuladas por legislaturas, instituições de ensino e fundações cujo trabalho esteja primordialmente dedicado a assegurar o bem-estar e a felicidade ao homem: uma para proteger a* VIDA NOS RECÉM-NASCIDOS, *e uma outra para proteger a* VERDADE *contra ataques dissimulados (fora da esfera das leis de libelo, que não são adequadas a este propósito).*

Exemplificando: a investigação verdadeira e completa sobre a vida amorosa natural das crianças e adolescentes, uma das tarefas mais cruciais para a higiene mental da atualidade, é restringida e se torna impotente pelo simples fato de que qualquer indivíduo biopata, que tenha sido deformado emocionalmente na infância ou adolescência através da frustração de suas necessidades de amor, está em condições de dar queixa a uma Procuradoria Geral, alegando que aqueles que investigam a questão da vida amorosa na infância e na adolescência e fazem algumas sugestões para a sua solução estão cometendo um crime, o crime de "sedução de menores". Caso o procurador concorde emocionalmente com o queixoso, a investigação do fato fica completamente à mercê do acaso. De acordo com uma experiência rica em situações reais, não há nada previsto nos livros estatutários quanto a processar o indivíduo biopata, com base em que a sua motivação não é a busca da verdade ou a de ajudar as crianças e adolescentes, mas somente a do ódio a tais procedimentos científicos. A motivação para uma acusação de-

veria sempre ser levada em consideração, exatamente como se leva em consideração o móvel do assassinato.

Este exemplo basta para ilustrar a situação. Os arquivos do Instituto Orgone contêm provas factuais suficientes para demonstrar que, de fato, a situação é muito ruim onde os esforços pioneiros se encontram oprimidos pela luta, certamente desesperada, contra tal irracionalismo, além das dificuldades concretas já envolvidas no trabalho pioneiro.

(Este é o texto de uma proposta feita ao Congresso dos Estados Unidos em novembro de 1952 pela FUNDAÇÃO WILHELM REICH.)

Apêndice

A arma da verdade
A lição de O ASSASSINATO DE CRISTO aplicada à Cena
Social do Período Americano (1940-1952)

ÍNDICE

O SIGNIFICADO BIOENERGÉTICO DA VERDADE 233
VERDADE E CONTRAVERDADE 247
O PARALELO DO ZÉ-NINGUÉM 252
QUEM É O INIMIGO? 255
DISTORÇÕES CHOCANTES DA VERDADE ORGONÔMICA 261
A RAIZ RACIONAL DA "RESSURREIÇÃO" 269
O SIGNIFICADO DA CONTRAVERDADE 278
O NOVO LÍDER 282

O SIGNIFICADO BIOENERGÉTICO DA VERDADE

A verdade é o contato pleno, imediato, entre o Vivo que percebe e a Vida que é percebida. A experiência da verdade é tanto mais plena quanto melhor for o contato. A verdade é tanto mais abrangente quanto mais bem coordenada são as funções da percepção viva. E a percepção viva é coordenada exatamente na medida da coordenação do movimento do protoplasma vivo. *Assim, a verdade é uma função natural na interação entre o Vivo e aquilo que é vivido.*
A verdade, basicamente, não é um ideal ético, como muitos acreditam. Tornou-se um ideal ético quando foi perdida com a perda do "paraíso", *i.e.*, a perda do pleno funcionamento do Vivo no Homem. Então a verdade foi suprimida, e apareceu o ideal da imagem de espelho da busca da verdade. Tampouco a verdade é algo por que se deva lutar. Você não luta para fazer seu coração bater ou suas pernas se moverem, e você, pela mesma razão, não "luta" pela verdade ou não a procura. A verdade está em você e atua em você da mesma forma que seu coração ou seus olhos agem, bem ou mal, de acordo com a condição de seu organismo.
O Vivo, em sua constante interação com seu ambiente, *vive* plenamente a verdade até o grau em que esteja em contato com suas próprias necessidades ou, o que significa a mesma coisa,

com a influência do ambiente para satisfazer às necessidades naturais. O homem da caverna, a fim de sobreviver, tinha que conhecer os hábitos dos animais selvagens, *i.e.*, tinha que conhecer a verdade sobre o modo de viver e agir deles. O aviador moderno, a fim de chegar em segurança ao seu destino, deve estar em pleno contato com e plenamente reativo a cada golpe de vento, à mais leve mudança no equilíbrio de seu avião, à clareza de seus próprios sentidos e aos movimentos de seu corpo. Ele voa verdadeiramente. A mais leve confusão de sua reação sensorial ao seu ambiente interior e exterior o mataria. Assim, ele vive verdadeiramente quando controla os elementos e sobrevive. Ainda, ele não "procura" ou "batalha" pela verdade enquanto voa.

A verdade, portanto, é uma função natural, da mesma forma que andar ou correr ou caçar o urso para o esquimó ou encontrar os rastros do inimigo para o índio. Do ponto de vista da totalidade do funcionamento natural, ela é uma parte integrante do organismo e depende tanto da integridade quanto da integração de todos os sentidos. *O primeiro sentido*, ORGONÓTICO, *deve estar intacto*. A verdade, não importa em qual domínio da vida ou qual seja seu escopo, é, desta forma, um instrumento do Vivo, alinhada com todos os outros instrumentos que são dados ou moldados pelos sentidos e pela motilidade organísmica. O uso da arma da verdade é, portanto, o uso do contato mais pleno possível com todas as situações da vida; o sentir, o conhecer, o contatar e o influenciar de tudo, dentro e fora. Portanto, a verdade é uma função mais aparentada ao crescimento, uma vez que o desenvolvimento é reação da expansão e variação a diversos estímulos externos e internos. Somente o organismo verdadeiro pode crescer através da experiência, e o organismo que não pode crescer não é verdadeiro, *i.e.*, não está de acordo com suas próprias necessidades bioenergéticas. Permanece instalado no lugar.

Há certas verdades que são dadas *a priori* pelos sentidos e movimentos. Que a Vida, Viva, é MOVIMENTO constante é uma dessas verdades autoevidentes por si mesmas. Que o Amor é a fusão de dois organismos é uma outra dessas verdades, autoevidente pela sensação de anseio por fundir-se, fusão efetiva e perda da identidade individual circunscrita, durante o abraço. Que existe alguma coisa muito viva e emocionalmente animadora e vibrante e doadora de vida na atmosfera ao nosso redor é uma outra dessas verdades autoevidentes, não importa que isso seja chamado Deus, ou Espírito Universal, ou Grande Pai, ou Reino dos Céus, ou Energia Orgone. Essa experiência é comum a todos os homens, e é indelével. É muito mais antiga e mais persistente do que qualquer outra percepção menos abrangente de alguma coisa. Observe uma *cocker-spaniel* a cuidar de seus filhotes, e você saberá o que se quer dizer aqui, *o que é a verdade naturalmente dada*. A verdade não é algo a ser aprendido ou comunicado ao organismo. Ela é inata, como uma função crucial dentro do organismo, e se desenvolve enquanto o organismo mantém seu funcionamento unitário, isto é, sua sensibilidade orgonótica plena.

Com a perda do paraíso, *i.e.*, com a perda da Vida viva, com a exclusão de funções cruciais dos sentidos do homem, tais como a do abraço genital de acordo com as necessidades naturais, o "BUSCADOR DA VERDADE" irrompe neste mundo da humanidade devastada. O que é chamado "Pecado" pelo mundo Cristão, "Sabotagem" pelos Fascistas Vermelhos, "Ignorância" pelo cientista, é a expressão da perda do contato orgonótico pleno com a própria vida; consequentemente *contatos substitutos, falsos, inadequados* tiveram que se desenvolver para manter a Vida, como se esta estivesse sobre muletas. (Sobre "ausência de contato" ver *Character Analysis*, 3.ª edição, 1948.) Assim é a peste em seu surgimento. Com o pecado apareceu o profeta; com a doença, o xamã. E entre eles houve raramente, muito raramente, um Cristo que tenha ousado tocar plenamente a realidade, sem restrição, ainda aqui e acolá limitado pelas barreiras de seu tempo, sua cultura ou os costumes de seu povo.

Para a compreensão da peste emocional, é muito importante notar que a busca da verdade se torna mais artificial e fútil quanto mais o que ela busca estiver próximo das emoções genitais da humanidade. Cristo tocou exatamente no fato de que o homem está perdendo a Vida viva dentro de si mesmo – o que, em última instância, é a perda de seu funcionamento genital em troca da foda seca, vazia, frustrativa, forçando-se desesperadamente em direção ao paraíso perdido – e, por isso, sua verdade era profunda, de dimensões cósmicas, e conquistou uma grande parte do mundo. Por isso, também, sofreu a *pior* de todas as distorções, a distorção centrada sobre o "Pecado da Carne". No ato de buscar a verdade, em vez de viver a verdade, a EVASÃO DA VERDADE tornou-se a companheira inseparável da busca da verdade. Desde então, prevaleceu a evasão da verdade e não mais a busca da verdade.

Isto é facilmente compreensível. A verdade, como uma manifestação do mais pleno contato da Vida consigo mesma e com seu ambiente, está indissoluvelmente ligada à economia da energia Vital. A Verdade, consequentemente, se vivida plenamente, suscita as mais profundas emoções e, com as mais profundas emoções, eleva a uma alta atividade o impulso pelo abraço genital. *Desde que, agora, o núcleo da liberação de energia do Vivo foi excluído e ostracizado pelos homens através dos tempos, a verdade precisa também ser evitada.* Cada movimento em direção à verdade trouxe o homem inevitavelmente para mais perto da função perdida. Não é de admirar, portanto, que cada buscador da verdade fosse acusado de "imoralidade", em todos os tempos e em todas as culturas erigidas sobre a supressão genital, e que a mente reacionária sempre combatesse a verdade como o caminho do diabo em direção à "imoralidade".

Quanto mais a genitalidade é excluída dos sentidos e atividades do homem, quanto mais cerrada a luta contra a verdade, mais completa é a transformação de uma verdade *biológica* numa "verdade" *mística*. A religião Cristã é uma religião *mistificada* do Vivo, dirigida contra a própria realidade do que ela representa e adora como um ideal. Todas as virtudes *reais* da natureza reaparecem como virtudes *ideais*, pelas quais se deve lutar. Com isto, está sempre nascendo a dicotomia entre o diabo, que é um Deus pervertido, e o domínio da ética.

A EVASÃO DA VERDADE, tão característica do homem que perdeu o paraíso, *i.e.*, que perdeu o sentimento de Deus em seu corpo, tem, consequentemente, sua bem justificada *raison d'être*. A verdade, sob as condições da supressão plena das leis da Vida, desenvolve exatamente aquelas emoções que decomporiam a maneira de viver comum que se tornou crucial à existência do homem *encouraçado*. A verdade, penetrando até o núcleo da miséria do homem, *bloquearia* as alegrias que ele se habituou a obter na sua vida substitutiva: os casinhos secretos de amor, as feriazinhas de duas semanas, a alegriazinha de ouvir o rádio, a extravaganciazinha. Ela perturbaria seriamente seus ajustamentos *necessários* ao difícil modo de vida sob dadas condições estruturais e de trabalho. Deixe um índio americano ou um esquimó do norte ou mesmo um camponês chinês viver em pleno gozo das mais avançadas conquistas técnicas da civilização, e eles ficarão desamparados em seu modo usual de vida. Essas são coisas banais. O que se quer dizer aqui, essencialmente, é que a perturbada estrutura de caráter do homem contemporâneo tem seu significado e função *racionais* que não podem ser simplesmente descartados, como os mascates da liberdade, em todas as nações, advogariam que se fizesse. Eles ignoram o que significa a "adaptação". Não conseguiriam controlar nem um simples colapso nervoso provocado pela incapacidade de agir efetivamente de acordo com os sonhos.

Mesmo o sonho do paraíso, não importa sob que forma apareça, é racional e necessário. Dentro de uma realidade conturbada, ele enche o coração com uma lembrança do antigo brilho da Vida, como uma garota *pin-up* que estimula as entranhas do soldado na linha de fogo. É verdade que essa garota *pin-up* funciona como uma tortura contínua, mas também ajuda a alimentar o sonho da vida.

Tudo isso nos diz que, embora a verdade seja crucial e seja a única arma capaz de desarmar a peste, ela provavelmente não pode ser comandada, ou injetada, ou ensinada, ou imposta sobre ninguém que não a tenha cultivado em seu organismo desde muito cedo. A VERDADE ESTÁ SENDO EVITADA PORQUE É INSUSTENTÁVEL E PERIGOSA AO ORGANISMO QUE É INCAPAZ DE USÁ-LA.

A verdade significa o contato pleno e simultâneo consigo mesmo e com o ambiente. A verdade significa conhecer os próprios caminhos como distintos dos caminhos dos outros. Impor ao próximo a verdade que ele não pode viver significa estimular emoções que lhe são impossíveis de suportar; significa pôr sua existência em perigo: significa retirar o equilíbrio de um modo de vida bem estabelecido, ainda que desastroso.

A verdade não é o que o prostituto político russo acha que ela tem que ser: um instrumento de poder, a ser alterado sempre que se queira. Não podemos mudar a verdade, como não podemos mudar nossa própria estrutura básica de caráter.

Isso deve ser constantemente lembrado como uma proteção contra os profetas que veem a luz, é verdade, mas não sabem como possibilitar que seus companheiros a usufruam em paz e plenamente. Isso, por sua vez, leva a advogar o diabo.

Existe, contudo, um elemento racional irracional na perseguição da verdade, que não pode ser ignorado se a vida verdadeira tiver eventualmente que prevalecer. É como se a verdade se voltasse criticamente contra si mesma. Se ela tem sido perseguida através dos tempos, isso tem uma razão verdadeira, deve haver uma boa razão para isso. Houve uma boa razão para a ascensão do fascismo de ambos os tipos, negro e vermelho: *o fascismo despertou um mundo adormecido para as realidades da estrutura de caráter irracional, mística, dos povos do mundo.* O racional da influência maléfica do fascismo do século vinte sobre as massas asiáticas é uma advertência séria sobre os danos que a transformação mística da Vida viva tem provocado em bilhões de seres humanos através dos tempos. Tais funções racionais dentro do terrível irracional são uma parte da Vida viva, e o organismo verdadeiro se conscientizará disso. Se não concordamos exatamente com o mandamento de amar o próprio inimigo, podemos prontamente concordar com que "Ama Teu Inimigo" tinha o significado de "*Compreende* os motivos de teu Inimigo". Antes da ascensão de Hitler ao reino de terror, nem um simples político proeminente na Alemanha tinha realmente estudado o evangelho de Hitler. Assim, eles se limitaram a tagarelar, dizendo que ele era um "lacaio da burguesia". *Conhecer o racional no profundamente irracional é a marca do vivo verdadeiro, i.e.*, da percepção plenamente viva das condições da nossa própria vida. Somente pela estúpida autorretidão que traz dentro de um saco vazio, o mascate da liberdade consegue se achar plenamente perfeito e o inimigo plenamente mau. Há um motivo racional nos piores acontecimentos. A situação grave na qual se encontra hoje a juventude, a assim chamada delinquência juvenil, que significa, em seis dentre dez casos, a realização do abraço natural sob as circunstâncias mais devastadoras, tanto interna como externamente – esta situação é, na verdade, uma advertência, dirigida a um mundo instalado no imobilismo, sobre as leis da Vida viva dentro de um organismo em maturação. E essa voz não cessará de gritar até que o mundo deixe seu imobilismo e comece a se mover para diante.

A evasão da verdade em questões da condição dos adolescentes é *racional* da parte dos órgãos educacionais e médicos que suportam grandes responsabilidades; eles *não saberiam como* começar a fazer, *o que* fazer, *onde* atuar num simples caso de miséria da adolescência. Devido à sua evasão crônica e à contínua deturpação do problema, eles perderam a capacidade de aprender a saber como agir. As velhas leis não são adequadas. Jamais foram. A polícia não é o agente adequado para lidar com a miséria dos jovens, exceto em casos de um crime aberto contra a vida e a segurança. Os médicos formados em escolas médicas que se esquivam completamente do assunto ("NUNCA TOQUE NISSO") ou aderem a conceitos velhos, errôneos, fora de moda, determinados por pais e educadores velhos, fora de moda, secos e sem vida, não podem, provavelmente, assumir a responsabilidade ou fazer o que quer que seja. Os educadores se encontram numa situação similar. Portanto, a peste se mantém a si mesma. A evasão do problema torna-se racional, de uma forma péssima. E proclamar toda a verdade sobre a peste, sem a preparação para o seu extermínio efetivo, seria igualmente criminoso. Milhões de adolescentes, sem pais que compreendam sua situação, sem apoio público, sem amparo de qualquer espécie e, além disso, com uma estrutura frustrada e mentes doentias, o que poderiam fazer com toda a verdade sobre suas vidas?

O conhecedor da miséria da adolescência barra o caminho do mascate da liberdade. O mascate negocia "liberdade de sexo" para adolescentes como costumava negociar "pão e liberdade", sem a menor ideia de como o pão e a liberdade deviam ser obtidos; assim, da maneira mais perigosa, ele venderia – como realmente *fez* por algum tempo, até que foi detido – "liberdade de sexo para a juventude". Nenhuma solução de qualquer problema social maior é possível sem o apoio pleno do público e sem o conhecimento pleno do que está em questão. Devemos, por todos os meios, cortar pela raiz o florescimento de um novo ramo de injúria social, o *Mascate da verdade*. Ele provocará mais dano do que qualquer mentira jamais provocou.

A solução do problema da adolescência e, com ele, da delinquência juvenil, exige:

Uma transformação total nas questões de convivência extra-marital de rapazes e garotas, para que esta seja assegurada por lei.

Cooperação plena dos pais, baseada numa compreensão racional, médica, da adolescência.

Uma educação das crianças, *desde a infância*, que assegure uma estrutura de caráter que possa suportar os golpes duros de uma vida rica e que seja capaz de adaptação plena às leis da bioenergia.

Apoio total por parte da administração social.

Habitação para a população, levando em conta a necessidade de privacidade para os adolescentes.

Número suficiente de educadores e médicos, *eles mesmos saudáveis*, que estariam de plantão para emergências. Isso exigiria pleno reconhecimento público da evasão da verdade, por parte dos psicanalistas que hoje ajudam a formar a opinião pública sobre a sanidade mental.

Uma revisão completa de nossas leis antigas relativas a estupro e sedução de menores para estabelecer uma distinção entre *amor na adolescência* e *sedução* realmente criminosa.

Adoção plena da biologia humana (no sentido *orgonômico*) como matéria nas escolas.

Proteção adequada contra a peste emocional que poderia causar, e certamente causaria, danos nefastos aos jovens que vivem felizes.

E muitas outras questões sérias que seriam levantadas no devido tempo.

Tudo isso é desconhecido e, se conhecido, é inacessível ao *mascate da liberdade*. Será igualmente inacessível ao *mascate da verdade*. Seu único interesse é arrebanhar a juventude para suas organizações por meio da exploração política da miséria sexual da juventude. No futuro, os mascates da liberdade, assim como tão frequentemente fizeram no passado, iniciarão movimentos de juventude e mais tarde trairão o próprio núcleo da vida dos adolescentes, tornando-se mais reacionários do que o velho e bom conservador, uma vez que prometeram mais do que eventualmente poderiam cumprir. Cuidado com o mascate da liberdade em questões de amor e Vida. Ele não leva a sério o que diz. Nada sabe sobre a Vida e os obstáculos em seu caminho. Transforma todas as realidades em formalidades e todos os problemas práticos da Vida viva em ideias sobre um paraíso futuro da humanidade. De fato, desta mesma forma, ele lança a si mesmo e, se levado ao poder por massas iludíveis do povo, lança também toda a população na extrema miséria.

O mascate da liberdade elabora, a partir de questões verdadeiras, uma isca para atrair o povo a uma armadilha. A verdade para ele é um "ideal" e não um *modo* diário de fazer as coisas. Ele acredita que defende a verdade, uma vez que é correto. O conservador que, a partir de um conhecimento instintivo das grandes dificuldades ligadas à busca da verdade, defende o *status quo* na vida social, é muito mais honesto. No mínimo ele tem uma chance de continuar decente. O mascate da liberdade, se deseja continuar seu caminho, *deve* vender sua alma ao diabo.

A verdade deveria ser usada cautelosamente contra o *medo* da verdade *que é justificado* por condições reais. A verdade não pode ser usada como um instrumento sem infligir dor, frequentemente dor violenta; mas ela também não pode ser usada como uma droga medicinal. É uma parte integrante do caminho da vida do futuro e *tem que crescer organicamente nos sentidos e movimentos primais em nossas crianças desde o começo*, na infância. E isso exige proteção social e legal que nenhum mascate da liberdade ou da verdade está disposto ou é capaz de dar.

Toda verdade como *um modo de viver* exige uma oportunidade para se expressar livremente. Ela então crescerá por seus próprios meios. Ela só precisa de uma chance igual à que se dá à mentira, à intriga, à malignidade e ao assassinato da Vida.

Isto é pedir muito?

A verdade só poderá ser usada como uma arma contra o Assassinato de Cristo se ela tiver crescido corretamente, como uma árvore, e estiver se ramificando como um carvalho na floresta.

Um corpo que mente por meio de seu próprio movimento, uma alma que mente no modo pelo qual se expressa – não conseguindo fazer de outro jeito –, não pode ter a verdade implantada ou injetada em suas veias. A verdade, em tais embalagens, tornar-se-á uma mentira muito pior do que a mentira simples desenvolvida para a proteção do remanescente do próprio Eu. Tal verdade, injetada e transformada numa mentira, seria um terrível assassinato. Teria de *provar* continuamente que NÃO é uma mentira, que é VERDADE *per se*, que *não* acreditar que ela é a própria essência da verdade é sacrilégio contra a fumaça sagrada da igreja ou do Estado, contra o patrão ou a diretora, contra o governante ou a nação, contra isto ou aquilo. Ouça a proclamação das "verdadeiras verdades bolchevistas" e você saberá imediatamente qual é a aparência da verdade e como ela age, injetada em corpos distorcidos e transformada em mentiras.

Portanto, cuidado com o mascate da liberdade que vende verdades como cordões de sapato no mercado. Ele é pior do que um ladrão de cavalo. O ladrão de cavalo não promete o céu sobre a terra; apenas rouba um cavalo. O ladrão de cavalo é enforcado numa corda pendurada na árvore, mas o mascate da liberdade continua livre.

O mascate da liberdade recusa-se a compreender por que tem havido mentira no mundo por tanto tempo e em tantas pessoas.

Aprende a reconhecer o mascate da liberdade por sua retidão, por sua vigorosa verticalidade, por seu dedo em riste como o bastão corretivo do professor; aprende a conhecê-lo por seus olhos cruelmente brilhantes e sua voz irritante, por sua boca rígida e seu dogmatismo inumano na busca do impossível.

A verdade que cresceu organicamente num corpo verdadeiro é uma verdade que combate a falsa verdade desenvolvida em mentes rígidas que negam a realidade da natureza e suas manifestações. A seiva da vida se foi de seu sangue. Essas mentes acreditam que a verdade é o que se segue logicamente de uma determinada premissa. A verdade é o que revela a ti, antes de tudo, por que a verdade é tão rara e tão difícil de ser obtida, e por que existem impostores da verdade que renegam a realidade de nossa existência.

O sistema de um lunático não é de verdade embora ele derive logicamente de suas premissas. Contudo, há *algum* germe de verdade em tudo o que é proclamado pelos homens.

O povo evita a verdade porque a primeira parcela de verdade expressada e vivida colocaria mais verdade em ação, e assim por diante, indefinidamente. Isso afastaria das trilhas costumeiras de suas vidas a maior parte das pessoas. Mas as pessoas sabem, basicamente, o que é verdadeiro e o que não é, mesmo que elas, frequentemente, prestem auxílio à mentira. Apoiam a mentira porque a mentira tornou-se uma muleta sem a qual a vida não seria possível. É por isso que, no intercurso humano comum, a verdade, e não a mentira, é suspeita de falsidade.

A partir da mentira na vida cotidiana, as pessoas desenvolveram uma técnica para conhecer a mentira e se reconciliar com ela, viver com ela, por assim dizer. Usar a verdade contra essa mentira colocaria o cruzado para lá da cerca da comunidade humana.

Não é uma questão de "proclamar a verdade", mas de *viver a verdade à frente do próximo*. E isso *é* possível, mas somente se a verdade for uma verdade *autêntica*, e não uma verdade confeccionada, cozinhada, proposta ou propagada. A verdade deve ser um pedaço de teu Eu como o é tua perna ou teu cérebro ou teu fígado. De outra forma, não tentes viver uma verdade que não é aparentada a teu ser total. Ela se converterá imediatamente numa mentira, e numa mentira ainda pior do que a mentira que cresceu organicamente nos substitutos da vida social.

E esta é a verdadeira dificuldade em penetrar a verdade que alguém vive. Corres o perigo de ser uma voz no deserto se pregares a verdade. *Não pregues a verdade*. Mostra às pessoas, através do exemplo, como encontrar o caminho para os *seus próprios* meios de viver verdadeiramente. Que as pessoas vivam *suas próprias* verdades, e *não* a tua verdade. O que é verdade orgânica para um não é absolutamente verdade para um outro homem ou mulher. Não há nenhuma verdade absoluta, como não há duas faces iguais. E entretanto existem funções básicas na natureza que são comuns a toda verdade. Mas a expressão individual varia de corpo para corpo, de alma para alma. É verdade que todas as árvores têm raízes no solo. Mas a árvore concreta A não poderia usar as raízes da árvore concreta B para tirar alimento do solo, uma vez que não são as suas raízes. Manter o especial no comum, a variação na regra, é a essência da sabedoria. A variação divorciada do comum, a diferença, é o caminho do mascate da liberdade junto a sua juventude. O caminho do comum e a regra ditatorial para todos é o caminho do mascate da liberdade *quando sua juventude o abandonou*.

O mundo está dividido entre um e outro. Isso é chamado atualmente "individualismo" e "estatismo", e será chamado por muitos outros nomes antes de se esvanecer da face da terra. As crianças que viverão as leis da Vida, tal como atuam nas árvores de uma floresta ou nos pássaros ou no milho dos campos, ainda não nasceram.

A venda da liberdade rouba à verdade a sua oportunidade de provar-se, de afiar seus instrumentos, de estruturar sua conduta, de conhecer seu inimigo, de lidar com a dificuldade, de persistir no perigo, de aprender onde ela pode se converter numa mentira pior do que a mentira original. Portanto, não se pode dar nenhuma regra de como usar a arma da verdade, como muitos leitores podem ter esperado destas páginas. É novamente um sinal da mistificação de Cristo o fato de que regras de conduta comuns a *todos* sejam esperadas de *um outro* profeta. Isto é fugir da dificuldade em encontrar tua própria verdade específica, dentro do teu próprio Eu específico, adequada a *ti*, e a ninguém mais.

Há somente *uma* regra comum válida para encontrar a verdade específica válida para ti. Qual seja: aprender a ouvir pacientemente em ti mesmo, dar a ti mesmo uma chance de encontrar teu próprio caminho, que é teu e de ninguém mais. Isto não leva ao caos e ao anarquismo selvagem mas, em última instância, ao reino onde *a verdade comum a todos* está enraizada. Os caminhos de acesso são múltiplos e nenhum é igual a outro. A fonte de onde a seiva da verdade está fluindo é comum a todos os seres vivos, muito além do animal homem. Isto tem que ser assim, porque toda verdade é uma função da Vida viva, e a Vida viva é basicamente a mesma em tudo que se move por meio de pulsação. Portanto, as verdades básicas em todos os ensinamentos da humanidade se assemelham e levam somente uma coisa comum: *encontrar teu caminho para a coisa que sentes quando amas carinhosamente, ou quando crias, ou quando constróis tua casa, ou quando dás à luz os teus filhos ou quando olhas para as estrelas à noite.*

Consequentemente, foi comum a todos os sábios que conheceram a verdade ou que estavam buscando a verdade a expressão em seus olhos e o significado do movimento vivo em seus rostos. É triste mas verdadeiro que o grande palhaço no circo carrega essa expressão por trás da máscara. Ele tocou em grandes verdades. É exatamente o oposto do alarido de uma multidão atirando pedras em vitrinas. Está longe do risinho de uma garota coquete que atrai os homens para descobrir, reiteradamente, como um homem poderia ser perigoso para ela. É o contrário das feições de um carrasco ou da expressão no rosto de um libertador dos povos, seco, cruel, habilidoso, furtivo, oculto, impiedoso, inescrupuloso. *Conhece os rostos dos falsos libertadores.* Aprende a vê-los onde quer que se levantem, potenciais ou maduros. Aprende a conhecer o esperto oportunista que não consegue olhar direto em teus olhos. E saberás, por comparação, com o que se parece a verdade.

A verdade não conhece linhas partidárias, nem fronteiras, nem a diferença dos sexos ou de idades ou de língua. É o modo de ser comum a todos, e potencialmente pronto a agir em todos. Esta é a grande esperança.

Mas a verdade está presente apenas *potencialmente*; não está pronta ainda a agir, como a semente no campo está apenas potencialmente presente para produzir o pão no fruto. A seca e a geada podem detê-la no ponto em que está e impedi-la de produzir frutos.

A peste emocional é a geada e a seca que impedem que a semente da verdade produza o fruto. A peste reina onde não é possível à verdade viver. O olhar, portanto, deveria focalizar primeiramente a peste e não a verdade, a prevenção da seca e da geada, mais do que aquilo que o broto fará ou poderá fazer. O broto saberá de seus caminhos para o sol doador de Vida. É a peste que mata o movimento do broto e, portanto, isso exige toda a nossa atenção. Não é o aprendizado do andar da criança, mas a pedra ou o precipício em seu caminho que deve ser observado. Uma parte da tragédia do homem é ele não ver o precipício e acreditar num andar perfeito, pronto, da criança, ao invés de remover o obstáculo do caminho da verdade em crescimento.

É assim que a verdade deveria ser usada.

VERDADE E CONTRAVERDADE

Usar a verdade como uma arma implica não só dizer o que se encontrou como verdadeiro mas também, e em primeiro lugar, saber por que esta verdade particular *não* foi encontrada ou mencionada antes. Poderia ter sido por falta de conhecimento técnico ou científico; também poderia ter sido porque tal verdade teria posto em perigo uma importante formação institucional ou estrutural. Portanto, antes de proclamar a verdade, dever-se-ia conhecer o *obstáculo* a esta verdade. De outra forma, a evasão desta verdade será neutralizada somente por meio da mascateagem da liberdade, *i.e.*, pela proclamação da verdade como salvação. E é exatamente isto que é muito pior do que a mentira institucional para o estabelecimento da vida verdadeira.

A servidão humana está sempre pronta a estabelecer uma mentira institucional. Uma família é mantida unida pela servidão humana, que em muitos casos repousa em alguma medida numa mentira institucional. A consideração pelas crianças pode evitar a franqueza em questões sexuais, que subverteria a instituição viva. Dizer a verdade e estabelecer a vida verdadeira sempre está associado a arriscar a amizade e a servidão humana. A verdade e a servidão humana estão ambas enraizadas em necessidades vitais. Portanto, se a servidão humana obstrui a verdade, não é possível nenhuma decisão sobre qual delas seguir, a menos que se conheça exatamente a *outra verdade*, a *"contraverdade"*, que mantém a mentira institucional. Assim uma verdade deve ser pesada ao lado de outra verdade: *Qual é*, NO MOMENTO, *mais crucial*? E, na longa caminhada ou em relação à maioria dos seres humanos, qual é mais importante?

Se a verdade envolver o risco de destruir a instituição desta família específica, com nenhum benefício derivado para os aspectos mais amplos das inter-relações humanas, a contraverdade deve prevalecer e a verdade deve recuar ou esperar até que ganhe validade ubíqua, prática. Neste último caso, a contraverdade deve recuar. Se você pode salvar as vidas de mil crianças arriscando a segurança familiar de duas ou três crianças, em uma família erigida sobre uma mentira institucional, o interesse pelas mil crianças supera o interesse pelas duas ou três. Mas se arriscar a segurança de duas ou três crianças não ajuda muitas crianças, não há nenhum sentido em proclamar uma verdade "em princípio".

Ao usar a verdade como uma arma contra a peste, devem ser bem consideradas as relações da verdade *em princípio* com a verdade *em particular*. É basicamente e em princípio verdadeiro que o problema da genitalidade adolescente e com ele o flagelo do que é chamado *"delinquência juvenil"* não pode jamais ser resolvido sem o estabelecimento pleno de uma vida amorosa plena, gratificante e assegurada a todos os adolescentes. Deve-se aderir a esta verdade basicamente e sob qualquer circunstância se se quiser assegurar a solução em grande escala do problema da juventude como um todo. Contudo, em cada caso particular, trata-se de considerar a *contraverdade* que nos poderá dizer que num certo grupo ou numa determinada situação a aplicação da verdade básica seria desastrosa. O grupo de adolescentes em questão pode não estar socialmente ou estruturalmente pronto para viver esta verdade, ou seu ambiente poderá reagir a tal viver de um modo mais perigoso do que a carência que já está envolvida em sua situação atual. Em um outro caso, a verdade particular poderá estar de acordo com a verdade básica; então não haverá dificuldade, como, por exemplo, no caso de a escola e o lar estarem de acordo quanto à solução básica do problema da adolescência.

Quando as pessoas, como tantas vezes são propensas a fazer, colocam suas inter-relações sociais bem à frente da busca do viver verdadeiro, que é inseparável de pôr em risco as amizades, a verdade deve sempre ser pesada ao lado da contraverdade. Essas pessoas agora resistem à verdade porque suas necessidades precisam contar com a contraverdade, ou será porque elas são covardes, têm medo de seus vizinhos e amigos e continuam afagando-os como a animais selvagens, a fim de acalmar sua ira para que esta não irrompa? Em tais casos, a busca da verdade é clara:

em se tratando de questões de verdade válidas para vastos domínios básicos, não se admite a tal apaziguação maligna de animais quando se tem por tarefa levar adiante a verdade salvadora. Isso se aplicaria a qualquer psiquiatra que esteja encarregado de um centro de higiene mental, ou a um grupo de trabalhadores sociais encarregados de cuidar de um setor da cidade onde a miséria juvenil predomina em larga escala.

Se alguém consente em dar tapas ou palmadinhas nas costas, para se pôr a salvo do embaraço de fazer inimigos na busca da verdade, esse alguém é um covarde puro e simples, e não serve para a tarefa. Neste caso, esse trabalhador específico está interessado apenas em sua própria segurança e não se importa com o que acontece às pessoas que estão sob seu cuidado. É melhor que ele seja afastado de seu emprego se este requer espírito pioneiro e coragem, tanto quanto habilidade em lidar com a peste.

Contudo, se um trabalhador social tem como função apenas proporcionar a famílias condições elementares de vida, tais como moradias ou empregos, que usualmente não acarretam nenhum obstáculo por parte da peste, não deveria pôr em risco a manutenção desse emprego proclamando uma verdade mais básica e mais arriscada.

Assim, o uso da verdade é uma arte em si mesmo, uma arte que deve ser pacientemente desenvolvida pela experiência, como qualquer outra arte, a fim de se adquirir a habilidade necessária para usar a verdade importante como uma arma na luta contra a peste. Do contrário, somente se adicionaria o "mascate da verdade" ao "mascate da liberdade" e se faria de tudo um aborrecimento, sem alcançar um só objetivo do seu trabalho.

Também a verdade não pode ou não deveria ser "infiltrada" num grupo ou numa situação social se não estiverem prontos a absorvê-la. O uso de métodos furtivos tornará inevitavelmente a verdade em si mesma furtiva e, assim, completamente inútil. É uma coisa absolutamente diferente encontrar a contraverdade, eliminar a sua *raison d'être* e substituí-la cuidadosamente pela verdade básica. Um orgonomista que comece a subverter um hospital inteiro e ameace sua própria posição proclamando a verdade sobre a medicina orgonômica é apenas um impertinente. As pessoas em dificuldade sentem a verdade e *virão a ti* se esperares pacientemente, se lhes deres uma oportunidade de amadurecer até o que elas necessitam. Então o encontro com elas não será difícil.

Contudo, um tal procedimento racional pode facilmente ser substituído pelo procedimento impertinente do tipo tapinha-nas--costas-para-acalmar-a-fera, e mesmo ser usado como uma proteção para manter a própria segurança interior. Isso deveria ser combatido com todos os meios da verdade básica. Tais fraudulentos e bem-sucedidos tapinhas nas costas e beijinhos na face fazem parte do vasto exército da peste, que serve para manter sua posição e não se importa com quantas crianças morrem ou quantas pessoas padecem até à morte, contanto que suas amizades falsas estejam garantidas. Não é preciso dizer que isto nada tem a ver com a *verdadeira* amizade. É como a amizade de ladrões que sabem exatamente que cada um deles só está esperando o momento oportuno para cortar o pescoço do comparsa. O mundo de diplomacia, reuniões sociais, chás, delegação e barganha está cheio de tais maquinações para evadir a verdade que de um golpe tornaria desnecessário qualquer tapinha nas costas e substituiria a falsa amizade pela verdadeira camaradagem entre pessoas que estariam lado a lado e na mesma roda. Tais pessoas não têm medo de colocar as amizades à prova suprema, que é a de arriscar a ultrapassar o limite da tolerância.

O novo líder terá que ser um perito em distinguir a amizade humana genuína do vazio de domar-o-animal-selvagem que posa como sendo amizade. É o irmão gêmeo da sanguessuga que seduz o gênio abortado, por sua admiração mística, para a liderança ditatorial ou o martírio religioso.

Conhecer a contraverdade que apóia e justifica a mentira institucional é uma parte da tarefa de superar a miséria social. Deve ser cuidadosamente executada para que a verdade, prenhe de desenvolvimentos futuros, não se converta numa mentira pior do que aquela que deve ser abolida deste mundo.

Em suma, deve-se impedir que a verdade seja colocada num espelho para admiração vazia e para o objetivo explícito de ocultar um outro Assassinato de Cristo.

Vejamos agora se a publicação de um livro como O ASSASSINATO DE CRISTO está de acordo com suas próprias regras de evitar falar a verdade em princípio. As contraverdades a uma publicação como esta há 500 ou mesmo 100 anos teriam evitado a publicação desta verdade, se ela tivesse sido conhecida. Não existia naquele tempo nenhuma consciência geral da miséria sexual; não existia nenhum conhecimento da estrutura humana de caráter; não havia a mais leve noção de massas de pessoas despertando para a Vida; não havia nenhum conhecimento disponível para lidar com o escolasticismo medieval; não havia nenhum estudo ou experiência em sexologia científica; a igreja Cristã não tinha sua natureza atual que – pelo menos – fala sobre o problema da vida amorosa humana; não havia nenhum conhecimento de contracepção, antissépticos, armadura de caráter, genitalidade infantil, repressão sexual; estas coisas tiveram que surgir antes de a igreja Cristã poder começar a mudar. A reforma da Cristandade teve que reformular o mundo do ascetismo Católico. No momento, uma nova reforma está se desenvolvendo dentro da igreja, tal como falar em planejamento familiar, em lidar com a sexualidade infantil e mesmo em amor fora do casamento.

A ciência do homem chegou mais perto da visão cósmica do homem na Cristandade (ver COSMIC SUPERIMPOSITION), e a igreja teve de encarar as realidades plenas da vida. O livro de Renan sobre Cristo teve de ser publicado, e a psiquiatria teve de se apropriar da humanidade. À luz de tudo isso, podemos esperar que a igreja Cristã logo mude seu ponto de vista sobre o Amor de Cristo que é amor corporal. Não há outro caminho para a Cristandade senão o de mudar com os tempos.

Em outras palavras, com o desenvolvimento do conhecimento do homem, dissolve-se a contraverdade contra a verdade plena sobre Cristo, mantida pela igreja de Cristo, e a verdade plena sobre o significado de Cristo está madura para vir à luz do dia. O funcionamento da energia cósmica no homem como Energia Vital, e a realização do significado de Deus em termos do enraizamento cósmico dos homens, lançaram uma ponte considerável sobre o abismo entre a religião e o conhecimento. Estamos prestes a alcançar o denominador comum que por tão longa extensão de tempo tem separado a existência espiritual do homem de sua existência biológica. Ainda há uma longa distância à nossa frente para ser vencida. Mas, sem dúvida, a reunião já tomou o seu lugar, quer os respectivos representantes estejam conscientes disso ou não. Os próprios tribunais irão despertá-los para a plena verdade da situação. E os honestos, os realmente Divinos estarão conosco.

O PARALELO DO ZÉ-NINGUÉM

Em política cada um culpa cada um dos demais, nunca a si mesmo. É hora de parar de culpar o bode expiatório. Já é mais do que hora de ver o que divide a humanidade. É a peste emocional, chamada "pecado" na Cristandade, que fragmenta a humanidade. É a couraça que torna o homem desamparado e prostrado. É novamente a couraça que é o terror da Vida viva, fluente, que cria os portadores da peste, que se tornam os sargentos dos exércitos de nações cruéis.

PARA CADA GRANDE PENSAMENTO HUMANO QUE SE BATE PELO DENOMINADOR COMUM DA HUMANIDADE, HÁ UM PARALELO DO ZÉ-NINGUÉM QUE ARRUÍNA CADA SIMPLES PENSAMENTO DE ESPERANÇA DO HOMEM.

Não há nenhuma utilidade em conceber novos pensamentos libertadores enquanto Modju*, o paralelo do zé-ninguém, con-

---

* Modju é uma combinação de *Mo*cenigo, o zé-ninguém que entregou Giordano Bruno à Inquisição, e *Dju*gatchvili, último sobrenome de Iosif Vissarionovitch, ou Stalin. (N. T.)

Pensamento Criativo	Paralelo do zé-ninguém
O Deus de Moisés	Jeová vingativo, punitivo
Pescador de Homens	Guerras santas, Cruzadas, jesuitismo
O Céu na Terra, de Cristo	Os anjos no céu, de Paulo
Liberdade	"Eu-posso-fazer-o-que-quiser", licenciosidade, foda
"Ama teu próximo"	"Teme teu próximo" e dá-lhe tapinhas nas costas
A Regra de Ouro	Acordo vazio de princípios
Éter como substrato geral	Um éter especial para cada função natural
Livre empresa	Roubo, Extorsão, Fraude, mandar o concorrente à cadeia
Discriminação do não americano, opressão e ódio	"Americanismo", incriminação de toda verdade de que não se gosta Campos russos de trabalhos forçados (Stalin)
"O trabalho humano cria mais-valia" (Marx)	
Inter-relações humanas	Política, poder sobre os homens
Conhecedor	Perito, autoridade
Abraço genital, acasalamento	"*Fazer*" amor, "trepar" com uma mulher
A Lei	O burocrata, o "legislador"
Atividade revolucionária, clandestina	Espionagem diplomática internacional, subversão
Rebelde contra injustiça social	Assaltante de banco
Sociedade	Estado, Estatismo, Socialismo
Contribuição ao seguro social e segurança	Taxa de exploração do esforço rico e individual
Organização do trabalho	Chefe de Sindicato
Livre pensamento	O livre-pensador
Luta contra a exploração industrial	"Eu também quero ser um homem rico"
Líder, Guia, Conselheiro	Ditador, Tirano
Luta contra a Ditadura	Difamação e perseguição da liberdade e do pensamento pioneiro
Livre expressão da opinião	Amordaçamento
Criticismo factual	Difamação e mentira pessoal

tinuar a estragar a boa obra. Aqui estão alguns exemplos do Paralelo do zé-ninguém a grandes princípios:

Pensamento Criativo	*Paralelo do zé-ninguém*
Competição livre de esforço	"Esmague o insignificante"
Luta honesta	Facada nas costas
Liberdades civis	*Fraudulência*; tolerância para com assassinos furtivos
Justiça	Acusação, perseguição
Emoção da aventura	Jogatina, morticínio nas estradas
Esporte	A "marmelada"
Destrutividade humana	Instinto de morte
Busca e descoberta de "DEUS"	Ladainha, Klu-klux-klan, convulsões religiosas
Intercâmbio diplomático entre nações	Vulgar roubalheira de cavalos nas relações internacionais
Potência orgástica	Salvação, redenção sem esforço
Sublimação de impulsos secundários	Esnobismo cultural
Moralidade natural	"Não deves", "Não toque nisso"
Autorregulação	*Ideal* de "Regula a ti mesmo"
Batalhador da liberdade humana	O Mascate da Liberdade
Psicologia científica	TODO O MUNDO é "psicoterapeuta"
Neurologia científica	Cirurgia cerebral em distúrbios emocionais
Descarga curativa de bioenergia acumulada	Tratamento de choque indiscriminado, "dê-lhe um choque"
Soberano – O Povo	"Viva o Soberano"
Nação	Raça
Democracia social	Ditadura do proletariado
Defesa nacional	Alta-patente, aristocrata prussiano fardado
Socialismo	Capitalismo de Estado
Pastor, Homem de Deus	O agenciador religioso
Peste Emocional	Uma "peste", tudo aquilo de que eu não gosto
Dar	Sugar o doador até secá-lo
Dar e receber	Receber e nunca dar
Verdade	Espreita
Caça	Mata cada corça que encontrar
Pescar para comer	Pescar para machucar o peixe
Administração social	Governo acima do povo, "ESTADO"
Funcionários públicos	Homenzinhos apertando botões
Convencer o povo de uma realização	Ser "reconhecido"

Pensamento Criativo	*Paralelo do zé-ninguém*
Repórter, jornalista	Assassino de caráter, caluniador, Difamador
Economia social	Máquina de Estado
O povo consciente	O povo silencioso
O crítico	"Eu também..."
O médico orgonomista	Apertador de músculos, empurrador de couraça
Riso	Risinho
Fundação de Pesquisa	Fundação de salário livre de impostos
Florestamento	Corte cada árvore das florestas
Poupança	Usura
Abundância	Devastação
Economia de produção	Mercado negro, inflação de preços
Hereditariedade de características	Segregação racial, "Degeneração hereditária"
Gênio	Excêntrico
Criança saudável	Criança que não dá trabalho
Palhaço no circo	Piadas no rádio para atender ao mau gosto

QUEM É O INIMIGO?

A verdade é a mais potente arma na mão da Vida. Quem quer que use uma arma deve conhecer seu inimigo. A arma da verdade deve ser usada contra o inimigo da Vida. Uma arma pode ser usada tanto contra o amigo como contra o inimigo. A verdade como uma arma não pode ser usada contra si mesma. Tu não podes atacar e matar a verdade da Vida viva por meio da própria verdade, assim como não podes tirar a ti mesmo de um buraco puxando-te pelo próprio cabelo. Tu não podes curar a saúde e a felicidade e não podes destruir a verdade da Vida pela verdade da Vida. Da mesma forma que conhecer os caminhos da felicidade e da saúde e da vida somente intensificará a felicidade e a saúde e a Vida, e nunca as destruirá, assim também conhecer mais verdade sobre a verdade da Vida, nunca, jamais destruirá a Vida, mas somente a favorecerá.

Mas *a verdade é dinamite que pode matar a Vida nas mãos da vida doente*. A vida doente não pode usar a verdade sobre si mesma e matar sua doença. Mas a vida doente pode usar a verdade sobre a Vida para matar *outra* Vida, *feliz*. E esse é um outro significado da peste.

O inimigo da Vida é, portanto, *a verdade sobre a vida feliz nas mãos ou na boca ou no cérebro ou nas entranhas da vida doente se esta verdade diz respeito à Vida saudável*. Da mesma forma que carne deteriorada colocada junto da carne fresca fará a carne fresca deteriorar, e nunca a carne fresca tornará deteriorada a carne fresca, assim também o conhecimento dos caminhos da Vida saudável nas mãos da vida deteriorada sempre envenenará o bom Viver, e nunca o contrário. A Vida saudável nunca fará o bom viver a partir da vida deteriorada, pestilenta. A vida pestilenta, deteriorada, sabe muito bem que isto é assim e por isso odeia o bom viver mais do que qualquer outra coisa. Você não pode jamais fazer uma árvore retorcida crescer direita outra vez. Isto é ruim, é verdade, mas é um *fato* a ser bem conhecido no processo de proteger a Vida saudável.

É verdade também que a vida retorcida pode mutilar, arruinar, despedaçar ou destruir de alguma outra forma um milhão de Vidas boas, mas nunca, jamais a vida maligna, doente, pode fazer uma simples árvore ou flor crescer mais rapidamente ou fazer pássaros a partir de peixes, e homens a partir de macacos. Por outro lado, a Vida saudável, o bom viver, pode fazer as árvores crescerem mais rápido e fazer pássaros a partir de peixes e homens a partir de macacos.

E esta é a grande tragédia da vida doente e a ventura da Vida feliz; e a vida doente sabe disso e, por isso, se delicia em matar a Vida saudável e persegui-la sempre que puder.

Ora, como pode o bom viver prevalecer e crescer se a vida doente pode matar a felicidade onde quer que entre em contato com ela? Como evitar que a carne fresca apodreça quando ela se defronta com carne podre, e como evitar que um bebê se deteriore se está em contato com a vida maligna?

Ao longo de muitas eras, as pessoas têm procurado uma resposta a esta questão e não puderam encontrá-la. Elas não puderam encontrá-la porque a resposta foi buscada em grupos inteiros, em instituições inteiras, em corpos sociais inteiros e não no princípio da própria vida deteriorada. Assim, a atenção se voltou para longe do veneno do próprio grupo, e o veneno foi procurado somente no outro grupo. E então foi inevitável que a podridão do próprio grupo infestasse toda a região, enquanto a podridão do outro grupo era combatida com a fúria de uma guerra santa.

O inimigo é a própria podridão contagiosa, não importa onde a encontremos, e não um grupo ou estado ou nação ou raça ou classe específicos.

O remédio não é o contato de luta com a peste. Isso sempre causará contaminação pela peste à vida saudável. Crianças alegres e felizes facilmente assumirão os modos e expressões de crianças doentes. Mas crianças doentes nunca assumirão os modos e expressões de crianças saudáveis. Uma única pessoa perturbada, pestilenta, pode prejudicar um grupo inteiro de homens e mulheres com funções sadias. Um único espião infernal no meio de mil pessoas honestas e confiáveis fará mil espiões inocentes a partir da multidão. Mas um milhão de pessoas confiáveis jamais farão de um vilão estruturalmente espião, um ser humano confiável. Portanto, a resposta não pode ser o contato com e a matança direta da peste. Nunca deu certo matar diretamente a peste; isso apenas contaminou o braço da justiça. A resposta é, até agora, dados os recursos de conhecimento de que dispomos sobre o avanço da peste: ISOLAMENTO E QUARENTENA DA PESSOA OU GRUPO CONTAGIOSO PORTADOR DA PESTE. E a verdade plena sobre a peste, *tanto no exterior como* em casa, revelou-se implacavelmente, inexoravelmente a todos nós, como foi feito nos Estados Unidos no excelente filme *Quando a terra parou* (*When the Earth Stood Still*, 1951).

Existe uma objeção a esta solução que permaneceu intocável, como se fosse um acordo silencioso entre a peste e suas vítimas, por um longo tempo. A regra silenciosa era: *Não importa a terrível peste. Isto sempre foi e sempre será assim. Não há nada que possas fazer a não ser ignorá-la. Se caíres presa de seus procedimentos assassinos, tanto pior. Assim foi através de todos os tempos. A verdade sempre teve de sofrer, e devem existir mártires da verdade. Nenhum profeta foi reconhecido em sua própria terra natal, porque a verdade sempre foi perseguida. O mundo é como é, e nada pode realmente fazê-lo melhor. Não te irrites com isso. Tu não queimarás somente tuas asas se voares no fogo da loucura humana e tentares resgatar a Vida. A humanidade está podre e permanecerá podre. Afasta-te da política e faze tua parte silenciosamente e sem comportamento notável. Sê um bom cidadão, um sapateiro a bater nas suas fôrmas. Não tentes melhorar o mundo; ele não pode ser melhorado. O pecado é inato, a malignidade é a própria essência do homem. Sê cortês para com teu assassino, dize "obrigado" a teu enforcador e mostra uma modesta reconciliação com a má sorte que te manteve vinte anos na penitenciária por crime nenhum cometido. Não está dito no livro santo "Ama teu próximo como a ti mesmo" e "perdoa teus inimigos"? Está. Portanto, fica quieto. Tua vida é curta, e de qualquer modo tu és um verme insignificante. Portanto, comporta-te com dignidade e não prestes atenção ao assassino de Cristo. Ninguém jamais prestou atenção a ele; ele sempre foi desdenhado e ninguém se importou com ele. A verdade terá vencido em última instância, não importa quanto tempo isso leve e quantas vítimas custará a busca da verdade. Todos nós sabemos muito bem que nenhuma guerra jamais mudou nada e que tudo sempre permaneceu como tem sido pelos tempos afora. Não há nada que possas fazer quanto a isso. Se desejas fazer algo, tenta ser agradável para com teu inimigo e convencê-lo de tua boa vontade. Tu podes ou não conseguir mudar seu coração.*

Toda essa conversa foi criada pela peste, clandestinamente, para se manter. Ninguém na fonte da Vida viva jamais disse que se deveria perdoar o inimigo, nem mesmo Cristo, que puniu seus inimigos e os inimigos da humanidade e amaldiçoou-os com o inferno. Foi a peste que, a fim de proteger-se contra a justa ira da Vida viva, mudou o significado das palavras de Cristo, de "compreende teu inimigo" para "perdoa teu inimigo sob todas as circunstâncias e por todos os meios. Não toques teu inimigo, não lutes por tua vida, tua honra, tua reputação contra a peste que te ultraja. *Volta a outra face*, para receber outro tapa". Foi o caráter pestilento, aqui como em toda parte, que virou de cabeça para baixo o significado das palavras para continuar impunemente com seus feitos malignos. E o portador pestilento da peste está sendo apoiado por princípios de liberalismo, interpretados de forma errada e baseados ou em simpatia inconsciente pela peste ou em medo dela.

Ninguém, no surgimento do liberalismo humanitário, jamais proclamou que alguém devesse dar o direito de livre trânsito ao espião criminoso, à raposa sub-reptícia, ardilosa, que te esfaqueia pelas costas enquanto te presenteia com um buquê de rosas que explode em teu rosto. É mais uma vez o zé-ninguém, que admira a eficiência ardilosa da peste de braço forte, que transforma o significado de um liberalismo autêntico no *nonsense* de deixar assassinos e ladrões e homens cujo objetivo é te matar, rondar tua casa de noite, sem que faças uso de tua arma.

Quem, então, é o inimigo da Vida viva, que é a eterna vítima da peste? O inimigo é a furtividade do caráter pestilento em todos os campos, à esquerda e à direita, em estratos sociais altos e baixos, tanto na repartição governamental como na fábrica de sapatos, tanto no laboratório bacteriológico como na igreja de Santa Maria, no partido democrático como no partido comunista, em cada escola, família, grupo, classe e nação deste planeta.

O inimigo está em toda parte. Nenhum limite geográfico ou racial separa o amigo do inimigo. Como então podemos confiar uns nos outros? Como podem ser erigidos "a boa vontade entre os homens" e a "paz na terra" se isso é assim?

A resposta é:

Aprende a conhecer o que é a Vida e como a Vida opera. *Aprende, finalmente, a lutar pela Vida como até agora só tens lutado por imperadores e duques e* führers *e ideias e honras e saúde e pátrias-pais e pátrias-mães efêmeras. Finalmente começa a lutar pela Vida!* E: *Aprende a distinguir a expressão de um rosto honesto, aberto, daquela de um rastejador e de um mentiroso caracterológico.* SE AMAS TEUS FILHOS, APRENDE A LER A EXPRESSÃO FACIAL DE UM MODJU.

Não sejas paciente para com o matador da Vida se tua paciência para com um único matador ajuda a matar milhares de bebês e conduz milhões de pessoas para os esgotos, à morte. De que valem teus altos valores na medida em que as pessoas padecem de fome do estômago e de fome de amor, na medida em que foges da questão verdadeira, crucial, que é o simples desvio dos fatos plenos que fazem a Vida miserável? De que vale tua boa vontade se não ousas revelar a podridão venenosa que infesta tua vizinhança com mexericos, de forma que nenhum par amoroso não licencioso possa se mover livremente, e que leva ao suicídio ou à insanidade muitos homens e mulheres e rapazes e garotas na porta de teu vizinho?

Teus valores estão todos corretos, mas *faze-os operar*. Tua atitude tranquila diante do mal oculto é o próprio mal, nada além de um subterfúgio. Tua sociabilidade não vale o sorriso em tua face se é apenas para acalmar o animal selvagem em teu amigo ou para ganhar alguma vantagem. Tua alegria e tua boa vontade e tua qualidade de bom vizinho são todas coisas corretas e muito boas, mas está atento à toupeira subterrânea que escava seus próprios alicerces e que é protegida por teu falso liberalismo.

Tu dizes: "Atingir a completa liberdade de expressão e ação é muito perigoso. Quem deveria ser o juiz do que é bom e do que é mau?" Estás certo: quem deveria ser o juiz? Mas por que não julgar os juízes, ler as expressões nos rostos e distinguir a cara de um vilão da cara de uma alma honesta? Que outra forma propões para deter o Assassinato de Cristo?

O inimigo é esta tua conversa. O inimigo está no meio de todos nós. O inimigo é tua relutância em lutar pela Vida e felicidade dos bebês como lutas por teus altos ideais. Teus ideais não são nada fora da Viva viva.

O inimigo é tua simpatia secreta pelo matador da Vida, uma simpatia fundada em teu medo da tristeza profunda e da alegria exuberante. O inimigo é tua própria insensibilidade, que serve para te proteger contra o sentimento pleno da Vida.

Portanto, proteges a peste e ficas falando bobagens sobre o amor pelo vizinho. Portanto, se puderes escolher, preferirás a peste à Vida viva, para escapares da excitação da Vida, e entregar-te-ás à insensibilidade e não à plenitude da experiência. O mal te atrai porque evitas a agitação que o bem ocasiona. Desejas apenas teus pequenos prazeres, a fodazinha, o papelzinho lido na convenção, o pequeno significado no grande ensinamento, em todas as coisas o pouco, o pequeno, o estreito, o monótono, o rotineiro.

DISTORÇÕES CHOCANTES DA VERDADE ORGONÔMICA

No século XX, a sociedade passou pela experiência assustadora daquilo que um sistema de pensamento distorcido pelo homem blindado pode fazer. Nenhum líder consciente de sua importância e responsabilidade jamais ousará ignorar as lições do assassinato em massa que se seguiu à distorção de ensinamentos sociológicos nas cabeças de homens que estavam no poder, que foram forçados a manter a sociedade unida. E os líderes responsáveis pelos processos da nova Vida que emergirão da descoberta da Energia Vital serão forçados a ser cem vezes mais cuidadosos. *Um ensinamento da Vida viva, tomado e distorcido pelo homem blindado, espalhará o desastre final ao todo da humanidade e suas instituições.* Não deveria haver ilusões quanto a isso.

Uma breve observação mostrará facilmente em que direções atuarão essas distorções de um ensinamento baseado na Energia Vital:

O resultado mais provável do princípio da "potência orgástica" será, de longe, uma filosofia perniciosa da foda por todo canto, em toda parte. Como uma flecha lançada de um arco esticado, rigidamente tenso, a busca do prazer genital rápido, fácil e pernicioso devastará a comunidade humana.

A luta constante, paciente pela melhoria da *saúde*, baseada em experiências cuidadosamente orientadas, será substituída pela ideia de uma "saúde perfeita", pronta, como um ideal absoluto, com nova estratificação da sociedade em pessoas "saudáveis" e pessoas "neuróticas".

Médicos e filósofos, a julgar por distorções passadas, provavelmente estabelecerão uma nova virtude, o ideal perfeito da *liberdade de emoção*, que esgotará as inter-relações humanas. A cólera não terá nenhum motivo e nem direção racional. Será cólera apenas pela cólera, para ser *emocionalmente livre*.

A *autorregulação*, em vez de ser o fluxo livre e espontâneo de eventos com altos e baixos, a ser acompanhado e protegido, tornar-se-á um "princípio" a ser aplicado à vida, para ser ensinado, exercitado, imposto sobre as pessoas, possivelmente com penalidades de prisão ou de morte, seja isso chamado "sabotagem do princípio vivo sagrado da autorregulação", seja "crime contra a liberdade da Vida e da Libertação". E aqueles revoltados pela visão dos feitos malignos muito provavelmente culparão uma orgonomia inocente, distorcida, mal interpretada, pelas ações de seres vivos destituídos de qualquer senso de proporção.

A função das *inter-relações democráticas de trabalho entre as pessoas trabalhadoras* será muito provavelmente reduzida à verborragia sobre como a democracia do trabalho *deveria* ser (não como ela realmente *é*), e novas ideias políticas emergirão para descrever e assegurar a nova esperança da humanidade: *democracia do trabalho*.

No domínio da orgonomia médica, médicos orgasticamente impotentes confundirão as técnicas médicas para estabelecer o fluxo orgonótico em organismos doentes ou as esquecerão completamente e, ainda por muitos séculos, começarão a fazer jogos de palavras sobre quais músculos deveriam ser tratados primeiro: os do maxilar ou os do ombro.

Formarão uma extremidade de uma linha, e na extremidade oposta estarão fodedores que pedirão *liberdade de amor* e o direito de viver a vida segundo os *princípios da orgonomia*.

A autorregulação na educação de crianças recém-nascidas não funcionará em mãos que não souberem o que é uma decisão ou ação *espontânea*, e os inimigos das crianças e mesmo os amigos ficarão encantados com as más consequências desta ideia estrábica de educação infantil autorregulatória.

Podemos facilmente imaginar todos esses desenvolvimentos e muitos outros mais, e haverá os engraçadinhos que dirão a todo o mundo que de qualquer forma nada pode ser feito, que sempre foi assim e sempre será... até que algum novo Cristo Vivo caminhe sobre esta terra no meio do pesadelo e pregue os princípios da Vida apenas para ser novamente pregado na cruz pelos sumos sacerdotes da "Ciência da Vida Viva".

Tudo isto realmente acontecerá, a menos que o homem encontre a saída do devastado campo de batalha da peste emocional humana, da prisão das pobres almas.

O político prostituto, o mascate tagarela da liberdade, o libertador místico não devem ser culpados pela grande miséria. Devem ser culpados por *obstruir o acesso* à conscientização de seus próprios ideais e à remoção da miséria que eles criaram. Não devem ser culpados por vender "liberdade" e "pão" e "democracia" e "paz" e a "vontade do povo" e todo o resto da lista. Devem ser culpados por perseguir todos os que esclarecem o que é a liberdade, e quais os *obstáculos* que estão no caminho do autogoverno, e o que *obstrui* a paz. Não devem ser culpados por prometerem terra aos camponeses pobres, famintos. Devem ser culpados por *obstruir* o acesso a fazer o camponês capaz de cultivar sua terra *livre* e *eficientemente* de tal modo que o assassinato em massa de camponeses no processo de coletivização compulsória como o de 1932 se torne impossível no futuro. Não devem ser culpados por oferecerem esperanças de um céu sobre a terra, mas por trair e obstruir cada simples passo na direção da verdadeira melhoria das condições humanas. Não devem ser culpados por terem ideais, mas por terem *esvaziado todos os ideais de qualquer conteúdo*, por terem posto os altos ideais humanos no espelho e por matarem todo aquele que *vive* um ideal ou tenta levar a realidade um pouco mais perto do ideal; em suma, devem ser culpados por serem vilões caracterológicos. Não devem ser culpados por terem teorias ou por sentirem a si mesmos como os "únicos" libertadores e os "únicos" possuidores da verdade sagrada, mas por matarem milhões de pessoas que não acreditam em suas supostas verdades e por torturarem aqueles que não acham que eles libertam alguma coisa. Não devem ser culpados por falar da libertação das pessoas de baixa posição social, mas *por fazerem exatamente o contrário* daquilo que estão falando, por privarem os da classe baixa de toda e qualquer oportunidade de se manterem sobre os pés porque isso não convém ao cadáver lívido de uma teoria.

A hierarquia católica não deve ser culpada por pregar os ensinamentos de Cristo, mas por obstruir esses mesmos ensinamentos pela mistificação e descorporificação do Cristo vivo, autêntico, original. Não devem ser culpados por ignorarem a identidade da Vida e Deus e a doçura no abraço genital, mas por odiarem e matarem tudo que lembre, mesmo remotamente, a verdadeira existência viva de Cristo, e por afastar da humanidade o conhecimento das relações de Cristo com o amor do corpo. São culpados da ossificação de um credo vivo e de assassinar Cristo nos corpos de incontáveis bebês e crianças e adolescentes, criando assim o mesmo Pecado que mais tarde punirão com o fogo do inferno. Acusamo-los de obstruir o aprendizado e desenvolvimento e melhoria e reconhecimento dos fatos óbvios, simples, claros da Vida. São culpados de não unir com seu grande poder aqueles que têm olhado um pouco mais fundo na escuridão da existência humana e que têm lançado uma luz ainda que frágil sobre o que significa a palavra "Deus". Devem ser culpados por terem permanecido sentados desde o quarto século d.C.

Uma humanidade ajoelhada e rezadora, com um montante de dois bilhões e meio, sente a Vida em seus corpos congelados quando rezam, embora deem a isso diferentes nomes. Combatem em guerras santas sobre o tipo de nome a ser dado ao que eles têm *em comum*. E os sumos sacerdotes abandonaram sua função sagrada de conduzir estas multidões ajoelhadas e reverentes e rezadoras exatamente em direção ao que elas têm em comum quando sentem em seu sangue fluente o que chamam de "Deus". E aqui nada mudou desde que Cristo amaldiçoou os fariseus no templo dos judeus. Nada! Os sacerdotes não aprenderam absolutamente nada e, o que é pior, obstruem e combatem com unhas e dentes aqueles que estão tentando aprender. É disto que eles são culpados.

Uma humanidade ossificada colocou sacerdotes ossificados em seus templos, e os sacerdotes ossificados mantêm a ossificação em cada geração recém-nascida. É disto que a religião é culpada, não dos ensinamentos autênticos originais de Buda e Cristo e Confúcio. Todos eles lutaram pelo mesmo objetivo. A humanidade ossificada não conseguiu compreender ou aceitar esses ensinamentos, e estabeleceram o tipo certo de sacerdote para manter o ensinamento congelado, inalcançável, no espelho. Esta é a grande tragédia: *a obstrução da penetração da neblina*, não a própria neblina; a *ameaça contra a realização de crenças e objetivos e morais religiosos*, não os ensinamentos morais religiosos originais.

Não é a liberdade de palavra e seus advogados que devem ser culpados, mas o abuso da liberdade de palavra por parte de mentirosos e charlatães e mexeriqueiros e caluniadores e toupeiras subterrâneas que destroem os fundamentos da liberdade porque não podem viver ou suportar a liberdade. Deve-se culpar não o psiquiatra ignorante, mas o psiquiatra *mexeriqueiro* que difama o revelador da miséria do amor frustrado.

É verdade: *se alguém tivesse as entranhas e o poder para decretar que a liberdade e a autorregulação sejam estabelecidas da noite para o dia, o maior desastre da história da humanidade inevitavelmente inundaria nossas vidas como um dilúvio.* Se a revolução pela força, garantida na Constituição dos Estados Unidos como um direito do povo contra o *mau* governo, fizesse e pudesse fazer o trabalho de uma libertação autêntica, nenhuma mente sã hesitaria em lutar *por* ela. A essência do fracasso de todos os movimentos de libertação baseados nessa crença foi o fato de que a liberdade *não* pode ser estabelecida por decreto ou pela força, porque o medo à liberdade *está nas próprias pessoas*. Enquanto as pessoas temerem o fluxo da Vida viva em seus corpos, temerão a verdade e evitá-la-ão por todos os meios.

TOCAR A VERDADE É O MESMO QUE TOCAR OS GENITAIS. Daí brota o "Não-Toque-Nisso" de tudo o que é sério, crucial, vital, de tudo o que conduz à autêntica autoconfiança. Isto explica o grande tabu "NÃO-TOQUE-NISSO", tanto em relação aos genitais como em relação à verdade. Este é o poder subversivo da peste. *Desviar a atenção da massa das conferências de tagarelas políticos para estes fatos cruciais será a tarefa primária.* Uma vez realizada essa tarefa, outros desenvolvimentos se seguirão a ela. Por isso, a Revolução Biológica em curso, que tem afligido a humanidade nos últimos trinta anos, é de tão extraordinária importância. Ela abre os portões para a verdade ao tornar a humanidade consciente do grande tabu: "NÃO-TOQUE-NISSO" e, ao tornar as pessoas conscientes disso, aproxima-as de seus genitais ao mesmo tempo que de sua verdade interior. Isso significa o reverso de uma situação de uns dez mil anos de estagnação. Estar consciente do alcance desse processo profundo significa estar consciente de um amplo ciclo da história nos dois ou três mil anos seguintes. Nenhum mascate da liberdade e nenhum prostituto político aceitará isto. Falarão, mexericarão, difamarão, brigarão e mentirão sobre isso, onde quer que se encontrem. *Na mesma medida em que os problemas da genitalidade humana se tornarem acessíveis às multidões, a verdade será desejada e não mais evitada ou assassinada.* E então as coisas tomarão seu próprio curso lógico.

O Catolicismo, que nega o amor no corpo, só pode sobreviver a esta revolução em nossas vidas se voltar ao significado verdadeiro, original de Cristo, que foi transformado, de forma tão ruim e completa, no exatamente oposto. Caso aconteça que a Cristandade, nadando na corrente geral da vida, não retorne ao significado original de Cristo, mais, muito mais sangue, sangue inocente será derramado, e a Vida ainda permanecerá mais forte e a igreja lentamente desaparecerá da face desta terra. Caso contrário, sobreviverá como uma grande instituição que, apesar do terror e trevas que ela tem espalhado através dos tempos, fez muito ao manter uma humanidade, miseravelmente desanimada, de certa forma caminhando. Aqueles que sentem a Vida no fluxo do corpo e desejam a doçura do verdadeiro amor são os que sabem, melhor do que os representantes de um Cristo distorcido, que a perversão do verdadeiro significado de Cristo foi, em face da miséria sexual da humanidade, *absolutamente necessária*.

São Paulo não deve ser culpado por ter introduzido o mais cruel sistema de privação sexual que a humanidade jamais conheceu. Ele *tinha de fazê-lo* para erigir a igreja Cristã. *Teve de construir fortes barreiras contra a mente do homem, pornográfica, suja, doente, quanto aos assuntos sexuais, mesmo à custa de matar o verdadeiro Cristo*. Mas, na pessoa de seus representantes, ele seria culpado de traição contra a humanidade se obstruísse o *caminho de volta* ao verdadeiro Cristo, pelo fogo e pela espada, por um esfaquear-pelas-costas os novos líderes que surgirão nesta luta, e pela conivência, a que se chega em conferências secretas, para *matar* a Vida. Isso não funcionará mais, só custará sangue inocente. E esse sangue, derramado sem razão nenhuma, estará nas consciências dos obstrutores da verdade de Cristo.

A salvaguarda de uma vida amorosa saudável, natural, salvadora nas gerações recém-nascidas, é a tarefa do novo tipo de médico e psiquiatra. Este é *o seu* domínio; aí a verdade da Vida nasceu e foi protegida contra ataques malignos. A igreja é o domínio dos sacerdotes. Deixemos cada domínio ter seus próprios direitos, iguais e honestos. Da mesma forma que nenhum psiquiatra ou médico tentará interferir com os negócios *internos* da igreja, a nenhuma igreja deveria ser permitido estender sua influência e poder para além de seu próprio domínio. Conservemo-nos em nossos próprios domínios e não interfiramos com o que não é da nossa conta. Isto é *mutuamente* válido.

A Vida supera, por sua própria natureza, todos os limites, todas as pequenas fronteiras, todas as barreiras alfandegárias, todas as restrições nacionais, todos os preconceitos raciais; ela é realmente suprema no sentido cósmico, da mesma forma que o Cristão concebe o Senhor como supremo no sentido cósmico. Mas a Vida apenas vive seu caminho, não *força* ninguém em parte alguma a viver seu caminho. Não interfere com o que não é da sua conta. Esta é a sua grandeza. Uma vez descoberta e compreendida, limita-se a vir a governar tudo que dela deriva. Não está em nenhum desacordo nem com o significado verdadeiro, original, de Deus ou do Cristianismo, nem com o significado verdadeiro, original, do socialismo, nem com qualquer outro esforço autêntico em direção à vida humana, liberdade e felicidade. O anseio e o esforço pela Vida, Liberdade e Felicidade são o denominador comum a *todas* as facções de organizações políticas humanas que hoje estão se estrangulando umas às outras. É, e sempre tem sido, a peste emocional que separa os esforços humanos basicamente idênticos e os dirige uns contra os outros. Por isso, o inimigo não é uma crença particular, mas a atuação da peste no homem.

O Fascismo Vermelho é a soma total de técnicas *organizadas* para despedaçar e separar as raízes comuns da Vida em todas as pessoas. Ele tem fechado cada uma das entradas ao conhecimento da Vida viva. Tem banido de suas escolas e de seus livros as leis da mente humana inconsciente, as leis da genitalidade infantil, o conhecimento da repressão e da blindagem e dos impulsos secundários e da autorregulação natural. Assim, ele nunca alcançará nada positivo nos negócios humanos. E este será, em última instância, o seu fracasso. A mente mecanicista não tem possibilidade, na longa jornada, de vencer contra o ponto de vista cósmico no homem.

A RAIZ RACIONAL DA "RESSURREIÇÃO"

A peste divide e separa os homens excluindo o que é comum ao homem.

O novo líder verá claramente a raiz comum e o significado emocional do credo Católico *e* do credo Fascista Vermelho: a "ressurreição de Cristo", *i.e.*, a RESSURREIÇÃO DA VIDA NO HOMEM. A ressurreição da Vida implica inevitavelmente a ressurreição do Amor, do Amor *genital* pleno, fluente, congregador. *Sendo a Vida e o Amor eternos nos corações dos homens, Cristo* NÃO PODERIA *ter morrido; ele se levantou novamente, no sentido emocional da palavra.* As pessoas carentes de Vida, carentes de Amor, simplesmente não se renderiam à morte final, irrevogável, do Amor e Vida. *Tinham de* permanecer vivos pela ressurreição; TINHAM DE ser como elas os sentiam em seus corpos, movendo e animando os membros: *imortal*, não importa se como uma alma imortal, ou espírito imortal, ou Cristo imortal "dentro de ti" ou como Cristo imortal "no Céu". Cristo, por sua própria Vida, significava emocionalmente para as pessoas *a ressurreição do Amor autêntico, primal, do corpo.* Sua existência mistificada depois de sua morte apoiava-se, conseqüentemente, numa base *racional, i.e., no fluxo de Amor e Vida nos membros das pessoas que realizaram a mistificação, i.e.,* a ressurreição divina de Cristo, por volta do século quatro d.C.

Mas essa mistificação tinha, ao mesmo tempo e sob a pressão da compulsão a continuar o Assassinato de Cristo *dentro deles mesmos*, removido para os céus, para bem longe do alcance do homem, a realização da Vida e do Amor. O Filho do Homem teve de morrer primeiro antes de poder alcançar o céu e o puro Amor e a Vida eterna.

Um outro setor da humanidade revoltou-se contra esta mistificação, deificação, transposição e transfiguração da Vida viva no Corpo, cerca de mil e quinhentos anos mais tarde. Esse setor da humanidade não desejava morrer antes de viver uma vida plena; queria o Céu *na terra imediatamente* e de uma forma prática: teria de ser dado e garantido pelo "movimento de libertação", que instituiu as leis da libertação da camisa de força marital e do Assassinato de Cristo no útero: isto foi o movimento Comunista primitivo de 1900-1917, dois mil anos d.c., que começou com o pensamento materialista no século XVII.

A raiz comum de uma Cristandade de dois mil anos de idade e de um racionalismo mecanicista de trezentos anos de idade, que culminou num Fascismo Vermelho russo imperialista, enraizando-se verdadeiramente nas emoções humanas, é a libertação do fluxo do corpo, seja ela chamada de Liberdade ou Cristo, pouco importa. Couraça mais pornografia no homem transformaram Cristo em papado; transformaram o fluxo do corpo em Pecado, e Comunismo original em Fascismo Vermelho. Ambos mistificaram suas raízes originalmente racionais nos sonhos e anseios racionais do homem. A Cristandade e o Comunismo voltaram-se ambos *contra* suas origens e fontes de força nas raízes de sua existência contínua, *contra a Vida e o Amor* no corpo. *Tinham de fazê-lo*, ambos, uma vez que a estrada para a Vida viva no corpo estava fechada nas pessoas que os levaram e os alimentaram no poder. Ambos tinham de cair na mistificação e no Assassinato de Cristo, cada um a seu próprio modo. E, finalmente, a diferença quanto à forma de supressão de Cristo fez com que um se voltasse contra o outro, com a ameaça de futuro morticínio em massa. Essas são as realidades do campo, como que em contraposição à representação teatral que fala de espiões contra o Estado, ou do Pecado *versus* o Espírito Santo.

Vista a partir das raízes comuns e significados emocionais da Cristandade e do Comunismo, a solução de sua animosidade recíproca, em princípio, é simples. Um novo líder poderia dizer-lhes ou dir-lhes-à:

Parem de tagarelar sobre espiões e mães-pátrias e pais-pátrias e Pecado e fumos sagrados. Vocês diferem apenas quanto aos caminhos que escolheram para assassinar Cristo. É irrelevante se pela mecanização ou pela mistificação e transfiguração. Em ambos os casos ele está morto. É irrelevante o fato de se cha-

mar o seu domínio de Reino dos Céus ou a Terceira Fase do Comunismo. Vocês não conseguirão alcançá-lo porque mataram, muito tempo atrás, o que por si só pode conduzir até a sua terra de sonho. Para alcançar seu destino prescrito vocês devem reinstaurar Cristo no seu sentido original: como Amor no corpo, como libertação do Amor das cadeias de uma humanidade congelada, como liberdade da mente para investigar e viver sua raiz no fluxo do sangue e no corpo. Vocês estão ambos enraizados em um único e mesmo anseio do homem. Se vocês levarem a sério o que pregam, retornarão à sua origem e ajudarão a realizar o sonho do homem, sonho que é realizável. Cessarão de punir criancinhas por tocarem Cristo ou adolescentes por viverem Cristo no corpo como o próprio Cristo viveu. E reinstaurarão as primeiras leis que estabeleceram no sentido da libertação de Cristo dos corpos amortecidos. Vocês trarão o Reino de Deus e a verdadeira irmandade dos povos. Vocês têm, ambos, o poder para assim fazer.

O inimigo da Vida e do Amor em ambos os domínios, Cristão e Comunista, o inimigo da criança, inevitavelmente se levantará e combaterá o novo líder. Manterão o interesse do homem enfeitiçado em formalidades vazias e na condenação do amor corporal e no patriotismo e na propaganda belicista ou pacifista e extermínio de inimigos do Estado e muitas outras coisas cujo único objetivo é engabelar Deus e deixar o Diabo reinando. Estes inimigos em ambos os campos, hostis um em relação ao outro, certamente se unirão para combater seu novo adversário comum, o Amor de Cristo. Esse amor é o verdadeiro adversário deles, pois virará sua organização e existência inteira de cabeça para baixo, a menos que retornem a seus significados emocionais originais no homem.

Para a igreja, voltar ao Cristo de 25 d.C., e para o Comunismo, voltar aos velhos sonhos de uma irmandade humana internacional de 1848, é pensável, teoricamente possível. Salvaria ambos os movimentos da queda inevitável num marasmo terrificante, uma vez que a Vida comece a marchar nas ruas das grandes cidades da Terra. Mas eles o farão, poderão fazê-lo? Será o Assassinato de Cristo mais poderoso que a razão? Eles não conseguem fazer a grande virada porque estão enraizados em almas pesadas, petrificadas, congeladas, que tiveram de carregar o último lampejo de um velho sonho ao longo dos tempos, o sonho de um Cristo Vivo e de um Deus amoroso e de uma comunidade pacífica.

Não importa o quanto será difícil: não pode haver um momento de hesitação quando se trata de manter o Cristão e o Comunista igualmente conscientes de suas origens e significados nas almas das pessoas.

O novo líder usará muitas formas de distrair a atenção inflamada do Homem da chateação atual para centrá-la no interesse pelas gerações futuras. E até que a paz tenha retornado à terra devastada pela peste, o centro é, e continuará sendo por muito tempo, o "Deus" vivo nos sentimentos fluentes da Vida no corpo, e todo o conhecimento em biologia, medicina e educação necessário para reger a Vida viva do homem nas crianças recém-nascidas de todo o planeta.

Uma humanidade imobilizada, instalada, está esperando por uma resposta à sua busca dos caminhos da Vida viva. Enquanto ela moureja com um parco mínimo de subsistência, esperando, sonhando, sofrendo agonias, submetendo-se a novas servidões após séculos de revoltas fúteis, está atrapalhada por teorias e dogmas sobre o viver humano. Acrescentar um novo dogma da Vida humana ao amontoado de filosofias, religiões, e prescrições políticas, significa acrescentar mais confusão à edificação da Torre de Babel. A tarefa não é a construção de uma nova filosofia de vida, mas o desvio da atenção dos dogmas fúteis para UMA questão básica: POR QUE ATÉ AGORA FALHARAM TODOS OS DOGMAS SOBRE COMO VIVER A VIDA?

A resposta a este novo tipo de questão não será uma resposta à questão da humanidade imobilizada. Contudo, pode abrir o caminho para *nossas crianças*, ainda não nascidas, buscarem na direção *correta*. Através dos longínquos tempos passados, no processo de nascerem, elas carregaram todas as potencialidades dentro de si mesmas; e ainda as carregam. *A tarefa é desviar o interesse de uma humanidade sofredora de prescrições infundadas para* A CRIANÇA RECÉM-NASCIDA, A ETERNA "CRIANÇA DO FUTURO". A TAREFA É SALVAGUARDAR SUAS POTENCIALIDADES INATAS PARA QUE ENCONTREM O CAMINHO. Assim, a criança, ainda por nascer, torna-se o foco da atenção. Ela é o princípio funcional comum de toda a humanidade, passada, presente e futura. Ela é, devido à sua plasticidade e por ser dotada de ricas potencialidades naturais, a única esperança viva que resta neste holocausto do inferno humano. A CRIANÇA DO FUTURO COMO O CENTRO DA ATENÇÃO E DO ESFORÇO HUMANOS É A ALAVANCA QUE NOVAMENTE UNIRÁ A HUMANIDADE NUMA ÚNICA COMUNIDADE PACÍFICA DE HOMENS, MULHERES E SEUS DESCENDENTES. Em poder emocional, como um objeto de amor por toda parte, independentemente de nação, raça, religião ou classe, ela supera em muito qualquer outro interesse do esforço humano. Será o vitorioso e o redentor final, de uma forma que ninguém pode ainda prever.

Isso parece ser óbvio para todos. Como é possível, então, que ninguém até agora tivesse concebido a ideia de centrar o próprio esforço nesta simples esperança e alavanca da verdadeira liberdade? Unir o homem nesta base e esvaziar seu interesse mal dirigido de convulsões fúteis, sem objetivo, sem sentido, sangrentas?

A resposta a essa pergunta foi dada: *o homem vive e age, hoje, de acordo com pensamentos que se produziram a partir da separação do tronco comum da humanidade em incontáveis variedades de pensamento que se contradizem uns aos outros. Mas a raiz e tronco comum da humanidade permaneceu o mesmo: ter nascido sem ideias, teorias, interesses especiais, programas de partido, roupas, conhecimentos, ideais, ética, sadismo, impulsos criminosos; ter nascido* NUA, *tal como o poder celeste a criou. Esta é a raiz e tronco comum de toda a humanidade. Consequentemente, isso contém o interesse comum e o poder de unificação da humanidade. É concebido pela própria condição de sua emergência no mundo para estar tanto além e acima como no funda-*

mento de tudo aquilo que o homem pensa, age, faz, tudo aquilo por que se esforça e morre.

Uma breve observação, enfim, pode mostrar de que modo o tipo de pensamento influencia o uso ou a rejeição desta raiz e tronco comum:

O mundo do Fascismo Vermelho, inteiramente mecânico em seu sistema econômico e perfeitamente místico em sua maneira de conduzir os negócios humanos, encontra-se mal equipado para fazer qualquer coisa a respeito do homem instalado no lugar e imóvel, com o qual se defronta. Em nítida contraposição aos seus fundadores espirituais, ele permaneceu assentado sobre a "economia" e uma visão mecanicista, industrial da sociedade. Descartou e afastou com fogo e espada todo conhecimento sobre as emoções humanas além daquelas conhecidas pela mente consciente. Condenou os impulsos bioenergéticos como sendo "ideologia burguesa". Repousa sua filosofia do homem numa mente meramente consciente que se sobrepõe aos reflexos e respostas automáticas de Pavlov. Descartou completamente a função de amor. Consequentemente, quando encontra a inércia humana, que se deve à blindagem do biossistema, acredita, inteiramente dentro da lógica de seu ponto de vista, que está lidando com *malevolência consciente* ou com *sabotagem* "reacionária" *consciente*. Novamente de pleno acordo com seu modo de pensar, e subjetivamente honesto (exceção feita ao vilão consciente da política que encontramos por toda parte), o Fascista Vermelho atira no "sabotador" e o mata. Isto é necessariamente assim, uma vez que, para este tipo de pensamento, o que um homem faz ou não faz deve-se somente à determinação e resolução consciente. Acreditar no contrário, aceitar a existência de um domínio humano além da vontade consciente, e com ela a existência e poder de um domínio psíquico inconsciente, de uma estrutura rígida de caráter, de um impedimento antiquíssimo do funcionamento bioenergético, minaria imediata e irrecuperavelmente o próprio fundamento do sistema total de supressão do "sabotador do Poder do Estado". (Não importa agora se "proletário" ou não.) De um só golpe, isso revelaria o HOMEM como ele *é*, e o interesse seria desviado dos "capitalistas", que não são mais do que os resultados últimos de uma economia da humanidade blindada, desamparada, estacionária. Isso revelaria o verdadeiro caráter capitalista do sovietismo. Todo o sistema de opressão arquirreacionária da Vida viva, a confusão total sob a máscara de uma ambição "revolucionária", inevitavelmente entraria em colapso.

Eis a influência do pensamento em termos de uma "mente consciente" isolada, sobre a ação social.

Imaginemos agora, por um momento, que os psicanalistas tivessem adquirido poder social em algum país. A partir de seu ponto de vista da existência de uma mente inconsciente, eles admitiriam um vasto domínio da existência humana *para além* da vontade consciente. Ao se defrontarem com o "imobilismo" da humanidade, eles o atribuiriam aos "maus" desejos inconscientes de um tipo ou de outro. Seu remédio seria "tornar a malevolência consciente", para exterminar o inconsciente maligno. É claro que isto não adiantaria, da mesma forma que não adianta no tratamento de um neurótico, uma vez que a malevolência em si é o resultado da blindagem total do corpo, e o "inconsciente maligno" é o resultado da supressão da vida natural na criança; um "Eu não farei" se sobrepõe a um "EU NÃO POSSO" silencioso. Esta imobilidade, expressa como um "Eu não posso", é naturalmente inacessível a meras ideias ou persuasão, uma vez que é o que a biofísica do orgone chama "ESTRUTURAL", *i.e.*, *emoção congelada*. Em outras palavras, é uma expressão do ser total do indivíduo, *inalterável*, exatamente do mesmo modo como a forma de uma árvore crescida é inalterável.

Assim, um imperador, ao basear suas tentativas de melhorar o quinhão humano em tornar consciente o inconsciente e na condenação do inconsciente maligno falharia miseravelmente. A mente inconsciente não é a última coisa nem a última palavra. Ela própria é um resultado artificial de processos muito mais profundos, a supressão da Vida na criança recém-nascida.

A Orgonomia sustenta a concepção de que a letargia e o imobilismo humanos são a expressão exterior da imobilização do sistema bioenergético, devido à couraça crônica do organismo. O "Eu não posso" aparece como um "Eu não farei", não importa se consciente ou inconsciente. Nenhuma sondagem consciente, nenhum esforço para tornar consciente o inconsciente, jamais poderá perturbar o bloqueio maciço da vontade e da ação do homem. É necessário, no indivíduo singular, quebrar os bloqueios, deixar a bioenergia voltar a fluir livremente e assim aumentar a motilidade do homem, que, por sua vez, resolverá muitos problemas decorrentes da inércia no pensamento e na ação. Mas uma imobilidade básica permanecerá. A estrutura de caráter não pode ser mudada basicamente, da mesma forma que uma árvore que cresce torta não pode ficar reta novamente.

Consequentemente, o orgonomista nunca aspirará a quebrar os bloqueios da energia vital na massa da humanidade. *A atenção se concentrará, consequentemente, sobre as crianças recém-nascidas por toda parte*, sobre as crianças que nasceram sem couraça, plenamente móveis. Evitar a imobilização do funcionamento humano e com ela a malevolência, o estacionar por séculos, a resistência a qualquer tipo de movimento ou inovação ("sabotagem" em termos dos Fascistas Vermelhos), torna-se a tarefa básica. É a Peste Emocional do homem, nascida desta mesma imobilização, que combate a Vida viva, móvel nas crianças recém-nascidas e induz à blindagem do organismo. Portanto, *a preocupação é a peste emocional* e não a mobilidade do homem.

Esta orientação básica exclui, naturalmente, qualquer tipo de abordagem política ou ideológica ou meramente psicológica dos problemas humanos. *Nada pode mudar enquanto o homem estiver encouraçado*, uma vez que toda miséria deriva da couraça e imobilidade do homem que cria o medo ao vivo, ao vivo *móvel*. A abordagem orgonômica não é nem política nem sociológica apenas; não é psicológica; ela se desenvolveu a partir da crítica e da correção das hipóteses psicológicas da psicanálise de que há um inconsciente absoluto, de que o inconsciente é o dado último do homem etc., e também a partir da introdução da biopsiquiatria no pensamento socioeconômico. É BIOLÓGICA e BIOSSOCIAL, fundando-se na descoberta da Energia Cósmica.

A criança recém-nascida, assim, passa a ocupar, naturalmente, o centro da medicina preventiva e da educação. Desta maneira, o princípio comum da humanidade é obtido, não como um ideal pelo qual se esforçar, não como um programa político a ser conduzido pelos encontros e manifestações de massa, mas como o foco da raiz mais profunda da humanidade, como alicerce, para se construir sobre ele: construir como um engenheiro constrói uma ponte ou um arquiteto constrói uma casa, e não como o Fascista Vermelho constrói seu império sobre o homem e sua sociedade, com a ajuda da difamação e delação e espiões e enforcamentos. Modju é como se chamam os milhões de pequenos destruidores da esperança humana, as formigas matadoras nos alicerces da sociedade humana; o "pobre sujeitinho", tão insignificante que ninguém até agora demonstrou interesse suficiente em fixar o olhar nele e deter suas malignas atividades subterrâneas.

A Orgonomia, que é a compreensão factual da "Energia Orgone Cósmica" universal ("Deus", "Éter"), diz respeito tanto ao Cristão como ao antigo pensamento hindu oriental, à profundeza de existência cósmica do homem. Basicamente, não está em desacordo com o pensamento religioso. Difere do pensamento religioso por sua *concretitude* na formulação do conceito de Deus, e por sua insistência no ponto de vista bioenergético, INCLUSIVE O GENITAL, evitado em todos os outros sistemas de pensamento. Mas, basicamente, a orgonomia opera exatamente no mesmo domínio que a Cristandade e o hinduísmo, muito mais profundamente que qualquer concepção tecnológica, materialista ou mecanicista das raízes do Homem na Natureza. Não há nenhuma contradição às premissas *básicas* de Cristo na Orgonomia, embora haja muito desacordo com relação à mitologia cristã de Cristo.

O SIGNIFICADO DA CONTRAVERDADE

Para se compreender o líder, deve-se primeiro compreender os liderados. Para derrotar o adversário, deve-se conhecer bem sua força e raízes racionais. Para compreender o poder que o Fascista Negro ou Vermelho exerce sobre multidões de pessoas comuns, é necessário conhecer o *povo*. A partir daí desenvolveu-se a investigação orgonômica do fascismo como "psicologia de massa" em 1930.

A fim de usar eficientemente o instrumento da verdade, deve-se conhecer habilidosamente a CONTRAVERDADE. O problema não é saber por que há verdade sobre coisas, mas por que a verdade não pode prevalecer. Se, apesar de toda a verdade e pregação de paz, os mentirosos e fraudulentos e mexeriqueiros prevalecem tão abundantemente, deve haver algo muito poderoso que obstrui a verdade. Não pode ser a própria mentira, uma vez que ela não perdura. Deve haver alguma verdade crucial de tipo *diferente* que obstrui completamente a verdade. Chamamos isso de CONTRAVERDADE.

Uma mulher que arranjou um amante, paralelamente ao seu marido legal, vive uma verdade importante. O casamento se desgastou, ou o marido a maltrata, ou ele é impotente, ou ele apenas não a satisfaz, embora possa ser importante em outros aspectos. A vida é rica, rica demais para ser aprisionada em camisas de força medievais. Entretanto essa mulher não vive a verdade sem uma mentira. A mentira, neste caso, esconde uma séria contraverdade: se o marido soubesse, ele a mataria, ou mataria seu amante, ou os dois. Ninguém seria favorecido. A contraverdade em relação a contar a verdade, neste caso, é mais poderosa do que a verdade.

No tempo das conferências dos líderes políticos em Teerã e Yalta, houve graves razões para NÃO dizer a verdade sobre o logro iminente dos americanos pelos Fascistas Vermelhos. A contraverdade, neste caso, foi a compulsão de uma aliança com os *Fascistas Vermelhos* com vistas à defesa contra os *Fascistas Negros*.

Representantes reais do povo são estritamente obrigados a NÃO dizer nenhuma verdade, a permanecer afastados da verdade, a evitar questões embaraçosas, verdadeiras, a aderir a formalidades vazias, a apenas "representar" e a não se desviar de – QUÊ??? *Do costume?* O que é o costume e por que há esse costume? *Bom comportamento?* É bom comportamento a evasão estrita da verdade? *Do respeito aos olhos do público?* Por que os olhos do público evitam a verdade? *Por que um homem que diz uma simples verdade é proclamado herói?* É porque a multidão é composta de covardes? Por que a multidão é composta de covardes no que se refere a dizer a verdade?

Existem CONTRAVERDADES cruciais a serem guardadas contra a invasão da verdade. Antes de buscar pelo racional na contraverdade, observemos seu domínio:

O povo judeu não tinha permissão para entrar no mais sagrado do sagrado do templo. Por quê? Não seria de esperar que, a fim de elevar um povo, fosse permitido que ele tocasse o sagrado todos os dias? Este não é o caso. Deve haver uma razão crucialmente importante para manter o povo distante da clausura sagrada da verdade.

A energia cósmica, que penetra tudo e funciona nos próprios sentidos e emoções dos pesquisadores e pensadores, nunca foi tocada de um modo concreto. Isto é o mais espantoso, visto que suas funções, tais como a cintilação no céu, o cintilar das estrelas em noites claras e a ausência desse cintilar quando está para chover, o campo de energia dos corpos vivos, o desaparecimento do campo no processo da morte, o azulado e a efervescência na "escuridão completa", os invólucros dos corpos celestiais, e muitas outras funções tais como as vesículas em todos os tecidos que se desintegram, são funções simples, facilmente observadas; entretanto, até agora elas não foram tocadas, durante um período de cerca de dois mil e quinhentos anos em que o homem se ocupa da natureza. E quando, finalmente, a energia orgone cósmica foi descoberta praticamente e *tocada* poderosamente, houve um rebuliço, uma grande confusão energética, um blá-blá-blá altissonante; mas ninguém, durante anos, tocou num acumulador ou olhou para um microscópio. Por que esta evasão do óbvio? Por que são necessários *gênios* para detectar o óbvio?

A arma da verdade exige que se façam perguntas, independentemente de serem agradáveis ou não, não importando os resultados. Se teu inimigo mais temível afirma falsidades, tu precisas apontar as falsidades. *Se ele afirma a verdade, deves admitir que ele fala a verdade, não importa quão dolorosa* seja a verdade de teu inimigo.

A verdade de teu inimigo é a contraverdade da tua própria verdade. Se o inimigo da tua verdade fala a verdade, então há algo errado ou prematuro ou incompleto em tua própria verdade. Antes que os assassinatos de Hitler pudessem ser plenamente compreendidos, a verdade que ele disse sobre marxistas e judeus e liberais e a República de Weimar teve de ser admitida. Admitir a verdade dele, *i.e.*, tua contraverdade, era crucial a fim de dar o próximo passo; perguntar *Como é possível que um Hitler possa ocupar o primeiro plano? Como podem setenta milhões de pessoas alemãs, pessoas informadas e combativas, ser seduzidas num tal pesadelo por um psicopata evidente?* Sem uma pergunta como essa, nenhuma resposta poderia ser obtida. Hitler apresentou claramente uma contraverdade.

A explicação para Hitler foi encontrada na estrutura de caráter do povo em geral, que tornou possível seus assassinatos. Foi *o povo* que fez Hitler e não Hitler que subjugou o povo. Sem *o Hitlerismo ou o Stalinismo no povo* não teria havido nem Hitlers nem Stalins. Esta foi a contraverdade em 1932. Ela se tornou a base sobre a qual se desenvolveu toda uma nova área de conhecimento, a ciência da *psicologia das massas* orgonômica, o conhecimento do papel da família autoritária, do medo que as pessoas têm da liberdade, da incapacidade estrutural para a liberdade e o autogoverno, da estrutura pornográfica e basicamente sádica da "camada média" no caráter do povo; e daí seguiu-se...

A DISTINÇÃO ENTRE O NÚCLEO BIOENERGÉTICO E AS NECESSIDADES PRIMÁRIAS. Assim foi a verdade, dita por um biopata disfarçado de herói nacional, que levou propostas básicas, novas, a novas verdades.

A contraverdade, no princípio de um novo desenvolvimento, é frequentemente mais importante do que a verdade. A verdade será tanto mais firme e mais evidente, quanto melhor for compreendida a contraverdade. E para descobrir a contraverdade, é preciso que se seja capaz de "advogar o diabo", identificar-se com o inimigo, sentir-se como o palhaço.

Se a sexo-economia tivesse conseguido logo, no final da década de 20, desenvolver plenamente um movimento de massas com base "*sexo*-POLÍTICA", um dos mais graves desastres na história da humanidade teria sido desencadeado; não porque o que era dito em público naquela época não fosse a verdade, mas porque não era TODA a verdade, que sempre inclui a *contraverdade*. E neste caso, a contraverdade era: *a supressão genital em crianças e adolescentes era necessária; sua omissão teria sido fatal, uma vez que estas crianças e adolescentes tinham de se ajustar a uma estrutura social que* EXIGIA *a blindagem contra a liberdade emocional. Crianças não blindadas não poderiam ter existido na sociedade de 1930 em nenhum lugar deste planeta. Portanto, a verdade sobre os maus efeitos da blindagem de crianças e adolescentes não poderia vencer naquela época. Esta verdade, como então se apresentava, sem o conhecimento da contraverdade que bloqueava seu caminho, não poderia talvez ter operado de acordo com seu próprio desígnio e objetivo.*

Isso é realmente *advocacia do diabo*. A contraverdade é, às vezes, mais cruel do que qualquer verdade jamais poderia ser; contudo, ela é, também, mais frutífera para o cumprimento final da verdade:

Em abstrato, a autorregulação sexo-econômica é "perfeita", muito melhor, mais limpa, firme, clara, e mais decente do que a regulação moral. Praticamente, em muitos casos isto se confirma na Vida viva. A pessoa genitalmente gratificada não é perturbada por pensamentos e sonhos pornográficos sujos. Ela não tem impulsos de estuprar ou mesmo de seduzir ninguém à força. Ela está bem longe de atos de estupro e perversão de qualquer espécie. *É o caráter plenamente genital que realmente cumpre a lei moral da Cristandade e de qualquer outra ética religiosa autêntica.*

O NOVO LÍDER

A História ensina quais os maiores erros que podem ser evitados durante o avanço para o desconhecido. Ela não pode ensinar ao líder emergente como será o futuro, se sonha com um futuro *diferente* da vida social presente e passada. É certo que a sociedade humana se move para diante, resoluta, resistindo a qualquer interrupção do movimento. Mesmo as grandes sociedades asiáticas que tinham permanecido inalteradas por longos períodos de tempo, começaram a se mover para frente, e entraram mesmo num fluxo rápido quando se puseram em contato com o pensamento ocidental.

A Revolução Russa de 1917 forneceu a experiência que mostra que não há nenhum objetivo determinado a ser derivado do passado. A visão marxista da "necessidade histórica" apenas se manteve enquanto se tratava da necessidade de mudança. Falhou completamente na medida em que conteúdos e formas de desenvolvimento futuro foram previstos; o resultado real da libertação da escravidão feudal na Rússia no século XIX foi o aumento da escravidão em vez do crescimento da autodeterminação humana.

Com o ingresso de grandes massas humanas na cena social por toda parte – pessoas que carregam todas as misérias e distorções ao mesmo tempo que as esperanças do passado num futuro obscuro –, a determinação mecânica de metas fixadas e objetivos distintamente delineados de desenvolvimento social torna-se naturalmente impossível. Uma das maiores razões para o caos generalizado deste século XX, de transição e transformação da sociedade humana, é que massas de povos em movimento encontram-se com pilhas de ideias humanas, a maioria das quais ou são remanescentes do passado, carentes de conhecimento da natureza humana, ou, para começar, inteiramente irracionais.

Moldar o destino humano de acordo com planos, da mesma forma como se constroem impérios industriais, tornou-se obsoleto. De fato, isso nunca foi possível, desde que os grandes empreendimentos imperiais de um Napoleão ou de um líder de massas ditatorial dos tempos recentes não são mais do que episódios breves, insignificantes no tremendo movimento que apanhou a sociedade humana sobre todo o planeta.

Uma outra razão maior para o caos de nossos tempos é que as questões cruciais que estão na base de toda a comoção são inteiramente sobrepujadas por questões de uma natureza injuriosa que governam a cena da política e dos políticos. Como um médico ou um trabalhador social numa pequena comunidade em algum lugar, compara o que vês com teus olhos no domínio da miséria humana com o que lês nos jornais sobre a existência do homem, e compreenderás imediatamente o profundo abismo entre a vida oficial e a vida privada, verdadeira.

Além do mais, uma outra característica dos tempos é que um tipo inteiramente novo de movimento social está nascendo, e que pessoas que não têm a mais vaga noção do que está acontecendo, são os estadistas dirigentes; esses líderes dos homens moldaram suas ideias de acordo com padrões de pensamento passados e estão se fixando rigidamente no erro.

À primeira vista, é espantoso, mas absolutamente lógico, que nenhuma das questões básicas dos movimentos e sublevações radicais do povo seja mencionada em lugar nenhum da disputa gritante, berrante, gesticulante que tomou conta de nossas vidas.

É de conhecimento geral, e não há necessidade de nenhuma outra prova, que a comoção atual na sociedade humana não tem nenhum líder autêntico; em outras palavras, não se vislumbra ninguém no horizonte que se pudesse desenvolver a ponto de se tornar aquilo que um Cristo veio a significar para a era Cristã ou um Confúcio para a cultura asiática. Os líderes atuais não são mais do que agentes da segurança deste ou daquele aspecto do *status quo*, ou simplesmente bandidos em mares sem lei. São como saqueadores numa pilhagem generalizada durante uma enchente ou um terremoto. Infelizmente esses ladrões são tomados por novos líderes pelos inúmeros Babbitts muito deslumbrados, sentados entre ilhas daquilo que ficou de um passado mais feliz.

Vamos agora caracterizar um líder que emergiria do caos atual e seria capaz de observar e manipular as principais correntes na comoção social. Que tarefa, que decisão fatal esse líder teria de enfrentar?

Frequentemente se diz que um líder em nosso tempo teria de ser muito semelhante a um super-homem, um homem nietzscheano distanciado de seu companheiro humano. Consequentemente, é difícil imaginar um líder assim.

Uma tal imagem de liderança para os nossos tempos deriva claramente da necessidade antiga, gasta, que o homem tem de mistificar a liderança, mesmo antes de o líder ter ingressado na cena pública. No caos de nossos dias ela já promoveu e afastou o líder para uma região onde ninguém possa alcançá-lo, assim ninguém pode nem mesmo chegar perto de ser como ele.

Se compreendêssemos bem a lição do Assassinato de Cristo, um tal líder certamente não conseguiria dirigir os movimentos das massas do povo-em-comoção a partir do passado para uma existência futura racional. *Teria* de falhar, pois estaria fazendo pouco mais do que fornecer um outro símbolo místico às multidões sexualmente frustradas, carentes de amor, destituídas das garantias básicas da vida.

Se aprendemos bem a lição do Assassinato de Cristo como temos razões para acreditar, um líder de povos em nosso tempo seria quase o *oposto exato* do que as pessoas estão tão ansiosas por ver ou aclamar como seu líder. Em sua vida cotidiana, ele se distinguiria pouco dos modos de vida usuais do povo. Seria um homem que submergiria no rio da vida e nos movimentos do povo muitas vezes, aprendendo suas lições sangrentas de fracasso reiterado; cometeria muitos erros estúpidos e teria de aprender a corrigir erros imbecis sem se afogar.

Teria de passar por cada tortura do inferno humano em seu empenho por conhecer a natureza humana *praticamente* e eficientemente de dentro para fora e de fora para dentro. Teria de ter vivido com publicanos e pecadores e prostitutas e criminosos para conhecer o solo do qual se desenvolve tanto a esperança humana como a miséria. (Se ele fosse um líder como as pessoas gostam, apenas acrescentaria mais um palhaço à massa de pequenos e grandes fazedores de barulho que não significam nada no longo curso da história humana.)

Um tal líder teria de possuir ou desenvolver uma qualidade extraordinária, jamais vista, inimaginável do ponto de vista corrente de como deveria ser a liderança dos homens.

TERIA DE SUPERAR QUALQUER TENTAÇÃO DE SE TORNAR UM LÍDER E TERIA DE EVITAR QUALQUER ISCA POR PARTE DO POVO PARA SEDUZI-LO NA LIDERANÇA. SUA PRIMEIRA GRANDE TAREFA SERIA *recusar ser um líder*.

Um tal líder sentiria imediatamente o perigo que ameaça engolfar todo líder do povo, a saber, *tornar-se um mero objeto de admiração e fornecedor de salvação e esperança para o povo.* Um tal líder daria o primeiro passo no sentido de guiar o povo, ao *levar o povo a sério e ao deixar que ele se salvasse a si mesmo*, com o respaldo das garantias sociais, econômicas e psicológicas necessárias.

Um tal líder certamente ou teria lido a história do Assassinato de Cristo ou, por experiência própria, logo teria aprendido que as pessoas criam seus Cristos vivos a fim de se submeterem a eles ou, se os Cristos se recusarem a se tornar Barrabases, mata-os instantaneamente apenas para que sejam promovidos ao céu em proveito da salvação, sem que elas mesmas movam um dedo.

A partir de sua própria experiência dolorosa e perigosa, nosso líder saberia que tornar-se um líder das pessoas com a estrutura que elas têm significaria que uma das seguintes coisas aconteceria.

Ele se entregaria plenamente aos caminhos do povo e, com ele, permaneceria imóvel no lugar. As grandes promessas e expectativas e programas logo seriam meros recitais de feriados e litanias rotineiras sem nenhum significado ou qualquer sentido. As pessoas estariam silenciosamente desapontadas, mas não fariam muito para efetuar uma mudança, pois tudo isso estaria absolutamente de acordo com o seu letárgico imobilismo. Esse imobilismo continuaria até que aparecesse o tipo mais ativo e aventureiro de líder.

Esse outro tipo de líder seria igualmente uma vítima da necessidade que as pessoas têm de salvação e promessas de céu na terra. O *futuro ditador* é desse tipo. Ditadores desse tipo se entusiasmam pelos anseios genuínos das massas. São seduzidos a prometer ao povo tudo o que o povo deseja ouvir.

Absolutamente ingênuos e honestos (a menos que nos demos conta desta honestidade dos ditadores, seu poder sobre o povo não pode ser realmente compreendido), eles juntarão as esperanças do povo, impossíveis de realizar, às suas próprias esperanças, impossíveis de realizar, até que tenham erigido diante do povo um edifício magnificente de um grande império, de um céu final, de poder e glória ou de uma terra onde só mel e leite correm nos rios.

Ao fazer isso, esses líderes acreditam honestamente que conduzem e dirigem as pessoas, que são os salvadores da sociedade. Não têm nenhuma consciência de que apenas caíram presas do mais típico e mais pernicioso dos sonhos dos povos por toda parte. Foram arrebatados por um rio gigantesco, e ainda acreditam que *eles* são os únicos que *fazem* o rio fluir. É claro que são apenas marionetes agindo como os grandes imperadores do rio que realmente *os* carrega e os arrebata. Eles não têm a menor ideia a respeito da natureza do rio no qual são carregados desamparadamente; nem saberiam nada sobre como dirigir o rio para um tipo diferente de leito ou como construir uma barragem contra seu poder de inundação. São como os palhaços de circo que fazem certos gestos para fazer o público acreditar que eles são os únicos que fazem o *show* começar ou parar, que movem montanhas no palco pelo simples gesto. São como mágicos que mantêm as pessoas pasmas até que os truques sejam plenamente revelados e outros mágicos com diferentes tipos de truques apareçam em cena.

Nosso líder, que não é deste tipo, sentiria e se comportaria, pelo menos por um momento ainda, como um ditador, levado por sua inclinação natural a saborear cada pequena porção dos negócios humanos, para conhecer tudo por sua própria experiência pessoal. Nosso líder, portanto, também se deixaria conduzir no topo das ondas de adoração do herói humano. Seu gozo com a louvação teria de ser genuíno a fim de realmente saber como é ser louvado e adorado e encarado como o salvador do povo. Ele seria diferente do verdadeiro futuro ditador na medida em que, mais cedo ou mais tarde, desenvolveria um gosto ruim em sua boca quanto a toda a louvação e os gestos do povo à espera de salvação. Certamente ele se sentiria, de alguma forma, esvaziado da seiva de sua vivacidade e produtividade natural. Sentiria que esteve gastando espíritos e ideias, e certamente começaria a sentir a insensibilidade e o vazio das formas estereotipadas, sempre reincidentes pelas quais o povo torna seus líderes orgulhosos de si mesmos. Apenas nos primeiros tempos ele sentiria que o ardor dos discursos é levado a sério; que a determinação manifesta de trazer o bem para este mundo é autossustentadora; que, uma vez no poder, era só ir até a miséria e varrê-la com uma grande vassoura.

Embriagado de tal forma por espíritos embusteiros e por uma disposição crescente de salvação, nosso líder começaria a se sentir rançoso. E faria uma das descobertas mais perturbadoras:

ELES REALMENTE NÃO PRETENDEM ISSO. É tudo um *espetáculo de bondade*. Não é mais do que uma promessa vazia. Isto ele perceberia em pequenas questões; questões que usualmente não chamam muita atenção.

Naturalmente, nosso líder, se deve cumprir sua função, tem de saber como trabalhar, como realizar uma determinada tarefa, como fazer a vida com as coisas práticas, como construir uma mesa, como tratar de um ferimento, ou como deter a ansiedade asfixiante em uma criança, ou reparar uma situação confusa de uma família, ou pilotar um helicóptero, ou polir vidro para fazer lentes, ou derrubar uma árvore, ou pintar um quadro, ou decifrar o enigma de uma doença, ou dispor um experimento a fim de resolver um problema da natureza, ou como empreender o tratamento de um adolescente na agonia da frustração genital e muitas outras coisas altamente desinteressantes para a alma de um ditador.

Nosso líder, em suma, saberia como *trabalhar* e o que realmente significa trabalhar; quanto esforço, esforço detalhado, minucioso, está envolvido mesmo numa pequena realização. Ele sentiria isso. E este sentimento, mais cedo ou mais tarde, fá-lo-ia tomar consciência de que o que as pessoas dizem a ele é apenas conversa fiada. No momento em que ele tentasse colocá-las a caminho para *fazer* coisas práticas, elas começariam a desprezá-lo, ou apenas falariam, falariam, falariam sobre o elevado ideal da carpintaria ou da medicina ou educação ou indústria ou pilotagem. Mas, na verdade, elas não moveriam um dedo, apenas falariam e sentariam em rebanhos ao redor de mesas agradavelmente arrumadas com comida ou bebidas em cima delas, ou apenas se sentariam imóveis.

A princípio, ele se recusaria a aceitar sua noção nítida de que eles estão apenas falando, transformando cada pequena tarefa prática em meras *ideias* de fazer isto e aquilo. Instalar-se-iam no imobilismo, como os milhões de camponeses russos se instalaram por séculos, quando não moviam suas costas doentes e rígidas por um pedaço de pão. Instalar-se-iam no imobilismo como o *coolie* chinês se instalou por séculos, quando não puxava seu riquixá pela rua de alguma cidade grande, suando para ganhar seu pão diário. Este imobilismo os faladores chamam de a *natureza filosófica do homem oriental*, não sabendo nada sobre a doença de massa do Oriente, que é a *rigidez do corpo através da couraça*. E, sonhadoramente, falariam sobre o que eles fariam quando arrebatassem o poder sobre uma nação oriental ou ocidental, como eles iluminar*iam* as pessoas e lhes trar*iam* liberdade, e os conduzir*iam* ao Socialismo que inevitavelmente estava chegando, tendo acabado de atingir o fim da primeira fase tal como é descrita no evangelho socialista, e estando prestes a entrar na segunda fase do desenvolvimento, o Comunismo plenamente amadurecido.

Sentado em meio a essa multidão palradora, nosso novo líder permanecerá calado. Perguntar-se-ia: mas e quanto à mente mística, a crença em fantasmas, e quanto aos rastros de sabujos ferozes e às bruxas, e quanto à miséria nas alcovas conjugais, e ao espancamento das crianças por desrespeito, e quanto aos pesadelos daqueles que ingressam na puberdade? E quanto ao trabalho espontâneo, aos cuidados com utensílios, à direção segura, à pilotagem de trens e aviões em segurança e a tempo, e todo o resto? O que vocês farão com relação a tudo isso?, ele pode ousar questionar. Oh, isso é mera coisa de burguês. Uma economia planificada dará conta disso. E quem planificará? A Comissão de Planejamento, é claro. E nosso líder verá com seus olhos interiores as aldeias queimadas dos camponeses ucranianos feridos mortalmente ou mandados para a Sibéria por "sabotagem". Esses camponeses apenas se instalaram e foram incapazes de mover-se além das tarefas diárias mais essenciais, necessárias para manter a vida caminhando; e eles simplesmente não tinham a menor ideia do que estava acontecendo, porque tiveram de ser conduzidos à "liberdade" por rapazinhos ignorantes, espertalhões, que sentiram o cheiro do poder e se embriagaram com ele, e começaram a alvejar camponeses que carregavam o resultado da velha peste de mil anos em suas costas enrijecidas, transmitindo-o a seus filhos por meio de espancamentos.

A partir desta imobilidade do corpo, desta restrição da vida nos membros e nas entranhas, emerge toda a irresponsabilidade, porque *as pessoas simplesmente se tornaram incapazes de assumir a responsabilidade*; todos estão desamparados, porque foram atirados ao desamparo ou, então, tornaram-se impotentes por um modo de vida cruel, ignorante, de muitos milhares de anos de estagnação.

Rápida e facilmente nossos mascates da liberdade se tornam ladrões de liberdade. Não há nada mais que eles possam fazer, uma vez que não há nada que eles saibam desta doença de massas. E mesmo que soubessem o que não ousam saber, uma vez que isso os faria fluir, eles não saberiam o que fazer a respeito. O mascate da liberdade não deve ser acusado por esbravejar contra a miséria diante de milhares de ouvintes. Ele DEVE ser desmascarado por NÃO PRETENDER O QUE DIZ, ou, se ele o pretende, por não saber absolutamente como lidar com as coisas depois de atrair as pessoas ao jugo de seu poder com as suas promessas.

Nosso líder seria arrastado ao mesmíssimo rio de agonia se não fosse um *homem do* TRABALHO que sabe o que significa lidar com as coisas, FAZER, CONSTRUIR, PENSAR. Uma vez no poder, seria carregado ao topo pela necessidade de salvação por parte das multidões de pessoas imobilizadas; simplesmente para não ser despedaçado por seus próprios admiradores, *teria* de manter as minas e ferrovias funcionando; *teria* de manter as crianças indo à escola; *teria* de prover a nação de pão e milho e batatas e às vezes até de carne. E por ter apenas falado e não ter preparado nada para cumprir as promessas que tão prodigamente fez às multidões, ele agora *deve* tornar-se o ditador cruel, de forma muito pior do que o industrial do século XIX ou o imperador a quem ele feriu mortalmente.

É sempre a estrutura de caráter média das massas que determina a natureza e atividade da liderança. Essa tem sido uma das observações mais certas da orgonomia social. Ela é válida tanto para o rei como para o ditador. Reis e duques e ditadores e padres e mascates da liberdade são produtos do povo. Isso vale também para nosso novo tipo de líder. O líder do futuro, que terá aprendido bem a lição do Assassinato de Cristo, será também um resultado da estrutura de caráter do povo em geral.

A necessidade de conhecer a importância básica da conduta social do homem mediano foi imposta ao mundo pelas ditaduras que se desenvolveram a partir do brado do povo "Heil, mein Führer". Deve-se esperar que, exatamente da mesma forma, a grande compulsão do povo para Assassinar seus Cristos impeça a emergência de um novo tipo de líder dos homens.

Observemos estas características tal como elas necessariamente devem emergir daqueles traços de comportamento do povo que culminam, periodicamente, no Assassinato de algum Cristo:

O novo líder terá de escolher entre a aclamação pelas pessoas e a fidelidade à sua percepção do que as pessoas fazem a si mesmas por seu eterno imobilismo. Consequentemente, ele fará pouco do que compõe as ações do político de hoje. Não se servirá da aprovação do público. Perceberá que tal aclamação, por mais reconfortante e agradável que seja, por mais que pareça ser "reconhecimento", é o primeiro passo certo para a extinção daquilo que ele afirma. Portanto, não se importará ou mesmo tentará evitar tanto quanto possível o que é chamado reconhecimento público. *A reivindicação de "reconhecimento" é, da parte do pioneiro, medo de ter de ficar sozinho, e da parte do povo em geral, é covardia de pensar por si mesmo. A reivindicação de reconhecimento é basicamente medo da não conformidade e do conseqüente ostracismo social.*

Isto não significa que o novo líder desempenhará o papel de uma moça desprezada que não tem com quem dançar. Ao contrário, sentirá maior independência na realização dessas tarefas. Isso exigirá muito maior determinação e força genuína do que se exige do político que escala alguma árvore social. Isso dará muito maior solidez às bases da atividade do novo líder.

Isto não significa que este novo líder irá desprezar as pessoas, ou que não estará desejoso de aclamação pública. Se ele tem de fazer sua tarefa, permanecerá humano até o final. Mas sabendo *por que* o povo confere honras às vítimas de sua adoração, escapará silenciosamente dessa armadilha, como um bom educador que evita certas ações quando sabe que elas não servirão ao seu propósito último de ajudar adolescentes sob determinadas condições.

Consequentemente, o novo líder não "irá ao povo"; não "escreverá para o povo" e não tentará "convencer o povo" da verdade ou da importância social do seu conhecimento. *Escreverá sobre coisas* que ele acredita serem verdadeiras e *não* para o povo. É extraordinário descobrir como os ensinamentos humanos mais elaborados e mais realistas acabam sendo vítimas dos velhos hábitos de fazer coisas "para o povo" ou de "entrar no meio do povo" para lhe ensinar o que parece ser bom para ele.

Se o povo precisa do bem e do amparo e do esclarecimento, deixem-no procurar isso; deixem-no encontrá-lo *por si mesmo*. Deixem-no desenvolver a habilidade de distinguir as palavras de um vilão ou de um político tagarela ou de um mascate da liberdade, dos ensinamentos de algum homem sério. O problema não é o fato de Hitler ter desejado o poder, mas o fato de consegui-lo. É um grande problema: como puderam milhões de homens e mulheres adultos, laboriosos, eficientes, sérios, deixá-lo ter poder sobre suas vidas.

Nessas mudanças de concepções básicas sobre o povo, o novo líder crescerá em sua tarefa. Uma nova regra, que à primeira vista soa estranha, está tomando corpo:

Se ouvires a salvação ser proclamada de uma maneira que pertence ao passado, deves suspeitar de que a verdade está exatamente na extremidade oposta da linha.

Isto é absolutamente natural em face da característica básica do homem de evitar o essencial e apegar-se ao supérfluo. Se uma geração inteira de psiquiatras, após ter estudado com empenho o núcleo energético das ideias confusas do homem sobre sua existência, encontrar o sexo frustrado como o denominador comum de tudo, podemos estar certos de que o povo em geral tentará escapar disto e estimulará e tornará famosas as escolas psiquiátricas que eliminarem esta parte crucial do conhecimento, substituindo-a por alguma besteira-padrão, banal, de uns cem anos atrás, vestida como uma boneca nova para se brincar com ela inocentemente. Ela encontrará seu apóstolo que assim se elevará ao topo das ondas da aclamação pública. Deixem-nos! Eles não farão muito mal enquanto houver centros que mantenham limpas e claras as questões. Certamente, haverá períodos de desgaste quando a doutrina evasiva cair como uma folha podre e quando aquilo que esteve crescendo em silêncio, por muitas décadas, pronto a emergir na corrente geral dos tempos, for buscado ansiosamente. O novo líder sentir-se-á impaciente mas aprenderá a esperar eternamente. Ele saberá, ou aprenderá pela experiência, que não é possível às boas coisas da vida subirem ao céu como foguetes, que elas precisam crescer lentamente, que em desenvolvimentos cruciais nenhum passo pode ser saltado sem pôr em perigo o todo, e que as coisas duradouras devem testar suas asas em pequenos perigos muito antes de transformarem o mundo em grande escala, crescendo através dos perigos. Só é possível esperar pacientemente se não tens ambição de conduzir ou salvar as pessoas. *Deixa as pessoas salvarem a si mesmas.* Fará muito bem a elas aprender como é se afogar devido à própria estupidez. Essas lições nunca são esquecidas e produzem inúmeras novas possibilidades.

O antigo tipo de líder teve de aprender como fazer amigos e como evitar fazer inimigos. Para fazer amigos, foi preciso destruir a essência das ideias mais frutíferas. Formulações cortantes tiveram de ser suavizadas a fim de não ofender ninguém, arestas tiveram de ser aparadas, e a expressão indireta teve de substituir a direta e aberta: o modo furtivo, absolutamente de acordo com o medo que as pessoas têm do contato imediato, prevaleceu. Entretanto, o povo sempre prefere o homem decidido ao político. Elas o temem mais, é verdade; elas o evitam e parecem apreciar apenas o deturpado. Mas, no final, sua admiração, mesmo que apenas de uma grande distância, é pela retidão.

Aqui a cisão básica em sua própria estrutura se revela: elas vivem, na verdade, de acordo com as regras de evasão do essencial, mas desejam, ao mesmo tempo, o contato direto, pleno, simples com as coisas. As pessoas acabam se saindo bem, realmente. Conhecer esse medo inicial ao direto e correto nas pessoas é um dos maiores requisitos do novo líder.

O novo líder não terá medo de fazer inimigos, se for necessário. Não deixará de pensar corretamente pelo fato de alguém poder odiá-lo por isso. Mais cedo ou mais tarde aprenderá que alguns de seus inimigos são amigos muito mais chegados e muito mais conhecedores de sua essência do que muitos dos amigos mais chegados. Ele não tentará provar sua opinião ofendendo as pessoas, mas distinguirá a ofensa pela própria ofensa da ofensa por se dizer o que é certo. O que certamente mata a peste política que assola este século XX é o modo pelo qual os fascistas atacaram seus inimigos com uma verdade profunda, a força do anseio ardente pela Vida; contudo, esta força foi usada apenas no sentido negativo, não da forma positiva. Eles realmente não tinham nada a oferecer e foram vítimas do fraco que o povo tem por espetáculos de demonstração de força e resistência. O novo líder será naturalmente firme, mas não terá nenhuma característica intrínseca de *showman* na medida em que se trate de ter força. Se necessário, baterá com força, mas sempre honestamente.

Depois de muitas e perigosas experiências com o apego do homem ao forte, o novo líder lentamente desenvolverá uma sensibilidade aguda para perceber as pessoas inclinadas a se apegar como um piolho ao cabelo ou como uma sanguessuga à pele. Perceberá o amigo que irá caminhar um pouco para então permanecer parado no lugar como uma mula, não se movendo nem uma polegada, obrigando assim o agente a refrear o passo ou parar de se mover junto com ele. O novo líder também conhecerá bem o ódio que em geral se desenvolve em pessoas que são deixadas para trás, instaladas no imobilismo. Cuidadosamente, ele se porá em guarda contra essas possibilidades, fazendo menção, constantemente, a esta característica proeminente dos homens que são sanguessugas. Ele lhes dará como que injeções mentais profiláticas, dizendo a eles *de antemão* o que eles provavelmente estarão inclinados a fazer contra ele caso os deixe para trás, imóveis, sem fazer nada. Para sofrer menos com a perda do líder, eles o farão parecer ruim, menos importante, retratá-lo-ão até mesmo como um mau-caráter.

O novo líder enfrentará a dolorosa tarefa de amar as pessoas e, ao mesmo tempo, não se tornar ligado a elas da maneira como acontece usualmente; conhecer a fraqueza delas, sem desprezá-las ou temê-las. Antes de tudo, ele enfrentará a solidão, a vida em amplos espaços sozinho com apenas alguns amigos. E mesmo esses amigos poderão vir a ser intrusos provocadores ou incômodos, uma vez que todos querem a salvação. Cada um, de algum modo, deseja algo dele. Pouco a pouco ele ficará sabendo, com espanto, o quanto são infinitos os desejos que as pessoas têm de obter *coisas*. Não importa *o que* elas querem. São o desejo e a *obtenção* que importam. E ele estará bem consciente do preço que lhe é pago pela obtenção: admiração vazia. Consequentemente, não cairá na tentação, tão comum ao político, de embeber-se com esta admiração como uma esponja.

O novo líder terá de atuar sem muitas das coisas que usualmente compensam as várias dificuldades da liderança. Não gozará da facilidade com que os movimentos geralmente se difundem por meio da exaltação do líder. Sempre terá consciência de que aquilo que conta é o que um líder descobriu ou disse ou propõe, e não o que ele próprio gostaria de desfrutar. Terá aprendido da história passada que o sacrifício da essência do trabalho duro de alguém é o preço pago pelo sucesso formal. Em suma, sempre terá consciência da tendência bem oculta nas pessoas a ver as coisas apenas no espelho, a assumir grandes coisas apenas para torná-las impotentes, a se preocupar muito mais com a admiração por alguém do que com aquilo que esse alguém tem a oferecer, a se reunir em torno do que não é importante e levar o que é crucial à impotência.

Com isto, o novo líder fará com que muitos se voltem contra ele. Ele terá roubado a esses muitos um objeto ao qual possam se agarrar; um pé de feijão sentiria o seu conforto roubado se tirássemos a estaca que o apoia.

O novo líder terá de se arriscar a permanecer ignominioso por toda a vida. Mas também estará certo de que é muito melhor para sua causa e para o bem público ele permanecer sozinho do que ver sua boa causa tomar conta do mundo de forma *ruim*, de forma contrária ao que se pretendia, a tal ponto distorcida pelas pessoas, que poderá desencadear o desastre. Isto se aplicará especialmente quando estiverem envolvidas questões de vida sexual. O animal blindado inevitavelmente criará uma religião da foda a partir do fato extraordinário da potência orgástica, assim como criou o sistema mais elaborado, mais infernal de espionagem e espoliação *contra* a liberdade a partir da antiga boa conspiração dos combatentes revolucionários *pela* liberdade.

    O novo líder sentir-se-á de certa forma reconfortado pela convicção de que a verdade e aquilo que é útil ao povo irão acontecer inevitavelmente mesmo que isso leve um milhão de anos. Ele ainda não fará nada PELAS pessoas, mas simplesmente fará coisas, fazendo-as bem. Novamente, *deixará as pessoas salvarem a si mesmas*. Saberá que ninguém mais pode fazê-lo por elas. Simplesmente *viverá à frente das pessoas* e deixará que elas se juntem ou não a ele. Será antes um guia do que um líder. O guia apenas conta como chegar a salvo ao topo da montanha. Não determina qual montanha o turista deseja escalar. O novo líder pode muito bem estar conduzindo um mundo inteiro sem que ele mesmo saiba que está conduzindo, ou sem que o mundo esteja ciente de que está sendo dirigido por este único líder. Cristo foi um líder assim. O modo de ser do novo líder, suas ideias, sua conduta e objetivos podem ter penetrado imperceptivelmente a mente pública, sem que ninguém tenha notado. Pode ser que ele ainda tenha que assumir a culpa por distorções que não são de sua autoria ou por males que nunca propôs, e pode, no final, ser crucificado exatamente como Cristo o foi, mortalmente. O novo líder saberá que isto poderia muito bem acontecer a ele. Sente-se responsável não pelo povo mas pelo que está acontecendo no mundo, exatamente como cada cidadão do mundo se sente responsável pelos eventos mundiais. Esta é também uma nova característica da nova liderança: *o sentimento de responsabilidade em cada cidadão do mundo por tudo o que está acontecendo, mesmo em cantos longínquos do globo*. O saco vazio, tagarela, tapa-nas-costas, mexeriqueiro, piada-suja, fodedor, de um cidadão irresponsável de um país livre é uma coisa do passado. Isso é certo.

O novo líder terá mais inimigos entre seus amigos mais próximos e menos inimigos, porém mais perigosos, entre as multidões. Cada místico esquizofrênico, cada fanático religioso, cada político ébrio de poder é seu inimigo potencial ou eventual assassino. Não aderirá à crença no martírio. Desejará *viver*, e não morrer por sua causa. E ele se preparará cuidadosamente contra o desastre. Terá uma arma carregada em sua casa e, se puder, terá cuidado com quem permite entrar em sua casa. Viverá uma vida solitária e evitará tanto quanto possível a sociabilidade vazia, tagarela, falsa.

Manter-se-á à distância das pessoas, sem, no entanto, desprezá-las ou sentir inimizade por elas. Isso ele terá ganho em árduas batalhas contra si mesmo. Quando inicialmente encontrou a falsa admiração das pessoas e a fúria de seu *obter algo em troca de nada*, sentiu-se inclinado a se juntar ao líder conservador da sociedade que sabe que as pessoas são assim e que nunca sonhou em mudar isso. Compreenderá inteiramente o espírito do pioneiro americano da indústria dos anos 1880. Mas também superará o "imobilismo" do industrial conservador de 1960.

Compreender os motivos do comportamento das pessoas e mesmo assim não ser vítima da sua piedade por elas e da salvação delas, tal como acontece com o mascate da liberdade, será uma tarefa maior a ser fielmente cumprida. Como pode alguém conhecer a situação de uma mulher do campo com dez filhos e ainda esperar que ela *não* faça intrigas e que diga francamente o que pensa, exatamente como o sente em suas entranhas?

O mascate da liberdade prolongaria a miséria dela pela tímida "compreensão" de suas intrigas malignas sobre o vizinho, o que significaria *confirmá-las*. O novo líder poria de quarentena uma mulher maligna, intrigante, através do ostracismo social. A intriga é assassinato e o oposto exato da opinião livre de um homem ou mulher livres.

Os mascates da liberdade são sustentados pelas máquinas de inteligência cerebral cuja única função é manter seus genitais mortos. Essas inteligências cerebrais, *walkie-talkie*, são os fiadores cerebrais da peste. Elas podem despejar montanhas e rios bem na tua frente. Elas podem conversar fiado sobre o cheiro de cada flor, desde que são microfones secos de uma verdade há muito passada sem emoção ou alma. Elas povoam os gabinetes de muitos governos modernos, progressistas. São os talmudistas do evangelho marxista. São horríveis. Cada sentimento vivo é morto por sua simples presença. Não sabem chorar e não sabem soluçar. Amam com seus cérebros e odeiam com seus genitais. É impossível ser humano em sua presença. O homem ou mulher de trabalho para eles é um instrumento da "necessidade histórica", e nada mais. Portanto, não hesitarão, enquanto eles mesmos estão sentados a salvo no santuário da Manchúria, em mandar milhões de pobres rapazes chineses uniformizados, chamados "voluntários", para a frente das bocas dos canhões americanos na Coreia, simplesmente para provar a "eterna vigilância e a coragem da vanguarda bolchevista". São o despontar de uma era mecânica degenerada, formando uma religião a partir de suas elocubrações intelectuais. Tudo isso o novo líder terá de saber.

Ele também saberá que estes mecanicistas cerebrais, enquanto fodem a torto e a direito, odeiam o amor autêntico do corpo como a um veneno e portanto obstruirão a ferro e fogo qualquer tentativa de reconstrução da estrutura de caráter humana. Subordinarão os problemas humanos a um único aspecto: o estômago do cão segrega saliva quando ele ouve uma campainha que de outra vez soara ao mesmo tempo que ele via carne. Isto é tudo. Isto não é materialismo perfeito? É. De perfeito acordo com esta concepção dos problemas humanos, o cérebro deles segrega inteligência quando eles sentem o cheiro de poder. Isto é tudo que restou de um grande ensinamento de emancipação humana.

O novo líder defrontar-se-á com muitos perigos e ciladas. Entre estas, o medo que as pessoas têm da peste intrigante que estrangula seu saber simples em suas gargantas apertadas e amedrontadas. Ele terá de reconhecer os primeiros sinais da presença de uma peste oculta. Terá aprendido que uma única pessoa pestilenta pode transtornar toda uma comunidade pacífica, da mesma forma que uma simples tonalidade errada numa orquestra pode transtornar a mais bela sinfonia.

Saberá que a peste é contagiosa. De algum modo, ela consegue puxar para fora a peste latente nas pessoas mais decentes, ninguém sabe até hoje como. Podes perceber que isto está acontecendo pela confusão que, de repente, como se não viesse de parte alguma, irrompe num grupo de pessoas harmoniosamente cooperadoras, se um só caráter pestilento estiver presente; uma vez que tenhas aprendido a farejá-lo, é imediatamente reconhecível por um cheiro emocional definido.

Nosso novo líder defrontará com um outro fato dos mais peculiares: as pessoas que pareciam ser as mais devotadas e confiáveis em sua cooperação com a Vida viva começarão a se reunir em torno do centro que espalha a peste. Parece que isso acontece porque a peste oferece a *emoção* do heroísmo sem o *esforço* da resistência heroica. Isso parece proteger a alma humana de sua própria profundidade emocional. O processo de reconstrução das estruturas de caráter humanas precisa necessariamente de séculos de esforço vigilante contínuo, persistente, por parte de muitos educadores e médicos da alma. O educador pestilento terá pessoas agrupadas ao seu redor pela simples razão de que prometerá um sistema perfeito de educação sem esforço, dentro do prazo de um mês. É só lhe mandar crianças que ele fará isto. Ou, por que se aborrecer examinando cuidadosa e habilidosamente a dinâmica da peste que está envolvida no sistema emocional de alguém? Não é mais simples entregar-se à dianética, que não só cura todos os doentes na brisa de um simples sopro, mas, além disso, capacita a alma, tão rapidamente purificada, a exercer a mesma ação rápida sobre muitas outras almas doentes?

Porque a peste é o resultado da evasão da profundidade das coisas e porque as pessoas em geral têm medo do profundo, elas rapidamente escolherão a peste e abandonarão a tarefa penosa, a longo prazo, do trabalho decente. Só se isso for plenamente compreendido, é que a peste poderá ser superada nos domínios da educação, medicina, administração social e higiene pública.

Portanto, a nova liderança manterá as múltiplas manifestações da peste sob cuidadosa vigilância. Aprenderá como conhecer em tempo e como atacar diretamente o pestilento obstrutor de todo esforço humano frutífero. A pessoa portadora de peste é vazia e, por isso, covarde. Ela sai furtivamente à noite, mas desaparece à luz limpa e clara do dia.

Os liberais dirão que a peste também tem direito ao livre discurso. Sim, mas apenas ao ar livre, aberto, não no canto escuro do meu quintal, no meio da noite, empunhando uma faca, pronta a golpear-me pelas costas.

O auxílio prestado à peste pelo espírito liberal é enorme. O novo líder terá de vencer a defesa da peste por parte do espírito liberal. Ele reprovará a desculpa de que "sempre foi assim" e que, portanto, pode continuar sendo assim por toda a eternidade.

O novo líder explicará ao liberal que vigiar sorrateiramente um semelhante no escuro da noite, ou mandar-lhe, de presente de aniversário, um buquê de flores que explode em seu rosto, não tem nada a ver com a livre expressão da opinião racional, mas é um covarde Assassinato de Cristo. Passará horas difíceis convencendo o espírito liberal de que mentirosos e assassinos e intrigantes e conspurcadores da honra são criminosos contra a segurança da liberdade e felicidade dos homens, mulheres e crianças. Terá de conseguir convencer o mundo ao seu redor de que, finalmente, alguém deve começar a aprender a decifrar honestidade e desonestidade nas faces dos representantes asiáticos ou europeus ou americanos, para distinguir o vil espião do representante de uma administração social.

O menosprezo pela psicologia prática e a demora do estudo da expressão do caráter custaram ao mundo ocidental os segredos sobre sua arma atômica, que tão ardentemente tentaram proteger. É claro que bombas nunca mudarão o mundo. Pôr em ação as qualidades vivas mais profundas das pessoas o mudará. Mas a proteção contra a peste é possível quando se identifica a expressão de um vilão no rosto de um enviado diplomático; isto faz parte da tarefa de pôr em ação as qualidades da Vida viva nas pessoas.

Neste ponto, os espíritos liberais, submissos, tornam-se realmente perigosos. Fracos em suas entranhas, sem nenhuma perspectiva diante de si mesmos, apoiados apenas na grande doutrina do humanismo, válida outrora, entregaram a sociedade alemã aos nazis, e poderão conseguir entregar a sociedade americana aos espiões costumeiros do império reacionário russo. Embora talvez não o sintam ou não o saibam, esses liberais impressionam-se profundamente com a habilidade e demonstração de força por parte dos generais da peste organizada; sucumbem à tentação como virgens enfraquecidas pela abstinência que se submetem ao cavaleiro de armadura brilhante. Cuidado com os espíritos que sempre aparecem submissos e de fala macia e que nunca elevam suas vozes com raiva ou revolta contra o mal. Existem muitas víboras entre eles, prontas a trair Cristo em nossas crianças por trinta dinheiros. Estão apenas interessados em suas próprias emoções falsamente honestas. Ao proteger um assassino de Cristo, esquecem que milhares poderiam ser salvos do mal. Indiretamente, incumbem a peste de cumprir o que eles mesmos são incapazes de realizar. Suas entranhas são cheias de ódio verde e de anseio por assassinar. São os mais perigosos na medida em que usam os sonhos mais pacíficos e inocentes das pessoas para seus feitos malignos.

Aprende a apoiar o homem ou mulher que é direito e correto na expressão da opinião e que sabe bem quando amar e quando odiar; o que proteger e o que abandonar à sua própria sorte; que sabe e vive o amor do corpo e a tristeza da alma, e que sabe o que são lágrimas em noites silenciosas. Esses são os odiados pelas máquinas de inteligência *walkie-talkie* e pelos falsários que babam palavras de mel, com veneno oculto nelas para matar a vítima crédula.

O novo líder tomará cuidado com o oportunista, o saco vazio que salta em teu carro cheio de frutos ricos de teu trabalho árduo para encher a si mesmo até a boca, apenas para te esfaquear mais tarde, ou tornar-se maior que tu e extrair o poder sobre as pessoas de *teus* esforços intensos, sem mover um dedo.

Cuidado com ele, que não ousa olhar firme e direto em teus olhos, que sempre desvia o rosto de ti para que não o vejas e conheças. Ele será o próximo presidente de tua organização e tomará tudo de ti e te expulsará, não importa o quanto tenhas feito para erigi-lo. E ele não se importará com aquilo que foi tua preocupação por muitos anos. Apenas quer encher seu ego vazio, infinitamente, sem esforço. O pior de tudo é que: *ele não sabe absolutamente que te está traindo.* Assim se desenvolve sua argumentação: ele não teve tudo vindo até ele, sem esforço? Não será assim porque sua mãe o frustrou quando era um bebê, e, agora, não terá ele todo o direito de te sugar até te secar e te esvaziar e então te esfaquear pelas costas? É claro que ele tem, e ele não compreende, de forma alguma, que questiones esse direito. Ele é um daqueles que deturparam o amor combativo de Cristo pelo homem, transformando-o na ideia maligna de que o homem tem de desistir de tudo o que possui para que Modju possa ter tudo em troca de nada.

Da mesma forma, muitos libertadores malignos de povos provêm de uma infância frustrada; mas não importa sua infância. Importam as crianças ainda por nascer.

O líder honesto de homens enfrentará desconfiança para com seus feitos porque esses sanguessugas encheram o mundo com seu sugar ardiloso, assassino, sugando poder e conhecimento e amor e autoestima e posição e honra daqueles que possuíam esses dons naturais em abundância. Eles nunca poderiam reproduzir e alimentar esses dons, e portanto tinham de continuar a sugar outras vítimas até secá-las, por todas as suas vidas. Desconfiar-se-á da honestidade porque a sociedade humana acostumou-se à conduta desonesta. Se deres honestamente sem esperar nada em troca, serás suspeito de fraude. Se deres tua alma a teus discípulos para fazer deles conhecedores e doadores, o mundo perguntará "onde está a armadilha?". E isto é assim por causa dos sanguessugas que sugaram o mundo até secá-lo.

O novo líder terá de aprender a dar sabiamente e com circunspecção. Caso contrário, as pessoas tomá-lo-ão por uma pessoa crédula e farão dele um tolo com profundo desprezo por seus procedimentos. Será saudado como a "galinha dos ovos de ouro", para ser deglutida para dentro de estômagos vazios. A menos que estejas preparado para encontrar coisas ainda piores do que as que ousaste imaginar, nunca tentes salvar vidas ou proteger crianças. Parecerás apenas um tolo ou, o que é pior, um criminoso aos olhos de muitos juízes. "Isso não se faz." Amor sem interesse simplesmente não é deste mundo; mas o novo líder terá de juntar muito amor. O amor se tornou sem lar numa era sem amor, em que a política rege os acontecimentos. Tudo isto o novo líder terá de reconhecer e sofrer.

Um espaço vazio se desenvolverá ao seu redor quando as pessoas sentirem que ele representa a Vida e é um doador de Vida. Sentir-se-á ferido, passará pela agonia de ser alvo de ódio por atos de amor; e ele mesmo será tentado a odiar por todo esse desempenho horrível. A desconfiança das pessoas e a necessidade de vingança ameaçarão envenenar sua alma. Desta forma, muitos cairão e serão perdidos como líderes. As próprias pessoas terão feito isto aos seus líderes, que se sentirão como ratos em armadilhas bem armadas, como tolos e imprestáveis. Apenas muito poucos sobreviverão.

O povo isolará e colocará o líder de quarentena, de muitas maneiras. Uma maneira de levá-lo à solidão é adorá-lo, amontoar-se ao seu redor, pendurar-se em seus lábios e beber cada palavra que ele pronuncie. Alguns líderes gostam disto. Outros correm quando se defrontam com isso. Sentem-se como animais no zoológico, contemplados por multidões que se admiram que os animais não tenham desenvolvido vergonha de seus genitais. As pessoas são capazes de despir o líder quando se amontoam ao seu redor, para descobrir cada um de seus segredos: quantas mulheres ele come no jantar, se ele nada e se joga bridge, se tem filhos ilegítimos, ou se sua esposa tem um amante.

A multidão isolará e, eventualmente, matará o líder, focalizando nele o holofote, no sentido figurado e literal. Amarrá-lo-ão e torná-lo-ão impotente, criticando cada um de seus movimentos sem que eles mesmos movam um só dedo na prática. A constituição não garante o direito de livre discurso? Essas pessoas não são pessoas livres de uma terra livre? Não importa qual terra; elas sempre se sentem livres, ou recém-libertadas ou prestes a mergulharem na liberdade. E o que elas querem é saltar fora da camisa de força do casamento por apenas uma noite, ou sair de férias, ou dormir enquanto outros trabalham no escritório num dia quente de verão, numa grande cidade fumacenta.

Tudo isso estaria certo se não matasse cada movimento de uma mente verdadeiramente livre. A fim de sobreviver, o líder terá de evitar toda esta contemplação e crítica e não fazer nada além de tagarelar e foder. E lentamente, penosamente, aprenderá a ver o vazio completo das pessoas que é abafado por muito barulho, um barulho que é feito para desviá-las da sensação corrosiva do absolutamente nada. Deste nada só pode brotar a malignidade. O líder saberá disto e sentir-se-á como alguém que se está afogando num oceano de tarefas impossíveis de realizar.

O isolamento que ele sofre nas mãos das pessoas ao seu redor colocará em perigo sua saúde e sua capacidade de trabalho. Perderá o direito de viver uma vida normal entre as outras pessoas. Enquanto as pessoas têm toda a compreensão pelos segredos dos casais, casados ou não, elas olharão de lado quando o líder mudar de parceira ou viver em desacordo com o padrão ignóbil de conduta de algum estatuto. O líder logo aprenderá que se nega a ele aquilo que é tomado como natural no caso do cidadão comum. Ele achará cada vez mais difícil mover-se livremente com parceiras. Terá de começar a esconder. E esconder afastará muitas parceiras que desejarão desfilar entre a multidão com o amante, que é um "líder".

Coisas como essas porão em perigo a estrutura inteira do trabalho do líder. Ele correrá o perigo de se tornar moroso ou de ficar chocando num buraco, incapaz de produzir pensamentos, tornando-se, assim, um Calígula ou um proletário com a boca cheia de *slogans*-do-mascate-da-liberdade. OS LÍDERES DOS HOMENS TERÃO DE VIVER UMA VIDA AMOROSA PLENA, SADIA, GRATIFICANTE, COM MULHERES QUE COMPREENDAM AS MANOBRAS DA VIDA. Para realizar seu trabalho, o líder deverá evitar o emaranhado de uma vida familiar estúpida, barulhenta. Neste ponto ele estará alinhado com Cristo, que deixou sua família e solicitou que seus seguidores fizessem o mesmo. Mas em nenhuma circunstância pregará a dissolução da família, como alguns mascates da liberdade tendem a fazer. Ele terá e amará crianças, as suas e as dos outros. Saberá que aquilo que é válido para sua vida nem sempre é válido para a vida de todos os demais. A qualquer preço, o novo líder terá de manter um *sistema emocional puro*, e ele fará tudo para escapar da sujeira da alma que acompanha a privação sexual. Seus sentidos e seus pensamentos devem permanecer afastados das devastações da abstinência do amor corporal gratificante.

Mantendo o núcleo de seu ser vivo constantemente acelerado, será capaz de penetrar através das intrigas e chás e reuniões sociais e tapinhas nas costas e piadas sujas e fodas dos homens e mulheres na rua e nos palácios, até o núcleo de suas emoções vivas. Conseguirá eventualmente descobrir por que tantas pessoas dotadas de todos os tipos de potencialidades caem, mais cedo ou mais tarde, na rotina de uma vida estúpida. Por que existem tão poucos pensamentos e ações produtivos brotando das pessoas; como toda a fertilidade das pessoas está sendo morta de tantas maneiras e tão cedo na vida, mesmo quando ela acaba de emergir do útero.

As pessoas não gostarão de ser levadas a sentir seus próprios núcleos vivos de emoções em movimento – não no cinema, mas vendo uma criança ser espancada num parque; não numa multidão que dança e empurra e arfa e se esfrega e transpira, mas nas favelas (*slums*) e nas regiões pobres das nações e nas grandes cidades onde proletários brancos matam proletários negros. Em suma, a tarefa de gerações de líderes de homens será encontrar caminhos para *deter a evasão do essencial* e a emoção barata que se sente quando se veem rostos sangrando numa luta de boxe.

Da mesma forma que a atenção emocional das pessoas em geral terá de se voltar ou de ser voltada para o *essencial*, para que tudo não pereça, assim o novo líder também assumirá o encargo de voltar a maré para a *concentração sobre o essencial na vida humana*, e não sobre o tema tolo e velho e deteriorado e sem sentido e há muito abandonado dos negócios públicos. A *evasão do essencial* seguiu as trilhas traçadas pela evasividade geral e estabeleceu, através dos tempos, centros poderosos de dispersão das questões cruciais da vida, dotados de grande poder de se defender contra a intrusão de Cristo sob qualquer forma. Para confirmar isto, leia hoje as manchetes de qualquer jornal.

O novo líder dirá às pessoas que votar não é o bastante, e que exortar as pessoas a participar no governo também não é o bastante. Tudo isso começará nos ambientes da primeira infância e nas escolas maternais e nos jardins de infância e nas escolas. Os superintendentes de escolas corajosos, conscientes, serão apoiados contra os professores ossificados. Os caminhos e meios da peste que mantém a Vida viva longe das escolas serão detectados e combatidos como só o latrocínio ou o assassinato são hoje combatidos.

Uma vez que a atenção se volte para a grande evasão do essencial como sendo o mais perigoso inimigo da humanidade, serão encontrados os meios de exterminá-la – a evasão, não o evasor – onde quer que se encontre. O problema não é o problema a ser resolvido. O problema é a evasão determinada de qualquer problema maior.

Muitos líderes autênticos defrontar-se-ão com a morte e a extinção de uma forma ou de outra. A peste estará delirando como nunca. Mas, uma vez trazida para o ar livre e aberto e à luz brilhante do sol, a procriação horrível, maligna da injúria monstruosa e dos pensamentos perniciosos, através dos tempos, lentamente começará a se dissolver. Na mesma medida, a Vida começará a avançar.

Não há razão nenhuma para se preocupar com as formas de existência que a Vida escolherá em sua marcha. Não importa o que escolha; uma vez livre do crônico Assassinato de Cristo, escolherá o que é bom para si mesma, e aprenderá por sua própria experiência o que deve abandonar. A Vida é produtiva, a Vida é flexível, a Vida é decente. Portanto, não te preocupes com o que a Vida escolherá para fazer. A única preocupação é como libertá-la para a ação contra o assassinato de Cristo, contra aqueles que perderam o sentimento da Vida em seus corpos.

Nenhum estrondo ou terremoto acompanhará o despertar da Vida viva em nossas crianças. Será um processo lento, direto e limpo se a peste estiver anulada, dificultada e retorcida, caso escape da *plena* extinção.

É absolutamente certo que em nenhum caso a Vida escolherá ou poderá escolher uma forma de existência que seja antiVida, contra as crianças, contra a verdade, contra o prazer de viver feliz, contra a realização do florescimento pleno da iniciativa inata em cada simples portador da centelha da Vida. Deixar a Vida fluir livremente, desimpedida das distorções que a tornam feia e assassina, será o primeiro passo em direção à liberdade e à paz na terra. Este pequeno *insight* em si mesmo ativará a liberdade para a ação. O interesse pelo bem-estar do bebê recém-nascido que carrega Cristo dentro de si direto do céu para a terra, é absolutamente geral e não pode ser vencido por nada no mundo; ele se mostrará como um poder de dimensões imensas, bem à frente de tudo o que os homens malignos jamais tentaram inventar com o propósito de matar a Vida.

Um novo tipo de homem crescerá e transmitirá suas novas qualidades, que serão as qualidades da Vida irrestrita, aos seus filhos e filhos de seus filhos. Ninguém consegue dizer como será esta Vida. Não importa como ela será, ela será *ela mesma*, e não o reflexo de uma mãe doente ou de um parente aborrecido e pestilento. Ela será ELA MESMA, e terá o poder de se desenvolver, e de corrigir aquilo que impedir o seu desenvolvimento.

Nossa tarefa é proteger este processo contra a peste maligna, salvaguardar seu crescimento, aprender a tempo o que distingue uma criança que cresceu como a Vida prescrevia, de uma criança que cresceu como prescrevia o interesse desta ou daquela Cultura ou Estado ou Religião ou Costume ou ideia estrábica da Vida. Se isso não for feito, não haverá nenhuma esperança de pôr um fim ao massacre em massa.

Em resumo, o novo líder recusará cavalgar para Jerusalém para conquistar o inimigo. Ele se voltará para a corrente da Vida, que é Deus, nos pequenos corpos dos filhos e filhas ainda não nascidos do homem. Sobre eles apoiará sua resolução de *não cair na tentação* das pessoas a se tornar líder delas, perpetuando seus modos de vida estagnados; não cederá às próprias pessoas cujas vidas precisam ser basicamente mudadas, deixando as crianças crescerem como o Deus da Vida as criou.

A CULTURA E A CIVILIZAÇÃO AINDA NÃO EXISTEM. ESTÃO APENAS COMEÇANDO A INGRESSAR NA CENA SOCIAL. É O COMEÇO DO FIM DO CRÔNICO ASSASSINATO DE CRISTO.

Bibliografia

1. AGOSTINHO, SANTO: *The Basic Writings of Saint Augustine*, vols. I, II. Random House, Nova York, 1948.
2. AKHILANANDA, SWAMI: *Hindu View of Christ*. Philosophical Library, Nova York, 1949.
3. AQUINO, SANTO TOMÁS DE: *The Summa Theologica*, vols., I, II, III. Benziger Bros., Inc., Nova York, 1947.
4. ARNIM, L. A. e BRENTANO, CLEMENS: *Des Knaben Wunderhorn*. Max Hesses Verlag, Leipzig, 1806.
5. ASCH, SHOLEM: *The Nazarene*. G. P. Putnam's Sons, Nova York, 1939.
6. BACHOFEN, JOHANN JACOB: *Mutterrecht und Urreligion*. Ulfred Kröner Verlag, Leipzig, 1927.
7. BATELJA, MICHAEL J.: *Value of the Holy Bible*. Publicado pelo autor, Portland, Oregon, 1951.
8. BERNFELD, SIEGFRIED: *Das Jüdische Volk und Seine Jugend*. R. Löwit Verlag, Viena e Berlim, 1920.
9. BERNARD, THEOS: *Hindu Philosophy*. Philosophical Library, Nova York, 1947.
10. BETHGE, HANS: *Chinesische Fiöte*. Im Inselverlag, Leipzig, 1918.
11. BLANSHARD, PAUL: *American Freedom and Catholic Power*. The Beacon Press, Boston, 1949.
12. BONHOEFFER, DIETRICH: *The Cost of Discipleship*. The Macmillan Co., Nova York, 1949.
13. BURNHAM, JAMES: *The Coming Defeat of Communism*. John Day Co., Inc., Nova York, 1950.

14. BURNHAM, JAMES: *The Machiavellians*. John Day Co., Inc., Nova York, 1943.
15. CALDWELL, ERSKINE: *God's Little Acre*. Secker and Warburg, Londres, 1937.
16. CARSON, RACHEL L.: *The Sea Around Us*. Oxford University Press, Nova York, 1951.
17. CARUS, PAUL: *The Bride of Christ*. The Open Court Publishing Co., Chicago, 1908.
18. CARUS, PAUL: *God*. The Open Court Publishing Co., La Salle, I11., 1943.
19. CARUS, PAUL: *The Gospel of Buddha*. The Open Court Publishing Co., Chicago, I11., 1915.
20. CERVANTES, MIGUEL DE: *Don Quixote*. Modern Library, Nova York, 1930.
21. CLADEL, JUDITH: *Rodin*. Editions Aimery Somogy, 1948, France. (Ver prancha 35, "Le Baiser".)
22. CLAUDEL, PAUL: *Mittagswende*. Hellerauer Verlag. Jakob Hegner, Dresden-Hellerau, 1918.
23. DANTE ALIGHIERI: *Die Göttliche Komödie*. Volksverlag der Bücherfreunde, Wegweiser-Verlag, Berlim, 1922.
24. DANTE ALIGHIERI: *The Divine Comedy*. Modern Library, Nova York, 1932.
25. DASGUPTA, S. N.: *Hindu Mysticism*. The Open Court Publishing Co., Chicago, 1927.
26. DA VINCI, LEONARDO. *The Drawings of Leonardo da Vinci*. Reynal & Hitchcock, Nova York, 1945.
27. DA VINCI, LEONARDO: *The Notebooks of Leonardo da Vinci,* vols. I, II. Reynal & Hitchcock, Nova York, 1945.
28. DE COSTER, CHARLES: *Tyl Ulenspiegel*, vols. I, II. Kurt Wolff Verlag, Munique, 1926.
29. DE COSTER, CHARLES: *Tyl Ulenspiegel*. Pantheon Books, Inc., Nova York, 1943.
30. DE PONCINS, GONTRAN: *Kabloona*. Garden City Publishing Co., Garden City, Nova York, 1943.
31. DIE BIBEL: Britische und Ausländische Bibelgesellschaft, Berlim, 1910.
32. DOSTOIÉVSKI, FIODOR: *The Idiot*. Modern Library, Nova York, 1935.
33. DRIESCH, HANS: *Philosophie des Organischen*. Verlag von Wilhelm Engelmann, Leipzig, 1921.
34. FARRAR, CANON: *The Life of Christ*. Commonwealth Publishing Co., Nova York, 1890.
35. FOREL, AUGUST: *Die Sexuelle Frage*. Ernst Reinhardt, Verlagsbuchhandlung, 1904.
36. FOSDICK, HARRY EMERSON: *The Man from Nazareth*. Harper & Bros, Nova York, 1939.
37. FRANCE, ANATOLE: *The Well of St. Clare*. Dodd, Mead & Co., Nova York, 1928.

38. FRANCIS, ST.: *The Little Flowers of Saint Francis* etc. Everyman's Library, E. P. Dutton & Co., Nova York, 1950.
39. FRAZER, SIR JAMES GEORGE: *The Worship of Nature. V. I.* The Macmillan Co., Nova York, 1926.
40. GEDAT, GUSTAV: *Ein Christ erlebt die Probleme der Welt.* Verlag von T. F. Steinkopf, Stuttgart, 1935.
41. GELBER, KARL VON: *Galileo Galilei und Die Römische Curie.* Verlag der F. O. Gotta'schen Buchhandlung, Stuttgart, 1876.
42. GIBRAN, KAHLIL: *Jesus.* Alfred A. Knopf, Nova York, 1928.
43. GOLLANCZ, VICTOR: *Man and God.* Houghton Mifflin Co., Boston, 1951.
44. GOUZENKO, IGOR: *The Iron Curtain.* E. P. Dutton & Co., Inc., Nova York, 1948.
45. GRAVES, ROBERT: *King Jesus.* Creative Age Press, Nova York, 1946.
46. GRIMM, GEORG: *Die Lehre des Buddha.* R. Piper & Co., Verlag, Munique, 1919.
47. GROSSMAN, RICHARD, Editor: *The God That Failed.* Harper & Bros., Nova York, 1949.
48. GUNTHER, JOHN: *Behind the Iron Curtain.* Harper & Bros., Nova York, 1949.
49. HALL, G. STANLEY: *Jesus, The Christ, in the Light of Psychology*, vols. I, II. Doubleday, Page & Co., Nova York, 1917.
50. HEIDEN, KONRAD: *Adolf Hitler.* Europa-Verlag, Zurique, 1936.
51. HERSEY, JOHN: *The Wall.* Alfred A. Knopf, Nova York, 1950.
52. HITLER, ADOLF: *Mein Kampf.* Central Verlag der NGDAP., Frz. Eher Nachf, Munique, 1938.
53. HOEL, SIGURD: *Sünder am Meer.* Carl Schünemann Verlag, Bremen, 1932.
54. HOENSBROECH, GRAF VON: Das Papsttum. Druck und Verlag von Breitkopf und Härtel, Leipzig (sem data).
55. HOLY BIBLE: New Analytical Bible and Dictionary of the Bible. Authorized King James Version. James A. Dickson Publishing House, Chicago, 1950.
56. HOLY BIBLE AND CONCORDANCE: Scofield Reference Edition. Oxford University Press, Nova York, 1909.
57. JAMES, WILLIAM: *Varieties of Religious Experience.* Modern Library, Nova York, 1902.
58. JOHNSTON, JAMES A., WARDEN: *Alcatraz Island Prison.* Charles Scribner's Sons, Nova York, 1949.
59. JONES, JAMES: *From Here to Eternity.* Charles Scribner's Sons, Nova York, 1951.
60. *Journal of Clinical Pastoral Health.* N.º 4, Winter 1948. Council for Clinical Training, Inc., Nova York.

61. KAYE, JAMES R.: *A Systematic Study of the New Analytical Bible*. John A. Dickson Publishing Co., Chicago, 1951.
62. KEMPIS, THOMAS A.: *The Imitation of Christ*. Everyman's Library, E. P. Dutton & Co., Nova York, 1947.
63. KLAUSNER, JOSEPH: *From Jesus to Paul*. George Allen & Unwin Ltd., Londres, 1946.
64. KOESTLER, ARTHUR: *Scum of the Earth*. The Macmillan Co., Nova York, 1941.
65. KRIMSKY, JOSEPH HAYYIM: *Jesus and the Hidden Bible*. Philosophical Library, Nova York, 1951.
66. LAGERKVIST, PAR: *Barabbas*. Random House, Nova York, 1951.
67. LAWRENCE, D. H.: *The Man Who Died*. Alfred A. Knopf, Inc., Nova York, 1928.
68. LEVI, CARLO: *Christ Stopped at Eboli*. Penguin Books, Inc., Nova York, 1947.
69. LEWIS, JOSEPH: *In The Name of Humanity!* Eugenics Publishing Co., Nova York, 1949.
70. LEY, WILLY: *The Days of Creation*. Modern Age Books, Nova York, 1941.
71. LIEBMAN, JOSHUA LOTH: *Peace of Mind*. Simon & Schuster, Nova York, 1946.
72. LINDSEY, BEN B. e EVANS, WAINWRIGHT: *Die Revolution der Modernen Jugend*. Deutsche Verlag-Anstalt, Stuttgart, Berlim e Leipzig.
73. LONDON, JACK: *Martin Eden*. The Macmillan Co., Nova York, 1938.
74. MAILER, NORMAN: *The Naked and the Dead*. Rinehart and Co., Inc., Nova York, 1948.
75. MALINOWSKI, BRONISLAW: *Das Geschlechtsleben der Wilden*. Grethlein & Co., Leipzig e Zurique, 1929.
76. MEAD, MARGARET e BATESON, GREGORY: *Balinese Character*. The Nova York Academy of Sciences, Special Publications, vol. II, Nova York, 1942.
77. MICHENER, JAMES A.: *Return to Paradise*. Random House, Nova York, 1951.
78. MORGAN, LEWIS H.: *Die Urgesellschaft*. Verlag von T. H. W. Diek Nachf, 1908.
79. NEW TESTAMENT: Revised Standard Edition. Thomas Nelson & Sons, Nova York, 1901.
80. NIETZSCHE, FRIEDRICH: *Also Sprach Zarathustra*. Alfred Kröner Verlag, Leipzig, 1918.
81. NIETZSCHE, FRIEDRICH: *My Sister and I*. Boars Head Books, Nova York, 1951.
82. NORTHROP, F. S. C.: *The Meeting of East and West*. The Macmillan Co., Nova York, 1946.
83. OURSLER, FULTON: *The Greatest Story Ever Told*. Doubleday & Co., Garden City, Nova York, 1949.
84. PAPINI, GIOVANNI: *Life of Christ*. Harcourt, Brace & Co., Nova York, 1923.

85. PRESCOTT, WILLIAM H.: *Conquest of Mexico*. Blue Ribbon Books, 1943.
86. *Pronunziamento XIV*, AMORC, The Rosicrucian Order.
87. RAKNES, OLA: *Motet med det Heilage*.
88. RENAN, ERNEST: *The Life of Jesus*. Modern Library, Nova York, 1927.
89. RODIN, AUGUSTE: Phaidon Publishers, Inc. Distributed by Oxford University Press, Nova York. (Ver prancha 6768, The Eternal Idol.)
90. ROLLAND, ROMAIN: *Mahatma Gandhi*. Rotapfel-Verlag, Erbenbach-Zurique, 1923.
91. ROUSSEAU, JEAN JACQUES: *Collected Works*. Walter J. Black, Inc., Nova York (sem data).
92. ROUSSEAU, JEAN-JACQUES: *The Social Contract*. E. P. Dutton & Co., Inc., Nova York, 1941.
93. RUTHERFORD, J. F.: *Was ist Wahrheit?* Internationale Bibelforsher-Vereinigung, Brooklyn, Nova York, 1932.
94. SCHNITZLER, ARTHUR: *Reigen*.
95. SCHOEN, MAX: *The Man Jesus Was*. Alfred A. Knopf, Nova York, 1950.
96. SCHWEITZER, ALBERT: *The Psychiatric Study of Jesus*. The Beacon Press, Boston, 1948.
97. SERGE, VICTOR: *The Case of Comrade Tulayew*. Doubleday & Co., Inc., Garden City, Nova York, 1950.
98. SHEEN, FULTON J.: *Peace of Soul*. McGraw Hill Book Co., Nova York, 1949.
99. SILONE, IGNAZIO: *Brot und Wein*. Verlag Oprecht, Zurique, 1936.
100. SILONE, IGNAZIO: *Die Schule Der Diktatoren*. Europa Verlag, Zurique e Nova York, 1938.
101. SILONE, IGNAZIO: *Fontamara*. Verlag Oprecht & Helbling, Zurique, 1933.
102. SINGER, DOROTHEA WALEY: *Bruno: His Life and Thought (with Annotated Translation of His Work "One the Infinite Universe and Worlds")*. Henry Schuman, Nova York, 1950.
103. SINGER, JACOB: *Taboo in the Hebrew Scriptures*. The Open Court Publishing Co., Chicago, Ill., 1928.
104. SMALLEY, BERYL: *The Study of the Bible in the Middle Ages*. Philosophical Library, Nova York, 1952.
105. SMITH, PRESERVED: *History of Christian Theophagy*. The Open Court Publishing Co., Chicago, 1922.
106. SMITH, WALTER BEDELL: *My Three Years in Moscow*. J. B. Lippincott Co., Filadélfia e Nova York, 1950.
107. SPERRY, WILLARD L.: *Jesus Then and Now*. Harper & Bros., Nova York, 1949.
108. SPINOZA: *Ethics, etc*. Everyman's Library, E. P. Dutton & Co., Inc., Nova York, 1941.
109. SPITTELER, CARL: *Imago*. Verlegt bei Eugen Diederichs, Jena, 1910.

110. SPITTELER, CARL: *Olympischer Frühling*, vols. I, II. Verlegt bei Eugen Diederichs.
111. STEIG, WILLIAM: *Till Death Do Us Part*. Duell, Sloan & Pearce, Nova York, 1947.
112. STEINBECK, JOHN: *The Pearl*. Viking Press, Nova York, 1947.
113. STENDHAL (HENRI BEYLE): *Über die Liebe*. Im Propyläen-Verlag, Berlim.
114. STIRNER, MAX: *Der Einzige und Sein Eigentum*. Druck und Verlag von Philipp Reclam, 1892.
115. THE KORAN: Everybody's Library, J. M. Dent & Sons Ltd., Londres, 1948.
116. TROTSKY, LEON: *The Revolution Betrayed*. Faber & Faber, Ltd., Londres, 1937.
117. VALTIN, JAN: *Out of the Night*. Alliance Book Corp., Nova York, 1941.
118. VAN PAASSEN, PIERRE: *Why Jesus Died*. Dial Press, Nova York, 1949.
119. WAGENKNECHT, EDWARD, Editor: *The Story of Jesus in the World's Literature*. Creative Age Press, Inc., Nova York, 1946.
120. WEDEKIND, FRANK: *Die Büchse der Pandora*. Georg Müller Verlag, Munique, 1919.
121. WEDEKIND, FRANK: *Franziska*. Verlag von Georg Müller, Munique, 1912.
122. WEDEKIND, FRANK: *Frühlings Erwachen*. Georg Müller Verlag, Munique, 1919.
123. WHITMAN, WALT: *Leaves of Grass*. Aventine Press, Nova York, 1931.
124. WILDGANS, ANTON: *Die Sonette an Ead*. Verlag von L. Staackmann, Leipzig, 1913.
125. WORLD BIBLE: Editado por Robert O. Ballow. The Viking Press, Nova York, 1948.
126. WRIGHT, RICHARD: *Black Boy*. The World Publishing Co., Cleveland, Ohio, 1945.